BASTEI
LÜBBE

JONATHAN TROPPER

ZeiT FüR PLaN B

ROMAN

Aus dem Amerikanischen von
Veronika Dünninger

BASTEI LÜBBE

BASTEI LÜBBE TASCHENBUCH
Band 14620

1. Auflage: Oktober 2001

Bastei Lübbe Taschenbücher ist ein Imprint der Verlagsgruppe Lübbe

Deutsche Erstveröffentlichung

Die amerikanische Originalausgabe erschien 2000
unter dem Titel *Plan B*
bei St. Martin's Press, New York

Dieses Buch wurde vermittelt durch die Literarische Agentur
Thomas Schlück GmbH, 30827 Garbsen
Umschlaggestaltung: Tanja Diekmann
Titelfoto: René Durand
Satz: KCS GmbH, Buchholz / Hamburg
Druck und Verarbeitung: Elsnerdruck, Berlin
Printed in Germany
ISBN: 3-404-14620-4

Für Lizzie und Spencer,
mit denen es einfach herrlich ist, dreißig zu sein.

DANKSAGUNG

Dieses Buch wäre womöglich niemals fertig geworden, hätte ich nicht Unterstützung und Ermutigung von etlichen Leuten bekommen:

Meinen Eltern, die mich unermüdlich und sanft drängten, weiterzuschreiben. Meiner Frau Lizzie, die stets gnädig war, wenn ich sie weckte, damit sie mir im Gespräch über die Anfälle von Zweifel hinweghalf, die mich in den frühen Morgenstunden regelmäßig überkamen. Simon Lipskar dafür, dass er sich mein Manuskript aus dem unbeachteten Ablagestapel zog und so fest daran glaubte, dass mir keine andere Wahl blieb, als an ihn zu glauben. Kelley Ragland bei St. Martin's Press dafür, dass sie von Anfang an für dieses Buch eintrat und mir gleichzeitig half, es noch zu verbessern. Und nicht zuletzt all jenen Freunden, die nicht aufhörten, Interesse an meinem Werk zu bekunden, in der festen Überzeugung, es sei zur Veröffentlichung bestimmt.

Im Verlauf meiner Arbeit an diesem Buch halfen mir Dr. med. Edmond Cleeman und Dr. med. Abraham Schreiber bei meinen Recherchen, und auch wenn die meisten ihrer Beiträge letztendlich in der literarischen Entsprechung des Schneideraums beim Film auf dem Fußboden landeten, so bin ich ihnen nichtsdestoweniger dankbar für ihre begeisterte Unterstützung.

1

Jack war ein Filmstar, was bedeutete, dass man ihm im Hinblick auf sein ungehobeltes Benehmen ein gewisses Maß an Freiheit zubilligte. Trotzdem, als er stoned und verschwitzt auf Lindseys Party anlässlich ihres dreißigsten Geburtstags aufkreuzte, dem übereifrigen Oberkellner mit der Faust auf die Nase schlug und sich in die eingetopften Gladiolen übergab, die im Torre's die kniehohen Fensterbretter säumten, bevor er an unserem Tisch auf einem Stuhl bewusstlos in sich zusammensank, war niemand amüsiert. Lindsey nicht, die »Ach zum Teufel!«, sagte und hinüber an die Bar ging, um sich noch einen Wodka geben zu lassen. Chuck nicht, der das Eis aus seinem und meinem Drink auf seine Serviette kippte und, während er leise auf Jack fluchte, in die Küche stürmte, um den Oberkellner zu verarzten. Alison nicht, die von ihrem Platz aufsprang und sich eifrig bemühte, Jack wiederzubeleben, indem sie ihm sanft das Gesicht tätschelte, einen nassen Lappen auf die Stirn legte und immer wieder eindringlich flehte: »O mein Gott, Jack, wach auf.« Und ich nicht, der ich – da ich mir nicht besser zu helfen wusste – vom Tisch aufstand und unter dem missbilligenden Schweigen gut gekleideter Dinnergäste an die Bar schritt, um Lindsey Gesellschaft zu leisten.

Na ja, um ehrlich zu sein, irgendwie war ich schon amüsiert. Es kommt schließlich nicht alle Tage vor, dass man im wirklichen Leben etwas Derartiges geboten bekommt.

»Alles okay mit dir, Lindsey?«, fragte ich in genau dem Augenblick, in dem sie den Kopf zurückwarf und den

Wodka hinunterkippte. Irgendwo im Hintergrund rieselte Musik – Yanni oder sonst irgendeine Musik, die unter Schlafmitteleinfluss steht – leise aus unsichtbaren Lautsprechern.

»Im Vergleich zu anderen, würde ich sagen, es geht mir hervorragend«, sagte sie mit einem Blick in Jacks und Alisons Richtung. »So ein Arschloch.«

»Noch zwei«, rief ich dem Barmann zu, dem es tatsächlich gelang, den Blick, mit dem er Lindsey unter den Augenbrauen hervor anstarrte, lange genug abzuwenden, um meiner Bitte nachzukommen.

»Meinst du, es hat ihn jemand erkannt?«, fragte ich mit einem Blick ins Restaurant.

»Und wenn schon.«

»Auf dich, Geburtstagskind.« Wir stießen an und leerten die Gläser.

»Ich glaube, die würden weitaus mehr dabei rausschlagen, wenn sie wüssten, wer er ist«, meinte Lindsey. »Schließlich bekommt man nicht alle Tage die Gelegenheit, zuzusehen, wie ein echter Filmstar sein Leben zerstört.«

»Er kann von Glück reden, dass sie ihn nicht festgenommen haben.«

»Die Nacht ist noch jung.«

»Ich hoffe, dem Oberkellner ist nichts passiert«, sagte ich. Ich verzog das Gesicht bei dem Gedanken an den plötzlichen Faustschlag, an das knackende Geräusch, das zu hören war, als Jacks Faust und das Gesicht des Oberkellners aufeinander prallten. Jacks Faustschläge hatten im Allgemeinen den Vorzug, von THX-Soundeffekten begleitet zu werden. Im wirklichen Leben verblüffte das Geräusch durch die fehlende Resonanz, wodurch noch weitaus mehr Gewalt in ihm zu stecken schien.

»Wäre es Ihnen vielleicht möglich«, wandte sich Lindsey

an den Barmann, »eine Zeit lang nicht auf meine Brüste zu starren?«

Der Barmann, ein Typ in den Vierzigern mit einem Kropf und einem langen Schnauzer, stöhnte und entfernte sich rasch ans andere Ende der Bar. Er zog ein Geschirrtuch hervor und begann, peinlich genau auf einem unsichtbaren Schmutzfleck herumzureiben. »Bist du sicher, dass mit dir alles okay ist?«, fragte ich.

»Er hat sich nicht einmal bemüht, es unauffällig zu machen«, empörte sie sich.

»Also ist es gar nicht die Tatsache, dass er dich angestarrt hat, die dich ärgert, sondern nur, wie schlampig er es ausgeführt hat.«

»Ach, halt den Mund, Ben.«

In diesem Augenblick kam Chuck aus der Küche zurück, die Stirn unter dem sich lichtenden Haar mit Schweißtropfen besprenkelt. »Du meine Güte, hier drin ist es vielleicht heiß.« Er bestellte sich ein Club-Soda auf Eis, was er immer trank, wenn er am nächsten Morgen operieren musste. Der Barmann bediente ihn, ohne Blickkontakt aufzunehmen, und zog sich dann rasch wieder ans andere Ende der Bar zurück.

»Wie geht's dem Oberkellner?«, fragte ich.

»Er wird's überleben. Er hat eine Quetschung auf dem Nasenrücken, und es wird ihm noch ein paar Tage wehtun, wenn er niesen muss. Ich hab ihm gesagt, ich geb telefonisch ein Rezept für ihn durch. Wie geht's Hollywood?«

Wir sahen alle hinüber zu dem Tisch, an dem Alison Jack inzwischen wiederbelebt hatte und ihm ein Glas Wasser einflößte, von dem das meiste in dunklen, feuchten Flecken auf seinem braunen Hemd endete. Die trübe Beleuchtung des Restaurants verlieh seiner ohnehin schon aschfahlen Gesichtsfarbe eine gelbsuchtartige Blässe, sodass er ausgezehrt und kränklich wirkte. »Er hat schon besser ausgesehen«, sagte ich wahrheitsgemäß.

»O Mann, ich hab schon obdachlose Junkies zu Gesicht bekommen, die besser ausgesehen haben«, schnaubte Chuck verächtlich.

»Erspar uns bitte grässliche Details aus deinem gesellschaftlichen Umgang.«

»Hey, bleib cool«, sagte Chuck mit einem dämlichen Grinsen. Chuck hatte irgendwie die Phase verpasst, in der wir alle Anredefloskeln wie »O Mann« und »Hey, bleib cool« abgelegt hatten, und er hielt hartnäckig an diesen Anachronismen fest, als könnten sie seinen Haarausfall irgendwie verlangsamen.

»Das ist ein hübsches Bild für die Boulevardpresse«, unterbrach uns Lindsey, die sich in diesem Augenblick wieder zur Bar umwandte. Die Lichtstrahlen der Restaurantbeleuchtung ließen ihre blonden Strähnchen hell aufschimmern, als sie den Kopf bewegte.

»Ich denke, wir sollten ihn besser von hier wegschaffen«, sagte ich. »Wenn ihn irgendjemand erkennt, dann können wir uns das hier in *Entertainment Tonight* ansehen.«

»Recht geschehen würde es ihm«, sagte Lindsey, während wir uns von der Bar erhoben.

»Was hat man eigentlich davon, ein berühmter Filmstar zu sein, wenn einen niemand erkennt?«, brummte Chuck.

»Sieh ihn dir bloß an«, sagte ich. »Selbst ich erkenn ihn kaum wieder.«

Das stimmte. Jacks normalerweise hellblondes Haar war ein schmieriges, verfilztes Durcheinander über seiner Gucci-Sonnenbrille, und er trug einen Vier- oder Fünftagebart. Es fiel schwer zu glauben, dass das derselbe Mann war, dessen Gesicht (und Körper, immer der Körper) im Lauf der letzten Jahre auf jeder größeren Zeitschrift abgebildet war, derselbe Kerl, den Journalisten der Boulevardpresse auf abgedroschene Phrasen wie »Cooler Typ« und »Frauenschwarm« reduzierten. Doch sein verwahrlostes Erscheinungsbild an jenem Abend hätte keineswegs dazu beigetragen, an diesem Eindruck irgendetwas zu ändern. Wenn Jack ausging, sah er oft aus, als hätte er sich seit einer Woche nicht geduscht. Das war typisch Hollywood. Alle Stars benahmen sich in letzter Zeit genauso wie er, falls die heimlich aufgenommenen Schnappschüsse in *Entertainment Weekly* und *Movieline* als Indiz gelten konnten. Das war ihre Art zu sagen: »Selbst wenn ich beschissen aussehe, bin ich immer noch schön.« Was in Jacks Fall unbestreitbar stimmte. Sein eigentliches Wesen schien zwischen den Schmutzschichten hindurch – die perfekten grünen Augen, die schön geschwungenen Wangenknochen, die lässige, unbewusste Anmut, mit der er seinen schlanken Körper bewegte. Wenn man seinen besten Tag hatte, konnte man von Glück reden, wenn man so aussah wie Jack mit Pocken.

Als wir uns dem Tisch näherten, wandte Alison den Blick ab, aber erst, nachdem ich schon bemerkt hatte, dass sie Tränen in den Augen hatte. Ich stieß Lindsey in die Seite. »Geh mit ihr nach draußen.«

Nachdem die Frauen gegangen waren, nahmen Chuck und ich rechts und links von Jack Platz, der inzwischen wieder aufrecht saß, mit verschleiertem Blick zwar, aber ansonsten offensichtlich nur leicht benommen. »Meinst du, wir können jetzt ohne weitere Zwischenfälle von hier verschwinden?«, fragte ich ihn.

»Tut mir Leid, Leute«, sagte Jack mit einem verlegenen Eine-Million-Dollar-Lächeln. Und dann, etwas besorgt: »Habe ich irgendjemanden erwischt?«

»Du hast den Oberkellner k.o. geschlagen«, sagte ich.

»Was hat er gemacht?«

»Geblutet, hauptsächlich.«

»Scheiße.« Er warf einen verächtlichen Blick auf seine Knöchel, als hätten sie ohne sein Zutun gehandelt. »Ich wusste, dass ich eigentlich zu fertig war, um noch hierher zu kommen, aber ich wollte doch unbedingt zu Lindseys Party.«

»Auftrag ausgeführt, Mann«, sagte Chuck.

»Scheiße, mein Kopf tut weh«, sagte Jack, lehnte sich zurück und rieb sich die Schläfen.

Auf einmal beugte sich Chuck vor und drückte Jacks Nase mit Daumen und Zeigefinger zusammen. Von Schmerz durchzuckt, schnellte Jack hoch und schlug Chucks Hand beiseite. »Arschloch!«

»Ich dachte mir schon, das würde vielleicht wehtun«, sagte Chuck mit einer gewissen Genugtuung.

»Kokain?«, fragte ich.

»Eindeutig, Mann«, sagte Chuck. »Macht die Nasengänge ziemlich wund.«

»Kein Heroin?«

»Könnte sein«, antwortete Chuck. »Aber sein Verhalten lässt eher auf Kokainsucht schließen.«

»Scheiße, Jack«, sagte ich. Ich fühlte mich plötzlich wie am Boden zerstört. »Koks?«

Es blieb ihm erspart, mir eine Antwort geben zu müssen, denn in diesem Augenblick kam der Geschäftsführer, begleitet von zwei stämmigen Küchenhilfen, um uns aus dem Restaurant zu werfen.

Das war der Zeitpunkt, als wir das erste Mal dachten, dass Jack vielleicht ein echtes Problem hatte.

Natürlich, es war nicht das erste Mal, dass uns der Gedanke kam, Jack könnte womöglich nicht wirklich drogenfrei sein, aber wie kann man schon eine echte Abhängigkeit von den allgemein üblichen Starallüren unterscheiden? Welcher größere Hollywoodstar zerlegte denn nicht dann und wann seine Hotelsuite oder wurde zerzaust und benebelt dreinblickend vor dem VIP-Room von den Paparazzi abgelichtet? Wenn jedes Mal gleich die Warnlichter aufblinken würden, wenn ein Filmstar ein bisschen über die Stränge schlug, dann müssten sie an der Betty-Ford-Klinik ja Drehtüren einbauen. Trotzdem, rückblickend betrachtet, hatte Jack in den letzten Monaten doch irgendwie zurückgezogen gewirkt, war am Telefon immer in Eile und etwas zappelig, wie man selbst klingt, wenn man ein Ferngespräch führt oder gerade aus der Dusche kommt, wenn das Telefon klingelt. Er war geistesabwesend und angespannt, völlig anders als der Jack, den wir alle kannten. Aber wenn man zwölf Millionen pro Film verlangen kann, dann ist ein gewisser Druck natürlich unvermeidlich. Die Geier von der Boulevardpresse kreisten schon seit Monaten über ihm und suchten (will heißen: gierten) nach Anzeichen eines Zusammenbruchs, aber als Jacks Freunde fühlten wir uns verpflichtet, die Berichterstattung einfach zu ignorieren. Keiner will glauben, dass er die Medien braucht, um mit einem Freund in Verbindung zu bleiben.

Die Ironie an alledem war, dass Jack sich im Grunde nie für die Schauspielerei interessiert hatte. Für ihn kam die Berühmtheit mit derselben Leichtigkeit des Glücks daher wie alles andere auch. Auf dem College kam er im Allgemeinen ziellos auf eine Party geschlendert, wenn er spätabends vom Joggen auf dem Weg nach Hause war, unrasiert, das Haar schweißtriefend auf der Kopfhaut klebend, mit deutlichen Flecken in den Achseln seines zerlumpten NYU-Sweatshirts, und dann zog er meist eine Stunde später wieder ab – mit einem beliebigen der unzähligen Mädchen, die sich gegenseitig fast über den Haufen rannten, um sich ihm anzubieten. Er plante es nicht; er plante nie irgendetwas. Die Dinge passierten Jack einfach. Hätte er je darüber nachgedacht, dann hätte er vermutlich angenommen, dass es sich bei allen anderen genauso verhielt. Aber Jack dachte nie darüber nach. Man wollte es ihm übel nehmen oder ihn vielleicht sogar ein bisschen hassen, aber wie konnte man andererseits jemandem seine angeborenen Talente missgönnen, wenn er sich dieser nicht einmal bewusst war? Er hatte nicht die geringste Ahnung, was für ein charmantes Wesen er besaß, was ihn natürlich nur noch charmanter machte.

In unserem letzten Collegejahr nahm Jack einen Teilzeitjob als Kellner im Violet Café an. Sein Finanzhilfeabkommen sah vor, dass er zwanzig Stunden die Woche arbeitete. Eines Tages servierte er irgendeinem Typen, der ein Senkrechtstarter in einem der großen Filmstudios war, einen Frappacchino. Dieser Typ kannte irgendjemanden, der irgendjemanden kannte, und binnen weniger Wochen hatte er einen Termin für Probeaufnahmen vereinbart. Es war fast unvermeidlich. Kurz nach dem Thanksgiving Day erhielt Jack einen Mitgliedsausweis des Verbands der Filmschauspieler und eine Komparsenrolle in einem Thriller mit Harrison Ford. Irgendwelche Drehbuchbearbeiter vor Ort gaben ihm noch drei Zeilen und eine Zwölf-Sekunden-Schießerei, in der er einen chinesischen Bodybuilder wegpustete, bevor er selbst erschossen wurde. Jack war für drei Wochen in L. A., um diese Szenen zu drehen, und als er zurückkam, war er enttäuscht, dass er Harrison Ford nicht kennen gelernt hatte. »Der war gar nicht da«, sagte Jack verbittert. »Der arbeitet schon wieder an einem neuen Film.«

Ein Casting-Agent, der für Miramax an einem finanziell bescheiden ausgestatteten Actionfilm mit dem Titel *Blue Angel* arbeitete, sah den Ford-Film, als er ein paar Monate später in die Kinos kam, und mochte die Art, wie Jack eine nachgemachte Pistole in der Hand hielt. Jack wurde für die Hauptrolle in *Blue Angel* ausgewählt, wofür er nach Tarif bezahlt wurde, und er flog nach Hollywood, um mit der Vorproduktion zu beginnen. *Blue Angel* wurde der Überraschungserfolg des Jahres, und die Zunft salbte Jack zu Hollywoods kommendem großen Actionstar. Keiner von uns war wirklich überrascht, als er nicht mehr zurückkam, um seinen Abschluss zu machen.

Einmal habe ich Jack gefragt, was er eigentlich für Pläne hatte, bevor er entdeckt wurde. »Was meinst du damit?«, fragte er mich.

»Du hattest Soziologie als Hauptfach, was in etwa dasselbe ist wie Arbeitslosigkeit als Hauptfach«, sagte ich. »Was wolltest du denn nach dem College machen?«

Er sah mich stirnrunzelnd an, offensichtlich völlig verblüfft von meiner Frage. »Ich weiß nicht«, sagte er und fuhr sich mit den Fingern durch sein perfektes Haar. »Irgendwas wär mir schon eingefallen.«

»Machst du dir denn nie Sorgen um deine Zukunft?«, fragte ich.

Jack zuckte die Schultern. »Das hier ist die Zukunft«, sagte er.

Als wir das Restaurant verließen, kotzte Jack, dem Magazin *People* zufolge, einer der »Fünfzig schönsten Menschen des Jahres 1999«, sich völlig voll, sodass Alison ihn in seine Limousine verfrachtete, um ihn zurück zu seinem Hotel zu bringen, wobei sie uns – während er auf allen vieren hineinkletterte – beharrlich versicherte, dass wir nicht alle mitkommen mussten. Lindsey, Chuck und ich gingen zu Moe's, einer Bar auf der Upper East Side, die Chuck kannte – eines jener Lokale, in denen der Fußboden jeden Abend sorgfältig mit Sägemehl bestreut wird, damit es nach einer echten Spelunke aussieht. Für einen Chirurgen kam Chuck mit Sicherheit viel herum. Er schien die meisten Frauen im Lokal zu kennen, und die Bardame, die aussah wie ein Supermodel, das seine besten Zeiten hinter sich gelassen hat, begrüßte ihn mit einem Küsschen. Jack war vielleicht der Filmstar, aber Chucks Leben war ein Film. Oder zumindest ein Werbespot für Bier.

Während Chuck an der Bar ein paar Mädchen anquatschte, die kaum volljährig zu sein schienen, nahmen Lindsey und ich weiter hinten an einem Tisch Platz und bestellten uns ein paar Kamikazes und einen Krug Sam Adams. »Wie geht's Alison?«, fragte ich. Ich musste brüllen, um mich über den Lärm der Jukebox hinweg verständlich zu machen, aus der einer dieser neuartigen Songs dröhnte, einer dieser nervenaufreibenden Ohrwürmer, die allmählich echte Musik im Radio ersetzen. Die Tatsache, dass ich mich selbst gelegentlich beim Mitsummen ertappte, verstärkte nur noch meine Abneigung gegen diese Musik.

»Liebt ihn nach wie vor, wie gut auch immer das den beiden tun mag«, sagte sie, während sie Bier in die Plastikbecher goss. »Sie glaubt, er hat den kritischen Punkt erreicht.«

»Und was meinst du?«

»Ich weiß nicht. Er hat da vorhin schon 'ne ziemlich üble Show abgezogen, selbst für einen Filmstar.«

Ich nickte zustimmend. »Er steckt auf jeden Fall tief in der Tinte.«

Einen Augenblick lang tranken wir schweigend. »Wie geht's Sarah?«, fragte sie.

»Erkundigst du dich nach ihrer Gesundheit?«

»Vergiss es. Entschuldige.«

Ich sah hinüber an die Bar, wo sich Chuck mit einer Brünetten in einer ärmellosen Bluse köstlich amüsierte. Die Bluse war so eng, dass ich von meinem Platz aus die Konturen ihres Bauchnabels erkennen konnte. Das Licht warf einen schimmernden Glanz auf Chucks Kopf, genau über der Stelle, an der sein Haaransatz den täglichen Haarwuchsmittel-Angriffen nach wie vor standhielt. Er befand sich in einem verzweifelten Wettlauf mit seinem Haar, entschlossen, so viele Frauen wie möglich ins Bett zu bekommen, bevor es völlig verschwand.

Ein paar Wochen zuvor war ich mit Chuck übers Wochenende nach Atlantic City gefahren, und einmal, als ich in unser Zimmer im Trump Casino Hotel kam, sah ich ihn, wie er, in ein Handtuch gewickelt, im Badezimmer vorm Spiegel stand und mithilfe einer Pipette eines dieser Wundermittel auf seine Kopfhaut auftrug. Es war, als sei ich unbeabsichtigt in ein äußerst privates Ritual gestolpert, wie in dieser einen Szene in *Das Imperium schlägt zurück,* in der der Officer in genau dem Augenblick auf Darth Vader trifft, in dem er seine Maske nicht aufhat. Chucks Haar, noch nass von der Dusche, stand in zackigen Stacheln senkrecht ab, und zwischen den vereinzelten kräftigen Strähnen schimmerte seine rosa Kopfhaut wie bloßgelegtes Gewebe hindurch. Er wandte sich mit einem verlegenen Grinsen zu mir um, die Pipette noch immer hoch über dem Kopf haltend, wie den Taktstock eines Dirigenten, und sagte: »Was hab ich denn schon zu verlieren?«

»Es muss schön für ihn sein«, sagte Lindsey mit einem Kopfnicken in Chucks Richtung. »Wo er auch hingeht, er trifft immer irgendjemanden, den er anquatschen kann.«

»Für einen Mann mit einem Hammer sieht eben alles wie

ein Nagel aus«, sagte ich. Ihre Augen lächelten mich über den Rand ihres Pappbechers hinweg an.

»Was glaubst du, wonach er eigentlich auf der Jagd ist?«, fragte sie mich und stellte ihr Bier ab. Ich warf ihr einen Blick zu. »Abgesehen von dem Offensichtlichen«, verbesserte sie sich. »Ich meine, was glaubst du, weshalb er so entschlossen ist, mit möglichst vielen Frauen zu schlafen? Auf dem College, okay. Es ist ein akzeptabler Übergangsritus, aber mit dreißig ist das doch ein bisschen …«

»Unreif?«

»Eher bemitleidenswert«, sagte sie.

»Ich weiß nicht«, sagte ich matt. Ich trank einen Schluck Bier und behielt ihn im Mund, ließ die mikroskopisch kleinen Luftbläschen meine Zunge kitzeln, bis sie platzten. »Vielleicht hat Chuck einfach noch nicht die Richtige gefunden.«

»Wie würde er das denn überhaupt merken? Er ist ja immer schon verschwunden, noch bevor das Laken trocken ist. Er hat einen noch größeren Peter-Pan-Komplex als du. Bei seinem gehört noch dazu, dass er vor Tagesanbruch aus dem Fenster davonfliegt.«

Ich lachte. »Erstens hältst du jetzt mal den Mund«, sagte ich. »Und zweitens glaube ich, es ist eher eine Art James-Bond-Komplex. Er macht es nicht, um sich länger jung zu fühlen. Ich glaube, er macht es, um sich wie ein echter Mann zu fühlen.«

Im Gegensatz zu Lindsey und Alison, die ihn erst auf dem College kennen gelernt hatten, wusste ich, dass es bei Chuck nicht immer so gelaufen war, was vermutlich der Grund war, weshalb ich ihm weitaus mehr durchgehen ließ als die beiden. Wir waren zusammen aufgewachsen, hatten zusammen die Grundschule und die Highschool besucht, wo er es alles andere als leicht gehabt hatte. Von früher

Kindheit an bis in unser drittes Highschool-Jahr hinein war Chuck mit Abstand das übergewichtigste Kind in der Klasse gewesen. Nicht auf eine groteske Weise fett, aber auf eine komische Weise plump, sodass er immer ein wenig ungepflegt wirkte. Er wurde nicht ständig gehänselt, wie es in diesen John-Hughes-Filmen der Fall ist, aber er litt trotzdem darunter, vor allem, wenn es um Mädchen ging. Durch seine witzige Art war er bei ihnen in gewisser Weise beliebt, aber sobald er an etwas Ernstem interessiert war, bekam er jedes Mal das übliche »Lass- uns-gute-Freunde-sein«-Gerede zu hören. Dann schoss er schließlich in die Länge, was, zusammen mit einer eisern durchgehaltenen Diät, sein Gewicht auf ein normales Maß reduzierte. Doch zu dem Zeitpunkt war es schon zu spät. Er hatte die ersten beiden Jahre auf der Highschool als Dickerchen gegolten, und bei dieser Einschätzung blieb es in weiten Kreisen auch für die nächsten beiden. Und wenn man sechzehn ist, dann ist die Einschätzung der anderen eben neun Zehntel der Wahrheit.

Das College hingegen war ein perfekter Neuanfang für ihn, und Chuck schoss los wie ein Pferd aus dem Gatter. Vielleicht war es Kompensation, vielleicht Rache an all den Frauen für die früheren Zurückweisungen oder vielleicht auch nur all der aufgestaute, unterdrückte Sexualtrieb, den er nun, nachdem er jahrelang solo gelebt hatte, endlich mit jemand anders und in dem ausleben konnte, was er ungeniert »eine Nummer schieben« nannte. Wie auch immer man es erklären wollte, Chuck konnte gar nicht glauben, wie leicht es auf einmal war, sich flachlegen zu lassen, und er ging dabei mit einer unbändigen Ausgelassenheit zu Werke, als hätte er im Supermarkt einen Einkaufsgutschein gewonnen.

Irgendwann gegen Ende des Colleges setzte bei Chuck

der Haarausfall ein, und er bekam auf einmal das Gefühl, als hätte eine gigantische Uhr zu ticken begonnen. Es muss ihm entsetzlich ungerecht vorgekommen sein, dass er, der so hart darum gekämpft hatte, ein körperliches Handikap loszuwerden, aus seiner Sicht nun ein neues aufgebürdet bekam, über das er keinerlei Kontrolle besaß.

Lindsey und ich beobachteten, wie Chuck das Mädchen näher an sich zog und ihr irgendetwas zuflüsterte. Sie lachte mit dem ganzen Körper und gab ihm einen flüchtigen Kuss auf die Wange. »Na ja, er beherrscht schon ein paar Kunststücke«, sagte Lindsey. »Ich denke, das muss man ihm lassen.«

»Wenn wir ihn doch nur dazu bringen könnten, seine Kräfte positiv zu nutzen«, sagte ich geistesabwesend und trank noch einen Schluck von meinem Sam Adams.

»Du siehst traurig aus«, sagte sie.

»Ich bin nur nachdenklich.«

»Worüber denkst du nach?«

»Ob ich traurig sein soll oder nicht.«

»Immer noch der alte Ben.«

Eine Zeit lang tranken wir schweigend.

»Wir lassen uns scheiden«, sagte ich schließlich.

»Oh!« Sie schien aufrichtig überrascht. »Ich wusste ja, dass ihr getrennt lebt, aber ich dachte, das sei nur ein zeitweiliger Knatsch. Dass ihr es wieder ausgebügelt hättet.«

»Ich weiß nicht«, sagte ich, obwohl ich es wusste. »Ich denke, das Ausbügeln war vielleicht der zeitweilige Knatsch.«

»Es tut mir Leid«, sagte sie, und sie meinte es ehrlich.

»Themawechsel, bitte«, sagte ich.

»Wie läuft's mit dem Schreiben?«, fragte sie. Falsches Thema.

»Bei *Esquire*?«, fragte ich. »Gut.«

»Schreibst du schon irgendwelche Features?«

»Nein. Ich bin immer noch der Listenverfasser.« Listen, das war bei *Esquire* ein großes Thema. *7 lebensnotwendige Magenübungen, 10 kleine Pflegetipps für eine große Nacht. 30 Dinge, die Sie über Ihr Geld wissen sollten.* Bevor man zu den richtigen Artikeln aufsteigen durfte, musste man erst seine Zeit bei den Listen absitzen.

»Und dein Roman?«

»Hab ihn seit Monaten nicht angerührt.«

»Wo liegt das Problem?«

»Ich neige dazu, die Dinge auf die lange Bank zu schieben, aber lass uns davon irgendwann anders reden.«

»Aha.«

»Ich weiß nicht«, sagte ich, während ich einen Eiswürfel zwischen meinen Zähnen zermalmte. »Ich glaube, es ist der Protagonist. Er ist zu autobiografisch.«

»Und das heißt?«

»Ohne Motivation.«

»Armer Ben«, sagte sie mitfühlend.

»Arme Alison«, entgegnete ich.

»Arme Lindsey«, sagte Lindsey. »Dreißig Jahre alt. Kannst du dir das vorstellen?«

»Allerdings«, sagte ich. »Ich bin selbst letzten Monat dreißig geworden.«

Ihr Kiefer sackte überrascht ein wenig nach unten, und dann wandte sie sich mit einem traurigen Lächeln zu mir um und nahm meinen Kopf zwischen beide Hände. »O scheiße, Benny. Das hab ich total vergessen.« Sie beugte sich vor und gab mir einen sanften Kuss auf die Lippen. »Alles Gute zum Geburtstag, Benny.«

Der Kuss und der Spitzname ließen mich sechs Jahre zurückdenken, als Lindsey und ich noch zusammen waren. Es ist das grundlegende Prinzip der Gruppendynamik, dass kein Freundeskreis eine wirklich zusammenhängende Einheit bleiben kann, es sei denn, einige von ihnen sind auf irgendeine vertrackte Weise ineinander verliebt. Vertrackt, da sie, wenn die Sache einfach läge, als Paar verschwinden würden, was das Ende der Gruppe bedeuten würde. Da gab es Alisons unermüdliche und unerwiderte Liebe zu Jack, die vernünftigerweise als mütterliche Fürsorge kaschiert wurde, damit die Situation nicht ungemütlich wurde. Chuck war glücklich in sich selbst verliebt. Und dann war da meine Liebe zu Lindsey, die als simple Lust begonnen hatte, als wir auf dem College zunächst Freundschaft schlossen, die dann aber zu einer vollreifen, schmerzlichschönen Liebe aufblühte, die unausgesprochen blieb, bis wir das College abgeschlossen hatten. Wir wussten beide, dass sie da war, und wir wussten beide, dass wir beide es wussten. Es war so offensichtlich an der Art, wie sie mich zur Begrüßung oder zum Abschied küsste, wie sie es immer schaffte, genau meinen Mundwinkel zu treffen. Oder an der Tatsache, dass Lindsey und ich offenbar jedes Mal, wenn wir fünf gemeinsam ausgingen, nebeneinander saßen. Und ich war stets derjenige, der sie abends nach Hause brachte, obwohl Chucks Studentenbude näher lag. Und doch, trotz all dieser versteckten Hinweise, wollte keiner von uns beiden diese Liebe zu Collegezeiten wachsen lassen. Ich glaube, wir hatten Angst davor, dass wir uns gegenseitig nicht mehr haben würden, falls es mit uns nicht klappen sollte. Oder zumindest steckte diese Überlegung wohl bei ihr dahinter. Ich selbst wäre bereit gewesen, das Risiko einzugehen, wenn ich mir nicht so sicher gewesen wäre, dass sie mich sanft, aber entschieden zurückweisen würde. Ich habe es auf dem College mit den Mädchen nicht so wild getrieben wie Chuck und mit Sicherheit nicht so wild wie Jack, der bei den Mädchen gut und gern als Vorbedingung für eine Kursteilnahme hätte gelten können, ohne Witz. Aber ich arrangierte mich mit einem etwas allzu belesenen Mädchen vom Typ Clark-Kent-ohne-das-Alter-Ego, und der Grund dafür war, denke ich, dass all die Gefühle, die ich für Lindsey empfand und die in meinem Inneren leise vor sich hin köchelten, in der Zwischenzeit irgendwo anders ausgelebt werden mussten.

Am Tag nach dem College-Abschluss tanzten Lindsey und ich auf einer Party zusammen, wie üblich ein wenig enger, als es die offizielle Grenze für »nur gute Freunde« vorsieht, als sie mich fragte: »Also, Benny, was wirst du jetzt machen?«

»Ich hab dir doch erzählt, was ich vorhabe«, sagte ich. »Ich nehme mir ein paar Monate frei, um zu schreiben, und dann werde ich anfangen, mich bei ein paar Verlagen vorzustellen.«

»Nein«, sagte sie, und ihr geschmeidiger Körper hielt auf einmal völlig still, und sie wich ein Stück zurück, um mir in die Augen zu blicken. »Ich meine, was wirst du mit mir machen?«

Wir blieben zwei perfekte Jahre zusammen, Jahre, aus denen man eine Sechzig-Sekunden-Montage aus Filmausschnitten hätte machen können, mit einem Harry-Connick-Jr.-Song im Hintergrund, wie in *Harry und Sally*. Spaziergänge im Park, Küsse im Regen, Späße auf einem Straßenmarkt et cetera. Zwei Jahre, das war für mich lange genug, um zu glauben, dass es niemals enden würde. Aber das tat es natürlich doch, als Lindsey irgendwann Panik bekam und entschied, dass sie mit vierundzwanzig noch viel zu jung für ein sesshaftes Leben war und dass es an der Zeit war, sich auf den Weg zu machen und die Welt zu entdecken. Sie schmiss ihren Job als Grundschullehrerin und ging auf Weltreise, wobei ihr ein zwischenzeitlicher Job als

Flugbegleiterin zugute kam, und ich traf schließlich Sarah wieder, die inzwischen eine Karriere, Ziele und einen etwas höher entwickelten Nestinstinkt hatte.

Lindsey zog etwa zur selben Zeit zurück nach Manhattan, zu der ich heiratete. In den nächsten paar Jahren fing sie beruflich ständig etwas Neues an, arbeitete in der Werbebranche, dann im Diamantenhandel an der Siebenundvierzigsten Straße und schließlich als Aerobiclehrerin bei Equinox. Die meiste Zeit arbeitete sie zwischen zwei Jobs für eine Zeitarbeitsfirma als Empfangsdame. Was immer sie gesucht hatte, als sie sich auf unbekannte Wege aufmachte, sie hatte es nicht gefunden, und ich hätte mich dadurch eigentlich bestätigt fühlen sollen, aber stattdessen war ich nur traurig. Ich sah sie hin und wieder, wenn wir alle gemeinsam ausgingen, aber wir kamen nie unter vier Augen zusammen. Lindsey hätte es niemals vorgeschlagen, da ich schließlich verheiratet war, und ich hatte Angst davor, mit ihr allein zu sein, denn dann hätte es sich noch schwerer leugnen lassen, dass ich die Falsche geheiratet hatte. Also trafen wir uns im Schutz unserer kleinen Gruppe, blieben sporadisch in Kontakt und versuchten, die Tragik nicht zu erkennen, die darin lag, dass wir zu flüchtigen Bekannten geworden waren.

»Ben?«, holte mich Lindsey in die Gegenwart zurück.

»Ja?«

»Du weinst ja.«

»Ich bin bloß betrunken«, sagte ich.

Sie legte den Kopf an meine Schulter und schlang die Hände um meinen Arm. »Armer Ben.«

2

Am nächsten Tag rief mich Alison im Büro an.
»Hi, Ben, ist die Zeit okay für einen Anruf?«

Alison war Anwältin, und vermutlich eine verdammt gute, auch wenn sie sich wohlweislich dagegen entschieden hatte, Prozessanwältin zu werden. Dazu hat sie eine zu friedliche Natur. Trotzdem, in etwa fünf Jahren würde sie sich bei Davis Polk um eine Aufnahme als Partner bewerben können, daher war es schon ziemlich nett von ihr, mich – einen Artikelredakteur und leitenden Listenverfasser bei *Esquire* – zu fragen, ob die Zeit okay für einen Anruf sei.

Wann immer ich mich in erstklassigem Selbstmitleid ergehen wollte, erinnerte ich mich schmerzlich daran, wie aufgeregt ich war, als ich bei *Esquire* eingestellt wurde. Wie ich an meinem ersten Arbeitstag in meiner erbärmlichen kleinen Kabine Platz nahm, mit dem uneingeschränkten Blick auf die Wand, die Beine auf das Resopalbrett legte, das zwischen den beiden Seitenwänden aufgehängt war und mir als Schreibtisch diente, und mich lächelnd darüber freute, dass ich das große Los gezogen hatte. Ich war so sicher, dass es nur eine Frage von Monaten sein würde, bis ich die Leute mit meinen Schreibkünsten vom Hocker reißen und von meinem Korrekturlesen und Themensammeln zu erhabeneren Schreibaufträgen aufsteigen würde. Vielleicht würde ich sie sogar bewegen können, eine meiner Kurzgeschichten zu veröffentlichen. Und wenn ich mit meinem Roman fertig war, würde es ein Kinderspiel für mich sein, aufgrund meines gediegenen Prestiges als *Esquire*-Journalist das Interesse eines Agenten und größerer Verlage zu wecken. Selbst nachdem ich erfahren hatte, dass die meisten ernst zu nehmenden Artikel gar nicht von Angestellten, sondern von freien Mitarbeitern verfasst wurden, blieb ich zuversichtlich, dass meine Talente irgendwann doch Anerkennung finden würden.

Es dauerte ein paar Jahre, bis ich begriff, dass mit mir gar nichts passierte. Ein solches Nichts passiert niemals auf einen Schlag. Es fängt langsam an, so langsam, dass man es gar nicht bemerkt. Und dann, wenn man es irgendwann doch bemerkt, verdrängt man es in die hintersten Gehirnwindungen, in einer Wolke voller nüchterner Erklärungen und Entschlüsse. Man hat viel zu tun, man stürzt sich in bedeutungslose Arbeit, und eine Zeit lang hält man das Bewusstsein des Nichts in Schach. Aber dann passiert irgendetwas, und man ist gezwungen, der Tatsache ins Auge zu blicken, dass einem in genau diesem Augenblick das Nichts passiert, und das schon seit geraumer Zeit.

Bei mir passierte es mit einer Shortstory. Ich sollte die Geschichte über einen Mann Korrektur lesen, der mit seinem jüngeren Bruder durch Florida fuhr, unterwegs zur Beerdigung ihres Vaters, den sie kaum noch kannten. In der Nähe einer Alligatorfarm haben sie eine Autopanne, und während sie dasitzen und zusehen, wie die Einheimischen mit den Alligatoren kämpfen und sie zusammentreiben, sprechen sie über die Zerrüttung der Familie und die Dämonen, die den Vater dazu getrieben hatten, sie zu verlassen. Der belletristische Redakteur bei *Esquire*, Bob Stanwyck, im Büro durchweg als »Wyck« bekannt, hatte eine Schwäche für Erzählungen, die zarte Nuancen eines Reiseberichts besaßen, aber kaum, falls überhaupt, eine Auflösung am Ende, und diese Kurzgeschichte war absolut typisch für ihn. Sie machte auch begreiflich, weshalb er meine eigenen Shortstorys durchweg über den bürointernen Postdienst an mich zurücksandte, mit höflichen abschlägigen Bemerkungen, die er auf gelbe Post-its kritzelte.

Nachdem ich mit der Erzählung fertig war, warf ich einen beiläufigen Blick auf die Biografie des Autors und stellte verblüfft fest, dass er sechsundzwanzig Jahre alt und diese Geschichte bereits die dritte war, die er veröffentlichte. Ich war damals achtundzwanzig, und das Einzige, was ich als Erfolg meiner Bemühungen vorweisen konnte, war ... Nichts. Auf einmal kamen mir die grauen, abgewetzten, stoffüberzogenen Wände meiner Kabine lächerlich klein vor, und die Styropordecke mit den winzigen braunen Kratern erschien mir noch niedriger als zuvor. Das war der Tag, an dem ich begriff, dass ich meinen Job hasste. Und es sollte noch ein paar Monate dauern, bis mir noch etwas klar wurde: Etwas zu begreifen und etwas daran zu ändern, das sind zwei völlig verschiedene Dinge.

Als Alison anrief, saß ich in meiner Kabine und dachte über die metaphorische Bedeutung von *Star-Wars*-Filmpuppen nach – für einen Artikel, der niemals erscheinen würde. Ich dachte über die Anordnung der Filmpuppen nach, die dekorativ oben auf meinen Aktenschränken saßen, und spielte mit dem Gedanken, ihnen einen neuen Luke Skywalker mit Yoda auf dem Rücken hinzuzufügen (Gott sei Dank gibt es Büros, den letzten Spielplatz des Erwachsenen, der nicht erwachsen werden will). Ich war neun Jahre alt, als *Star Wars* in die Kinos kam, und wie so viele meiner Altersgenossen habe ich diese Phase nie wirklich hinter mir gelassen. Und als nun, zweiundzwanzig Jahre später, *Die dunkle Bedrohung* in die Kinos kam und man aus diesem Anlass eine Reihe neu entworfener Filmpuppen aus der ursprünglichen Trilogie auf den Markt brachte, hatte ich einen starken posthypnotischen Drang verspürt, sie zu kaufen.

Ich habe den Eindruck, dass sich die Filmpuppen in diesen zwanzig Jahren stark verändert haben. Die Farben sind kräftiger, die Puppen sind detailgenauer gearbeitet, und in mancherlei Hinsicht ähneln sie tatsächlich den Schauspielern, die sie verkörpern. Sie haben bessere Accessoires, sie sind etwas größer, und sie sind anatomisch genauer. Echte Menschen hingegen scheinen, wenn sie älter werden, an Farbe und Detail zu verlieren, und wenn sie die Lebensmitte überschritten haben, fangen sie manchmal sogar an zu schrumpfen. Luke, Han, Leia und sogar Obi-Wan scheinen etwas anmutiger zu altern als der Rest von uns. *Dreißig* … scheiße.

Ich sagte Alison, dass die Zeit okay für einen Anruf sei.

»Es ist wegen Jack«, sagte sie. Sie klang nervös. »Ich glaube, er steckt wirklich in der Klemme.«

»Darüber habe ich auch schon nachgedacht«, sagte ich.

»Er ist süchtig, Ben. Er braucht Hilfe.«

»Hast du mit ihm darüber gesprochen?«

»Du hast doch gesehen, in welchem Zustand er war«, sagte Alison. »Kaum waren wir wieder im Hotel, hat er sich aufs Bett fallen lassen und ist sofort eingeschlafen. Ich hab sein Rasierzeug durchsucht, hab zwei Beutel Koks gefunden und sie in die Toilette gespült. Er war so wütend, als er aufwachte, Ben. Er war ein völlig anderer Mensch. Er hat das Zimmer auseinander genommen, um irgendwo noch Drogen zu finden, und hat mich wüst beschimpft. Er sagte, ich …«

An dieser Stelle versagte ihre Stimme. Die süße Alison, die nie ein böses Wort zu jemandem sprach, die Jack fast ein Jahrzehnt lang selbstlos geliebt hatte, hatte sich von ihm wüst beschimpfen lassen müssen, während er aus seinem Rausch zu sich kam.

»Du weißt doch, dass er nichts von alledem wirklich gemeint hat«, sagte ich zu ihr. »Das sind die Drogen, die dann das Reden übernehmen.«

»Und dann kam Seward rein«, fuhr sie fort, verzweifelt bemüht, ihrer Stimme nichts anmerken zu lassen. Paul Seward war Jacks Agent und ein absoluter Kontrollfreak. Wenn man seinen Worten Glauben schenkte, dann hatte er Jack gezeugt, entbunden und einhändig zum Star aufgepäppelt. »Er hat mich praktisch vor die Tür gesetzt, hat gesagt, ich soll unten in der Lobby warten, und er würde Jack schon den Kopf zurechtrücken.«

»Und was ist dann passiert?«

»Ich hab eine Stunde unten gewartet und bin dann noch einmal auf sein Zimmer gegangen. Es war niemand da. Paul muss ihn durch einen anderen Ausgang weggebracht haben.«

»Dieser Dreckskerl.«

»Ja. Das ist er allerdings.«

»Sind sie zurück nach L. A. gefahren?«

»Ich nehm's an.«

Sie schien auf irgendeinen Vorschlag von mir zu warten, aber mein Kopf war völlig leer. Ich nahm R2-D2 in die Hand und begann geistesabwesend, seinen kuppelförmigen Kopf hin- und herzudrehen, eine alte Angewohnheit von mir. Das klickende Geräusch, das die Sperrklinken verursachten, während der Kopf des Droiden hin- und herschwenkte, beruhigte mich. »Ich bin mir nicht sicher, was wir deiner Ansicht nach jetzt unternehmen sollten«, sagte ich.

»Ich weiß es auch nicht«, sagte Alison, und ich hörte die Erschöpfung in ihrer Stimme. »Aber ich weiß, dass dieser Agent gar nichts für ihn tun wird. Jack ist schließlich sein Goldesel.«

»Vielleicht könnten wir mit Paul reden und versuchen, ihm das ganze Problem klarzumachen«, sagte ich. »Jack bringt ihm im Augenblick vielleicht noch eine hübsche Stange Geld ein, aber wenn er in dem Tempo weitermacht, könnte er im Grunde jederzeit abstürzen. Wenn er ihn vorübergehend aus dem Verkehr zieht, damit er wieder clean wird, investiert er in eine längere Zukunft.« Noch während ich sprach, merkte ich schon, dass dieser Ansatz ein Trugschluss war. Hollywood war kein Ort, an dem man in die Zukunft eines Menschen investierte. Jack war hier und jetzt ein Star, und als sein Agent musste man das Eisen schmieden, solange es heiß war. Bis nächstes Jahr, wenn Jacks Karriere womöglich den Bach runterging, würde Seward ein hübsches Sümmchen beiseite geschafft haben, von dem er leben konnte, während er sich seinen nächsten Goldesel suchte.

»Wir sind seine Freunde, Ben.«

»Ich weiß.«

»All seine Freunde dort draußen benutzen ihn für irgendwas, verstehst du? Wir sind seine einzigen wirklichen Freunde.«

»Was sollen wir jetzt also tun?«, fragte ich.

»Ich denke, wir sollten es vielleicht mit einer Intervention versuchen«, sagte Alison.

Eine Intervention. Die Überraschungsparty des Millenniums. Lege Ort und Zeit fest, lade den Ehrengast ein, und lass all seine Freunde mit leichten Erfrischungen und beharrlicher Liebe auf ihn warten. Überraschung! Du hast Mist gebaut, und wir alle wissen es.

»Glaubst du, Jack würde sich auf eine solche Geschichte wirklich einlassen?«, fragte ich, während ich R2 zurück an seinen Platz neben C-3PO stellte, seinen goldenen Gefährten.

»Ich weiß nicht«, räumte sie ein. »Aber irgendetwas müssen wir versuchen. Ich würde es mir selbst nie verzeihen, wenn wir jetzt tatenlos zusehen und dann irgendetwas Schlimmes passiert.«

»Eine Intervention, hm? Sollten wir nicht lieber einen professionellen Drogenberater zurate ziehen?«

»Vermutlich schon«, sagte Alison. »Aber jede noch so geringe Chance, dass Jack auf uns anspricht, wird sofort verpuffen, wenn er sieht, dass wir einen Außenstehenden einbezogen haben.«

»Da hast du vermutlich Recht.«

»Was? Was meinst du?«

»Es klingt einfach so … dramatisch. Wie ein fürs Fernsehen gemachter Kinofilm mit einem ehemaligen Sitcom-Schauspieler als Hauptdarsteller oder einem dieser *Beverly Hills-90210*-Mädchen.«

»Wenn man für einen Filmstar nicht dramatisch werden kann«, sagte Alison, »für wen denn dann?«

Ich musste zugeben, dass sie da in gewisser Weise Recht hatte.

»Dieser Bursche geht also mit drei Frauen gleichzeitig, okay?«, sagte Chuck. »Und er weiß, dass er sich für eine von ihnen entscheiden muss, aber er ist sich nicht sicher, für welche.«

»Warum klingen deine Witze eigentlich immer autobiografisch?«, fragte ich.

»Weil sein Leben eine einzige Pointe ist«, sagte Lindsey.

Wir hielten eine Telefonkonferenz ab, von Alison arrangiert, um zu besprechen, wie genau sich eine freundliche Intervention im Fall Jack durchführen ließ. Chuck, Alison und ich waren noch bei der Arbeit und Lindsey in ihrer Wohnung. Alison musste uns für eine Minute in die Warteschleife schalten, um einen anderen Anruf entgegenzunehmen, was Chuck die Gelegenheit gab, uns mit seinem nächsten Witz zu beglücken.

»Ihr seid ja beide bloß eifersüchtig«, sagte Chuck. »Jedenfalls, er beschließt, jeder von ihnen zehntausend Dollar zu geben, und sich je nachdem, wie sie das Geld ausgeben, zu entscheiden.«

»Perfekt«, sagte Lindsey.

»Die erste Frau kommt also zurück und hat das Geld ausgegeben, um ihm ein neues Motorrad zu kaufen. Die zweite Frau sagt: ›Ich kann so viel Geld von dir nicht annehmen, ich nehm bloß fünf Riesen, denn mehr muss ich für die Kreuzfahrt, die wir zusammen machen wollten, nicht bezahlen. So weit alles klar?«

»Und wie«, sagte ich.

»Die dritte Frau nimmt die zehn Riesen und investiert sie in eine Neuemission irgendwelcher hoch dynamischer Internet-Aktien. Ein paar Wochen später hat sie achtzig Riesen, die sie mit ihm teilt, vierzig für jeden. Also.« Chuck hielt einen Augenblick inne. »Und wen wird er jetzt heiraten?«

»Ich geb's auf«, sagte Lindsey sofort.

»Ich auch«, sagte ich.

»Die mit den größten Titten«, verkündete Chuck triumphierend.

»O mein Gott«, stöhnte Lindsey.

»Ich wusste, es stinkt nach Autobiografie«, sagte ich.

Dann klickte es in der Leitung, und wir alle hörten Alisons Stimme. »Ich bin wieder da.«

»Und besser als vorher, hey la hey la«, sang Chuck.

»Okay«, sagte Alison. »Ich hab mit euch allen mehr oder weniger das gleiche Gespräch geführt hinsichtlich einer Intervention für Jack. Wir sind uns alle einig, dass das im Augenblick die beste Verfahrensweise zu sein scheint.«

»Die beste Verfahrensweise?«, sagte Chuck. »Es ist die einzige.«

»Und damit ist sie die beste«, fauchte Alison ihn an.

»Okay«, schaltete ich mich ein. Chuck und Alison hatten

die Angewohnheit, ständig über Kreuz zu kommen. Das war schon immer so gewesen, schon damals auf dem College. Chucks forsche und oft ungehobelte Art vertrug sich nicht mit Alisons stillem, feinsinnigem Wesen. Er betrachtete ihre stillschweigende Missbilligung seines oftmals unangebrachten Benehmens als Herausforderung, die ihn zu noch stärkeren Extremen anstachelte, was ihr wiederum das Gefühl gab, jede pöbelhafte Bemerkung sei ein persönlicher Angriff gegen sie. Sobald sie sich erst einmal in den Haaren lagen, konnte sie nichts mehr auseinander bringen, daher hatten wir anderen im Lauf der Zeit gelernt, sie zu unterbrechen, sobald sich eine Meinungsverschiedenheit auch nur anbahnte. »Also, wie wollen wir diese Sache jetzt anpacken?«, fragte ich.

Alison erzählte uns, dass Jack sie ein paar Tage nach dem Zwischenfall im Torre's angerufen hatte, um sich zu entschuldigen, und ihr gesagt hatte, er würde Dienstag in einer Woche für eine Premiere nach New York kommen und sie gern zum Abendessen einladen. »Ich werde ihm sagen, er soll mich in meiner Wohnung abholen«, überlegte sie.

»Und dort werden wir alle warten«, sagte Lindsey.

»Ja«, sagte Alison.

»Er wird stocksauer sein«, sagte Lindsey.

»Lass ihn stocksauer sein«, warf ich ein.

»Er wird sich schämen«, sagte Lindsey. »Es klingt irgendwie grausam. Als ob wir uns alle gegen ihn verschwören.«

»Er muss erfahren, dass wir es aus Sorge um ihn tun. Aus Liebe«, sagte Alison.

»Lindsey hat Recht«, sagte Chuck. »Vielleicht sollten wir nicht alle dort sein. Das könnte vielleicht ein bisschen zu viel für ihn sein.«

»Wenn du nicht mitkommen willst ...«, begann Alison.

»Das habe ich nicht gesagt«, brauste Chuck auf. »Aber ihr habt doch keine Ahnung, womit ihr es da überhaupt zu tun habt, also lasst mich euch wenigstens eine Vorstellung davon geben. Kokain ruiniert das endokrine System. Es löst im Gehirn eine Hypersekretion an Norepinephrin aus, was beim Abhängigen oft zu Halluzinationen und Psychosen führt, von denen die häufigste extreme Paranoia ist. Das ist ein typisches Symptom. Lindsey hat Recht, es besteht durchaus die Gefahr, dass er unsere Absichten völlig falsch versteht.«

»Entschuldige, Chuck«, sagte Alison. »Ich hab's nicht so gemeint.«

»Wie auch immer.«

»Hört zu«, sagte Lindsey. »Wir haben noch ein paar Tage Zeit, um zu überlegen, ob es noch eine bessere Möglichkeit gibt. Im Augenblick, denke ich, sollten wir uns darauf einigen, dass wir alle für ihn da sein werden.« Wir stimmten unter leisem Gemurmel zu. »Aber ich glaube, wir sollten uns alle über den Ernst dieser Aktion im Klaren sein«, fuhr Lindsey fort.

»Was meinst du damit?«, fragte ich.

»Wir könnten ihn verlieren«, sagte sie leise. »Wenn er richtig wütend wird oder schon so weit hinüber ist, dass er sich mit uns nicht mehr auseinander setzen kann, wird er einfach aus dem Zimmer davonstürmen, und das könnte dann das Letzte sein, was wir von ihm sehen.« Sie sagte »wir«, aber wir alle wussten, dass sie im Grunde zu Alison sprach. »Was ich sagen will, ist: Ich glaube nicht, dass das eine von diesen Geschichten ist, die entweder klappen oder nicht, und dass wir alle, ganz gleich, wie die Sache ausgeht, einen Monat später wieder seine Freunde sind. Die Geschichte wird Konsequenzen haben.«

»Da stimme ich Lindsey zu«, sagte Chuck.

Alison atmete einmal tief aus. »Hört zu. Was mich betrifft, so denke ich, er ist auf bestem Wege, sich selbst zugrunde zu richten. Wir können nicht tatenlos hier herumsitzen, nur weil wir Angst haben, seine Freundschaft zu verlieren. Was haben wir denn davon, seine Freunde zu bleiben, wenn er in einem halben Jahr tot ist?«

»Könnte es wirklich so ernst sein, Chuck?«, fragte ich.

»Es ist eine sehr eigenwillige Droge«, sagte Chuck. »Sie wirkt bei jedem anders, und ich weiß ja nicht einmal, wie lange er sie schon nimmt. Er könnte noch ein Jahr durchhalten, es könnte aber auch sein, dass er schon ein Ödem im Gehirn hat, das blutet. Dann könnte er schon morgen an einer Gehirnblutung sterben.«

Das ließ uns alle für einen Moment verstummen, und das Einzige, was man hörte, war das statische Knistern von Bell Atlantic. Irgendjemand begann, nervös mit einem Bleistift auf den Schreibtisch zu klopfen. An der Universität von New York hatten wir alle hin und wieder Gras geraucht, das wir in Zwanzig- und Fünfzig-Dollar-Päckchen von den Rasta-Typen erstanden, die durch den Washington Square Park stromerten, aber mit jeglichen härteren Sachen fehlte uns jegliche Erfahrung. Nancy Reagan hatte uns eingebläut: »Sagt einfach Nein«, und wir hatten gelernt, Drogen instinktiv zu verabscheuen, aber das hieß nicht, dass wir die Gefahren wirklich kannten. Als Chuck uns die Auswirkungen der Droge in konkreten medizinischen Fachbegriffen schilderte und auch eine mögliche Todesfolge erwähnte, wurde sie auf einmal zu einer weitaus realeren und bedrohlicheren Gefahr. Ich musste an diesen einen Werbespot denken, den es vor ein paar Jahren gab – den mit dem Ei und der Bratpfanne. *Das hier ist dein Gehirn, und das hier ist dein Gehirn unter Drogeneinfluss. Noch irgendwelche Fragen?*

»Wir sind seine Freunde«, sagte Alison schließlich. »Wir müssen tun, was wir für das Beste halten, ganz gleich, wie unangenehm es sein könnte.« Sie klang, als versuchte sie, nicht nur uns, sondern auch sich selbst zu überzeugen.

»Dann werden wir's eben tun«, sagte ich. »Sind wir uns alle einig?«

Wir waren es.

An jenem Tag gab ich auf dem Nachhauseweg von der Arbeit allen Ernstes fünfundsechzig Dollar für eine lebensgroße Darth-Vader-Maske aus, eine von diesen Masken, die man sich ganz über den Kopf ziehen kann. Es gab keinen vernünftigen Grund, sie zu kaufen. Ich sah sie im Schaufenster des Star Magic Shop, und ich ging einfach hinein und kaufte sie. Sie hatte diesen herrlichen Geruch von neuem Plastik, den Geruch von Kindheit. Als Luke Skywalker in *Die Rückkehr der Jedi-Ritter* Darth Vader die Maske herunterriss, hatte ich das Gefühl, als hätte man mir irgendetwas unwiederbringlich weggenommen. Zuzulassen, dass Vader der Dunklen Seite der Macht abschwor, das würde seine böse Gegenwart in den ersten beiden Filmen für immer beeinträchtigen. *Star Wars* und *Das Imperium schlägt zurück* würden für mich niemals wieder das sein, was sie einmal waren – wie auch zwischen mir und dem Jungen, der ich einmal gewesen war, eine weitere Verbindung gekappt worden war.

Im Laufe der Jahre hatte Vader jedoch den Sturm überstanden und es geschafft, sich als prominenteste Ikone aus der Trilogie einen Namen zu machen, und auch wenn ich aus dieser Tatsache einen gewissen Trost schöpfte, nahm sie mir doch nichts von meiner Verlegenheit, die ich wegen meines Kaufs empfand, als ich dem jungen Mädchen an der

Kasse meine American-Express-Karte reichte. Ich ging nach Hause, die Maske in einer Tüte, fühlte mich beschämt, schwermütig und auf eine seltsame Weise aufsässig. Als ich in meine Wohnung kam, nahm ich die Maske aus der Tüte und legte sie auf den Küchentisch, und eine Zeit lang starrten wir uns einfach an, als könnte sich keiner von uns beiden so recht vorstellen, was der andere hier eigentlich machte.

3

Dreißig … scheiße!

Das war mein stilles Mantra in den Wochen vor und nach meinem dreißigsten Geburtstag. Soweit ich wusste, hatte man dem Tag keine Stunden und dem Jahr keine Tage genommen, und doch hatte sich dieser Meilenstein an mich herangeschlichen, wie eine gewaltige, stille Welle, die sich hinter einem aufbaut, während man der Küste zugewandt ist. Er war bei weitem zu schnell gekommen. An manchen Tagen hatte ich das Gefühl, als würde ich noch immer denken wie ein Neunzehnjähriger, und nun war ich auf einmal doch schon ein Jahrzehnt älter.

Star Wars war über zwanzig Jahre her. Ich kann mich noch erinnern, wie ich den Film sah, als er in die Kinos kam. Ich bin viermal in die Vorstellung gegangen. 1977 gehörten Videorekorder noch nicht zum allgemein üblichen Standard, und man wusste nie, wann man wieder die Gelegenheit haben würde, einen bestimmten Film zu sehen. Man musste den Film verinnerlichen, sodass man ihn einfach mitnehmen konnte.

Dreißig … scheiße! Es war wie eine dieser sinnlosen Listen, die ich für den *Esquire* verfasste. Mick Jagger, Roger Daltry und die Beatles sind alle schon über fünfzig. Billy Joel und Elton John sind auch nicht mehr weit davon entfernt, ebenso Harrison Ford und Sylvester Stallone. Gary Coleman und die ganzen Bradys sind erwachsene Männer. Magic und Bird haben sich zurückgezogen, Jordan hat sich schon zweimal zurückgezogen, und Shaquille O'Neal ist sechs Jahre jünger als ich. Ich habe vor acht Jahren das College abgeschlossen. Meine Eltern sind in den Sechzigern, dem Alter, das ich immer mit Großeltern in Verbindung brachte, nicht mit Eltern. Inzwischen kann es mir jeden Tag passieren, dass ich zu einem Arzt gehe und feststellen muss, dass er jünger ist als ich.

Wäre ich ein Athlet, dann hätte ich meine beste Zeit jetzt hinter mir. Wäre ich ein Hund, dann wäre ich jetzt schon tot.

Dreißig ... scheiße!

Es ist eine hübsche runde Zahl, wenn man alles unter Dach und Fach hat. Erfolg, Liebe, eine Familie, das grundsätzliche Gefühl, dass man tatsächlich auf diesen Planeten gehört. Wenn man das alles hat, dann stehen einem die Dreißig gut. Aber wenn man es nicht hat, dann fühlt man sich, als hätte man eine Frist versäumt, und auf einmal nehmen die Chancen, es je richtig zu deichseln, je wirklich Glück und Erfüllung zu finden, rapide ab. Man begreift, dass all die Hoffnungen und Träume bis zu diesem Zeitpunkt in Wirklichkeit Erwartungen waren, die nun, noch immer unerfüllt, verzweifelte Stoßgebete an einen Gott geworden sind, an den man, da war man sich doch sicher, gar nicht mehr glaubte. Bitte, gib mir ein unbeschwertes Herz und ein hübsches Mädchen an die Hand, oder wie auch immer dieses Lied geht. Ist das zu viel verlangt?

Dreißig ... scheiße!

Alt genug, um auf einmal schon die Vierzig zu erkennen, den Prozac-Geburtstag, der im Rückspiegel am Horizont schimmert, ein metallischer, glitzernder Fleck, der beständig größer wird. Alt genug, um allmählich die kleinen, fast unmerklichen Spuren des Alterns bei seinen Freunden und im eigenen Spiegel zu erkennen. Alt genug, zweifellos, um einen kokainsüchtigen Freund zu haben und zu begreifen, dass vielleicht doch nicht alles ein gutes Ende nehmen wird.

Dreißig..
....scheiße!

Alison lebte an der Central Park West, fünf Blocks Richtung Innenstadt und drei Blocks östlich von meiner Wohnung, aber es hätte auch eine andere Welt sein können. Ich lebte in einem Mietshaus an der Zweiundneunzigsten Straße, zwischen West End und Riverside, tagsüber eine recht nette Gegend, aber nachts wurde sie ein verruchter Drogen-Umschlagplatz mit Dealern und pockennarbigen, ausgemergelten Junkies, die auf den Bürgersteigen und in Hauseingängen heimlich ihre Geschäfte abwickelten. Wenn ich nachts mit einem beklommenen Gefühl diesen Spießrutenlauf von oder zu meiner Wohnung antrat, kam ich mir vor wie ein auffälliger Eindringling und betete nicht um Glück und Erfüllung, sondern lediglich darum, in Ruhe gelassen zu werden.

Drüben an der Central Park West gab es nichts dergleichen. Die Vorstände der genossenschaftlichen Wohnungsbaugesellschaften würden es nicht zulassen. Bei jedem Gebäude gab es in der Lobby mindestens zwei Portiers, die dafür sorgten, dass die Nachbarschaft friedlich und die Bürgersteige frei von den Großstadtstrolchen blieben, die sich von meiner Nachbarschaft angezogen fühlten. Zu Alisons Nachbarn zählten Mia Farrow, Diane Keaton, Tony Randall, Carly Simon, Madonna und unzählige andere Prominente, die man oft zwischen den überdachten Hauseingängen und den Taxis entdecken konnte, die ihnen uniformierte Portiers mit silbernen kleinen Pfeifen herbeiriefen. In Alisons Aufzug gab es sogar einen Knopf mit einem kleinen eingravierten Auto, mit dem man den Portier wissen lassen konnte, dass man ein Taxi haben wollte, sodass er einem – je nachdem, wie weit oben man wohnte – bereits eines herbeigewinkt hatte, wenn man unten ankam. Wenn man im Penthouse wohnte, wartete vielleicht schon ein Taxi, bis man unten war, wogegen sich nichts sagen ließ. Um von meiner Wohnung aus ein Taxi zu bekommen, musste man hinüber bis zur West End laufen und sich selbst eines herbeiwinken, aber viel häufiger kam es vor, dass man einfach bis zum Broadway ging und die U-Bahn nahm.

Alisons Zuhause war eine geräumige Dreizimmerwohnung mit abgetrenntem Esszimmer und einer Wohnküche, zwei großen Bädern und Blick auf den Central Park. Es war ein Geschenk ihrer Eltern gewesen, also musste sie sich nicht einmal um die Miete Sorgen machen. Nicht dass sie Sorgen gehabt *hätte,* bei ihrem sechsstelligen Gehalt und ihrem Trustfonds-Portfolio. Die Reichen werden wirklich nur noch reicher. Ihre Wohnungseinrichtung war spärlich, aber geschmackvoll, auch wenn ich mir sicher bin, dass das jadegrüne, L-förmige Ledersofa im Wohnzimmer vermutlich mehr gekostet hat als sämtliche Einrichtungsgegenstände in meiner Wohnung zusammen, Stereoanlage und Videorekorder eingeschlossen.

Als ich in der Wohnung ankam, saßen Lindsey und Alison bereits auf besagtem Sofa unter einem gerahmten

Magritte und tranken Apricot Sour. Lindsey war zwanglos gekleidet – in einer schwarzen Banana-Republic-Jeans und einer ärmellosen Körperweste stellte sie noch immer eine allmählich schwindende sommerliche Bräune zur Schau –, während Alison einen kurzen Karorock und ein weißes T-Shirt trug. Das Haar hatte sie zu einem lockeren Pferdeschwanz zusammengebunden. Beide Frauen waren schön, dachte ich, aber wie Tag und Nacht. Lindsey war sexy, aber einschüchternd, während Alison einladend, aber verletzlich war.

»Wir haben eben festgestellt«, sagte Lindsey, »dass unsere Generation die erste ist, für die die Popkultur das einzige Bezugssystem ist. Jede Erfahrung nehmen wir durch die Linsen der Popkultur auf. Wir sind zu einem solchen Ausmaß damit aufgewachsen, dass es das Einzige ist, auf das wir uns stützen können.«

»Nenn mir ein Beispiel«, sagte ich, während ich mich zu ihr auf die Couch setzte und dem Impuls widerstand, sie zu küssen. Ich gab mich damit zufrieden, ihr Parfum einzuatmen, während ich mir bei Alison Rum und Soda bestellte. Ich hatte Lindsey in den letzten beiden Jahren nur ein paar Mal gesehen, sodass ich noch immer bei jedem Wiedersehen ein bittersüßes Flattern in der Brust verspürte. Das Verhältnis von Bitterkeit und Süße schwankte je nachdem, in welcher Stimmung ich mich in dem betreffenden Augenblick befand, aber es war nicht verwunderlich, dass die Bitterkeit in letzter Zeit etwas stärker geworden war.

»Ich weiß, was sie meint«, sagte Alison, während sie sich erhob, um mir an ihrer Bar einen Drink zu mixen. »Zum Beispiel, dass wir Leute beschreiben, indem wir sie mit Filmstars vergleichen. Unsere Eltern hätten niemals irgendjemanden mit einem Filmstar verglichen, es sei denn, es hätte eine wirklich verblüffende Ähnlichkeit bestanden.

Filmstars gehörten nicht zum Alltag, und es gab noch nicht annähernd so viele.«

»Außerdem wussten damals noch nicht unbedingt alle, wie jeder Star aussah«, fügte Lindsey hinzu. »Aber heutzutage, dank der von den Medien geschürten Gier nach Prominententratsch, sind wir uns sicher, dass jeder, dem wir jemanden auf diese Art beschreiben, es begreifen wird. Wir könnten sagen, jemand ist extrem groß und muskulös, aber wir können genauso gut sagen, er sieht aus wie ein Schwarzenegger. Die Eigennamen bestimmter Leute werden zu normalen, beschreibenden Substantiven, die allgemein anerkannt werden. Unsere Sprache entwickelt sich parallel zu unserem Bezugssystem. Sie wird weniger deskriptiv und stärker visuell. Wir beschreiben nicht mehr mit Worten. Wir beschreiben, indem wir ein vergleichbares Bild heranziehen.«

»Das ist interessant«, sagte ich. »Aber das beschränkt sich nicht ausschließlich auf Bilder. Wir können andere Leute auch anhand der Musik oder der Filme, die sie mögen, beschreiben, oder anhand der Bücher und Zeitschriften, die sie lesen.«

»Stimmt«, sagte Alison und reichte mir meinen Drink, bevor sie sich am anderen Ende der Couch zusammenrollte. »Wenn du mir von einem Typen erzählst, der die Zeitschrift *Soldies of Fortune* liest und die Musik von Van Halen oder Anthrax hört, dann fange ich an, mir im Geist eine Vorstellung von ihm zu machen und mir eine Meinung über ihn zu bilden, und dann weiß ich schon genug, um zu wissen, dass ich ihn nicht mögen würde.«

»Chuck liebt Van Halen«, bemerkte Lindsey.

»Ich weiß«, sagte Alison in genau dem richtigen Tonfall, dass wir anderen losprusteten.

Chuck kam ein paar Minuten später, noch immer in seinem OP-Anzug, obwohl ich mir sicher war, dass er genug Zeit hatte, um sich umzuziehen. Es war bloße Eitelkeit, aber nachdem er sieben Jahre Medizin studiert hatte, war es, denke ich, sein gutes Recht. Er warf einen Blick auf unsere leeren Gläser auf dem Couchtisch und sagte: »Gehört es zum guten Ton, sich vor einer Intervention voll laufen zu lassen?«

»Auf jeden Fall«, sagte Alison.

»Vor allem, wenn es eine Intervention für dich selbst ist«, sagte Lindsey.

»Möchtest du was trinken, Chuck?«, fragte ich.

»Na ja«, sagte Chuck, »ich denke, nur für den Fall, dass Jack total high hier aufkreuzt, sollten wir dafür sorgen, dass auf dem Spielfeld in etwa Gleichstand herrscht.«

Nachdem ich Chuck einen Screwdriver gemixt hatte, verkündete Alison, dass es an der Zeit sei, die Strategie zu besprechen. Sie wollte, dass wir alle an der Tür warteten, wenn sie Jack hereinließ, aber ich fand, dass wir Jack auf diese Weise vielleicht gar nicht erst in die Wohnung bekommen würden. Lindsey schlug vor, Alison sollte Jack in die Wohnung lassen und ihm dann sagen, dass wir alle im Wohnzimmer warteten und mit ihm reden wollten, aber Chuck war der Ansicht, das würde ihm einen zu großen Vorteil verschaffen. »Ich weiß, es klingt seltsam«, sagte er, »aber wir müssen ihn wirklich überrumpeln.« Letztendlich entschieden wir uns dafür, dass Alison die Tür allein aufmachen und Jack ins Wohnzimmer bringen sollte, wo wir dann alle warten würden.

Alison stand auf, um sich noch einen Drink zu mixen. Chuck zündete sich eine Zigarette an, und als Alison ihn nicht anschnauzte, er solle sie gefälligst ausmachen, wusste ich, dass sie äußerst erregt war.

»Wir sind alle nervös«, sagte ich leise, während ich von hinten zu ihr an die Bar trat. »Es wird schon klappen.«

»Nervös war ich vor etwa einer Stunde«, sagte sie. »Inzwischen schwanke ich zwischen blankem Entsetzen und dem Gedanken, ob wir die ganze Sache nicht abblasen sollten.«

In genau diesem Augenblick ertönte zweimal der Türsummer. Das Signal von Oscar, dem Portier. Wir sahen uns alle an und kamen uns auf einmal ein bisschen lächerlich und völlig verunsichert vor. Selbst Lindsey, die sich im Allgemeinen durch nichts aus der Ruhe bringen lässt, blickte etwas unbehaglich drein. Eine Minute später klingelte es an der Wohnungstür.

»Showtime«, flüsterte Chuck und ließ sich auf die Couch plumpsen.

Wir hörten, wie Alison die Tür aufmachte und Jacks Stimme ins Wohnzimmer drang. Wir drei auf der Couch sahen uns an. Schuldgefühle und Beklommenheit standen uns ins Gesicht geschrieben, eine offenkundige Manifestation, die die Luft in Alisons Wohnzimmer verdichtete. Jack war unser Freund, und wir hatten uns gegen ihn verschworen und versteckten uns nun vor ihm. Als sich Alisons und Jacks Schritte dem Wohnzimmer näherten, spürte ich sogar ein Zittern in der Magengegend, als hätte ich auf Samt gegen den Strich gerieben.

Und dann war er plötzlich da. Mit seinen Jeans und dem marineblauen Sakko über einem weißen Oxford-Hemd sah Jack von Kopf bis Fuß aus wie ein Filmstar im Freizeitlook. Er war frisch rasiert und frisch geduscht, weit entfernt von dem verschmierten, kotzenden Etwas, das er gewesen war, als wir ihn das letzte Mal sahen. Auf einmal fragte ich mich, ob wir nicht einen Riesenfehler begangen hatten. Jack sah uns an. Sein Gesicht war eine ausdruckslose Maske. Er war eindeutig überrascht, doch es gelang ihm, cool zu bleiben und nur leicht verwirrt dreinzublicken. Seine Augen konnte man hinter den grünen, schwach getönten Gläsern seiner schwarz umrandeten Gucci-Sonnenbrille noch gut erkennen, dem neuesten schicken Accessoire des postmodernen Prominenten, das die Botschaft vermittelte: »Ich muss mich nicht hinter dunklen Gläsern verstecken, um unnahbar zu bleiben.«

Mir fiel ein, dass wir gar nicht besprochen hatten, wer eigentlich das Reden übernehmen sollte.

»Hi, Leute«, sagte Jack in einem freundlichen, aber wachsamen Tonfall.

Wir alle stammelten ein Hallo hervor. Es zeugte von Jacks Ausstrahlung, dass er in einer Situation, in der er derjenige war, der überrascht werden sollte, uns alle mindestens ebenso verblüffen konnte.

»Also«, sagte Jack, während er die Sonnenbrille abnahm. »Ich weiß, dass ich heute nicht Geburtstag habe.« Mir fiel auf, dass seine Augen stark blutunterlaufen aussahen, ein komplexes Geflecht wirrer rosa Linien in dem Weißen unterhalb der Iris.

»Jack«, sagte Alison mit leicht schwankender Stimme, »wir alle sind deswegen hier, weil wir mit dir über etwas reden müssen.«

Ohne zu zögern, trat er in die Mitte des Zimmers und ließ sich im Schneidersitz auf dem Teppich nieder. »Aber bitte«, sagte er. »Spannt mich nicht auf die Folter.«

Alison räusperte sich und sah zu uns hinüber. In ihren Augen lag ein Flehen, jemand anders möge doch jetzt bitte das Reden übernehmen. Während wir alle schweigend verharrten, wanderte Jacks Blick zu mir. »Ben?«, sagte er.

Ich sah zu ihm hinüber, dann zu Alison, dann wieder zu ihm zurück. »Es ist nicht leicht, Jack«, sagte ich. »Aber ich denke, das Erste, was jetzt gesagt werden sollte, ist, dass wir uns alle Sorgen um dich machen und dich als einen unserer engsten Freunde betrachten.« Noch während ich sprach, merkte ich, dass es sich völlig falsch anhörte. Indem ich von »uns« sprach, stellte ich Jack auf eine Seite und den Rest von uns auf die andere. Wir mussten die Dinge so sagen, dass sich eher eine Art Kreis bildete, mit Jack in der Mitte und uns anderen um ihn herum. Aber dass ich wusste, was man man tun musste, hieß noch lange nicht, dass ich eine Idee hatte, wie man das am besten machte.

»Willst du etwa mit mir Schluss machen, Ben?«, fragte Jack mit einem sarkastischen Lächeln.

»Wir machen uns Sorgen um dich, Jack«, sagte Lindsey. »Wir dachten, du würdest vielleicht Hilfe benötigen.«

Seine Augenbrauen hoben sich, als ihm der tiefere Sinn dieser Zusammenkunft allmählich dämmerte. »Was?«, sagte er. »Ich stürze einmal an einem Abend ab, und schon glaubt ihr, ich hab mich selbst nicht mehr im Griff?«

»Du weißt, dass es weitaus öfter als nur diese letzte Nacht passiert ist«, sagte Alison.

»Nein«, sagte Jack. »Das weiß ich nicht. Ich werde euch sagen, wo hier das Problem liegt.« Er stand vom Boden auf, das Gesicht auf einmal gerötet vor Zorn. »Das Problem ist, dass meine Freunde all diese Glamour-Magazine aus Hollywood lesen, all diese beschissenen Zeitschriften, die Äpfel und Birnen in einen Topf werfen, und sie lesen, wie all diese Filmstars sich mit Heroin zugrunde richten, zum Beispiel River Phoenix und Robert Downey Jr. und Christian Slater. Und natürlich, wenn dann Jack eines Abends stockbesoffen aufkreuzt, dann muss er natürlich in demselben gottverdammten Boot sitzen! Der arme Jack hält den Druck nicht aus, ein Star zu sein, hat ein kleines Heroinproblem, aber na ja, schließlich war er ja noch nie der Schlaueste. Mein Gott!«

»Kokain«, sagte Chuck zu ihm.

»Was?«

»Es ist Kokain. Deine Aggression und Willensstärke lassen auf eine akute Intoxikation durch eine sympathikomimetikum-ähnliche Droge wie Kokain schließen. Heroin ist ein Opiat. Damit lässt sich viel schwerer normal weiterleben. Du bist viel zu viel auf Achse, um heroinabhängig zu sein. Ganz zu schweigen von dem vereiterten Gewebe in deiner Nase.«

»Danke«, sagte Jack zu Chuck, während er sich mit funkelnden Blicken langsam rückwärts aus dem Wohnzimmer schob. »Das war wirklich informativ, und ich denke, wir haben da alle etwas gelernt. Aber ich muss jetzt zu einer Show, und das hier wird allmählich ausgesprochen langweilig.«

»Jack, geh nicht fort«, sagte Alison. »Bitte bleib hier und rede mit uns. Wir sind deine Freunde.«

»Du kannst mich mal, Alison«, spie er sie an, und sie zuckte sichtlich zusammen, als hätte man sie geschlagen. »Du und deine kleinen Fühl-dich-gut-Therapiesitzungen. Wenn du eine Freundin wärst, dann könntest du auch wie eine Freundin mit mir reden, anstatt mich hier in einen Hinterhalt zu locken.«

»Du weißt, dass es das nicht ist«, sagte Alison leise, mit bebender Unterlippe.

»Hey!«, ergriff Lindsey plötzlich für Alison Partei. »Wie zum Teufel soll sie denn mit dir reden, wenn du entweder stoned oder am Kotzen bist oder von deinem Agenten durch die Hintertür heimlich weggebracht wirst?«

»Wisst ihr, was ich glaube?«, sagte Jack, während er sich umwandte, um das Zimmer zu verlassen. »Ich glaube, für euch alle ist das Leben so langweilig und leer, dass ihr alles tun würdet, um euch selbst ein kleines Drama zu schaffen, damit ihr euch in eurem erbärmlichen kleinen Leben ein klein wenig besser fühlt. Selbst wenn ihr dafür auf meinem herumtrampeln müsst.«

»Du weißt, dass das Blödsinn ist«, sagte ich. Ich wurde wütend, ohne es zu wollen. »Nur weil wir nicht mit einer schicken Kokainsucht prahlen können, ist unser Leben noch lange nicht erbärmlich.«

»Wirklich, Ben? Warum redest du nicht wieder mit mir, wenn du etwas geringfügig Bedeutenderes verfasst hast als ›Fünf unentbehrliche Abend-Accessoires‹.«

»Halt's Maul, Jack«, sagte Lindsey.

»Ich werde dir einen noch größeren Gefallen tun«, sagte Jack. »Ich werde von hier verschwinden.«

Er schnellte herum, und ein paar Sekunden später hörten wir die Tür zuschlagen. Alison, die in der Mitte des Zimmers stand, starrte ihm mit offenem Mund fassungslos hinterher. Wir Übrigen saßen auf dem Sofa und fühlten uns beschissen.

»Ich denke, das haben wir prima gedeichselt«, sagte Chuck.

4

Etwas später an jenem Abend saß ich, wie es meine Angewohnheit war, vor dem leeren Bildschirm meines Computers und wartete vergeblich auf Inspiration. Sie stellte sich nicht ein, wie es ihre Angewohnheit war, und während ich in Gedanken abschweifte, kam mir mein Gespräch mit Alison und Lindsey am frühen Abend in den

Sinn, das Gespräch darüber, dass für unsere Generation die Popkultur das einzige gemeinsame Bezugssystem darstellt. Es war wie dieses Spiel, das wir oft an der Uni gespielt hatten – andere Leute anhand von Filmstars zu beschreiben, denen sie ähnelten. Wenn die Kunst das Leben nachahmte, dann wollten wir sicher gehen, dass wir alle vertreten waren. Damals waren wir alle große Kinogänger, was uns fünf vermutlich überhaupt erst zusammengebracht hatte. Ins Kino zu gehen, das steht bei der akademischen Elite nicht mehr allzu hoch im Kurs, vor allem nicht bei Studenten der Universität von New York, die sich moralisch verpflichtet fühlen, sich avantgardistischere Formen der Unterhaltung zu suchen, die es im bunten Kulturbetrieb des New Yorker Greenwich Village in reicher Auswahl gibt. Diejenigen von uns, die die Transvestitenbars, Tattoostudios und künstlerisch anspruchsvollen Filmtheater zugunsten eines schönen, altmodischen Kinos mieden, mussten sich unweigerlich finden.

Wenn Lindsey ein Filmstar wäre, dann wäre sie eine junge Michelle Pfeiffer, mit weicher, mokkafarbener Haut, smaragdgrünen Augen und einer herrlich vollen Oberlippe, die sich zu einem trägen Lächeln verzieht, das irgendwie gleichzeitig verführerisch und offenherzig wirkt. Als ich Lindsey in unserem ersten Studienjahr kennen lernte, war sie so hinreißend begehrenswert, dass ich augenblicklich entschied, ich hätte nicht das Recht, mit ihr befreundet zu sein. Unter ihrer Schönheit und unverhohlenen Erotik verbargen sich ein scharfer Verstand und eine Spiritualität, die sie nicht weniger begehrenswert machten. Wenn es eine olympische Disziplin gäbe, dem sexuellen Verlangen nach einer engen Freundin zu widerstehen, dann hätte ich neben meinem Diplom mit Sicherheit noch ein paar Goldmedaillen an der Wand hängen.

Alison wäre Mia Farrow in ihren frühen Woody-Allen-Zeiten. Irgendetwas an ihr weckt in einem das Bedürfnis, sie auf die Stirn zu küssen und ihr zu sagen, dass alles gut enden wird. Mit neunundzwanzig wirkt sie immer noch unglaublich unschuldig, trotz der bürgerlichen-kultivierten Art, den großen Augen, perfekten Zähnen und einer Körperhaltung, die von einer Kindheit voller Geigenstunden und Country-Clubs in Connecticut zeugt.

Chuck ist Jack Nicholson, bis hin zu dem spitzen Haaransatz über der Stirn. Und er hat Nicholsons hämisches, fast schon irrsinniges Lächeln, seinen endlosen Vorrat an Selbstvertrauen und seine ständige Bereitschaft zu flirten. Chuck gibt unumwunden zu, dass er wegen des Geldes Chirurg geworden ist. Er betrachtet den gegenwärtigen Trend hin zu einer Sozialisation der Medizin, wie er es nennt, mit offener Abscheu und leiser Besorgnis. Er ist ein solch eiserner, unbeirrbarer Republikaner, dass er fast schon wie eine Karikatur wirkt. Er hat allen Ernstes Rush Limbaughs Buch gelesen. Ich kenne Jack Nicholsons politische Ansichten nicht, aber irgendwann in den Achtzigerjahren habe ich ein Interview gelesen, in dem Jack sagte, er würde für Gary Hart stimmen, da »Gary Hart vögelt, und ich finde, wir sollten einen Präsidenten haben, der vögelt«. Das ist Chuck.

Wenn ich ein Filmstar wäre, dann wäre ich gern ein junger Mel Gibson, aber wer wäre das nicht gern? Die kalte, knallharte Wahrheit ist, dass ich vermutlich eher Dustin Hoffman in *Der Marathon-Mann* ähnle, allerdings ohne die große Nase, vielen Dank. Athletisch, optimistisch, sarkastisch, wenn auch nicht immer aus vollem Herzen, und nur ein klein wenig introvertiert. Positiv ist zu verzeichnen, dass auch ich, genau wie Hoffman, zeitweilig Erfolg bei Frauen hatte, die mir, von einem darwinistischen Standpunkt aus betrachtet, nicht einmal guten Tag hätten sagen dürfen.

Bei Jack ist es am einfachsten. Wenn Jack ein Filmstar wäre, dann wäre er er selbst.

Ich sah zurück auf den Bildschirm, um sicher zu gehen, dass ich nicht in einen Trancezustand abgedriftet war und, während ich in Gedanken verloren war, einen preisverdächtigen Prosatext verfasst hatte, und nachdem ich mich vergewissert hatte, dass mein Bildschirm hartnäckig weiß geblieben war, drückte ich einmal auf die Return-Taste und begann, eine Liste einzutippen.

Wenn man eine Zeit lang Listen für *Esquire* verfasst hat, entwickelt man die Angewohnheit, über alles in Form von Listen nachzudenken, vor allem über Dinge wie diese.

Zehn CDs, die man vermutlich in Chucks Wagen finden würde:

1. Van Halen: *Best of Van Halen*
2. Led Zeppelin: 4
3. Foreigner: *Records* (ein Greatest-Hits-Album)
4. Guns N' Roses: *Use Your Illusion 1* and 2
5. Kiss: *Greatest Kiss*
6. Aerosmith: *Aerosmith's Greatest Hits*
7. Def Leppard: *Pyromania*
8. AC/DC: *AC/DC Live*
9. Whitesnake: *Saints & Sinners*
10. Poison: *Look What the Cat Dragged In*

Lindsey hatte doch Recht. Vielleicht war an dieser ganzen Popkultur-Diskussion wirklich etwas dran.

Zehn CDs, die man vermutlich in Lindseys Wagen finden würde:

1. Juliana Hatfield: *Become What You Are*
2. The Ramones: *Too Tough to Die*
3. No Doubt: *Tragic Kingdom*
4. Joe Jackson: *Joe Jackson's Greatest Hits* (mein Einfluss)
5. REM: *Life's Rich Pageant*
6. Barenaked Ladies: *Stunt*
7. Peter Gabriel: *Shaking the Tree*
8. Crash Test Dummies: *God Shuffled His Feet*
9. Liz Phair: *Spaceeggwhitechocolate*
10. Sheryl Crow: *Tuesday Night Music Club*

Hier ist das, was man in meinem Wagen finden würde, gesetzt den unwahrscheinlichen Fall, dass ich einen Wagen hätte, und den noch unwahrscheinlicheren Fall, dass er mit einem CD-Player ausgestattet wäre:

1. Billy Joel: *The Nylon Curtain*
2. Joe Jackson: *Look Sharp*
3. Ben Folds Five: *Whatever & Ever Amen*
4. John Hiatt: *Hanging Around the Observatory*
5. Elton John: *Goodbye Yellow Brick Road*
6. The Beatles: *Sgt. Pepper's Lonely Hearts Club Band*
7. Elvis Costello: *This Year's Model*
8. Bruce Springsteen: *Born to Run*
9. Sting: *The Soul Cages*
10. Peter Himmelman: *Flown This Acid World*

Alison steht, wie zu erwarten, auf das, was Chuck »Vagina-Musik« nennt:

1. The Indigo Girls: *Rites of Passage*
2. 10.000 Maniacs: *Our Time in Eden*
3. Jewel: *Pieces of You*
4. Sarah McLachlan: *Fumbling Towards Ecstasy*
5. The Cranberries: *No Need to Argue*
6. Lisa Loeb: *Tails*
7. Alanis Morissette: *Jagged Little Pill*
8. Shawn Colvin: *Fat City*
9. Stevie Nicks: *Bella Donna*
10. Lisa Stansfield: *Real Love*

In Wahrheit ist es so: Die meiste Musik, die wir heutzutage hören, ist genau dasselbe Zeug, das wir schon auf dem College hörten. Etwa mit sechsundzwanzig, in einem Versuch, die Dreißig aufzuhalten, begann ich, mich für die neuen alternativen Angst-Bands wie beispielsweise Pearl Jam, Nine Inch Nails, Bush, Stone Temple Pilots et cetera zu begeistern, aber mit dreißig bleibt von alledem nicht mehr viel übrig. Mit dreißig ist man wieder bei den tröstlichen Klängen gelandet, mit denen man aufgewachsen ist. Man hat selbst genug echte Angst, man braucht sie nicht noch in seiner Musik.

5

Einmal, als wir Jack in L. A. besuchten, nahm er Chuck und mich mit zu einer Party, die ein Freund von ihm, ein Produzent, in Beverly Hills gab. Jack hatte uns für diesen Anlass in dunkle, einreihige Hugo-Boss-Anzüge gesteckt, dazu Herrenhalbschuhe von Dolce & Gabbana, helle Hemden und keine Krawatten, und ich fühlte mich, als hätte man mir in fetten Buchstaben »Hochstapler« auf die Stirn gestanzt. Wir rauchten zusammen einen Joint, den Jack in seiner Limousine baute. Ich bekam eine raue Kehle davon, aber er half mir, mich auf der Party locker und hip zu fühlen. Das Haus war eine einstöckige Ranch, die von dichtem Laubwerk umgeben war, mit Stuckwänden, die längst von aggressivem Efeu überwuchert wurden. Man konnte nicht sagen, wo das Haus aufhörte und wo das Blattwerk anfing. Wir traten durch die Haustür und dann drei Stufen hinunter in ein riesiges, tief liegendes Wohnzimmer, das eher wie eine Aula aussah, und wohin man auch blickte, standen hoch gewachsene blonde Frauen in kurzen schwarzen Kleidern in Grüppchen beisammen. »Wow«, sagte Chuck anerkennend. »Hey, Mister, sind wir hier im Paradies?«

»Das zweitbeste«, sagte Jack grinsend. »AMWs. Hollywoods größtes natürliches Vorkommen.«

»AMWs?«, fragte ich.

»Aktrice/Model/Was auch immer«, erwiderte Jack mit einem Schulterzucken.

»Amen«, intonierte Chuck ehrfürchtig.

Jazz drang bei weitem zu laut aus der Stereoanlage. Mir fiel auf, dass im Zimmer verstreut auch Grüppchen von Männern standen, die meisten von ihnen ähnlich gekleidet wie ich. Geschickt zwischen der Menge hindurch schlängelte sich eine andere Art von Männern, allesamt gut gebaut, mit eng anliegenden Westen über kurzärmeligen Hemden, mit sorgfältig frisiertem Haar und blendenden Zähnen. Diese Männer trugen Tabletts mit bunten Vorspeisen, doch sie schienen sich ebenso unters Volk zu mischen wie alle anderen auch. Ich wandte mich zu Jack um, um ihn zu fragen, ob er für sie auch ein Akronym auf Lager hätte, doch er war bereits in der Menge verschwunden, sodass ich sie, anstatt ihnen dieselben Buchstaben zuzuordnen wie den Blondinen – Akteur/Model/Was auch immer – die »Pretty Boys« nannte.

Als ich mich nach links umwandte, sah ich Jack auf eine Gruppe von vier Männern in Anzügen zutreten. Der dickste von ihnen winkte ihm wie verrückt zu und fuchtelte mit seiner Zigarre durch die Luft, als wollte er ihm irgendein Zeichen geben. »Da ist er ja«, brüllte der Typ theatralisch, und es klang, als ob in seiner Speiseröhre Kieselsteine kullerten. Er warf einen Arm um Jacks Schulter. »Da ist er ja! Dieser Kerl! Lasst euch von mir erzählen, was das für einer ist.« Jack wurde von einer Wolke aus Rauch und Anzügen umhüllt, und Chuck und ich blieben zurück, um uns allein durchzuschlagen. Wir bahnten uns einen Weg an die Bar, die mit einem der Pretty Boys besetzt war, und Chuck ließ sich zwei Drinks geben und trug sie hinüber zu einer gelangweilt dreinblickenden AMW, die gegen die Wand gelehnt dastand. Er quatschte sie an, und auch wenn ihr Gesichtsausdruck sich nicht ein bisschen veränderte, so nahm sie den Drink doch an, während sie die Blicke über seine Schulter hinweg weiterhin über den Raum schweifen ließ.

Allein an der Bar zurückgeblieben, genehmigte ich mir rasch zwei Gläschen Absolut Citron, um meinem beginnenden Schwips etwas nachzuhelfen, und nahm mir dann ein Glas mit irgendetwas Fruchtigem, um meine Hände zu beschäftigen, während ich durchs Haus schlenderte. Es war etwa vier Monate her, seit Lindsey gegangen war. Ich fühlte mich noch immer wie eine offene Wunde, und die Vorstellung, eine dieser exotischen Unbekannten für eine Nacht voller leidenschaftslosem Sex abzuschleppen, hatte etwas Berauschendes. Selbsterniedrigung als Rechtfertigung oder vielleicht als eine Art fehlgelenkte Form von Rache. Sex als Novocain. Wie auch immer, während ich darüber nachdachte, merkte ich, dass ich scharf auf Sex war. Ich schlenderte langsam an einem der dunklen Ledersofas vorbei, auf dem eine ausgemergelte Frau mit einem Teint, der nach Kartoffelchips mit Barbecue-Geschmack aussah, einem Burschen in einem schwarzen Sakko mit Elvis-Frisur und zusammengewachsenen Augenbrauen von ihrer letzten Schönheitsoperation vorjammerte. »Es war einfach so ärgerlich«, sagte sie. »Ich meine, er soll doch angeblich der Beste sein, oder nicht? Das sagen schließlich alle. Und dann wache ich damit auf«, sagte sie und wies auf die linke Hälfte ihres übernatürlichen Busens.

»Unglaublich«, sagte der Elvis-Typ teilnahmsvoll. »Ist es wirklich so auffällig?«

»Guck doch«, sagte die Frau und schob ihre braune, enge Bluse hoch, sodass eine verblüffend runde nackte Brust zum Vorschein kam, die vor dem dunklen Hintergrund des Sofas fast zu leuchten schien. Trotz ihrer aufrechten Körperhaltung hing der Busen nicht nach unten, sondern schien unabhängig vom Brustkorb nach vorn zu ragen. Diese Tatsache ebenso wie die blasierte Art, mit der sie den Busen zur Begutachtung offen legte, hatte etwas Erotisches. Ich persönlich konnte keinen Makel erkennen, aber Elvis nickte weiterhin teilnahmsvoll, und mir wurde bewusst, dass ich sie in genau demselben Augenblick anstarrte, als die beiden zu mir sahen. Sie warf mir einen verächtlichen Blick zu und ließ die Bluse langsam wieder sinken. Hier gab es bestimmte Regeln, begriff ich. Man durfte hinsehen, aber man durfte kein allzu großes Interesse bekunden. Gleichgültigkeit war die Währung, und ohne sie stach man als andersartig hervor, wurde sofort bloßgestellt und kurzerhand abgewiesen. Missgestimmt zog ich weiter.

Hinter der Couch befand sich eine Verandatür, und die Party hatte sich auf einen breiten Patio ausgedehnt, der einen nierenförmigen Swimmingpool umgab. Die einzigen Lichter in diesem Innenhof waren diejenigen, die aus dem Pool nach oben schienen, und in ihrem schwachen Schimmer wirkten die umherschlendernden Gäste wie Schattengestalten. Ich entdeckte eine Frau, die allein am Rand des Pools saß, ein Bein lässig über die Lehne ihres Liegestuhls baumelnd. Niedlich, aber nicht annähernd so auffallend wie die meisten Frauen auf der Party, was mir irgendwie das Gefühl gab, als hätte ich vielleicht eine Chance. Seit Lindsey mich verlassen hatte, war ich ein überzeugter Anhänger der Vorstellung, dass ein Mann die Hand nicht weiter ausstrecken sollte als bis zu dem, was sich in greifbarer Nähe befand. Ich ging hinüber und setzte mich auf den Stuhl neben ihr. »Hallo«, sagte ich mit einem gekünstelten Akzent aus dem Mittleren Westen, ohne zu wissen, warum.

»Na«, sagte sie höhnisch. »Bist du ein Freund von Ike?«

»Ike?«, sagte ich, bevor ich zu spät begriff, dass sie den Gastgeber der Party meinte.

»Wow«, sagte sie sardonisch. »Wie standen die Chancen?«

»Was meinst du damit?«, fragte ich sie.

»Nichts.« Sie nahm einen Schluck von ihrem Drink. »Ich bin nur eben ein bisschen gehässig.«

Ich nippte an meinem eigenen Drink. »Ist das Ikes Haus?«, fragte ich sie.

»Ja.« Sie lehnte sich in ihrem Stuhl zurück und streckte sich. Ich sah einen schmalen Streifen glatter weißer Haut unter ihrem Bauchnabel, als ihre Bluse hochrutschte. »Ich bin seine Schwester«, sagte sie. »Was hast du für eine Entschuldigung?«

»Ich bin mit Jack hier«, sagte ich.

»Jack Shaw?«, fragte sie, wobei sie sich augenblicklich aufrichtete.

»Genau der.«

»Cool.«

Ich hatte Jacks Namen nicht absichtlich fallen lassen, zumindest glaubte ich nicht, dass ich es getan hatte, aber ich fragte mich trotzdem, ob es mich vielleicht irgendwie weitergebracht hatte. Ich lehnte mich schweigend zurück und wartete ab, was wohl als Nächstes passieren würde. Es dauerte nicht sehr lange. »Könntest du mich mit ihm bekannt machen?«, fragte sie schließlich.

»Na klar«, sagte ich. Wir standen auf und waren schon auf dem Weg ins Haus, als mir einfiel, dass es da noch ein technisches Problem gab. »Ich weiß gar nicht, wie du heißt«, sagte ich.

»Ach ja, richtig. Ich heiße Valerie.«

»Freut mich, dich kennen zu lernen«, sagte ich. Sie fragte mich nicht nach meinem Namen.

Wir gingen ins Wohnzimmer, wo ich Chuck betrunken auf dem Sofa vorfand, wie er aus etwa zwanzig benutzten Schnapsgläsern eine gewaltige Pyramide baute. »Keine Sorge«, beschwichtigte er mich. »Das waren nicht alles meine.«

»Was ist los?«, fragte ich.

»Diese Party nervt«, klagte er, während er vorsichtig noch ein Glas hinzufügte. »Die Mädchen hier sind alle mindestens zwei Meter groß und reden nicht mit einem, es sei denn, man heißt Steven Spielberg oder so ähnlich.«

»Das ist Valerie«, sagte ich.

Er sah auf. »Du hast die einzige Kleine gefunden«, sagte er seufzend. Ich warf einen Blick auf Valerie, um festzustellen, ob sie beleidigt war, aber sie war zu sehr damit beschäftigt, in allen Richtungen nach Jack Ausschau zu halten. »Hast du Jack gesehen?«, fragte ich.

»Unten«, sagte er.

Ich ließ Valerie bei Chuck und bahnte mir einen Weg in

die Küche, wo die Pretty Boys an irgendwelchen Brennern für das Fondue herumhantierten, und fand schließlich eine Tür, die in den Keller führte. Ich folgte den Stufen in einen schwach beleuchteten, ausgebauten Keller, in dem ein Sofa und ein paar Sessel standen, alle vor dem größten Fernseher, den ich je gesehen hatte. Der Ton war abgestellt, und auf dem Bildschirm trat Bruce Lee wortlos Kareem Abdul-Jabbar das Gesicht ein. Der Lärm von oben war jetzt gedämpft, und ich genoss die Stille, während sich meine Augen allmählich an die Dunkelheit gewöhnten. Hier unten schien niemand zu sein, sodass ich mich schon umwandte, um die Treppe wieder hinaufzusteigen, als ich plötzlich links neben dem Fernseher eine Tür bemerkte. Auf einmal fühlte ich mich wie ein Eindringling. Ich ging auf die Tür zu und drückte sie zögernd auf. Anfangs sah ich nur Finsternis, doch dann konnte ich in dem schwachen Licht, das vom Türrahmen hineinfiel, am anderen Ende des Zimmers Bücherregale und einen Schreibtisch erkennen. Jack stand gegen die Wand gelehnt da, den Kopf zurückgeworfen, als sei er im Stehen eingeschlafen. Ich wollte ihm schon etwas zurufen, als ich bemerkte, dass er ein wenig zu schwanken schien, vor und zurück, und während ich angestrengt ins Halbdunkel starrte, erkannte ich allmählich die Konturen einer anderen Gestalt, einer Frau, die in gekrümmter Haltung zwischen seinen Beinen kniete, während ihr Kopf sich an seinem Unterleib vor- und zurückbewegte. Ich schloss vorsichtig die Tür und stand einen Augenblick lang einfach nur da, mit einem leichten Schwindelgefühl, die Finger sanft auf der hölzernen Tür ruhend. Dann wandte ich mich um und ging wieder nach oben, benebelt vom Hasch und dem Alkohol, die sich nicht gut vertrugen, und mit gemischten Gefühlen hinsichtlich dessen, was ich eben beobachtet hatte.

Chuck und Valerie saßen noch immer auf der Couch, und die Gläserpyramide erstreckte sich inzwischen über den gesamten Couchtisch, sechs oder sieben Gläser hoch. Ich sah, wie einer der Pretty Boys Chuck von der Bar aus einen giftigen Blick zuwarf. »Hast du ihn gefunden?«, fragte Valerie.

»Im Augenblick ist er gerade beschäftigt«, sagte ich. »Wir schnappen ihn uns später.« Ich warf einen Blick durchs Wohnzimmer, das mir auf einmal allzu stickig und bevölkert vorkam. »Ich geh wieder nach draußen.«

»Ich komme mit«, sagte Valerie und erhob sich von der Couch.

»Na los, macht schon«, sagte Chuck betrunken und winkte uns mit einer großherzigen Geste zu. »Amüsiert euch, ihr beiden.« Er wurde immer ein gutmütiger Großvater, wenn er benebelt war. Er wies auf die Wand aus Gläsern. »Ich bin hier, wenn ihr mich braucht. Baue mir meine Festung der Einsamkeit.«

Wir gingen halb ums Haus, wo Valerie mir eine kleine, von hohen Büschen umrahmte Anlage zeigte, in der ein Whirlpool und zwei Holzbänke standen. Wir setzten uns auf eine der Bänke, und zum ersten Mal seit meinem Eintreffen auf der Party merkte ich, wie ich mich entspannte. Ich lehnte mich zurück und holte tief Luft und atmete den frischen Geruch von Chlor und Valeries zartem Parfum ein. Schließlich fingen wir an zu knutschen, schmusten und streichelten uns wie Sechzehnjährige. Irgendwie war es schon nett, aber dann fing sie an, an meinem Gürtel herumzufummeln, und irgendetwas an der routinierten Art, mit der sie dies tat, vergällte mir auf einmal die Lust. Ich packte sie in genau dem Augenblick, in dem sie meinen Reißverschluss nach unten zog, am Handgelenk, und ich merkte, wie ich neben ihrer Hitze allmählich erkaltete.

»Stopp«, sagte ich. Ich konnte das Bild von Jack in jenem dunklen Raum nicht abschütteln, wie er mit geschlossenen Augen dastand, während diese anonyme Frau ihn bediente.

»Was ist los?«, sagte sie, während sich meine und ihre Hand noch immer zwischen meinen Beinen in der Schwebe befanden.

»Nichts«, sagte ich, ließ ihre Hand los und rückte auf der Bank ein Stück von ihr ab. Ich war angewidert von mir selbst, von Jack, von Los Angeles. Ich verspürte eine solch überwältigende Sehnsucht nach Lindsey, dass mir der Atem in der Kehle stockte.

»Na ja«, sagte Valerie nach einem peinlichen Schweigen etwas sarkastisch. »Das ist einmal etwas Neues.«

»Es tut mir Leid«, sagte ich, während ich meine Hose in Ordnung brachte.

»Schon gut«, sagte sie. »Ich denke, ich geh wieder rein.«

»Okay.«

Sie steckte sich die Bluse in den Rock, während sie sich mit einer leicht säuerlichen Miene entfernte. Ich war selbst sauer auf mich. Jack, ausgerechnet Jack, der sich im Keller einen blasen ließ, hätte der Letzte sein sollen, der mich aus der Fassung brachte, aber seltsamerweise tat er genau das. Irgendwie hatte mir dieses Bild von ihm, wie er gegen die Wand gelehnt dastand, mit verblüffender Klarheit begreiflich gemacht, dass sein Eintauchen in diese fremdartige Gesellschaft vollkommen war, und das schon seit geraumer Zeit. Dass er sich einen großen und unüberbrückbaren Schritt weit von uns entfernt hatte. Wir waren nicht mehr beste Freunde, wir waren nur noch alte Freunde. Lindsey war gegangen, Jack war gegangen. Ich hatte das Gefühl, als würde ich selbst allmählich verschwinden, Stück für Stück, und als würde bald nichts mehr von mir übrig sein.

Ich musste Leute um mich haben. Einen Augenblick lang bedauerte ich, dass ich die Begegnung mit Valerie kurzerhand beendet hatte, und ging wieder ins Haus, um mich zu Chuck zu gesellen. Als ich durch die vordere Haustür eintrat, sah ich Jack durch die Küchentür ins Zimmer kommen. Er fing meinen Blick auf, lächelte mir zu und begann, sich durch die Menge hindurch einen Weg zu mir zu bahnen. Er war schon fast da, als ich ein Kreischen hörte, gefolgt von der schrillen Kakofonie von splitterndem Glas, und Chucks Gläserpyramide stürzte auf dem Couchtisch in sich zusammen. Jede Unterhaltung brach ab, und jeder im Zimmer wandte sich um, um einen Blick auf die Couch zu werfen. Chuck winkte matt mit einer Hand, als wollte er höflichen Applaus entgegennehmen, dann sah er Jack und mich, und ein beduseltes Lächeln huschte über sein Gesicht. »Von mir aus können wir jetzt nach Hause«, verkündete er, dann sackte er auf der Couch nach hinten und verlor das Bewusstsein.

6

Dreißig ... scheiße! Älter, als meine Eltern waren, als sie mich bekamen. Früher habe ich Basketball gespielt, weil es mir Spaß machte. Jetzt ist es nur noch eines dieser Dinge, die ich tue, um mich in Form zu halten. Bald wird man alljährlich einen Suchtrupp durch meinen Mastdarm schicken müssen, um meinen Dickdarm zu untersuchen. Als Mozart so alt war wie ich, hatte er einen Großteil seines Werks bereits verfasst. Als Kurt Cobain so alt war wie ich, war er bereits seit zwei Jahren tot.

Was hat eigentlich Bill Gates gemacht, als er dreißig war?

Was hat John Lennon gemacht, als er dreißig war? Was habe ich vor zwei Wochen gemacht? Ich kann mich nicht einmal daran erinnern. *Dreißig* … scheiße!

Zwei Abende nach unserer vermurksten Intervention saß ich zu Hause und sah mir einen alten Stallone-Film im Fernsehen an, als Lindsey anrief.

»Hi.«

»Lindsey?«

»Hast mich nicht erkannt?«

»Es ist schon eine Weile her, seit wir das letzte Mal telefoniert haben«, sagte ich.

»Ich hatte irgendwie immer Hemmungen, anzurufen, wenn ich wusste, dass Sarah da war. Ich glaube nicht, dass sie wirklich gut auf mich zu sprechen war«, sagte Lindsey.

»Das war ein Fall von rückwirkender Eifersucht«, sagte ich.

»Ich weiß«, sagte sie. »Die hatte ich auch.«

»Tatsächlich?«

»Na klar. Die meisten Frauen würden ihren Exfreund lieber tot und begraben sehen als mit einer anderen Frau.«

»Die meisten Frauen hätten sich das überlegen sollen, bevor sie besagte Freunde eiskalt haben sitzen lassen.«

»Oje«, sagte Lindsey langsam. Der Seitenhieb hatte gesessen. »Du wirst mir jetzt doch nicht etwa mit diesem ganzen Kram kommen, oder?«

»Entschuldige«, sagte ich und bereute meine Bemerkung bereits. »Mir war nur eben danach zumute, jemand anders die Schuld an meinem derzeitigen Elend zuzuschieben.«

»Schon vergessen.«

Wir gedachten eine kurze Schweigeminute lang unserer unglückseligen Vergangenheit, während unser Atmen im leisen Knistern der Telefonleitung nachhallte. Nach einer

Trennung Freunde zu bleiben ist theoretisch eine feine Sache, aber in Wirklichkeit ist es ein ständiges Begängnis der Vergangenheit, eine erhaben-tragische Kombination wehmütigen Erinnerns und ständigen Bedauerns. »Es hat mir gefehlt, mit dir zu reden«, sagte ich.

»Du hast mir auch gefehlt«, sagte sie leichthin. »Deswegen habe ich ja angerufen.«

»Oh.«

»Also, wann werdet ihr euch offiziell scheiden lassen?«, fragte sie.

»Die Anwälte haben die Unterlagen schon fertig gestellt. Wir treffen uns morgen zu einer Unterschriftenparty.«

»Es tut mir wirklich Leid, Benny. Sie weiß gar nicht, was sie verliert.«

»Ich denke, davon hat sie eine ziemlich genaue Vorstellung.« Wirklich?, dachte ich im Stillen, aber zum Glück gelang es mir, es nicht laut auszusprechen.

»Wäre es ein schlechtes Timing, dir für morgen Abend eine Verabredung zum Essen vorzuschlagen?«, fragte sie. »Sozusagen, um deinen neuen Status als freier Mann zu feiern?«

»Das Timing wäre hervorragend«, sagte ich. »Aber ich glaube nicht, dass ich am Abend nach meiner Scheidung mit einer Frau ausgehen sollte. Zumindest nicht mit einer, die mir etwas bedeutet. In diesem verletzlichen Zustand könnten meine Absichten, denke ich, missverstanden werden.«

»Von mir?«

»Von mir«, sagte ich.

»Ich habe lediglich von einem verdammten Abendessen gesprochen, Ben«, sagte sie gekränkt.

Ein Piepen meldete einen zweiten Anruf in der Leitung. »Augenblick«, sagte ich, dankbar für die Unterbrechung.

»Schalt Fox News an«, sagte Chuck nach dem Klicken. »Schnell.«

Ich schnappte mir die Fernbedienung und schaltete auf Channel 5 um. Und da stand Paul Seward, Jacks Agent, und redete in ein Meer aus Mikrofonen. Ich schaltete wieder zu Lindsey zurück und sagte ihr, sie sollte die Nachrichten einschalten.

»... ein kleinerer Zwischenfall, der über die Maßen aufgebauscht wurde«, sagte Seward. »Jack Shaw hat kein Drogenproblem. Jeder hat das Recht, ab und zu einen schlechten Tag zu haben. Ich rechne auf jeden Fall damit, dass er in den nächsten Tagen aus dem Krankenhaus entlassen wird und seine Arbeit wieder aufnimmt.«

Der begleitende Kommentar eines Journalisten schaltete sich ein. »Jack Shaw, dessen letzte drei Kinofilme allein im Inland zusammengerechnet rund dreihundertvierzig Millionen Dollar eingespielt haben, wurde ein beachteter Star, nachdem er einen Auftritt in *Blue Angel* hatte, einem Actionfilm, in dem Shaw ironischerweise einen Ex-Drogensüchtigen spielte, der den Tod seiner Familie rächen will ...« Die Stimme tönte noch weiter, während Filmausschnitte aus *Blue Angel* gezeigt wurden, in denen Jack aus einer Pistole feuerte, während er auf einem kalifornischen Highway zwischen fahrenden Autos hindurchrannte.

In der nächsten Einstellung sah man Bilder von einem Autounfall auf einer dieser kurvenreichen Straßen in den Hügeln von Hollywood. Dem ekelerregend ernsten Nachrichtenjournalisten zufolge war Jack Shaw mit über sechzig Meilen in der Stunde mit seinem Range Rover gegen einen Baum gerast, auf die Straße zurückgeprallt und hatte nur knapp einen Schulbus voller Kinder verfehlt, bevor er in einem kleinen Graben am Straßenrand zum Stehen kam.

Wie zu erwarten war, wurde in den Nachrichten vor allem die Sache mit dem Schulbus hochgespielt.

»Shaws Wagen hat den Schulbus nur um wenige Zentimeter verfehlt und ist damit knapp einem möglicherweise tragischen Unglück entgangen«, sagte der Korrespondent. »Die örtliche Polizei hat eine Erklärung abgegeben, wonach Jack Shaw am Unfallort wegen Drogenbesitz und Fahren unter Drogeneinfluss festgehalten wurde.«

»Scheiße«, sagte Lindsey.

Die Kamera war nun auf den Korrespondenten gerichtet, der vor dem Bezirkskrankenhaus in Los Angeles stand.

»Shaws Zustand wird im Bezirkskrankenhaus als stabil bezeichnet, und seine Ärzte rechnen damit, dass er innerhalb der nächsten achtundvierzig Stunden entlassen werden kann. Die juristischen Gefechte hingegen werden jetzt erst beginnen. Für Fox News in Hollywood, Rick Brian.«

»Ich sollte besser Alison anrufen«, sagte Lindsey.

»Bis später.« Ich schaltete zurück zu Chuck. »So ein Mist«, sagte ich.

»Du hast den Teil verpasst, in dem sie den Fahrer des Schulbusses interviewt haben. Der hat sich lang und breit darüber ausgelassen, wie Jack, wenn er selbst keine Vollbremsung gemacht hätte, sie alle erledigt hätte.«

»Meinst du, es geht ihm halbwegs okay?«

»Es heißt, sein Zustand ist stabil. Ich habe einen Freund, der dort drüben seine Facharztausbildung macht. Ich werde ihn anrufen und fragen, ob er irgendwas rauskriegen kann.«

»Vielleicht wird das Jack ein bisschen wachrütteln«, sagte ich. »Ihn zu der Einsicht bringen, dass er ein Problem hat.«

»Und wie«, sagte Chuck. »Verlass dich bloß nicht darauf.«

Als ich schließlich auflegte, hatte ich nicht mehr die Geduld, zuzusehen, wie Stallone und seine Jungs es mit dem Vietcong aufnahmen. Ich schaltete meinen Computer an und blätterte die ersten paar Kapitel meines jüngsten literarischen Versuchs durch. Seit ich den Job bei *Esquire* hatte, musste ich etwa ein halbes Dutzend Romane in Angriff genommen haben, im Grunde war es alles das Gleiche, lediglich aus unterschiedlichen Perspektiven erzählt, von denen keine richtig funktionierte. Es war, als könnte ich einfach nicht den richtigen Ton finden, das Gefühl emotionaler Trostlosigkeit treffen, das ich gern vermitteln wollte. Ich las Autoren wie Jay McInerny und wunderte mich über die Leichtigkeit, mit der er seine Charaktere und die Stadt selbst mit einem solch dunklen Gefühl beiläufiger Nichtigkeit erfüllte. Ich versuchte nicht, McInerny zu sein. Ich wusste, dass ich nicht genügend Nachtklubs besucht, Models getroffen und Nächte mit hypergebildeten studentischen Freunden verbracht hatte, um mich seinem Thema auch nur annähern zu können. Aber ich beneidete ihn um seine vielfältige Lebenserfahrung und sein Talent, mühelos aus ihr zu schöpfen, und einem dabei auch noch das Gefühl zu geben, als könnte man sich in seine Figuren hineinversetzen, selbst wenn man es nicht konnte. Da ich selbst nicht einer bestimmten Subkultur angehörte, war ich offenbar außerstande, einen Schauplatz zu entwickeln, auf dem ich meine Figuren ansiedeln konnte. Meine Unfähigkeit, meinem eigenen Leben in Manhattan einen sinnvollen Kontext zu verleihen, wenn auch nur einen trüben und trostlosen, führte dazu, dass ich mich oft isoliert und deprimiert fühlte. Was zum Teufel hatte ich eigentlich die letzten acht Jahre gemacht, und wie wollte ich je irgendetwas Brauchbares zu Papier bringen, wenn ich nicht einmal in der Lage war, auf irgendein bedeutendes Pathos aus meinen eigenen Erfahrungen zurückzugreifen?

Und so war es kaum verwunderlich, dass mir nicht nach Schreiben zumute war. Ich zog mich aus und überprüfte meinen nackten Torso im Badezimmerspiegel; auf was genau, weiß ich nicht. Ich streckte und dehnte mich hier und da ein bisschen, dann fing ich meinen eigenen Blick auf, und auf einmal schämte ich mich ein wenig vor mir selbst und zog mich unter die Dusche zurück. Eine Dusche, das ist für mich mehr als nur ein Ort, um sich wieder einmal den angesammelten Schmutz eines weiteren Tages in New York City abzuwaschen. Es ist eher wie diese Container gegen sensorische Deprivation, in denen Michael Jackson angeblich schläft. Legt mich in eine Badewanne, und nach fünf Minuten werde ich ungeduldig und möchte sie wieder verlassen, aber unter der Dusche könnte ich eine Stunde verbringen. Das ist der Ort, an dem ich am besten nachdenken kann.

Ich dachte über Jack nach, und ich dachte über Lindsey nach. Ich fragte mich bei beiden, ob es irgendetwas gab, was ich für sie tun konnte. Ich dachte über Sarah nach und fragte mich, ob ich traurig war, weil sie gegangen war, oder einfach nur traurig, weil wieder einmal etwas, was eigentlich hätte halten sollen, nicht gehalten hatte. Trauerte ich? Oder war ich nur deprimiert, weil ich es nicht tat? Freundschaft, Liebe, Jugend und Erfüllung. All diese vergänglichen Dinge. Als ich schließlich aus der Dusche kam, sahen meine Fingerspitzen verschrumpelt aus wie Trockenpflaumen, wie die Hände eines älteren Mannes.

7

Das erste Mal, dass ich mit Lindsey sprach, war auf einer Party im Aces and Eights im Winter unseres ersten Jahres auf dem College. Zu der Zeit hatte ich sie bereits seit Wochen beobachtet und war aufgrund meiner Unfähigkeit, mich ihr zu nähern, weniger frustriert als vielmehr resigniert. Jedes Mal, wenn ich sie auf dem Campus sah, sprach sie mit dem einen oder anderen Typen, und immer war es einer, der größer und kantiger war als ich. Ich kategorisierte die Typen. Boris, der Filmstudent. Cyrus, der magersüchtige Gitarrist. Matt, der Weiße mit den Dreadlocks. Theron, der bekiffte Dichter. Ich zermarterte mir das Gehirn auf der Suche nach einem effektvollen Spitznamen, um etwas anderes zu werden als Ben, der normale Typ, aber die Inspiration kam nie. Sie waren Hardcore-Rock 'n' Roll, und ich war ein Bryan-Adams-Gitarrensolo.

Es war eine absolut typische Studentenparty. Strobolights, hämmernde Musik, und jeder blies sich Rauch in seinen Drink. Chuck und ich saßen in einer Ecke und tranken Wodka mit diesen beiden Mädchen, die ich aus einem meiner Literaturgrundkurse kannte, deren Namen ich aber vergessen hatte. Neben uns war der unvermeidliche Tisch bierdurchtränkter Rowdys, die Monty-Python-Szenen wortwörtlich zitierten, laut schreiend, um sich über die Musik verständlich zu machen. »Es ist nur eine Fleischwunde!« »Ich bin Brian, und meine Frau auch!« »Sagt nichts mehr, sagt nichts mehr. Stups, stups, zwinker, zwinker!« Chuck stritt sich mit einem der Mädchen, wie dämlich Shelley Longs berufliche Entscheidung gewesen sei, aus *Ein himmlisches Vergnügen* auszusteigen. Die andere erzählte mir von irgendeiner Arbeit, die sie verfasst hatte, mit der fragwürdigen These, dass Edith Wharton die Danielle Steel ihrer Zeit gewesen sei. Ich erntete einen ungeduldigen Blick auf meinen ironischen Einwurf hin, dass man auf dieselbe Weise vielleicht auch Henry James mit Sidney Sheldon vergleichen könnte. »Radio Freies Europa« dröhnte aus den Lautsprechern des Clubs, und ich verspürte ein zunehmendes Gefühl von Übelkeit. Ein »Knastgirl« kam in unsere Ecke geschlendert, mit einem Schultergurt, an dem Jell-O-Wackelpudding zu einem Dollar in kleinen Reagenzgläschen befestigt war. Die Monty-Python-Typen fielen über sie her, und in dem sich anschließenden Tumult gelang es mir, nach draußen zu entwischen, um ein bisschen frische Luft zu schnappen.

Ich ging bis zur nächsten Straßenecke und setzte mich auf die Motorhaube eines verbeulten Honda, genoss die kalte Dezemberluft, auch wenn sie mich frösteln ließ, und atmete tief und langsam durch, um die Übelkeit zu bekämpfen. Es war weit nach Mitternacht und der Broadway ziemlich leer. Die Tür zum Aces and Eights flog auf, und Lindsey kam heraus und begann, den Block in meine Richtung hochzulaufen. Ich war zu benebelt, um meine übliche Diskretion walten zu lassen, und starrte sie daher einfach nur an, während sie auf mich zukam. Sie trug Jeans und einen schwarzen, fusseligen Pulli, und ihr Gesicht war gerötet und verschwitzt vom Tanzen. Es war das erste Mal, dass ich sie allein sah. Ich war betrunken, und sie war allein, und eine bessere Chance als diese würde ich vermutlich nicht bekommen, also ließ ich mich von dem Wagen gleiten und sagte: »Hi, ich bin Ben. Ich glaube, wir sind uns noch nicht begegnet« oder irgendetwas ähnlich Geistreiches, und sie kotzte mir auf die Schuhe.

Auf dem Weg zurück zu ihrem Wohnheim kotzte sie noch zweimal, und sie verlor das Bewusstsein, bevor sie mir sagen konnte, in welchem sie wohnte, also nahm ich sie mit auf mein Zimmer. Als ich sie meinen Flur entlangtrug, kam mir Jack entgegen, der mit irgendeinem Mädchen auf dem Weg nach draußen war. »Da hast du aber noch einiges vor dir, Ben«, sagte er mit einem Grinsen. »Vielleicht wirst du dich ja irgendwann noch zu lebenden Mädchen hocharbeiten.«

»Halt den Mund, und hilf mir mit der Tür.«

Ich legte sie auf mein Bett und überlegte, ob ich ihr den Pulli ausziehen sollte, auf dem bereits Erbrochenes angetrocknet war, aber ich wusste nicht, was sie darunter anhatte, und ich wollte nicht, dass meine Motive in Frage gestellt wurden, also rollte ich sie einfach in mein Deckbett ein und wischte ihr das Gesicht sanft mit einem feuchten Waschlappen ab. Sie stöhnte einmal auf, dann rollte sie sich auf die Seite und schlief ein. Ich stellte mich kurz unter die Dusche, warf ein paar Aspirin ein und setzte mich in meinen Schreibtischsessel, um Lindsey beim Schlafen zu beobachten. Eine Zeit lang verbrachte ich noch damit, darüber nachzudenken, was ich zu ihr sagen könnte, wenn sie aufwachte, aber als ich am nächsten Morgen in meinem Sessel die Augen aufschlug, mit verrenktem Hals und ausgedörrter Kehle, war sie verschwunden.

Danach sah ich sie drei Tage nicht. Eine Zeit lang trug ich mich mit der Vorstellung, sie würde mich vielleicht anrufen und sich bedanken, aber dann fiel mir ein, dass ich schließlich nie die Chance gehabt hatte, ihr meinen Namen zu sagen, was hieß, dass sie meine Nummer nicht in dem Schulverzeichnis suchen konnte. Ich wusste ihren Nachnamen auch nicht, was mir die Mühe ersparte, davor kneifen zu müssen, sie anzurufen. Ich versuchte, in allen Lokalen herumzuhängen, in denen ich sie früher schon gesehen hatte, aber sie tauchte nie auf.

Es war ein Sonntagmorgen, und ich hatte die Vorstellung, diese Übernachtung könnte sich noch zu irgendetwas ausbauen lassen, schon fast aufgegeben, als ich aus meinem Fenster blickte und sie im Schnee sitzen sah. Es war der erste Sturm dieses Winters, und als ich aufwachte, war der Washington Square Park bereits unter einer Handbreit Schnee versunken. Die Straßen waren bedeckt, parkende Autos zugeschneit, und der Schnee rieselte noch immer, in dichten, schweren Flocken. Der Park lag verlassen da. Und dann sah ich sie, auf einer Bank unter meinem Fenster, wie sie einfach dasaß und in den Park hinausstarrte. Selbst aus dem sechsten Stock und ohne dass sie mir das Gesicht ganz zugewandt hatte, wusste ich, dass es Lindsey war. Ich warf eine Jacke über, schlüpfte in Jeans und Docksiders und rannte nach unten, voller Panik, sie könnte verschwunden sein, bevor ich unten ankam. Aber als ich in die Lobby trat, saß sie noch immer da, in einer schwarzen Kordhose und einer schwarz-roten Skijacke, das blonde Haar zu einem lockeren Pferdeschwanz zusammengebunden. Ich war schrecklich underdressed, sowohl für den Anlass als auch für das Wetter. Mein Entschluss geriet ins Wanken, eher aus Gewohnheit als aus irgendeinem anderen Grund, aber dann rief ich mir in Erinnerung, dass ich schließlich dabei gewesen war, wie sie sich die Seele aus dem Leib gekotzt hatte, und wenn Kotzen kein gesellschaftlicher Gleichmacher war, dann doch wohl gar nichts.

»Hi«, sagte ich und trat auf die Bank zu. »Kennst du mich noch?«

Sie sah auf und sagte »Hi«, was nicht gerade eine Antwort auf meine Frage war.

»Wir haben zusammen gekotzt?«, sagte ich. »Du bist über Nacht geblieben?«

»Ich kann mich erinnern«, sagte sie grinsend. Sie hatte ein einzelnes Grübchen. »Gott, war ich zugedröhnt.«

»Hast du was dagegen, wenn ich mich zu dir setze?«, fragte ich mit gekünsteltem Selbstvertrauen.

»Überhaupt nichts.«

Ich setzte mich, und ein paar Minuten sahen wir gemeinsam zu, wie der Schnee fiel. Wie schienen die Einzigen zu sein, bis auf ein paar Typen, die am anderen Ende des Parks eine Schneeballschlacht machten. Ihr Haar war mit dicken Schneeflocken besprenkelt, und ich spürte, wie meines allmählich ebenfalls bedeckt wurde. Das einzige Geräusch war das kaum hörbare, kristalline Flüstern des Schnees, der rings um uns zu Boden fiel. Ich hatte mir noch nie zuvor überlegt, dass Schnee ein Geräusch verursachen könnte.

»Und?«, sagte ich. »Wartest du auf jemanden?«

»Nein«, sagte sie. »Ich mag einfach Wetter.«

»Na ja, da hast du ja Glück. Schließlich gibt's jeden Tag welches, weißt du?«

Sie lächelte. »Ich meine, ich mag extremes Wetter. Ich mag Stürme.«

Jegliche Unsicherheit, die ich vielleicht noch hatte, wurde alsbald zusammen mit allem anderen unter dem rasch fallenden Schnee begraben, und ich schaffte es, mich zu ihr umzudrehen, ihr genau ins Gesicht zu blicken und sie – ohne einen bissigen Kommentar, um mich selbst zu schützen – zu fragen: »Und was magst du sonst noch?«

Wir saßen etwa zwei Stunden da und unterhielten uns mühelos. Elternhaus, Highschool, Familie, Hauptfächer, Kinofilme. Es war, als würden wir uns gegenseitig ein Handbuch füreinander geben. Der Schnee war wie Wände um uns herum, die uns in ein privates Zimmer einschlossen. Sie beobachtete ihren Atem in der kalten Luft und baumelte lässig mit den Beinen unter der Bank, und bei alledem vergaß ich irgendwann völlig, davon berauscht zu sein, dass ich mit ihr sprach, und fing einfach an, sie zu mögen. Meine Zehen waren in meinen Docksiders gefroren.

»Ich denke, letztendlich verhält sich immer alles genau wie bei der Peanuts-Geschichte«, sagte sie irgendwann.

»Was?«, fragte ich. »Wie bei Charlie Brown und Snoopy?«

»Nein, bei meiner Peanuts-Geschichte.« Sie wandte sich zu mir um und legte ein Bein quer, um sich auf die Wade zu setzen. Ihre Schönheit konnte man einfach nicht vergessen. Sie war wie eine warme Flüssigkeit, die sich langsam in meinen Eingeweiden ausbreitete. »Ich habe eine Peanuts-Geschichte.«

»Erzähl sie mir.«

»Okay«, sagte sie und holte einmal tief Luft. »Hier ist sie. Also, eigentlich kann ich mich gar nicht an sie erinnern, da ich noch sehr klein war, als es passierte, aber meine Großmutter hat es mir so oft erzählt, dass es mir vorkommt, als würde ich mich wirklich erinnern.«

»Wie in *Total Recall?*«

»Genau. Jedenfalls, es ist eher eine Episode als eine Geschichte. Als ich dreizehn Monate alt war, habe ich einmal eine Erdnuss auf dem Wohnzimmerboden gefunden und versucht, sie zu essen. Sie ist mir im Hals stecken geblieben, und ich habe angefangen zu würgen. Meine Mutter hat mich gehört und mir die Finger in den Hals gesteckt, um die Erdnuss herauszuholen, aber sie steckte zu tief drin. Bis die Sanitäter kamen, hatte ich schon aufgehört zu atmen, und mein Gesicht war so blau wie eine Weintraube. Sie haben mich im Krankenwagen wiederbelebt, die Erdnuss herausgeholt, das alles. Als wir im Krankenhaus ankamen, ging's mir schon wieder gut. Aber meine Mutter war völlig am Ende, und irgendein Idiot von einem Arzt hat sie auch noch zusammengestaucht und ihr gesagt, sie sei eine verantwortungslose Mutter, ich hätte sterben können, und das wäre dann ihre Schuld gewesen.«

Die Typen gegenüber kamen auf einmal durch den Park gerannt und schossen an unserer Bank vorbei, während sie sich gegenseitig mit Schneebällen bewarfen. Mir wurde bewusst, dass es für sie vermutlich einfach so aussah, als seien Lindsey und ich zusammen, und ich hatte die vage, halb geformte Idee, wie die Wahrnehmung, wenn auch noch so undifferenziert, vielleicht der erste Baustein einer größeren Wirklichkeit sein könnte. Die Vorstellung nahm keine feste Form an, aber ich mochte dieses auf seltsame Weise besitzergreifende Gefühl, von Fremden mit Lindsey zusammen beobachtet zu werden.

»Jedenfalls«, fuhr sie fort, »gegen Ende meiner Grundschulzeit und auf der Highschool hatte ich dann ein kleines Verhaltensproblem. Du weißt schon, war frech zu Lehrern, bin die ganze Nacht weggeblieben, hatte jede Menge Jungs. Der ganz normale Blödsinn, den man als Jugendlicher eben macht, nehme ich an. Aber meine Großmutter führte es jedes Mal, wenn ich Ärger bekam, auf den Tag zurück, an dem ich diese Erdnuss verschluckt hatte. Sie sagte, meine Mutter sei von dem Tag an völlig verändert gewesen. Sie distanzierte sich immer mehr von mir, als hätte sie Angst davor oder nicht das Recht dazu, mir echte Liebe zu zeigen, da sie mich schließlich fast getötet hätte. Und ich weiß, dass meine Mutter mich nie angeschrien oder bestraft hat. Meine Freunde glaubten, sie sei so cool, weißt du?« Ich nickte. »Ich glaube, in dieser Nacht im Krankenhaus kam sie zu dem Schluss, sie sei nicht fähig zu ihrer Mutterrolle. Und meine Reaktion war dieser jämmerliche Versuch, diese Distanz zu durchbrechen, sie zu zwingen, einzuschreiten und mich zu bestrafen. Wirklich meine Mom zu sein, weißt du?« Sie sah zu mir auf und dann rasch auf ihre Stiefel hinunter, verlegen. »Manchmal frage ich mich, wie wohl alles gekommen wäre, wenn diese Sache mit der Erdnuss nie passiert wäre.« Sie lächelte mir von der Seite kurz zu und zog die Augenbrauen hoch. »Jedenfalls, das ist meine Peanuts-Geschichte.«

Ich lehnte mich zurück und atmete einmal aus. »Wow«, sagte ich.

Sie lachte kurz auf. »Mir ist eben aufgefallen, dass ich diese Geschichte noch nie zuvor erzählt habe.«

Diesmal war mein Wow noch um einiges lauter, aber ich dachte es nur. »Und warum jetzt?«

»Ich weiß nicht«, sagte sie und fing eine Schneeflocke auf ihrem Fausthandschuh auf. »Der Schnee. Was auch immer. Ich dachte einfach, du würdest es verstehen.«

»Danke.«

»Bedank dich nicht, erzähl mir deine.«

»Was?«

»Erzähl mir deine Peanuts-Geschichte. Jeder hat eine, weißt du? Irgendein scheinbar harmloses Ereignis, das rückblickend alles verändert hat.«

»Ich weiß nicht«, sagte ich. »Ich glaube nicht, dass ich eine habe. Vielleicht ist das mein Problem.«

»Ach komm«, sagte sie und knuffte mich freundschaftlich in die Schulter. »Jeder hat eine.«

Ich betrachtete sie durch den fallenden Schnee hindurch und beschloss, mein Glück zu versuchen. »Ich denke, das hier, genau jetzt, das könnte vielleicht meine Peanuts-Geschichte werden.«

Sie wandte den Blick nicht ab, verzog nicht das Gesicht. Sie starrte mich ernsthaft an, suchte nach irgendwelchen Anzeichen von Sarkasmus, und dann ging ein warmes, strahlendes Lächeln über ihr Gesicht. »Du wirst ein ganz schön harter Brocken sein«, sagte sie. »Das weiß ich jetzt schon.«

Ich blies in meine Hände. Ich war nicht mehr verrückt nach ihr. Ich war vermutlich auf halbem Weg, mich in sie zu verlieben, und ich vertraute mir nicht genug, um noch etwas zu sagen. Inzwischen hatten sich etliche andere Leute im Park eingefunden, führten ihre Hunde spazieren, spielten mit ihren Kindern oder schlenderten einfach nur durch den Schnee, Fußspuren hinter sich lassend. Wir lehnten uns zurück und nahmen die Szene in geselligem Schweigen in uns auf. »Das ist schön«, sagte Lindsey.

»Ja«, sagte ich.

Später bauten wir einen Schneemann.

Nach unserem Tag im Schnee wurden Lindsey und ich enge Freunde, was nicht unbedingt das war, was ich mir vorgenommen hatte, aber es war okay. Es war etwas Intimes, und mit Sicherheit etwas Romantisches, an der Art, wie wir miteinander umgingen. Wir verstanden uns blendend und genossen das Vertrauen, mit dem wir durch die Gedanken des jeweils anderen hindurchsegeln konnten. Es war berauschend, jemanden so gut zu kennen. Ich drängte nie auf mehr, da ich eine Heidenangst davor hatte, das zu zerstören, was wir hatten. Was nicht heißen soll, dass ich sie nicht ständig begehrte.

Bei schönen Mädchen geht man von bestimmten Annahmen aus. Das Erste, was ich bei Lindsey angenommen hatte, war, dass sie niemals auch nur ein Wort mit mir wechseln würde. Sobald ich das hinter mir hatte, stellte ich fest, dass Lindsey meinen Erwartungen an jedem möglichen Punkt trotzte. Wo ich mit einem abgestandenen Lächeln rechnete, traf ich auf eines, das vollkommen aufrichtig war.

Wo ich eine kehlige, erotische Stimme erwartete, hörte ich eine sanfte, musische. Sie besaß einen trockenen, selbstironischen Humor, aber sie gab sich nie der Eitelkeit falscher Bescheidenheit hin. Sie muss sich ihrer angeborenen Gaben durchaus bewusst gewesen sein, aber irgendwie funktionierte sie unabhängig von ihnen. Die schwelende Sinnlichkeit, die mich bis ins kleinste Molekül meines Körpers berührte, ließ sich nicht leugnen, aber was mich letzten Endes verführte, das war der unbezähmbare Eifer, mit dem sie einfach das Leben selbst anpackte.

Lindsey machte grundsätzlich keine halben Sachen. Sie fand an jeder Erfahrung irgendetwas Faszinierendes, und ihre Begeisterung war ansteckend. Sie riss mich mit ihrem Überschwang mit, selbst wenn wir die banalsten Dinge diskutierten, und wenn sie zuhörte, dann mit gespannter Aufmerksamkeit und unverwandtem Blick. Sie konnte mich nicht nur mit einer sarkastischen Bemerkung zum Lachen bringen, sondern einfach dadurch, dass sie selbst lachte. Wenn sie im Kino weinte, dann weinte sie heftig, und ich spürte jedes Mal unweigerlich, wie mir selbst die Tränen in die Augen traten. Wenn ich mit Lindsey zusammen war, dann kroch ich aus einem Schneckenhaus, von dem ich gar nicht gewusst hatte, dass ich in ihm steckte, und es war, als sei die Welt auf einmal schärfer konturiert, mit leuchtenderen Farben. Sie gab mir die Freiheit, meine Unsicherheiten abzulegen, und im Auftrieb ihres Kielwassers fühlte ich mich, als würde ich bei mir selbst endlich etwas für mein Geld bekommen. Ich wusste schon bald, dass Lindsey, wenn sie mich liebte, dasselbe leidenschaftliche Gefühl auch bei mir auslösen würde, und ich verbrachte unzählige Stunden mit der Betrachtung dieser berauschenden Möglichkeit.

Wir wussten beide, welch starke Anziehungskraft zwischen uns bestand, und anstatt ihr aus dem Weg zu gehen, ließ sich Lindsey auf sie ein. Sie umarmte mich, hakte sich bei mir unter, hielt meine Hand, küsste mich auf die Wange, kuschelte sich an mich. Aber wir wussten beide, dass es nie weiter gehen würde als bis zu diesem Punkt. Von Zeit zu Zeit ließen wir uns mit anderen Leuten ein, aber immer mit dem unausgesprochenen Wissen, dass wir beide in gewisser Weise zueinander gehörten. Unausgesprochen, da es keine Möglichkeit gab, es in Worte zu fassen und dabei vernünftig zu klingen. Es war, als würden wir uns für uns selbst aufheben, was, wie ich bereits sagte, nicht besonders logisch klingt.

Eines Abends, in unserem zweiten Jahr auf dem College, gingen Lindsey und ich zusammen tanzen. Wir hatten beide gerade eine kürzere Beziehung beendet, ein Ereignis, das bei uns beiden immer gleichzeitig einzutreten schien. Ich war mit einer israelischen Musikstudentin namens Ronit zusammen, die, nachdem wir Sex hatten, im Bett gern Kerzen anzündete und den Rekorder einschaltete. Sie sah gut aus, auf eine sportliche Art, aber ich hatte eigentlich keinen anderen Grund, mit ihr zu gehen, als den, dass ich es eben konnte. Und ich nehme an, das hat sie irgendwann begriffen, denn eines Tages fragte sie mich, ob wir uns auf einen Kaffee treffen könnten, und brachte mir in einer Einkaufstüte von Macy's jedes Buch und jede CD mit, die ich ihr irgendwann einmal geliehen hatte, und dazu jedes Kleidungsstück, das ich irgendwann einmal in ihrem Wohnheimzimmer zurückgelassen hatte. Lindsey hatte eben einen Schlussstrich unter die Sache mit Gordon gezogen, dem Porsche-Typen. Genug gesagt.

Wir waren im Rascal's, tanzten einen Slowdance zu »Nothing Compares to You«, und Lindsey sagte: »Ben, weißt du eigentlich, dass du so ziemlich der einzige Typ bist, den ich kenne, der nicht versucht hat, mich ins Bett zu kriegen?«

»Ich arbeite eben einfach sehr langsam«, sagte ich.

»Du bist der beste Freund, den ich je hatte, Benny.«

Ich sah sie an. »Ist es das, was wir sind, Freunde?«

»Du weißt, dass wir mehr sind als das«, sagte sie.

»Was sind wir denn dann?«, fragte ich, nicht wütend, sondern wirklich neugierig. »Wir sind kein Liebespaar.«

»Wir sind auch mehr als das«, sagte sie.

»Na ja, was bleibt denn dann noch? Platonische Freunde?«

Sie legte die Lippen an mein Ohr und sagte: »Das glaube ich nicht.«

Wir wiegten uns hin und her, während Sinead O'Connor über ihre sterbenden Blumen klagte. »Also«, sagte ich schließlich. »Was sind wir denn dann?«

»Warum müssen wir denn eine Definition dafür finden? Wir sind unsere eigene Kategorie. Eine neue Spezies.«

»Wir sind also ein Fall von natürlicher Auslese?«

»Etwas in der Richtung.«

»Soll mir recht sein«, sagte ich und zog sie näher an mich.

Sie lachte und umarmte mich fest. »Na ja, wie auch immer, ich wollte dich nur wissen lassen, dass ich dich wirklich liebe. Du kümmerst dich sehr gut um mich.«

»Ich kümmere mich sehr gut um dich, und die anderen Typen dürfen mit dir schlafen. Und was springt für mich dabei raus?«

Sie beugte sich vor und küsste mich sanft auf die Lippen, etwas, was sie noch nie zuvor getan hatte. »Du bekommst einen Kuss.«

»Gib mir noch ein bisschen Zunge, dann sind wir quitt.«

»Perverser.«

»Zicke.«

»Wollen wir jetzt reden, oder wollen wir tanzen?«

Wir tanzten.

8

Sarah und unsere Anwälte warteten im Büro ihres Anwalts, als ich dort aufkreuzte, um geschieden zu werden. Sie trug einen hellblauen Leinenrock mit einem dazu passenden Blazer und einem weißen T-Shirt darunter. Ich wusste zwar, dass sie vermutlich extra losgezogen war, um sich genau das richtige Outfit zu kaufen, mit dem sie mein Herz brechen konnte, wenn wir die Papiere unterzeichneten, aber dadurch wurde es auch nicht leichter, festzustellen, wie gut sie aussah. Ich fühlte mich augenblicklich verlegen in meinen Jeans und dem Polohemd. Niemand hatte mir gesagt, dass es eine Kleiderordnung für Scheidungen gab.

»Hi, Ben«, sagte sie und sah auf, als die Empfangsdame mich hereinführte. »Du hast deine Kopien doch mitgebracht, oder?«

»Ich dachte, du hättest sie«, sagte ich.

»Was?« Sie riss alarmiert die Augen auf.

»War nur'n Witz«, sagte ich. »Ich hab sie hier.«

Sie grinste mich an und schlug die braun gebrannten Beine übereinander. Sarahs Schönheit beruhte auf Mathematik. Ihr Gesicht besaß eine perfekte Symmetrie, die Augenwinkel befanden sich genau im gleichen Abstand vom Nasenrücken, der selbst ein Musterbeispiel an geometrischer Vollkommenheit war. Ihre Lippen, zu dünn, um einen Schmollmund zu formen, zogen sich genau in der Mitte zwischen der Nasen- und der Kinnspitze leicht nach oben. Jeder einzelne ihrer Gesichtszüge war eine Studie in Präzision, und der Gesamteindruck war Ordnung und Logik. Und wenn man ihr tief in die Augen sah, dann konnte man Gleichungen darin erkennen.

Wir traten in ein feierlich wirkendes Konferenzzimmer und versammelten uns am Ende eines polierten Eichentischs, der für einen solch intimen Vorgang bei weitem zu pompös wirkte. Wir nahmen Platz und begannen mit dem Ritual des Durchblätterns von Seiten und Unterzeichnens an den Stellen, auf die uns die Anwälte hinwiesen. Es war eine ziemlich einfache Scheidung, da wir schließlich nicht allzu viele Vermögenswerte besaßen, die es unter uns aufzuteilen galt. Ich wusste schon immer, dass es sich irgendwann doch als praktisch erweisen würde, kein Ferienhaus in Vermont zu haben. Da Sarah als Architektin mehr verdiente als ich, stellte sich auch nicht die Frage nach dem Unterhalt. Es war im Grunde eher eine Trennung als eine Scheidung, nur dass es hier noch Anwaltsgebühren gab.

Aus irgendeinem Grund dachte ich, es würde irgendeine Art Abschlusszeremonie geben, wenn wir alles hinter uns hatten, eine symbolische Freisprechung von den Treueschwüren, die wir uns einst gegenseitig gegeben hatten; die Verbrennung von Pergament, das Trinken von Opferwein. Irgendetwas. Aber als wir die letzte Seite unterzeichnet hatten, verschwanden die Anwälte, um sich die Unterlagen fotokopieren zu lassen, und danach nahmen wir nur unsere Kopien und fuhren zusammen im Aufzug nach unten. So sollte sich eine Scheidung eigentlich nicht anfühlen. Es war zu zivilisiert. Es kam mir vor wie nichts als eines der vielen anderen Dinge, die wir als verheiratetes Paar zusammen getan hatten. Genau genommen fühlte ich mich noch nie so verheiratet wie in dem Augenblick, in dem ich mich scheiden ließ. Ich verspürte ein entsetzliches Gefühl von Leere, eine Panik, die sich allmählich in meiner Magengegend breit machte, und auf einmal wollte ich zurück nach oben rennen, die Papiere zerreißen und um eine zweite Chance bitten.

»Wie geht's Jack?«, fragte Sarah.

»Jack?«

»Ich hab's gestern in den Nachrichten gesehen.«

»Ach so. Na, dann weißt du genauso viel wie ich«, sagte ich.

Sie hatte sich nie um Jack gekümmert oder um sonst einen meiner Freunde, um genau zu sein. Sie fragte nur deswegen, weil es sich eben gehörte. Sarah achtete immer sehr auf das, was sich gehörte. Sie war einer von diesen Menschen, die bei einem chinesischen Essen auf Stäbchen beharren und behaupten, mit normalem Besteck würde es einfach nicht richtig schmecken. Sie betonte hartnäckig den französischen Akzent, wenn sie Wörter wie *Croissant* oder *Les Misérables* oder *Gérard Depardieu* aussprach, und sie studierte jeden Tag detailliert die Kommentarseite der Zeitung, überzeugt, dass es jederzeit für einen Überraschungstest wichtig sein könnte. Die Erinnerung an all das beschwichtigte mich ein wenig.

Es war diese fast schon neurotische Berechnung, die mich an Sarah anfangs angezogen hatte. Sie schien immer alles bis ins letzte Detail geplant zu haben, war sich so absolut sicher, welche Richtung sie einschlagen wollte. Und als sie beschloss, dass ich derjenige war, mit dem sie den Rest ihres Lebens verbringen wollte, wusste ich eben, dass es etwas war, was sie gründlich durchdacht hatte, und dass sie, anders als Lindsey, ihre Entscheidung niemals neu überdenken würde.

Lindsey hatte das Leben als Abenteuer mit offenem Ausgang betrachtet, in dem alles möglich war. Ich liebte an ihr, wie sie das Unbekannte an sich heranließ, wie sie sich jeder neuen Erfahrung öffnete. Als ich mit ihr zusammen war, hatte sie auch mich geöffnet, hatte meine Leidenschaft entfacht und all meine Gefühle verstärkt. Was toll war, bis sie sich von mir trennte und all meine verstärkten Gefühle mit dem Schmerz zurückließ, sie verloren zu haben.

Sarahs Einstellung war, dass das Leben ein Lauf war, den man genau planen musste, bei dem man Geschwindigkeit und Richtung vorausberechnen musste, um letzten Endes ein vorgegebenes Ziel zu erreichen. Es war für sie wie ein Buch, bei dem sie schon einmal einen heimlichen Blick auf die letzte Seite werfen und alles entsprechend planen konnte. Sie wusste, wohin sie steuerte und was genau sie tun musste, um dorthin zu kommen. Nach allem, was ich mit Lindsey durchgemacht hatte, war Sarahs wohl überlegte Gewissheit ein willkommenes Versprechen von Stabilität, und wenn das hieß, dafür eine gewisse Leidenschaft in der Gesamtanlage der Dinge zu opfern, dann war mir das durchaus recht. Leidenschaft war ohnehin gefährlich und der Stabilität nicht förderlich. Und so entschied ich mich für Sarah, ein gut gemeinter, typischer Versuch, sich über eine andere hinwegzutrösten. All dessen war ich mir damals natürlich nicht bewusst. Vielmehr gelang es mir sogar, mich zu überzeugen, dass Sarah Lindsey sehr ähnlich war, verliebt und abenteuerlustig, aber mit einer stärkeren Neigung, sich wirklich zu binden. Ich erfand Sarah in Gedanken neu, und es war wie eines dieser Poster mit versteckten optischen Illusionen, die man nur aus dem Augenwinkel erkennen kann. Sobald man es von vorn ansah, war die Illusion verschwunden.

Es dauerte nicht sehr lange, bis ich anfing, keine Luft mehr zu bekommen. Ich glaube, es war kurz nach unserem ersten Hochzeitstag, als es begann, bergab zu gehen. Dieselbe Sicherheit, die mich an Sarah anfangs angezogen hatte, drohte mich jetzt zu ersticken. Mein Leben lag mit überdeutlicher Klarheit vor mir ausgestreckt, und es barg kein Geheimnis mehr, kein verstecktes Potenzial. Alles war bis ins letzte Detail vorgezeichnet, und es gab keinen Platz mehr für Improvisationen, keine Möglichkeit zu sagen: »Was, wenn?« Nur ein beängstigend rasch wachsendes Gefühl von dem, was hätte sein können.

Und so begann ich mich aufzulehnen. Anfangs leise, fast unmerklich, als wollte ich meinen eigenen Entschluss testen, und dann aggressiver. Vielleicht würde ich bis zum Jahr vier noch nicht so weit sein, Kinder zu haben. Vielleicht würde ich meinen Job bei *Esquire* kündigen, Vollzeit schreiben und auf den Wochenlohn pfeifen. Vielleicht wollte ich ein Haus in einem der Vororte kaufen, anstatt zu versuchen, mich durch Kaufen und Verkaufen zu einer genossenschaftlichen Wohnung auf der Upper East Side hochzuarbeiten. Und meinst du nicht auch, wir sollten uns einen Hund zulegen? Es gab keinen Mangel an Themen, aus denen wir auswählen konnten. Bei Sarah stieß ich fast von Anfang an auf Widerstand, wie ich es schon gewusst hatte, und reagierte darauf mit überraschter Gekränktheit, als sei sie es gewesen, und nicht ich, der die Bedingungen unseres Abkommens auf einmal änderte. Die Ehe eskalierte bald zu einem ständigen Sperrfeuer kleinlicher Streitigkeiten, die lediglich aufgrund ihrer immer stärker werdenden Boshaftigkeit unvergesslich blieben.

Danach versuchte ich mich manchmal zu erinnern, was zu dieser grässlichen Zeit eigentlich in meinem Kopf vor sich ging, um festzustellen, ob ich irgendwelche Versuche zu einer Aussöhnung unternahm, aber es war, als könnte ich mich dort überhaupt nicht wiederfinden. Ich war schon verschwunden, nichts als noch ein Möbelstück, das auf die Möbelpacker wartet. Die Stimmung zwischen uns wurde so feindselig, dass ich, als Sarah irgendwann die kampfesmüden Arme in die Luft warf und aufgab, im Grunde einen inneren Jubel verspürte, ein Siegesgefühl, dessentwegen ich mich augenblicklich schämte. Was es noch schlimmer machte, war die Tatsache, dass es von dem Augenblick an, in dem wir beschlossen hatten, uns scheiden zu lassen, so war, als hätte man uns den Zankapfel weggenommen und wir Zuneigung und Respekt füreinander augenblicklich wieder entdeckten, was dazu beitrug, meine ohnehin schon heftigen Schuldgefühle erheblich zu verstärken und das tragische Ausmaß dieser ganzen verdammten Geschichte noch zu unterstreichen. Nur für den Fall, dass ich es noch nicht bemerkt hatte.

»Fühlt sich komisch an, was?«, sagte sie, als die Fahrstuhltür aufging und wir in die Lobby hinaustraten.

»Es fühlt sich einfach nach gar nichts an«, sagte ich. »Ich dachte immer, eine Scheidung würde sich irgendwie, ich weiß nicht, bedeutungsvoller anfühlen.«

Sie lächelte mich traurig an. »Dein Problem ist, dass du immer alles völlig klar umrissen haben willst. Du willst immer, dass sich eine Situation in absoluten Begriffen selbst definiert. Andernfalls hast du Angst, nicht zu wissen, was du fühlen sollst.«

Es stimmte. Das war eines meiner Probleme.

»Habe ich nicht eben erst etwas unterzeichnet, was besagt, dass ich mir Kritik dieser Art nicht mehr anhören muss?«

»Was?«

»Wir haben uns eben scheiden lassen«, sagte ich, wobei ich versuchte, keine Spur von Bitterkeit in meine Stimme einfließen zu lassen. »Pass auf.«

Wir traten auf die Madison Avenue hinaus, in die Welt, in der ich auf einmal wieder Single war. Nicht nur Single, sondern geschieden. Auf einmal war ich weniger substanziell als noch vor einer Stunde. Die Reise hatte eine Narbe bei mir hinterlassen, die ich vorzeigen konnte, einen unauslöschlichen Fleck auf meiner Akte. Es war auf eine seltsame Weise berauschend, so beschädigt zu sein. Ich musste mich auf die schlimmstmögliche Weise betrinken.

»Na ja«, sagte ich in dem Glauben, es müsste doch noch irgendetwas zu sagen geben, nachdem wir fast drei Jahre lang ein Bett, ein Bad, ein Bankkonto und gelegentlich auch eine Zahnbürste geteilt hatten. Eine Familie von blonden Leuten in T-Shirts und Turnschuhen kam uns entgegen, Händchen haltend und lächelnd wie der Brady Bunch, während sie um sich blickten. Touristen.

»Wäre es nicht schön«, sagte Sarah, »wenn es, nachdem eine Ehe in die Brüche gegangen ist, noch einen Ort gäbe, den man aufsuchen könnte, nur ab und zu, um den anderen zu treffen, um festzustellen, wie's ihm geht, um einfach in Kontakt zu bleiben?«

»Das wäre schön«, pflichtete ich bei.

»Ich meine, es ist irgendwie schwierig, die Vorstellung abzuschütteln, dass wir in gewisser Weise immer noch verwandt sind.«

Wir dachten einen Augenblick lang darüber nach. Es war bei beiden von uns immer noch ein Gefühl der Zusammengehörigkeit vorhanden, wie wir dort standen und redeten, und es fiel uns beiden schwer, uns zu lösen. Der Duft von Sauerkraut wehte von einem Hotdog-Verkaufswagen an der Ecke herüber. Ich wusste, dass eine Scheidung von nun an immer wie ein Hotdog riechen würde. Ich würde eine Zeit lang keine Barbecues besuchen können, was in Anbetracht meines privaten Terminkalenders vermutlich kein allzu großes Problem darstellen würde.

»Es tut mir Leid, wenn ich dir mit dieser ganzen Geschichte wehgetan habe«, sagte ich.

Sie tat die Entschuldigung mit einer Handbewegung ab. »Ich denke, es ist gut, dass wir es jetzt getan haben, solange wir noch jung und keine Kinder da sind. Wir werden auf die schönen Zeiten zurückblicken können, weißt du?«

»Ich nehm's an.«

Sie streckte die Hand aus, und ich schüttelte sie, und die Absurdität dieser Geste ließ die ganze Szene auf einmal krachend aus dem Reich des Surrealen wieder in die Wirklichkeit stürzen. »Na ja«, sagte sie. »Ich wünsche dir alles Glück auf dieser Erde.«

»Ich mir auch«, sagte ich. »Und ich hoffe, du machst es auch gut.«

»Haha.«

»Mach's gut, Sarah.«

»Du auch, Ben. Wir sehen uns.«

»Ja, wir sehen uns«, sagte ich, aber was ich dachte, war: bei acht Millionen Leuten in der ganzen Stadt, vergiss es.

9

Chuck kam an jenem Abend vorbei, um sich mit mir zu betrinken. Wir saßen auf dem Boden, den Rücken gegen die Couch gelehnt, und mixten Drinks, zwei Teile Sprite und fünf Teile Wodka, während wir die »Nachrichten um elf« ansahen. Sue Simmons hatte uns eben von Louis Varrone berichtet, einem dreiundzwanzigjährigen Mann in Brooklyn, der einen sensationellen Selbstmord begangen hatte. Er hatte sich in einem Liegestuhl auf die Gleise der Hochbahn gesetzt und dann auf seinem Walkman Beck gehört und Bier getrunken, bis der Schnellzug einrollte und ihn zermalmte. Seine Mutter, die für ein Interview nicht zur Verfügung stand, ließ die Reporter jedoch wissen, dass Louis immer trübsinniger geworden sei, seit vor einigen Jahren *Star Trek: The Next Generation* abgesetzt wurde.

»Was für 'ne Wahnsinnstat«, sagte Chuck. »Kannst du dir vorstellen, was für ein Loser dieser Bursche gewesen sein muss?«

»Ich weiß nicht«, sagte ich und ließ einen Rülpser los, der aus zwei Teilen Sprite und fünf Teilen Wodka bestand. »Ich kann mich erinnern, dass ich selbst ziemlich aufgelöst war, als *Kampfstern Galactica* abgesetzt wurde.«

»Na ja, aber mein Gott«, sagte Chuck, der noch nicht ganz so benebelt wie ich, aber auf dem besten Weg dorthin war. »Es ist doch bloß eine verdammte Sendung. Deswegen bringt man sich doch nicht gleich um.«

»Ich weiß. Aber ich nehme an, für manche Leute ist das eben alles, was sie haben.«

»Na ja, dann könnten sie sich aber sowieso umbringen.«

Die Nachrichten berichteten nun über einen Brand in Elmhurst, der eine fünfköpfige Familie getötet hatte.

»Ist dir schon einmal aufgefallen, dass die Nachrichten im Grunde nichts als eine aufpolierte, überdrehte Zählung von Toten sind?«, fragte ich. »Ich meine, warum glaubt man immer, dass der Tod das Einzige ist, worüber wir etwas hören wollen?«

»Das ist die menschliche Natur«, sagte Chuck. »So scheide ich nun hin in Gottes Gnaden und dieser ganze Scheiß.«

»Dann könnten sie doch einfach zu Beginn der Sendung sagen: ›Heute zweiunddreißig Personen verstorben‹«, meinte ich. »Und dann das Wetter und die Sportnachrichten bringen, und in zehn Minuten hätten sie alles erledigt.«

»Ja, und dann könnten sie *Gilligans Insel* oder sonst irgendwas zeigen«, sagte Chuck.

»Oder *Raumschiff-Enterprise*-Wiederholungen.«

»Oder noch mehr *Baywatch*«, sagte Chuck.

»Noch mehr *Baywatch* könnten wir immer gebrauchen«, pflichtete ich ihm bei.

Chuck lehnte sich zurück und schloss die Augen. »Es sollte einen *Baywatch*-Kanal geben.«

Das heimliche Laster des Mannes der Neunzigerjahre. Eine geistlose einstündige Bilderflut ohne nennenswerte Tiefe, und doch sah jeder Mann, den ich kannte, sie von Zeit zu Zeit. Man nahm es sich nicht vor. Man sah nicht auf die Armbanduhr und sagte: »Hey, es ist sechs Uhr, Zeit für *Baywatch*.« Man fand es einfach unweigerlich, wenn man zwischen den Sendern hin- und herzappte, und dort blieb man dann, den Finger über der Fernbedienung in der Schwebe, als könnte man jeden Augenblick auf einen anderen Sender umschalten. Die Serie hatte unbestreitbar etwas Tröstliches, vor allem um ein Uhr morgens, wenn die Leere des Lebens einen wach hielt. Endlose sonnige Tage, schöne Frauen, so zugänglich in ihren engen roten Badeanzügen, eindeutig definierte moralische Situationen, wöchentliche Heldentaten und lange, romantische Strandspaziergänge zu Liebesliedern im Stil der Achtzigerjahre. Alles, was das Leben nicht bot. *Baywatch*, damit massierten deine Augen dein Gehirn.

Irgendwann döste ich weg und träumte, ich würde mit Lindsey irgendwo im Freien sitzen. Die Farbe der Luft war ein verblichenes Zinnoberrot, und eine sanfte Brise wehte uns ins Gesicht. Ich hielt ihre Hand, aber sie bemerkte es nicht. Es erschien mir sehr wichtig, dass sie irgendetwas zu mir sagte, um mir zu zeigen, dass sie wusste, dass wir uns bei den Händen hielten, aber sie tat nichts weiter, als von einem Tempel in Luxor zu reden, den sie einmal besichtigt hatte. Während ich immer frustrierter wurde, versuchte ich, ihre Hand fester zu drücken, aber sie nahm es noch immer nicht zur Kenntnis. Es war, als sei ich überhaupt nicht da, was ich als ungerecht empfand, denn schließlich war es mein Traum. In dem Augenblick, bevor ich aufwachte, dachte ich wehmütig, vielleicht ist es ja doch nicht mein Traum. Vielleicht war es ihr Traum, in dem ich irgendwie gelandet war, und vielleicht hatte ich deswegen keinerlei Wirkung auf sie.

Ich rollte mich auf die Seite, sah jede Teppichfaser mit trunkener Deutlichkeit, blickte auf und entdeckte Xena, die Kriegerprinzessin, die mich aus dem Fernseher böse anfunkelte, und Chuck, der mich ansah, ein Glas in der Hand und ein triumphierendes Lächeln im Gesicht. Ich sah ein paar Bartstoppeln in den Falten an seinem Hals, in die der Rasierer nicht gekommen war. »Ich weiß, was wir wegen Jack unternehmen sollten«, sagte er.

Chucks Idee war der Überlegung nach einfach – und schier unmöglich, was die Durchführbarkeit betraf. Im Grunde ging es dabei um Folgendes: Wir würden Jack entführen, einen der berühmtesten Filmstars der Welt, ihn an einen abgelegenen Ort bringen, an dem wir ihn im Auge behalten konnten, und bei ihm bleiben, bis er von seiner Sucht losgekommen war.

»Es würde achtundvierzig bis zweiundsiebzig Stunden dauern, bis sein Blut völlig frei von Koks ist«, sagte Chuck. »Danach müssten wir ihn einfach eine Zeit lang dort behalten, um zu verhindern, dass er sich Nachschub beschafft. Ich glaube nicht, dass er es lange genug genommen hat, um schon wirklich abhängig zu sein.«

»Was sollen wir machen, ihn fesseln?«, fragte ich.

»Wenn es sein muss.«

Wir dachten einen Augenblick lang darüber nach. »Wie soll man Jack denn überhaupt entführen?«, fragte ich. »Er hat doch ständig seine Leute um sich.«

»Nerv mich jetzt nicht mit irgendwelchen Details,

Mann«, sagte Chuck. »Im Augenblick rede ich noch von einem groben Plan.«

»Du redest von einer schweren Straftat, mein Freund.«

»Ich schneide jeden Tag Leute auf«, brummelte Chuck zusammenhangslos, schloss die Augen und rieb sich die Schläfen. »Ich schneide sie auf und repariere sie.« Auf einmal sah er zu mir hoch, als hätte er für eine Minute vergessen, dass er nicht allein war. »Wir können es schon machen«, sagte er. »So abwegig ist die Idee nicht.«

»Du redest davon, irgendjemanden gegen seinen Willen –«

»Nicht irgendjemanden. Jack. Unseren Freund.«

»Unseren Freund, der nicht mit uns spricht«, erinnerte ich ihn.

»Details«, warnte mich Chuck.

»In denen steckt der Teufel«, murmelte ich. »Oder ist es Gott? Die beiden verwechsle ich ständig.«

»Der Teufel steckt in dem Dreck, der in Jacks Blut kommt«, sagte Chuck.

»Ich glaube, für ein Melodrama sind wir beide zu betrunken.«

»Halt's Maul. Die Idee ist gut.« Chuck stemmte sich hoch, stöhnte unter der Anstrengung. »O Gott, bin ich benebelt.«

»Du gehst?«

»Ja. Wenn ich jetzt mit meinem Kater anfange, dann bin ich bis morgen Abend, wenn ich Bereitschaftsdienst habe, vielleicht wieder fit.«

Ich stand auf, um ihn zur Tür zu bringen. Ich war entsetzt, als ich feststellte, dass mein kurzes Nickerchen meinen kleinen Schwips zunichte gemacht hatte. »Wirst du klarkommen?«, fragte Chuck.

»Es hat sich nichts geändert«, sagte ich. »Es war lediglich Papierkram.«

»Na ja, ihr beide hattet schließlich auch schöne Zeiten«, sagte er schwächlich. »Du solltest nichts bedauern. Oder tust du das?«

»Nein«, sagte ich. »Aber ich wünschte bei Gott, ich hätte nie geheiratet.«

Er sah mich an, nicht sicher, ob ich einen Witz gemacht hatte oder nicht. Ich hätte es selbst nicht mit Bestimmtheit sagen können. »Lass es mich wissen, wenn du soweit bist, es noch einmal zu versuchen«, sagte er schließlich. »Ich werde dich festhalten.«

»Danke.«

An der Tür hielt Chuck noch einmal inne. »Meine Idee würde klappen«, sagte er. »Denk einfach mal drüber nach.«

»Okay«, versprach ich. »Aber ich denke, ohne die Unterstützung des Alkohols wird sie um einiges weniger vernünftig klingen.«

»Teste sie an Lindsey oder Alison aus.«

»Ich werde sie an der Fahnenstange aufziehen und sehen, ob die beiden salutieren.«

Als Chuck gegangen war, machte ich es mir auf der Couch gemütlich und begann mit der mühsamen Arbeit, meinen Schwips zurückzugewinnen. Wodka in der Hand, schaltete ich auf Channel 2 um und begann von dort erneut, von einem Sender zum nächsten zu zappen. Infomercials, Gary Coleman auf dem Psychic Friends Network, ein Film aus den frühen Siebzigern über einen Gefängnisausbruch, der Lebenszyklus der Manatis auf Discovery, unscharfe Aufnahmen von Bodypiercings auf einem gebührenfreien Sender, ein B-Picture über radioaktive Highschool-Kids mit Neonsweatshirts und schlechten Haarschnitten auf USA, eine Komödie mit einem Alleinunterhalter auf dem Comedy Network und eine alte *Happy-Days*-Episode auf Nickelodeon.

Schließlich stieß ich bei einem der Lokalsender auf eine *Baywatch*-Wiederholung. Lieutenant Stephanie Holden wurde in einem der Türme der Rettungsschwimmer von einem bösen Geistesgestörten mit einer Bombe als Geisel festgehalten. Man konnte erkennen, dass er ein Böser war, da er nicht braun gebrannt war. Hasselhoff musste unentdeckt unter den Turm gelangen, also grub er sich in seinem Taucheranzug einen Tunnel durch den Sand, schaufelte den Sand vor sich weg und legte ihn hinter sich ab, mithilfe irgendeines Geräts, das er noch aus seinen Tagen als Elitesoldat der Navy übrig hatte. Er sah aus wie ein riesiger Regenwurm.

Auf einmal fühlte ich mich sehr einsam. Wegen Sarah, wegen Lindsey, wegen einer Dritten, die noch keinen Namen hatte – ich wusste es nicht. Ich hatte Chuck gesagt, dass sich nichts geändert hatte, aber das stimmte nicht. Offiziell geschieden zu sein, das führte dazu, dass spätabendliches Zappen zwischen den Kanälen auf einmal überwältigende neue Depressionen auslöste. Schon jetzt wollte ich einfach nur noch zu irgendjemandem gehören. Dreißig … scheiße!

Am Abend vor meiner Hochzeit hatte ich zu Hause bei meinen Eltern zu Abend gegessen und danach eine Zeit lang in meinem alten Kinderzimmer gesessen, war alle Schubladen und Bücherschränke durchgegangen und hatte mir die Sachen angesehen, die ich im Laufe meines Erwachsenwerdens angesammelt hatte. Fotos, Geburtstagskarten, abgerissene Eintrittskarten, Taschenmesser, Musikkassetten mit bunt gemischten Aufnahmen, Nachrichten von ehemaligen Freundinnen. Das Zimmer war wie eine abgeschlossene Kapsel mit Zeitdokumenten der ersten achtzehn Jahre meines Lebens, alles unangetastet erhalten, als sei ich erst am Tag zuvor weggegangen. Während ich die Schubladen durchsah, wunderte ich mich, wie viele der Gegenstände noch immer genauso zufällig dalagen, wie ich sie hineingeworfen hatte, als ich noch ein jüngeres Ich war, um mich irgendwann später mit ihnen zu befassen. So viele Dinge, von denen ich geglaubt hatte, ich würde sie irgendwann wieder in die Hand nehmen, ungeachtet des heißen Atems der Zeit in meinem Nacken.

Ich ging all meine Artefakte durch, ich verspürte das Bedürfnis, jedes einzelne von ihnen zu berühren, eine greifbare Verbindung zu meiner Vergangenheit herzustellen. Ich fand ein grünes, elastisches Stirnband, das Cindy Friedman gehört hatte, meiner Freundin in der neunten Klasse, dem ersten Mädchen, mit dem ich ernsthaft rumgeknutscht hatte. Ich hielt es mir an die Nase und glaubte, ich könnte immer noch einen sanften Hauch ihres Parfums wahrnehmen. An jenem Abend waren wir unter meine Decke gekrochen, mit einem erwartungsvollen Kribbeln, und sie hatte es sich aus dem Haar gezogen und unter mein Kopfkissen gelegt. Etwas später hatte sie zugelassen, dass ich ihr das T-Shirt auszog. Ich konnte mich noch an den kupfernen Geschmack ihrer Haut erinnern, an ihre makellose Struktur auf meinen Lippen. Am nächsten Tag hatte ich das Stirnband in die oberste Schublade meiner Kommode geworfen, wo es unberührt liegen blieb, bis zum Abend vor meiner Hochzeit. Aber als ich es dann wieder in der Hand hielt, überkam mich plötzlich ein Gefühl verzweifelter Sehnsucht, nicht nach Cindy Friedman, sondern nach dem Kribbeln.

Irgendwann an jenem Abend, während ich mir wünschte, ich könnte mich wieder in meinem Kinderzimmer schlafen legen und in der Highschool aufwachen, wurde mir bewusst, dass ich Sarah gar nicht heiraten wollte. Genau genommen war es mir schon Wochen zuvor bewusst geworden, aber erst in jenem Augenblick, umgeben von den unschuldigen Erinnerungen an meine Jugend, gab ich es mir selbst gegenüber zu. Ich liebte Sarah, aber ich konnte mich nicht an ein einziges Mal erinnern, an dem ich ihretwegen ein Kribbeln verspürt hätte. An jenem Abend muss ich über eine Stunde auf meinem alten Bett gesessen und die verschiedenen Möglichkeiten durchgespielt haben, die es gab, um die Hochzeit abzublasen, während ich doch die ganze Zeit über wusste, dass ich das niemals tun würde. Ein echtes Drama hatte nie zu meinem Repertoire gehört. Ich hatte Angst vor Sarah, die völlig durchdrehen würde, und vor meiner Mutter, die einen Herzinfarkt bekommen würde, aber das alles war zweitrangig, verglichen mit meiner größten Angst, und das war die Einsicht, dass ich wieder allein aufwachen würde. Wie lange konnte man auf jemanden warten, bei dem man ein kribbelndes Gefühl bekommen würde, bevor einen die Einsamkeit verschlang? Meine Ehe würde vielleicht mit Pragmatismus behaftet sein, aber in genau dieser Tatsache lag auch etwas fast Bestärkendes. Fast.

Und jetzt war ich geschieden. Ich wartete auf das abschließende Gefühl. Das eine, das sich einstellen würde, nachdem die Wirkung der Drinks nachgelassen hatte, nachdem sich die Angst und die Depression zu einem leisen Hintergrundgeräusch abgeschwächt hatten. Das Gefühl, das bleiben würde. Ich fragte mich, ob ich froh oder traurig sein würde, innerlich befreit oder nur von Reue erfüllt. Ich hatte keine Ahnung, aber ich wusste, dass es unterwegs war. Ich sah auf ein Foto, auf dem Sarah und ich auf der Hochzeit einer ihrer Freundinnen tanzten. Sie sah mit diesem weisen und liebevollen Grinsen zu mir hoch, als hätte ich eben irgendetwas gesagt, was niemand außer uns beiden je verstehen würde. Ich überlegte, was ich wohl gesagt haben mochte, dass sie mich so ansah. Ich sah ihr ebenfalls genau ins Gesicht, aber meine Miene war undurchdringlich, als hätte die Kamera sie in dem Augenblick getroffen, in dem sie sich eben erst formte.

Der Schwips half mir nicht weiter, also erhob ich mich von der Couch, machte mir ein paar Rühreier und überlegte, ob ich mir nicht einen Hund zulegen sollte.

Ein paar Stunden später, als sich die ersten Sonnenstrahlen in mein Schlafzimmer schlichen, rief meine Mutter an. Ich weiß immer schon, dass sie es ist, bevor ich abhebe, als würde das Telefon ein klein wenig anders klingeln, wenn meine Mutter am anderen Ende ist. Dieses kleine psychische Talent findet seinesgleichen nur in ihrer fast schon unheimlichen Gabe, immer genau zu den Zeiten anzurufen, zu denen ich auf keinen Fall mit ihr sprechen will.

»Hi, Ben, hier spricht deine Mutter.« Als würde sie mit einem Anrufbeantworter sprechen. Nicht »Hier ist Mom« oder auch nur ein »Hallo«, ohne sich mit dem eigenen Namen zu melden, wie es bei einem vertrauten Verhältnis der Fall ist. Immer »Hier spricht deine Mutter«, als seien wir zwei Fremde, die einander erst noch vorgestellt werden müssten.

»Hi, Mom.«

»Dein Vater und ich wollten uns nur erkundigen, wie's dir geht.« Das war ebenfalls ein Teil ihres Skripts, eine Art Entschuldigung für die erbärmliche Kommunikationsfähigkeit meines Vaters. Nicht, dass er sich nicht für mein Wohlergehen interessierte, das tat er schon, aber auf eine passive, allgemeine Art und Weise, die nach keinen Details verlangte. Solange es mir gut ging, war das alles, was er wissen musste, und er verlangte kaum nach einer Bestätigung. Er war glücklich damit, es einfach anzunehmen, es sei denn, er hörte Gegenteiliges. Mein Vater, der sein Leben lang als Ingenieur hart gearbeitet hatte, war ein stiller, disziplinierter Mann, völlig unbedarft, wenn es darum ging, Zuneigung oder Besorgnis zu äußern. Ich nahm es nicht persönlich, was allerdings nicht heißen soll, dass ich je begeistert davon gewesen war.

»Mir geht's gut«, sagte ich. »Was macht dein Bein?« Meine Mutter litt seit kurzem an einer Arthritis im linken Knie, ein Leiden, dem weitaus mehr Bedeutung beigemessen wurde, als es eigentlich der Fall sein sollte, denn in den Augen meiner Mutter kündigte es den Beginn ihres Altwerdens an.

»Gestern war es höllisch. Heute habe ich etwas Motrin genommen, und damit komme ich ganz gut über die Runden.«

»Gut.«

»Wie geht's Sarah?«, fragte sie. Obwohl sie wusste, dass wir seit acht Monaten getrennt lebten, weigerte sie sich, diese Trennung als das anzuerkennen, was sie war, und zog es stattdessen vor, sie als eine Laune zu betrachten, die bei Paaren unserer Generation weit verbreitet ist und die wir einfach wieder ablegen müssen. Jedes Mal, wenn sie anrief, erkundigte sie sich hartnäckig nach Sarah, als sei alles in bester Ordnung, was ihr irgendwie half, diese Illusion aufrecht zu erhalten.

»Gut«, sagte ich, während ich in Gedanken die Zähne zusammenbiss. »Gestern habe ich sie übrigens gesehen.«

»Oh«, rief meine Mutter aus. Sie klang überrascht, ohne dass sie es wollte. »Ist sie wieder da?«

»Äh, nein. Mom, wir haben uns scheiden lassen.«

»Was soll das heißen, ihr habt euch scheiden lassen?«, fragte sie, als hätte ich mich vielleicht geirrt.

»Das war's, es ist vorbei.«

»Ihr habt die Scheidungsunterlagen unterschrieben?«

»Ja.«

»Mit Anwälten?«

»Ihrem und meinem.« Die Anwälte schienen sie für einen Augenblick zum Schweigen zu bringen. Ich hörte ein statisches Knistern, als sie die flache Hand übers Telefon legte und nach meinem Vater rief. »Herb, komm bitte her!«

»Mom?«

»Wann wolltest du uns das denn sagen?«, fragte sie, was gar nicht der springende Punkt war, aber sie wollte einfach etwas in der Hand haben, womit sie ihre Enttäuschung begründen konnte.

»Wir haben die Papiere doch erst gestern unterzeichnet«, sagte ich.

»Gestern«, hörte ich sie meinem Vater zuflüstern. Ich konnte mir vorstellen, wie sie es sagte, jede Silbe komisch übertreibend, sodass er es ihr von den Lippen ablesen konnte, obwohl er das gar nicht musste, denn sie war grundsätzlich nicht imstande zu flüstern, eine Schwäche, die mich in meiner Jugend mehr als einmal in Verlegenheit gebracht hatte.

»Hast du's Ethan schon gesagt?«

»Mir war eigentlich noch nicht danach zumute, mit jemand anders darüber zu reden, Mom.«

»Na und? Er ist dein Bruder.«

Ich zwang mich, die stille Anklage bei der Erwähnung meines älteren Bruders nicht zur Kenntnis zu nehmen. Aller Wahrscheinlichkeit nach hatte sie damit auch gar nichts andeuten wollen, aber trotzdem verspürte ich noch immer jenen vertrauten Groll ungebeten in mir aufsteigen, eine bitter schmeckende Trockenheit in meiner Kehle. Nur vier Jahre älter als ich, war Ethan bereits Partner in einer kleinen, aber äußerst erfolgreichen Risikokapitalgesellschaft. Er war ebenfalls verheiratet, hatte zwei Kinder, und ein drittes war unterwegs, was alles zu seinem strahlenden

Glanz als erfolgreicher Sohn beitrug. Im Grunde erfüllte er alle Träume unserer Mutter, und ich war der gescheiterte Chaot. Sie sagte nie etwas in dieser Richtung zu mir, deutete es nicht einmal an. Sie liebte uns beide und würde niemals bewusst versuchen, einem von uns wehzutun. Aber trotzdem, für mich war es offensichtlich an der Art, wie sich ihre Stimme veränderte, wenn auch noch so leicht, wenn sie Ethan erwähnte, an der unterschwelligen Ehrfurcht, mit der sie ihm bei Familientreffen begegnete, die im Allgemeinen in seinem riesigen Haus in Hewlett, Long Island, stattfanden. Es gab absolut nichts auszusetzen an dem Stolz, den sie angesichts der Leistungen meines Bruders empfand, aber ich merkte, wie ich immer gegen eine leise Eifersucht ankämpfte, wann immer ich diesen Stolz spürte. Was auch immer ich für mich selbst erreichen wollte, ich konnte nicht umhin, eine gewisse Verpflichtung als Sohn zu empfinden, meinen Eltern zuliebe erfolgreich zu sein, was vielleicht stillschweigend eine Rolle bei meiner Entscheidung gespielt hatte, Sarah überhaupt erst zu heiraten.

Meine Mutter war nie in der Lage gewesen, echte Begeisterung für meinen Job bei *Esquire* aufzubringen, und wer wollte ihr das schon verübeln? Es hätte ein Sprungbrett sein sollen, das sich inzwischen jedoch zu einem erbärmlichen Plateau ausgeweitet hatte. Das Einzige, was man mir zugute hielt, war Sarah gewesen, nicht nur, weil ich verheiratet war, sondern weil ich mit einer Architektin verheiratet war, und das war etwas, was sich meine Mutter auf der Zunge zergehen lassen konnte. Meine Schwiegertochter, die Architektin. Mein Sohn, der … Ehemann. Und jetzt war ich nicht einmal mehr das. Einen Augenblick lang überlegte ich, weshalb ich, wenn ich mit meiner Mutter sprach, das Gefühl hatte, gescheitert zu sein. Lag es daran, dass ich mir selbst so vorkam, wenn ich mich mit ihren Augen betrachtete, oder daran, dass ich mein eigenes Gefühl des Scheiterns auf sie projizierte und sie nur eine unschuldige Zuschauerin war? Wie auch immer, ich musste zugeben, dass mein gegenwärtiger Zustand mit Sicherheit auf einen neuen Tiefpunkt abgesackt war, wenn ich mich nur noch mit der Frage befasste, wer mich für den größeren Versager hielt, ich oder meine Mutter.

Ich seufzte tief ins Telefon und sagte mir, dass ich zu hart war. Meine Mutter machte sich Sorgen um mich, das war alles. Jetzt, nachdem sie die Situation erfasst hatte, würde sie mit Sicherheit ein paar tröstliche Worte für mich haben.

»Ist sie mit jemand anders zusammen?«

O mein Gott. »Mom, es war nichts dergleichen«, sagte ich. »Die Ehe war einfach ein Fehler.«

»Nun ja, vor drei Jahren hast du das nicht gedacht.«

»Natürlich nicht, sonst hätte ich damals schließlich nicht geheiratet, oder?«, gab ich zurück, obwohl ich an der Wahrheit dieser Aussage durchaus meine Zweifel hatte.

»Na ja«, sagte sie nach einer Weile. »Ich weiß nicht, was ich sagen soll.«

»Dann sag einfach nichts«, empfahl ich ihr.

»Wir wollen doch nur, dass du glücklich bist«, klagte sie, als sei es meine einzige Absicht, ihr diesen schlichten Wunsch abzuschlagen.

»Dann sag einfach gar nichts.«

»Ich geb dir deinen Vater.« Eine Minute lang wurde am Telefon herumgefummelt, während sie im Flüsterton ein paar Worte wechselten, dann hörte ich die leise, leicht kratzige Stimme meines Vaters. »Ben?«

»Hi, Dad.«

»Hi ...« Ich konnte mir vorstellen, wie er in seiner Jogginghose und im Unterhemd am Küchentisch saß, vor sich seine Kleieflocken und die *Times*, auf die er vermutlich immer noch geistesabwesend durch seine Gleitsichtbrille blickte, während er mit mir sprach.

»Alles okay mit Mom?«, fragte ich, damit er etwas zu sagen hatte.

»Im Augenblick ist sie natürlich ein bisschen aufgelöst.«

»Natürlich.«

»Ist mit dir denn alles okay?«, fragte er mich, während er sich räusperte.

»Alles in Ordnung, Dad.«

»Schön, na ja, du weißt ja, wenn du irgendetwas brauchst …«

»Ich weiß, es ist alles okay.«

»Na gut, sehr schön«, sagte er, nicht weil es stimmte, sondern weil es die Art war, auf die er jedes Gespräch beendete.

»Wir sprechen uns bald wieder«, log ich.

»Sehr schön«, sagte er noch einmal. Ich wartete das Klicken seines Telefons ab, bevor ich selbst auflegte, wobei der Hörer nicht richtig zu liegen kam, sodass ich noch einmal mit der Faust nachschlug, so hart, dass es läutete. Zwei lange Risse zogen sich durch den Kunststoff neben der Tastatur, und ich hörte, wie etwas Kleines und Metallisches zu Boden fiel und wegrollte. Sehr schön, dachte ich.

10

Alison hielt den Gedanken, Jack zu entführen, im Grunde für eine praktische Idee. »Wir könnten das Haus meiner Eltern in den Catskill-Bergen benutzen«, sagte sie. »Wir nehmen uns alle ein paar Wochen frei und bleiben dort oben bei ihm, bis es ihm wieder besser geht.«

»Ich kann ein paar Wochen erübrigen«, sagte Lindsey, der die Idee lächerlich vorkam und daher besonders gut gefiel. »Ich befinde mich im Augenblick zufällig zwischen zwei Jobs.«

»Das ist ja schockierend«, sagte Chuck.

Wir hielten eine Telefonkonferenz ab, um die Möglichkeit einer Entführung zu erörtern. Irgendwo im Hintergrund hörte ich gedämpft die Lautsprecheranlage des Mount-Sinai-Hospitals, in dem Chuck seine chirurgische Facharztausbildung absolvierte.

»Wann wollt ihr es denn machen?«, fragte Alison.

»Je früher, desto besser«, sagte Chuck. »Ich werde vielleicht ein bisschen Zeit abknapsen können, aber vermutlich werde ich jeden zweiten Tag von den Bergen zurückfahren müssen, um Bereitschaftsdienst zu machen.«

»Wie steht's mit dir, Ben?«, fragte Alison.

»Ich habe keine Bereitschaft. Ich bin nicht einmal Arzt.«

»Weich mir nicht aus.«

»Ich denke, ich könnte die Zeit freibekommen«, sagte ich zögernd.

»Was ist das Problem?«, fragte Lindsey. In ihrer Stimme lag ein etwas kühler Unterton, was bedeutete, dass sie mir unser Telefongespräch vorgestern Abend noch nicht verziehen hatte.

»Hört mal«, sagte ich. »Ich bin für eine erfolgreiche Entführung genauso gern zu haben wie der nächstbeste Psychopath, aber wir wollen hier schließlich nicht einen unbekannten Nobody entführen. Jack ist berühmt. Er hat Leute, die für ihn arbeiten, die ihn vertreten. Er wird vermisst werden.«

»Wen kümmert es denn, ob er vermisst wird, solange er nicht gefunden wird?«, fragte Chuck. »Und weiter?«

»Was machen wir denn dort oben mit ihm? Wollen wir ihn wirklich fesseln?«

»Das wird nicht nötig sein«, sagte Alison. »Das Arbeitszimmer meines Vater lässt sich von außen abschließen. Dort können wir ihn einsperren. Dort gibt es ein Schlafsofa und ein Badezimmer.«

»Er wird also wirklich ein Gefangener sein«, sagte ich. »Kommt euch das nicht ein bisschen extrem vor?«

»Harte Zeiten, Ben«, sagte Lindsey. »Harte Maßnahmen.«

»Alison«, sagte Chuck, »nicht, dass ich mir Sorgen mache, aber wenn man die Sache einmal aus juristischer Perspektive betrachtet, wie würde es für uns aussehen, falls Jack beschließen sollte, Anzeige gegen uns zu erstatten?«

»Na ja, Strafrecht ist nicht meine starke Seite«, sagte Alison. »Aber es ist schon vorstellbar, dass wir ziemlich großen Ärger bekommen könnten.«

»Ich kann nicht glauben, dass Jack so etwas je tun würde«, sagte Lindsey.

»Ich kann nicht glauben, dass wir so etwas je tun würden«, sagte ich.

»Also, bist du dabei?«, fragte Chuck.

»Na ja, ich hab schließlich keine Familie, an die ich denken muss«, sagte ich.

»Das ist die richtige Einstellung«, sagte Alison.

Ich fand immer noch, dass die Idee verrückt war, aber die Aussicht, eine Woche oder zwei mit Freunden in den Bergen zu verbringen, erschien mir als das ideale Gegenmittel zu meiner gegenwärtigen geknickten Stimmung. Es war mit Sicherheit besser, als bis spätabends allein auf der Couch zu hocken und meine Scheidung aus jedem Winkel zu betrachten, wie einen neuen Pullover, den ich vielleicht zurückgeben wollte.

»Also, wie sieht unser Plan aus?«, fragte ich.

Alle verfielen in Schweigen, die Logistik dieses Plans wollte auf Anhieb einfach keinerlei Gestalt annehmen.

»Jack wird nächsten Mittwoch für eine Aids-Benefizveranstaltung im *Planet Hollywood* hier sein«, wusste Alison zu berichten.

»Meinst du, wir könnten eine Einladung bekommen?«, fragte Lindsey.

»Wozu denn?«, fragte Chuck. »Wir können ihn uns doch nicht einfach bei einem Medienevent dieser Größenordnung schnappen. Was sollen wir denn machen, ihm eins über die Rübe braten und ihn durch die Küche raustragen?«

»Hört sich nach einem Plan an.«

»Warum nennen wir das nicht Plan B«, bemerkte ich sarkastisch. »Vor allem, da Seward auch anwesend sein wird, und der wird Jack mit Argusaugen beobachten.«

»Ich hätte nichts dagegen, Seward eins über die Rübe zu braten, wenn wir schon einmal dabei sind«, sagte Lindsey.

»Ich glaube, keiner von uns weiß wirklich, wie man jemanden k.o. schlägt«, sagte Chuck nachdenklich. »Wenn man jemanden k.o. schlagen will, indem man ihm eins über die Rübe brät, dann muss man wirklich hart zuschlagen, und in neun von zehn Fällen wird das Opfer dabei eine Gehirnerschütterung davontragen. Es ist nicht so wie mit diesen lächerlich schwachen Karateschlägen in den Nacken, die Captain Kirk immer austeilt.«

»Was wir brauchen, ist ein Vulkanier-Griff«, sagte ich.

»Spielen die schon wieder auf *Raumschiff Enterprise* an?«, fragte Alison.

»So ist es«, sagte Lindsey.

»Warum müssen sie das ständig tun?«

»Weil sie einen Penis haben.«

»Wie wär's denn mit irgendeiner Art Injektion, Chuck?«, fragte Alison. »Morphium oder irgendetwas in der Richtung.«

»Es ist eine Möglichkeit«, sagte Chuck grübelnd.

»Oder eine Betäubungspistole«, schlug Lindsey vor. »Ich habe schon seit über einem Jahr eine in meiner Handtasche, und ich brenne darauf, sie auszuprobieren.«

»Zu gewalttätig«, sagte Alison.

»Aber praktischer«, sagte Chuck. »Einem unwilligen Patienten an einem öffentlichen Ort eine Injektion zu verabreichen, das ist alles andere als leicht. Außerdem gefällt mir die Vorstellung nicht, etwas wie Morphium in einen Körper zu spritzen, der womöglich voll gepumpt mit Kokain ist.«

»Lieber Gott, hörst du dir das bitte an«, sagte Lindsey mit einem Lächeln in der Stimme.

»Ich glaube, *Planet Hollywood* ist ein denkbar schlechter Ort für diese Aktion«, sagte ich. »Die haben dort jede Menge Security, und es wird proppenvoll mit Paparazzi sein.«

»Wohin will er denn nach der Party?«, fragte Chuck.

»Ich glaube, sofort zurück zum Flughafen«, sagte Alison.

»Wir könnten ihn einfach einladen«, sagte Lindsey.

»Was?«

»Ihn einladen. Sagen wir doch einfach: ›Hey, Jack, wir fahren alle übers Wochenende in die Berge, und wir würden dich gern mitnehmen.‹«

»Du vergisst, dass er stocksauer auf uns ist«, sagte ich.

»Na und? Man hört doch nicht auf, Freunde zu sein, nur weil man stocksauer ist.«

»Er wird niemals mitkommen«, sagte Alison. »Er hat viel zu viel um die Ohren. Er muss für den Film, den er eben zu Ende gedreht hat, noch die Dialogaufnahmen machen, und sie sind auch schon mitten in der Vorproduktion für die Fortsetzung von *Blue-Angel*.«

»Ich sage nach wie vor, wir sollten es mit dieser Betäubungspistole versuchen«, sagte Lindsey.

Und so ging es in einem fort, die nächste halbe Stunde. Schließlich wurde Chuck ausgerufen und musste los, und wir einigten uns alle darauf, am Wochenende über die Sache nachzudenken und sie am Montag erneut zu besprechen.

Kaum hatte ich aufgelegt, klingelte das Telefon wieder, und ich wusste, dass es Lindsey war, noch bevor ich abgenommen hatte.

»Tut mir Leid, dass ich neulich so zickig war.«

»Das warst du nicht. Na ja, okay, warst du schon, aber ich war auch ein bisschen schwierig«, sagte ich.

»Na ja, weißt du, du machst im Augenblick 'ne Menge durch, und ich hätte da eigentlich ein bisschen sensibler sein sollen. Es tut mir wirklich Leid.«

»Denk gar nicht mehr dran.«

»Na schön«, sagte sie. Ihr Tonfall klang augenblicklich fröhlicher. »Wie war die Scheidung?«

»Vielleicht die freundlichste in der Geschichte dieser Institution.«

»Klingt gut.«

»Dann erzähle ich es falsch.«

»Schlecht?«

»Ja. Eine Scheidung sollte nicht freundlich sein. Das macht alles einfach noch viel komplizierter«, sagte ich.

»Erklär mir das.«

»Du weißt doch, dass Tolstoi sagt, jede unglückliche Familie ist auf ihre eigene Art unglücklich?«

»Okay.«

»Na ja, ich nehme an, jede schlechte Ehe ist es auch auf ihre eigene Art. Meine war die schlimmste Art, eine schlechte Ehe, die die meiste Zeit als eine gute verkleidet wurde. Wir mochten uns, hatten gemeinsame Interessen, ein ansehnliches Maß an Attraktion. Das Unglücklichsein und die Unzufriedenheit und was immer es war, was zu unserer Trennung führte, all das hat mich nur deswegen so unvorbereitet getroffen, weil ich nicht einmal ahnte, dass es überhaupt da war. Und so befindet man sich dann plötzlich in der Lage, dass man jemanden wirklich mag und nicht einen einzigen Punkt benennen kann, an dem die Beziehung nicht stimmt, aber gleichzeitig hat man irgendwie doch aufgehört, eine Beziehung zu führen. Und weil allem Anschein nach nichts wirklich schief läuft, stellt man seinen Entschluss, sich scheiden zu lassen, immer wieder in Frage. Du fragst dich immer wieder, warum habe ich das getan? Es war doch alles in Ordnung. Ein Glück, dass wir es nicht mit einer Eheberatung versucht haben. Da hätten sie mich gefragt, was denn eigentlich mein Problem sei, und ich hätte es einfach nicht sagen können. Und jetzt bin ich allein, und mir fällt nicht ein einziger Punkt ein, in dem die Beziehung nicht gestimmt hat.«

»Aber bestimmt würde dir einer einfallen«, sagte Lindsey. »Warum hättest du dich denn sonst überhaupt scheiden lassen?«

»Ich musste einfach immer an dieses eine chinesische Sprichwort denken. Wenn du nicht bald die Richtung änderst, dann endest du vermutlich dort, wohin du steuerst.«

»Wo hast du das denn her?«

»Ein Fortune-Cookie.«

Sie lachte. Ich hörte ihr zu. »Also, und wohin bist du gesteuert?«

»Ich weiß nicht. Irgendwohin, wo es absolut mittelmäßig ist.«

»Dann hast du doch das Richtige getan.«

»Ich weiß. Aber ich denke, nach einer Scheidung ist es

vermutlich gesünder, eine ordentliche Portion Hass und Wut oder zumindest Verachtung für deine Exfrau zu empfinden. Dieses Fehlen irgendwelcher eindeutigen Gefühle ist es, was mich völlig durcheinander bringt.«

»Hattest du denn solch eindeutige Gefühle, als wir uns getrennt haben?«, fragte Lindsey.

»Ich habe dich ein Jahr oder zwei gehasst«, sagte ich.

»Oh«, sagte sie nach einem kurzen Moment, offensichtlich völlig verblüfft.

»Aber ich bin darüber hinweggekommen«, beeilte ich mich zu sagen. »Ich habe dich auch nicht an sich gehasst, sondern eher für meine Einsamkeit verantwortlich gemacht.«

»Ich weiß, was du meinst, Ben, wirklich«, sagte sie voller Mitgefühl. »Ich weiß, wie es ist, einsam zu sein.«

»Hey, sag nichts gegen die Einsamkeit«, sagte ich. »Sie sorgt dafür, dass ich beschäftigt bin, wenn ich allein bin.«

»Sehr witzig.«

»Genug von mir geredet«, sagte ich. »Was hast du denn eigentlich in letzter Zeit so getrieben? Ich hab das Gefühl, ich weiß überhaupt nicht mehr, was in deinem Leben los ist.«

»Das liegt daran, dass es nichts zu wissen gibt.«

»Machst du immer noch Zeitarbeit?«

»O ja. Ich habe die Zeitarbeit zu einer Kunstform erhoben. Es ist die perfekte Metapher für mich. Du weißt schon, nie zu lange an einem Ort bleiben.«

»Und was ist mit Unterrichten? Das könntest du doch immer noch tun, oder?«

»Na klar. Ich habe auch schon überlegt, ob ich nicht wieder damit anfangen soll.«

»Warum hast du es denn damals überhaupt aufgegeben? Du hast doch gern unterrichtet.«

Sie seufzte. »Ich weiß. Ich bin mir nicht sicher. Ich glaube, es hatte nichts mit dem Unterrichten an sich zu tun. Ich glaube, was mich gestört hat, war diese Endgültigkeit, dass ich meine berufliche Laufbahn gefunden hatte. Es war, als hätte sie mich definiert und als sei ich nicht mehr im Werden. Ich fühlte mich bei weitem zu jung, um ein fertiges Produkt zu sein. Ich meine, was wäre mir denn dann für den Rest des Lebens noch geblieben?«

Obwohl ich wusste, dass sie nicht davon redete, weshalb sie mich verlassen hatte, passten ihre Worte auch zu diesem Thema. »Das heißt, wenn du Zeitarbeit machst, bist du noch immer im Werden«, sagte ich.

»Ich nehm's an.«

»Ich finde, du hast schon Recht. Das ist die perfekte Metapher für dich.«

»Danke«, sagte sie. »Ich glaube auch.«

»Gern geschehen.«

Sie lachte leichthin. »Wir sollten uns bald einmal treffen.«

»Auf jeden Fall.«

»Okay, bis dann.«

»Bis dann.«

Im Rückblick wird einem ja angeblich vieles klar, aber jedes Mal, wenn ich meine Beziehung mit Lindsey noch einmal überdachte und zu ergründen versuchte, weshalb wir uns eigentlich getrennt hatten, stellte ich fest, dass genau das Gegenteil stimmte. Ich betrachtete die Beziehung aus so vielen unterschiedlichen Winkeln, dass ich jeden Tag einen neuen Grund finden konnte, weshalb sie mich verlassen hatte. Wir hatten es bis zum Erbrechen ausdiskutiert, bevor sie gegangen war, und doch, als ich versuchte, diese Gespräche in Gedanken zu rekonstruieren, hatte ich einen totalen Blackout. Offenbar hatte ich nicht besonders gut zugehört.

Die einfache Antwort war Lindseys Zeitarbeitsmetapher. Sie fühlte sich zu jung für ein sesshaftes Leben und musste hinaus und die Welt entdecken. Es war ein immer wiederkehrendes Thema der Geschichte unserer Trennung – und das eine, das ich zu meinem Parteiprogramm erklärte. Ein sicheres, akzeptables Konzept, das keinem von uns beiden irgendwelche schwerwiegenden Fehler oder Mängel zuwies. Aber die Schuldzuweisung war ein unvermeidlicher Bestandteil meiner immer zwanghafter werdenden rückblickenden Analysen, und in den dunkleren Augenblicken, nachdem sie gegangen war, verfolgte mich der stille Hintersinn dieser Entschuldigung – dass sie nicht so empfunden hätte, wenn es nicht irgendetwas gab, was ich nicht hatte.

Es war nicht so, dass sie mich nicht liebte. Ich wusste, dass sie das tat, und das machte es im Grunde nur noch schlimmer. Wenn dich jemand verlässt, weil er dich nicht liebt, dann ist das zwar eine harte Trennung, aber wie heißt es so schön – das Leben ist eben kein Zuckerschlecken. Aber wenn dich jemand liebt und dich trotzdem verlässt, dann betritt man ein völlig neues Reich der Selbstzweifel und Selbstvorwürfe, das, was Psychologen das Was-zum-Teufel-stimmt-mit-mir-nicht-Syndrom nennen. Verbring genug Zeit damit, und du wirst eine endlose Liste mit Antworten bekommen. Emotionale Unreife, sexuelle Unzulänglichkeit, einschläfernde Persönlichkeit, Körpergeruch … du bist nur so beschränkt wie deine Fantasie. Es gab sogar eine Achtundvierzig-Stunden-Phase, in der ich allen Ernstes glaubte, ich sei verlassen worden, weil ich kleine, unmännliche Brustwarzen hatte.

Meine gegenwärtige und vielversprechendste Theorie lautete, dass ich von dem Augenblick an, in dem wir zusammenkamen, im Grunde nie akzeptieren konnte, dass Lindsey wirklich mir gehörte. Nachdem ich ihr Liebesleben so lange vom Spielfeldrand aus beobachtet hatte und bei jedem Typen, mit dem sie ging, einen neuen Minderwertigkeitskomplex entwickelt hatte, fiel es mir schwer zu glauben, dass ich irgendwie Erfolg haben sollte, wo so viele andere gescheitert waren. Lindsey trieb es auf dem College ziemlich wild, und bei den Typen, mit denen sie ausging, war alles dabei, von Athleten über Rebellen und Ausländern bis hin zu Künstlern, aber eines hatten sie alle gemeinsam, keiner von ihnen war ich. Und als ich es schließlich war, da vermengten sich in meinen Gedanken die Geister all dieser Männer mit den Geistern all jener Männer, die noch kommen würden, suchten mich heim und versetzten mich in einen ständigen Angstzustand, selbst während ich glaubte, glückselig verliebt zu sein. Lindsey war froh, mich zu haben, aber ich kam mir lächerlich glücklich vor, sie zu haben. All das musste Lindsey unterschwellig gespürt haben, und vielleicht verstand sie meine Unsicherheit so, dass sich in meinem Innern ein echtes Persönlichkeitsdefizit verbarg, wodurch diese Unsicherheit zu einer Art sich selbst erfüllenden Prophezeiung wurde.

Das klingt alles gut und schön, aber wer weiß letzten Endes schon, was es wirklich war? Es können genauso gut einfach nur die kleinen Brustwarzen gewesen sein.

11

Ich schlief so fest, als Jack später an diesem Abend anrief, dass das Läuten sich zunächst sechs- oder siebenmal in meinen Traum einschlich. Erst beim achten Läuten wurde mir bewusst, dass mein Telefon im wirklichen Leben klingelte. Nachdem ich ein paar Sekunden auf dem Fußboden herumgetastet hatte, fand ich es.

»Ich hab dich doch nicht etwa geweckt, oder?«, fragte Jack.

»Keine Sorge, ich musste sowieso aufstehen, um das Telefon abzunehmen.«

»Scheiße, tut mir Leid«, sagte er. »Hier drüben ist es erst elf.«

Ein kurzes, verlegenes Schweigen trat ein.

»Und, was gibt's?«, fragte ich.

»Kann ich nicht einfach anrufen und Hallo sagen?«

»Doch, na klar. Früher hast du das ständig getan.«

»Es ist ja nicht so, dass du nicht auch meine Nummer hast«, sagte er gereizt. Er war immer schon äußerst empfindlich gewesen, wenn es darum ging, sicherzustellen, dass er ja nicht das übliche Klischee erfüllte – der Star, der die Freunde vergaß, die ihn früher einmal kannten. Er ging in die Defensive, sobald man auch nur vage andeutete, dass das der Fall sein könnte.

»Du hast Recht, Jack«, sagte ich. »Ich denke, wir hatten in letzter Zeit beide ein bisschen viel um die Ohren.«

»Dieser eine Abend neulich bei Alison, das war seit ungefähr einem Jahr das erste Mal, dass ich dich gesehen habe.«

»Es sei denn, du rechnest Lindseys Geburtstagsparty mit«, erinnerte ich ihn.

»Ach ja«, sagte er vage, und ich fragte mich, ob er den Abend vielleicht völlig vergessen hatte.

»Du rufst also einfach nur an, um Hallo zu sagen?«, fragte ich.

»Ja, mehr oder weniger. Und um sicher zu sein, dass keine dicke Luft mehr herrscht wegen diesem Abend neulich.«

»Keine dicke Luft«, beschwichtigte ich ihn.

»Ich hab ein paar echt üble Sachen zu dir gesagt, und es tut mir Leid«, sagte er. »Ich hab das alles nicht so gemeint.«

»Vermutlich haben die Drogen das Wort geführt«, sagte ich und machte mich auf eine aggressive Reaktion gefasst. Aber Jack lachte sogar.

»Ja, das wird's vielleicht gewesen sein«, sagte er. »Ihr seid die besten Freunde, die ich habe. Ich weiß, dass ihr mir nur helfen wolltet.«

Zum ersten Mal seit einem Jahr hatte ich das Gefühl, wieder mit dem alten Jack zu reden. Mit Jack, meinem Kumpel, dem lässigen Scherzkeks unserer kleinen Clique. Er war immer der lockerste und liebenswürdigste von uns gewesen, zu jeder Zeit im Einklang mit allen in seiner Umgebung. Er war ein Typ, der mühelos mit jedem, dem er begegnete, Kontakt knüpfte, von Verkäufern über Türsteher bis hin zu Kommilitonen an der Uni.

Im Grunde wurden wir deshalb Freunde, weil wir im Wohnheim nebeneinander wohnten. Etwa in der zweiten Woche unseres ersten Studienjahres kam er an meiner offenen Zimmertür vorbei und sah, wie ich damit kämpfte, meine Kommode durchs Zimmer zu schleifen. Er klopfte leicht an den Türrahmen und sagte: »Hey, soll ich dir was helfen?« Ich hatte ihn schon ein paarmal gesehen, immer in einer Gruppe, immer ein Bild lässigen Selbstbewusstseins, und hätte nie gedacht, dass sich seine Umlaufbahn je mit meiner schneiden würde.

Die Kommode war, wie sich herausstellte, in der Wand verschraubt, und es dauerte etwa eine Stunde, bis wir sie losgemacht hatten. Danach setzte sich Jack auf mein Bett, lehnte sich mit dem Rücken gegen die Wand und sagte: »Puh, jetzt ist es aber Miller-Time.« Wir gingen auf einen Drink hinunter ins Violet Café und blieben schließlich eine ganze Weile dort hängen. Und so wurden wir Freunde. Es passierte so mühelos wie alles andere in Jacks Leben auch. Wenn wir auf eine Party gingen, fragte sich Jack nicht, ob er irgendjemanden kennen lernen würde, er ließ nicht die Blicke durch den Raum schweifen, bis ihm ein Mädchen ins Auge fiel. Er schnappte sich einfach einen Drink und machte es sich irgendwo gemütlich, und die Frauen wurden einfach zu ihm hingezogen. Es war nichts, was er bewusst tat, es war einfach die Art und Weise, wie er und die Welt interagierten.

Eines Abends, nachdem wir uns angefreundet hatten, saßen wir im Red Room, einer Pianobar, die unser Lieblingslokal geworden war, wenn wir uns einfach irgendwo ein bisschen entspannen wollten, als Lindsey mit ein paar Freunden hereinkam und an unserem Tisch stehen blieb, um mir Hallo zu sagen. Ich empfand einen kindischen Stolz, dass ein solch scharfes Mädchen zu uns an den Tisch kam, um ausnahmsweise einmal mich und nicht ihn zu begrüßen, und eine leise Angst angesichts der Aussicht, dass Jack und Lindsey sich kennen lernen würden, beschlich mich. Ich war mir sicher, dass diese beiden sich augenblicklich als Seelenverwandte erkennen würden, und wenn es dazu kam, dann würde ich aufhören zu existieren.

Nervös beobachtete ich, wie Jacks Augen Lindsey auf dem Weg an ihren Tisch folgten. Den Blick noch immer auf sie gerichtet, sagte er zu mir: »Ist das das kotzende Mädchen?«

»Ja«, sagte ich.

Er nickte anerkennend. »Läuft da was, Ben?«

»Nein … ich weiß nicht, vielleicht.« Er warf mir einen scharfen, fragenden Blick zu, und ich sagte: »Wir sind Freunde.«

»Freunde, soso.« Er starrte mich einen Augenblick lang gebannt an, und dann, als hätte er endlich gefunden, was er suchte, schenkte er mir ein warmes Lächeln und hob sein Bier an. »Ich denke, solche Freunde brauchen wir alle«, sagte er. Er leerte sein Bier und knallte das Glas gutmütig auf den Tisch.

»Hör zu, Jack, da läuft nichts. Wenn du sie fragen willst, ob sie mit dir ausgeht, kannst du's gern tun«, sagte ich, ohne es zu meinen.

»Hey«, sagte er. »Man muss doch nicht alles in einen Topf werfen. Sie ist 'ne Freundin von dir, du bist ein Freund von mir. Das ist cool. Es gibt schließlich noch jede Menge andere Frauen hier.« Mit dieser schlichten Feststellung hatte er mir ein Versprechen angeboten, das mich nicht nur im Hinblick auf Jack und Lindsey beschwichtigte, sondern meine Freundschaft mit ihm gewissermaßen verbriefte. In den nächsten paar Jahren änderte sich vieles, aber Jack rüttelte niemals an dem Wort, das er mir an jenem Abend gegeben hatte.

Wir erwähnten es nicht einmal mehr.

»Wie lief's vor Gericht?«, fragte ich Jack, während ich mir das Telefon zwischen Wange und Kopfkissen klemmte, um gleichzeitig einen golfballgroßen Schleimpfropfen aus meinem Auge zu entfernen.

»Ich werd mit 'ner Geldbuße und 'ner Bewährungsstrafe davonkommen«, sagte er. »Wahrscheinlich werde ich für

MTV einen von diesen staatlichen Werbespots machen müssen und allen Kindern erzählen, dass sie die Finger von Drogen lassen sollen.«

»Eine typische Abmachung für einen prominenten Ersttäter«, sagte ich.

»Vermutlich gibt's dafür schon ein vorgefertigtes Skript.«

Ich entschied, alles auf eine Karte zu setzen. »Jack, warum unternehmen wir nicht eine kleine Spritztour, wie wir's jedes Jahr nach den Abschlussprüfungen gemacht haben«, sagte ich. »Wir könnten nach Wildwood fahren oder irgendwohin, Atlantic City, einfach ein bisschen ausspannen und Spaß haben.«

»Der Sommer ist vorbei«, sagte Jack. »Es ist zu kalt, um nach Westwood zu fahren.«

»Dann machen wir's eben bei euch drüben, fahren nach Vegas oder sonst wohin. Einfach ein bisschen freinehmen. Eine Pause einlegen.«

»Ben, du musst nicht irgend 'ne Mitleidstour hierher unternehmen.«

»Es ist kein Mitleid, Mann. Ich brauche auch mal etwas Abstand. Falls du über den aktuellen Stand der Dinge hier nicht mehr auf dem Laufenden bist, ich bin eben geschieden worden.«

»Ohne Scheiß, echt? Wann denn?«

»Vor zwei Tagen.«

»Oh, Mann. Davon habe ich ja gar nichts erfahren.«

»Wir haben die Medien noch nicht verständigt.«

»Arschloch. Alison hätte es mir erzählen können.«

»Ich denke, sie hat andere Dinge im Kopf«, sagte ich, obwohl es mir einen leisen Stich gab, dass Alison es nicht erwähnt hatte. Wir saßen alle da und machten uns Sorgen um Jack. Konnte denn niemand auch nur für eine Minute seine

Besorgnis über meinen bedauernswerten Zustand zum Ausdruck bringen? Selbst wenn es um persönliche Krisen ging, wurde Jack immer noch die größte Aufmerksamkeit zuteil. »Hör zu, Jack, meine Ehe ist eben in die Brüche gegangen, und du hast ein Drogenproblem, das landesweit die Aufmerksamkeit der Medien auf sich zieht. Wenn es je eine Situation gab, die nach einer Spritztour förmlich geschrien hat, dann diese.«

Er atmete deutlich hörbar ins Telefon aus. »Es ist sehr verlockend, Ben, aber ich stehe kurz vor der Vorproduktion zu diesem Film …«

»Scheiß drauf, Jack. Du brauchst diese Pause. Du hast ein Problem.«

»Es ist kein Problem«, verteidigte sich Jack. »Ich hab's ein bisschen außer Kontrolle geraten lassen, ich geb's zu. Aber dieser Unfall hat bei mir wieder für Durchblick gesorgt. Ich bin los von dem Zeug.«

»Einfach so?«, fragte ich skeptisch.

»Einfach so«, sagte er. »Ich war ja schließlich nicht abhängig oder sonst irgendwas. Ich hatte einfach ein bisschen zu viel gearbeitet.«

»Ich hoffe, das ist die Wahrheit.«

»Das ist die Wahrheit, und du kannst allen anderen dort drüben sagen, sie können das Theater sein lassen«, sagte er, während sich allmählich eine Spur von Zorn in seine Stimme schlich. »Mir geht's hier drüben ausgezeichnet.«

»Wenn du es sagst.«

»Ich sage es.«

»Na schön, dann gibt es also kein Problem«, sagte ich. »Ich finde aber trotzdem, wir sollten diese Spritztour unternehmen.«

»Im Augenblick passt es zeitlich einfach nicht gut«, erwiderte er, und nun war sein Tonfall mit Beton ummauert. Er hatte noch nicht aufgelegt, aber die Verbindung war bereits abgebrochen. Er war wieder Jack Shaw, der Filmstar und Fremde. »Vielleicht im Dezember.«

Wenn du dann noch nicht tot bist, dachte ich, aber ich sagte: »Ja. Wir werden zum Skilaufen fahren.«

»Grüß Chuck und Lindsey«, sagte er.

»Und du grüß Sly und Arnold.«

Er kicherte. »Mach ich.«

»Hey, Jack?«

»Ja?«

»Ich bin hier, wenn etwas ist. Falls du mich brauchst.«

»Danke, Ben. Nicht nötig. Wir sprechen uns bald wieder.«

»Okay.«

Ich hörte ihn leise aufseufzen. »Hör auf, dir ständig Sorgen zu machen«, sagte er.

»Das kann ich nicht«, sagte ich. »Und deine Sorgen muss ich mir auch machen, sonst macht sie sich ja keiner.«

»Mach's gut, Ben.«

»Mach's gut.«

Ich rollte mich auf die Seite und dachte daran, wie leicht es früher für uns fünf gewesen war, zusammen einfach irgendwo herumzulungern. Jack, Chuck, Lindsey, Alison und ich. Ganz gleich, wo wir uns aufhielten, es herrschte immer eine gemütliche Stimmung zwischen uns, die uns allen die Gewissheit gab, dass wir uns am richtigen Ort befanden. Jetzt mussten wir uns Mühe geben, um überhaupt noch Platz im Leben der anderen zu finden, um die Bedeutung, die wir füreinander hatten, aufrechtzuerhalten. Auf dem College war unsere gegenseitige Freundschaft für uns alle der Lebensmittelpunkt gewesen, und nun hatte die Zentrifugalkraft der Zeit sie an die Peripherie gedrängt, wo sie Gefahr lief, gänzlich aus dem Kreis hinausgeschleudert zu werden. Dreißig … scheiße!

Die kryptongrünen Leuchtziffern auf dem Radiowecker neben meinem Bett sagten mir, dass es kurz nach zwei Uhr morgens war. Scheiße. Ich war wach für den Tag. Ich schlurfte ins Wohnzimmer und schaltete den Fernseher ein. Kein *Baywatch*, daher entschied ich mich für eine *National-Geographic*-Sondersendung über Giraffen. Auf dem College waren Jack und ich oft bis spät in die Nacht aufgeblieben und hatten uns *National-Geographic*-Sondersendungen und *Im Reich der wilden Tiere* angesehen. Wir hatten sogar überlegt, irgendwann in den nächsten Jahren in Afrika auf eine Safari zu gehen. Während die Giraffen schwerfällig durch die namibischen Weiten schritten, erklärte der unvermeidliche britische Kommentator, dass das Herz einer durchschnittlichen Giraffe fünfundzwanzig Kilo wog.

Ich wusste, wie sie sich fühlten.

12

Jerry Garcia war vielleicht tot, aber das hielt die Band in Ruby's nicht davon ab, ihm auf der Bühne noch einmal den Rest zu geben, mit einer Reihe quälender, dissonanter Grateful-Dead-Coverversionen. Ich war nicht einmal ein DeadHead, und ich war beleidigt. Wir vier saßen hinten an einem Tisch, nippten an unseren Drinks, schaufelten uns das Popcorn, das es umsonst gab, in den Mund und erörterten Jacks jüngstes drogenbedingtes öffentliches Spektakel.

Am Abend zuvor war bei der Notrufleitzentrale ein hysterischer Anruf von Jack eingegangen, der berichtet hatte, sein Haus stünde in Flammen. Als die Feuerwehr von Los Angeles anrückte, traf sie Jack an, mit nichts als einer Unterhose bekleidet, der die Flammen tapfer mit einem Gartenschlauch bekämpfte. Die einzige Komplikation dabei war, dass keiner der Feuerwehrleute, trotz jahrelanger Erfahrung, irgendwo ein Feuer entdecken konnte. Sie inspizierten Jacks Villa in Brentwood vom Keller bis zum Dachboden und stellten fest, dass bis auf einen Wasserschaden im Wohnzimmer, entstanden durch Jacks Bemühungen mit dem Gartenschlauch, alles in Ordnung war.

Unter normalen Umständen wären die Feuerwehrleute vielleicht sauer gewesen, aber schließlich kommt es nicht jeden Tag vor, dass man mit einem Filmstar von Jack Shaws Kaliber Bekanntschaft schließen darf. Der Feuerwehrchef, der Dinge dieser Art durchaus schon erlebt hatte, redete Jack beschwichtigend zu und ging mit ihm zurück ins Haus. Später posierte die gesamte Truppe für Fotos mit Jack und fuhr dann mit einer amüsanten neuen Anekdote für die Ehefrauen und Kinder nach Hause. Wie sich herausstellte, arbeitete eine dieser Ehefrauen zufälligerweise im Büro der Associated Press in Los Angeles, und die Story schlug am nächsten Morgen in aller Frühe wie eine Bombe ein. Bis zum Mittag wurden die Bilder, die die Feuerwehrleute gemacht hatten, auf jedem Sender des Landes gezeigt.

»Er hat echt ein Problem«, sagte Lindsey. »Er ist wirklich völlig außer Kontrolle geraten.«

Auf der Bühne beendete die Band eben eine kaum wieder zu erkennende Version von *Sugar Magnolias* und begann mit einer noch schlimmeren Version von *Truckin*.

»Er ist schon seit Monaten völlig außer Kontrolle«, sagte Chuck über den Lärm hinweg. »Die einzige Frage ist, ob er noch in der Lage ist, sich von uns helfen zu lassen oder nicht.«

»Er hat mich angerufen«, sagte ich, und alle starrten mich an. »An dem Abend, bevor er den Notruf gewählt hat.«

»Was hat er gesagt?«, fragte Chuck.

»Nichts«, sagte ich. »Er klang normal. Völlig nüchtern. Er war sauer, dass wir dachten, er hätte ein Problem.«

»Was hast du gesagt?«

»Ich hab ihm vorgeschlagen, dass wir eine Spritztour unternehmen.«

»Eine Spritztour«, wiederholte Chuck. »Er steht kurz vor einem persönlichen und beruflichen Zusammenbruch, und du schlägst ihm eine Spritztour vor?«

»Zu dem Zeitpunkt schien es mir eine gute Idee zu sein«, sagte ich matt.

»Ich glaube, es war keine schlechte Idee«, sagte Lindsey und lächelte ein wenig. »Ein kinematisches Heilmittel für eine kinematische Figur.«

»Er muss echt kinematisch ausgesehen haben, wie er da in seiner Calvin-Klein-Unterhose mit dem Gartenschlauch herumgerannt ist«, sagte Chuck.

Alison stellte ihren Drink ab und sah uns an. »Mir ist ein neuer Plan eingefallen«, sagte sie.

»Meinst du immer noch, wir können diese Sache wirklich durchziehen?«, fragte ich.

»Ich denke, wir müssen es versuchen«, sagte sie.

»Also, wie sieht der Plan aus?«, fragte Lindsey.

Alison erklärte ihn uns. Es war ein harter und grausamer Weg, den wir da einschlagen würden, und die Tatsache, dass sie ihn sich sogar selbst ausgedacht hatte, zeugte von dem Schmerz, den ihr diese ganze Sache bereitete.

»Alison«, sagte Chuck lächelnd. »Ich wusste gar nicht, dass du so knallhart sein kannst. Das gefällt mir.«

»Bis vor kurzem hat Jack mich noch jeden Tag angerufen«, sagte Alison, während sie starr vor sich auf den Tisch sah. »Egal, wo er war, egal, was los war, er hat einfach angerufen, um Hallo zu sagen und, ich weiß nicht, sich eben zu melden. Wenn er mich nicht erreicht hat, hat er eine Nachricht hinterlassen oder später noch einmal angerufen. Wann immer ich ihm eine Nachricht auf seinem Anrufbeantworter hinterlassen habe, hat er noch am selben Tag zurückgerufen, selbst wenn er mich dann aufgeweckt hat.« Sie verkniff sich ein paar Tränen und zerbröselte nervös etwas Popcorn zwischen den Fingern. »Ich weiß, ihr seid alle besorgt wegen Jack, aber ich bin mehr als besorgt. Ich vermisse ihn schrecklich. Er ist mein bester Freund und ... ich will ihn wiederhaben.«

Sie legte eine Hand über die Augen, und ihr Körper verkrampfte sich unfreiwillig, während die Schluchzer, die sie zu unterdrücken versuchte, in ihr implodierten. Lindsey streckte einen Arm über den Tisch aus und griff nach Alisons anderer Hand, hielt sie fest in ihrer, und ich legte den Arm um sie und presste meine Stirn gegen ihre Schläfe. Von uns allen war sie die Unkomplizierteste, die Aufrichtigste, und ich glaube, es tat uns allen weh, zu sehen, wie sehr sie litt. Mich überkam eine plötzliche, hitzige Wut auf Jack, der solchen Mist baute.

Wir alle hatten Alison ursprünglich über Jack kennen gelernt. Er hatte Probleme mit seinem Statistikkurs, der – aus Gründen, die nur den Ranghöchsten in der akademischen Hierarchie bekannt sind – zu den Pflichtveranstaltungen des Studiums zählte. Alison, die hinter Jack saß, war gut, wenn es um Zahlen ging, und bot sich an, ihm zu helfen. Es ist schon komisch, oder eigentlich eher tragisch, wie eine ganz gewöhnliche Tat wie zum Beispiel die, jemand anders Hilfe bei seiner Hausarbeit anzubieten, der unbeabsichtigte Auslöser eines fast ein Jahrzehnt andauernden stillen Leidens werden konnte. Alisons Peanuts-Geschichte.

Mit dreißig hätte Alison eigentlich verheiratet sein sollen, zwei oder drei Kinder haben, ein hübsches Haus in

Greenwich und das ganze Martha-Stewart-Paket. Das war es, was sie immer angepeilt hatte, ungeachtet ihres Interesses an der Rechtswissenschaft. Sie hatte drei Schwestern, zwei ältere und eine jüngere, die allesamt diesen Weg eingeschlagen waren, ohne je einen Blick zurückzuwerfen. Alison rebellierte nicht, indem sie Single blieb, gegen ihre reichen Eltern oder irgendeine antiquierte *Die-gute-Hausfrau*-Moral, die sich mit ihrem eigenen Verständnis von Unabhängigkeit nicht vereinbaren ließ. Sie wollte ein normales Leben ohne jede Einschränkung, erklärte die Gründung einer Familie zu ihrem vorrangigsten Ziel und freute sich darauf. Sie war selbst in einem idyllischen Zuhause mit liebevollen Eltern aufgewachsen, mit allenfalls geringfügigen Spannungen zwischen den vier Schwestern und allen Möglichkeiten und Privilegien, die man sich vorstellen konnte. Es war nur natürlich, dass sie selbst nach diesem Muster eine eigene Familie gründen wollte. Aber dann hatte sie sich eben in Jack verliebt, eine Komplikation, auf die sie gänzlich unvorbereitet war, und das war's dann. Jack war das Pferd, dessentwegen ihr ein Königreich verloren ging.

Es war für uns alle vom ersten Augenblick an so offensichtlich, wie verliebt Alison in Jack war, dass er wirklich ein völliger Idiot hätte sein müssen, um es nicht zu bemerken, und Jack war kein Idiot. Und doch unternahm er während der gesamten Collegezeit und auch in den Jahren danach nie auch nur einen einzigen romantischen Vorstoß, schien nie den Gedanken zu hegen, dass sich aus seiner Freundschaft mit Alison Gold schürfen ließ. Ich weiß, wie frustrierend allein schon der Anblick für Lindsey, Chuck und mich war, daher kann ich mir nur vorstellen, wie schlimm es für Alison selbst gewesen sein muss. Lindsey war die Einzige, die mit Alison darüber reden durfte, die auf sie einreden konnte, die Sache abzuhaken und sich woanders nach Liebe umzusehen, aber ihr Einfluss war nie länger anhaltend erfolgreich. Lindseys Sitzungen mit Alison liefen bisweilen so hitzig ab, dass die beiden in Streit gerieten und danach tagelang kein Wort mehr miteinander wechselten. »Jeder andere Typ hier würde sich die Finger nach ihr ablecken!«, sagte Lindsey dann immer, wobei ihre Augen fassungslos hervortraten. »Die würden vor ihrer verdammten Tür Schlange stehen! Und stattdessen muss sie sich auf den einen Typen fixieren, der zu blöd ist, um zu merken, was er da hat! Wer ist sie eigentlich, eine verdammte Masochistin oder was?«

Von Zeit zu Zeit verabredete sich Alison der Form halber zu einem Date, aber es dauerte nie sehr lange, bis die anderen Männer feststellten, dass sie mit jemandem konkurrierten, den sie niemals schlagen konnten. Lindsey, unabhängig und willensstark wie sie war, konnte es nicht ertragen, Alison in einem solch unterwürfigen Zustand zu sehen, und sie ließ kaum eine Gelegenheit aus, für ihre Überzeugung einzutreten. Diese in regelmäßigen Abständen ausgefochtenen Kämpfe trugen dazu bei, ein enges Band zwischen ihr und Alison zu knüpfen, auch wenn das für Lindseys Freundschaft mit Jack nicht unbedingt förderlich war. Wenn Alison schon nicht sauer auf ihn sein wollte, weil er sie so behandelte, dann musste es eben jemand anders sein. Lindsey machte es Jack zum Vorwurf, dass er Alison nicht liebte, dass er sie nicht losließ, und auch wenn ich mich nicht erinnern kann, dass sie die Angelegenheit ihm gegenüber je zur Sprache brachte, weiß ich doch, dass sie einen starken Groll gegen ihn hegte. »Er zieht los und treibt's mit jedem Mädchen auf dem Campus«, hatte sie sich einmal bei mir beklagt, als wir uns zwischen zwei Kursen unter dem Bogen auf dem Washington Square einen

Falafel teilten. Es war Winter, und ihre Wangen blank poliert vom Wind, und ich fragte mich, wie viel zusätzlichen Schaden es wohl noch anrichten würde, wenn ich mich vorbeugen und eine dieser Wangen küssen würde. »Und dann kommt er nach Hause und geht auf einen Kaffee mit seiner *guten Freundin* Alison aus.«

Ich weiß noch, dass ich damals dachte, man könnte vielleicht eine deutliche Parallele zu Lindsey und mir ziehen, aber ich übte mich in Diskretion, was selten genug vorkam, und entschied, diesen Punkt nicht anzusprechen. »Sie sind eben echte Freunde«, sagte ich stattdessen.

»Ich bitte dich, Ben«, sagte sie. »Er ist berechnend. Sie ist sein, ich weiß nicht was, Sicherheitsnetz oder was auch immer, und das ist nicht in Ordnung. Das ist emotionale Versklavung.«

Ich weiß, sie wollte, dass ich das Thema Jack gegenüber zur Sprache brachte, dass ich mit ihm darüber redete und versuchte, ihm klarzumachen, was er Alison antat, aber ich sah die Dinge ein bisschen anders. Jack sprach nur selten über seine Vergangenheit, aber ich wusste, dass seine Mutter gestorben war, als er noch sehr klein war, und dass er sich mit seinem Vater nicht verstand. Irgendwann hatte er einmal etwas gesagt, was bei mir die vage Vermutung eines Missbrauchs hinterlassen hatte, aber ich konnte mich nicht mehr genau erinnern, was es gewesen war. Wie auch immer, der Art, wie sich Alison um Jack sorgte, haftete eindeutig etwas Fürsorgliches und Mütterliches an. Jack fand starken Trost in diesem Aspekt ihrer Beziehung, und er war nicht gewillt, das aufs Spiel zu setzen, indem er die Beziehung in eine sexuelle Richtung ausbaute. Auch wenn es für uns oft so aussah, als würde Jack Alison schlecht behandeln, glaube ich doch, dass er sie im Grunde weitaus mehr liebte, als irgendeiner von uns sich vorstellte, und ihre Wärme und Anerkennung waren sein Allerheiligstes. Diese Dinge mit Sex zu entwerten, Alison so zu behandeln wie jedes andere Mädchen auf dem Campus, das war für ihn vielleicht unvorstellbar. Ich glaube, dass sich Jack auf eine seltsame Weise Alisons unwürdig fühlte, wenn es um eine echte, sexuelle Beziehung ging.

In gewisser Hinsicht muss Jack erkannt haben, dass Alison auch Bedürfnisse hatte, Bedürfnisse, die aufgrund ihrer unerschütterlichen Loyalität zu ihm nicht erfüllt wurden. Vielleicht bedeutete das tatsächlich, dass es in seiner Beziehung zu ihr auch ein gewisses egoistisches Element gab, aber das schob Jack mit einer rationalen Erklärung beiseite, sie sei ihm zu wichtig, als dass er sie verlieren wolle. Ich weiß nicht, ob ich es damals verstand oder ob ich nur vage Vermutungen anstellte und meine Erinnerungen nun mit rückblickenden Weisheiten befrachte, aber ich bin mir ziemlich sicher, dass sich beide über die wahre Natur ihrer Beziehung im Klaren waren. Sie waren einfach machtlos, etwas dagegen zu tun. Jack und Alison liebten sich, aber sie benötigten unterschiedliche Dinge von dieser Liebe, wodurch sie sich auf tragische Weise gegenseitig blockierten. Beziehungen gibt es nicht mit Garantieschein, und Verliebtheit allein verspricht noch kein Happy End. Dazu muss man sich bloß Lindsey und mich ansehen. Wenn überhaupt, dann ist die Liebe nur ein Ausgangspunkt. Und dann dringt das Leben ein, zusammen mit all dem persönlichen Gepäck, das man im Laufe der Jahre zusammengepackt hat, und alles geht königlich und unwiderruflich den Bach runter. Man kann darüber verbittert sein, oder man kann es weiterhin versuchen. Die meisten Leute tun von jedem etwas.

An all das musste ich denken, während ich Alisons Schluchzer an meiner Stirn spürte und wir alle dort in der

Bar saßen und versuchten, ihr etwas von ihrer Traurigkeit zu nehmen, ihr Gepäck wenigstens ein klein wenig zu erleichtern. Einen Augenblick später wischte sich Alison über die Augen und schenkte uns ein Grinsen. »Tut mir Leid«, sagte sie. »Ich glaube, das musste schon seit einer Weile einfach raus.«

»Na ja«, sagte Chuck und hob sein Glas zu einem gespielten Toast. »Auf Jacks Gesundheit.«

Lindsey hob ihr Glas. »Darauf, dass wir Jacks Arsch vor ihm selbst retten.«

»Auf Alison«, sagte ich. »Die Dame mit dem Plan.«

Alison wischte sich über die Augen und nahm ihr Glas in die Hand. »Plan B«, sagte sie. Wir leerten unsere Drinks.

»Dabei fällt mir ein Witz ein«, sagte Chuck. »Was ist der Unterschied zwischen Freunden und guten Freunden?«

»Was?«, fragte ich.

»Ein Freund hilft dir bei deinem Umzug. Ein guter Freund hilft dir auch noch, wenn er die Leichen im Keller entdeckt hat.«

Einmal habe ich Alison geküsst. Oder sie mich, ich bin mir nicht sicher. Aber Küsse wurden auf jeden Fall getauscht, in unserem dritten Studienjahr, im Village East Cinema. Wir waren zusammen hingegangen, um den Director's Cut von *Blade Runner* zu sehen, der offenbar ständig irgendwo im Village gezeigt wurde. Es war eine Art alljährliche Tradition bei uns, da wir schon seit langem eine Auseinandersetzung darüber führten, ob Harrison Fords Charakter in Wirklichkeit ein Replikant war oder nicht. Alison sagte Ja, ich sagte Nein. Wir saßen da, Schulter an Schulter, freundschaftlich aneinander gelehnt, während wir zusahen, wie Rutger Hauer Harrison Ford in nicht allzu ferner Zukunft zu Kleinholz verarbeitet haben würde, und auf einmal küssten wir uns, keine langen, tiefen Küsse, sondern kurze, sanfte, experimentelle. Oberlippe, Unterlippe, offener Mund, geschlossener Mund, Kinn, Nase. Es fühlte sich gut an, aber ein bisschen zu unwirklich, um mich wirklich in Fahrt zu bringen. Es war, als würde man durch Plastik hindurch küssen. Nach einer Weile wurden die Küsse weniger, und wir blieben Stirn an Stirn beisammen und sahen uns ein wenig verlegen an. Schließlich flüsterte Alison: »Es war einen Versuch wert.«

Ich lächelte und küsste sie auf die Wange. »Das hätte der einfache Ausweg sein können, was?«

Sie schloss die Augen. »Ja.« Es war das erste Mal, dass einer von uns beiden seine Frustration hinsichtlich der Situation mit Lindsey beziehungsweise Jack offen geäußert hatte. Jack ging mit einer Art Model / Grafikkünstlerin vom Fashion Institute of Technology und Lindsey mit Boris dem Zauberer, und Alison und ich tauschten wertlose Küsse in einem leeren Kinosaal.

Wir wandten uns wieder der Leinwand zu. Rutger Hauer brach inzwischen Harrison Ford die Finger. »Was meinst du, weshalb wir es uns gefallen lassen?«, fragte sie mich, ohne den Blick abzuwenden.

»Man kann sich eben nicht aussuchen, für wen man Feuer fängt«, sagte ich.

»Das ist doch schwach«, sagte sie. »Wir sind intelligente Menschen. Wir sollten doch in der Lage sein, zu erkennen, dass etwas nicht passiert, und dann etwas Neues in Angriff nehmen. Warum können wir das nicht?«

»Weil wir naive Romantiker sind.«

»Oder blinde Optimisten.«

Ich dachte ein paar Sekunden darüber nach, ohne zu irgendwelchen neuen Schlüssen zu kommen.

»Wenn ich doch bloß glauben könnte, dass er mich wirklich nicht liebt«, sagte Alison zögernd. »Wenn ich mich dazu bringen könnte, das zu glauben, ich denke, dann könnte ich etwas Neues in Angriff nehmen.«

»Aber er liebt dich«, sagte ich.

»Ich weiß«, sagte sie. »Und genau das ist der Haken. Er ist wirklich komisch. Die eigentliche Tragödie ist nicht, dass Jack mich nicht liebt. Sondern dass er mich liebt.« Sie schwieg einen Augenblick. »Was ist mit dir und Lindsey?«

»Was soll mit uns sein?«

»Ich weiß nicht. Es ist irgendwie das Gleiche, oder?«

»Nicht wirklich«, log ich. »Ich mag es so, wie es ist.«

»Oh«, sagte sie geziert. »Tatsächlich.«

»Na klar«, sagte ich.

»Ben, bitte! Du hast mich gerade eben öfter geküsst, als du sie je geküsst hast. Du willst mir doch nicht etwa erzählen, dass dich das nicht ärgert?«

»Sei nicht so hart zu dir selbst. Du küsst gar nicht schlecht.«

»Hör auf, mir auszuweichen«, sagte Alison und kniff mich fest ins Handgelenk.

»Was soll das heißen? Du hast das Thema Küssen zur Sprache gebracht.«

Sie sah mich eine Minute lang an und lächelte dann. »Du weichst sogar aus, wenn es ums Ausweichen geht«, sagte sie. »Dich hat's wirklich ganz schön erwischt.«

»Ich weiß nicht«, gab ich mich etwas versöhnlicher. »Ich nehme an, wir werden einfach beide dafür bestraft, dass wir als Freunde von solch unschätzbarem Wert sind. Es gibt Schlimmeres.«

»Wenn du das wirklich glaubst, dann bist du ein besserer Mensch als ich.« Sie seufzte und lehnte den Kopf gegen meine Schulter. Ich tätschelte ihr das Bein, und wir sahen uns weiter den Film an. Ein übel zugerichteter Harrison Ford rannte und humpelte im Regen durch eine dunkle Gasse. »In der Zukunft regnet es immer«, sagte ich.

13

NACHRICHT

Für: Mr George Bernard.
Von: Dr. Samuel Richter, Mt. Sinai Hospital
Datum: 4. Oktober 1998

Bitte melden Sie sich umgehend betreffs Anweisungen zur Notaufnahme von Alison Scholling.

Jack benutzte immer einen von drei Decknamen, wenn er in einem Hotel eincheckte. Wir lagen beim zweiten Versuch richtig und hinterließen die Nachricht. Es war schon ziemlich bescheuert, was wir da taten, aber Alison wollte es unbedingt. Er rief eine Stunde später zurück, eine Nummer, die an der Aufnahme des Mt. Sinai bei einer Angestellten klingelte, mit der Chuck freundlichen Umgang pflegte, obwohl er kurze Zeit mit ihr zusammen war. Der Anruf wurde zu Dr. Samuel Richter weitergeleitet, das heißt, in Wirklichkeit zu einem freiwilligen Hilfspfleger, der von einem Skript ablas, das Chuck detailliert für ihn vorbereitet hatte. Dr. Richter informierte Jack, dass Mrs Scholling in einen schweren Verkehrsunfall verwickelt worden sei, bei dem sie ein Schädeltrauma, aber auch verschiedene innere Verletzungen erlitten hätte, die er in einem Fachjargon auflistete, der darauf abzielte, den Laien zu verwirren und ihm gleichzeitig eine Höllenangst einzujagen. Jacks Name, sei ihm gesagt worden, hätte in ihrer Brieftasche neben dem ihrer Familie gestanden, die man noch nicht habe erreichen können, da sie auf Urlaub in Übersee sei. Wir rechneten damit, dass Jack zu besorgt sein würde, um sich zu fragen, woher das Krankenhaus überhaupt wusste, dass er im Plaza zu erreichen war.

Wie Alison prophezeit hatte, ging Chucks Beeper weniger als eine Stunde später los. Er lag auf einem Schreibtisch zwischen uns, als er begann, einen elektronischen Jitterbug auf der zerkratzten Tischoberfläche zu tanzen. Chuck fing ihn in dem Augenblick auf, in dem er über die Tischkante purzeln wollte, warf einen Blick auf die Anzeige und sagte: »Er ist es.« Er legte den Beeper zurück auf den Schreibtisch, und wir warteten sechzig Sekunden, bevor er erneut losging. Wir saßen in einem unbenutzten Büro, das, wie Chuck uns erklärt hatte, den Assistenzärzten als Raucherzimmer diente.

»Klingt nach einem Notfall«, sagte ich, während Chuck auf eine Taste drückte, um das Vibrieren zu unterbinden. Wir wollten die Funknachricht nicht sofort erwidern. Wir wollten, dass Jack so nervös wie möglich war, und Chuck wusste aus Erfahrung, dass man diesen Zustand am besten erreichte, indem man den Beeper einfach ignorierte. Eine Minute später ging er wieder los. Diesmal nahm Chuck den Telefonhörer ab und wählte die Nummer. Als er die Rezeption des Plaza erreichte, las er die Zimmernummer von seinem Beeper ab, und Jack nahm beim ersten Klingeln ab. Ich beugte mich vor, um Jack am anderen Ende der Leitung besser hören zu können.

»Hallo«, sagte Chuck gedehnt. »Hat mich da irgendjemand angefunkt?«

»Hier ist Jack, Chuck«, schrie Jack ins Telefon, sodass sich Chuck ruckartig den Hörer vom Ohr riss. »Hast du das mit Alison schon gehört?«

»Was ist denn mit ihr?«, fragte Chuck.

»Sie hatte einen Unfall«, sagte Jack. »Scheiße, Chuck, sie liegt in deinem Krankenhaus.«

»Was ist denn passiert?«, fragte Chuck, der schließlich doch eine Spur Besorgnis in seine Stimme einfließen ließ.

»Ich weiß nicht«, sagte Jack. »Ein Autounfall oder irgendwas. Ich komm sofort rüber.«

»Augenblick, Jack«, sagte Chuck. »Jetzt beruhig dich erst einmal und erzähl mir alles. Woher weißt du denn überhaupt, dass sie hier eingeliefert wurde?«

»Ich hab einen Anruf bekommen«, sagte Jack ungeduldig. »Irgendein Dr. Richter hat eine Nachricht für mich hinterlassen.«

»Sam Richter?«, fragte Chuck. »Von der Notaufnahme?«

»Ja!«, sagte Jack. »Samuel Richter.«

»Scheiße. Der Typ ist praktisch schon pensioniert. Ich geh am besten gleich zu ihr runter.«

»Ich komme jetzt gleich rüber«, sagte Jack.

»Warte noch, Jack«, sagte Chuck. »Du kannst hier nicht einfach in die Notaufnahme platzen. Die werden dich gar nicht reinlassen. Außerdem bist du zu leicht zu erkennen. Du wirst einen Mordsaufruhr verursachen. Bleib einfach, wo du bist, und ich geh der Sache nach. Ich ruf dich an.«

»Ausgeschlossen«, sagte Jack. »Ich komm jetzt sofort rüber.«

»Okay, okay«, sagte Chuck, während er tat, als würde er darüber nachdenken. »Aber lass es uns folgendermaßen machen. Komm zum Eingang Achtundneunzigste Straße, und nimm den Aufzug in den achten Stock. Mein Büro ist die 812. Wir treffen uns dort, und dann nehme ich dich mit zu ihr. Bis du hier bist, müsste ich mehr Informationen haben.«

»Na schön«, sagte Jack. »Ich bin in einer Viertelstunde da.«

»Schön. Zwei Punkte noch, Jack.«

»Was denn?«, fragte Jack ungeduldig.

»Erstens, versuch dich irgendwie zu tarnen, okay? Wir können dort unten keinen Tumult gebrauchen.«

»Alles klar. Was noch?«

Chuck holte einmal tief Luft. Das war der Teil, von dem alles andere abhing. »Komm allein. Ich glaube nicht, dass ich genug Einfluss habe, um dein ganzes Gefolge an der Oberschwester in der Notaufnahme vorbeizuschleusen.«

»Ich bin schon unterwegs«, sagte Jack und legte auf.

»Er ist unterwegs«, sagte Chuck mit einem nervösen Grinsen in meine Richtung. Wir fühlten uns wie zwei Kinder, die einen Telefonstreich spielten.

»Na wunderbar«, sagte ich ohne große Begeisterung.

Chuck griff in seine Schreibtischschublade und entnahm ihr ein kleines Lederetui, das nach Rasierzeug aussah. Er zückte eine hässlich aussehende Spritze und eine birnenförmige Phiole. Er riss den roten Plastikschutz mit den Zähnen von der Nadel, stieß sie oben in die Phiole und zog am Kolben, während er zusah, wie sich die Spritze mit Flüssigkeit füllte. Als die Spritze etwa zu drei Vierteln gefüllt war, zog er die Nadel aus der Phiole, drückte den Kolben leicht zurück, um ein bisschen Flüssigkeit herauszuspritzen, und presste dann mit einer einzigen, raschen Bewegung mit den Zähnen die rote Schutzkappe wieder auf die Nadel. Dann hielt er sich die Spritze genau vor die Augen, schlug zweimal mit einem Finger dagegen und starrte gebannt in die Flüssigkeit.

»Was machst du denn da?«, fragte ich.

»Auf Luftbläschen überprüfen«, sagte er, während er die Spritze wieder in den Lederbeutel legte.

»Was ist das?«

»Thorazine. Dürfte etwa fünf Minuten dauern.«

»Kannst du nicht irgendwas nehmen, was ein bisschen schneller geht?«

»Nichts außer einem stumpfen Gegenstand, mit dem ich ihm auf den Kopf schlag.«

»Was werden wir denn in den fünf Minuten mit ihm machen?«, fragte ich.

»Ich weiß nicht. Kennst du irgendwelche guten Witze?« Chuck griff in eine andere Schublade, holte ein blaugrünes Stoffbündel hervor und warf es mir zu. »Ein OP-Anzug«, sagte er. »Für unsere waghalsige Flucht. Du kannst dich eigentlich auch jetzt schon umziehen.«

Während ich mich aus meiner Kleidung schälte und in den dünnen OP-Anzug schlüpfte, wurde ich auf einmal von der Surrealität der ganzen Situation überwältigt. Hier standen wir, zwei erwachsene Männer, kurz davor, einen anderen Mann zu entführen und aus dem Verkehr zu ziehen. Ein bekannter Filmstar würde spurlos verschwinden, und wir würden diejenigen sein, die dahinter steckten. Es war ein großes Ding. Ich musste mich sogar verkleiden. Ich sah hinüber zu Chuck, der sich eben die Hände an seinem weißen Kittel abwischte. »Jetzt fehlt uns nur noch der Soundtrack zu *Kobra, übernehmen Sie*«, sagte ich.

Ein paar Minuten später begann Chucks Beeper erneut über den Schreibtisch zu hüpfen. Ich schnappte ihn mir und warf einen Blick auf die Anzeige. Lauter Einsen. Das war das Signal von Lindsey, die in Alisons jagdgrünem Beamer auf der anderen Straßenseite parkte.

»Elvis ist im Gebäude«, sagte ich.

»Alle Mann auf die Plätze, auf die Plätze«, sagte Chuck viel zu laut und trat hinter die Tür.

Mein Magen fühlte sich an, als hätte ich einen Wurf Kaninchen verschluckt, als ich in dem Sessel hinter dem Schreibtisch Position bezog. Mir graute davor, Jack gegenüberzutreten, den Vorwurf des Verrats in seinen Augen zu sehen, wenn er begriff, was wir im Schilde führten. Mein Mund war auf einmal vollkommen ausgedörrt, und meine Lippen begannen an meinem Zahnfleisch zu kleben. Ich konnte das Zittern in meinem rechten Bein nicht unterdrücken. Ich sah zu Chuck hinüber, und er starrte grimmig zurück. Wir waren in diesem Augenblick gefangen, der eine Ewigkeit zu dauern schien, und doch kam es uns vor, als würde die Tür viel zu früh aufgerissen werden.

Jack stürmte mit einer solchen Wucht ins Zimmer, dass ich schon befürchtete, die Tür würde Chuck das Gesicht zerquetschen, à la *The Three Stooges*. Einen Augenblick lang sah ich vor meinem geistigen Auge schon, wie Chuck bewusstlos zu Boden sank, die verräterische Spritze noch mit der Faust umklammert, und wie Jack sich mit dem harten Funkeln in seinen Augen und dem halben Lächeln, das er in seinen Actionfilmen benutzte, zu mir umwandte und sagte: »Was ist denn hier los, Ben?«

Aber Jack trat einfach an den Schreibtisch vor, schnappte nach Luft und sagte: »Ben, was ist denn das für eine Geschichte?« Falls er überrascht war, mich dort anzutreffen, dann ließ er es sich jedenfalls nicht anmerken, und ihm schien auch nicht aufzufallen, dass ich diesen OP-Anzug anhatte. Er trug eine Ray-Ban-Sonnenbrille und einen lila Lakers-Hut, um sein Gesicht zu verbergen. Sein Gesicht war gerötet, und er schwitzte stark, als sei er den ganzen Weg hierher gelaufen, oder zumindest die acht Stockwerke hoch. Auf einmal überkamen mich Schuldgefühle, dass wir ihm solche Sorgen machten, aber dann rief ich mir in Erinnerung, dass es schließlich Alisons Idee gewesen war. Harte Zeiten und so weiter.

»Mit Alison ist alles okay, Jack«, sagte ich. »Setz dich doch einen Augenblick.«

»Alles okay?«, fragte er, während er die Sonnenbrille und den Hut abnahm, noch immer angestrengt bemüht, sein Atmen unter Kontrolle zu bringen. »Hast du sie gesehen?«

»Ich habe sie gesehen, Jack«, sagte ich und stand hinter dem Schreibtisch auf. »Setz dich einfach hin, und ich erzähl dir, was los ist.«

Jack schob den geschwungenen Plastikstuhl ein Stück zurück und ließ sich hineinplumpsen. In dem Augenblick, in dem sein Gesäß auf den Stuhl traf, kam Chuck leise hinter der Tür hervor und rammte Jack ohne Zögern die Nadel von hinten in die Schulter. Jack stieß einen Schrei aus, zu einem Drittel vor Schmerz und zu zwei Dritteln vor Überraschung, sprang hoch und riss einen Ellbogen reflexartig gegen den unsichtbaren Angreifer nach hinten. Der Ellbogen traf Chuck mitten ins Gesicht, und es knackte deutlich hörbar, kurz bevor ein Geysir aus Blut aus Chucks Nase nach oben schoss.

»*Motherfucker*!«, brüllte Chuck, ließ sich auf die Knie fallen und bedeckte das Gesicht mit den Händen, während das Blut über seine Hände und auf den Boden strömte. Jack trat den Stuhl beiseite und schnellte herum, mit erhobenen Händen, den Körper zu einer sehr überzeugenden martialischen Haltung aufgebaut. Jack hatte zur Vorbereitung auf etliche seiner Filme mit Kampfsportexperten trainiert, und einiges davon war eindeutig hängen geblieben.

»Was zum Teufel ist denn eigentlich los?«, fragte Jack, während er auf Chuck hinunterstarrte. »Was hast du mir da eben reingejagt?«

Chuck rappelte sich hoch, griff nach ein paar Papiertüchern, die auf einem Regal an der Rückwand lagen, und presste sie sich auf die Nase. »Mein Gott, Jack!«, brachte er wimmernd hervor. »Verdammt, du hast mir die Nase gebrochen!«

»Was zum Teufel ist denn hier los?«, brüllte Jack wieder. »Ben!« Er schnellte zu mir herum, mit einem zornig aufflackernden Blick. Ich sah, dass die Nadel von der Spritze abgebrochen war und aus seiner Schulter hervorragte. Ich traf eine blitzschnelle Entscheidung. Ich entschied, dass dieser Plan verdammt beschissen war.

»Entspann dich, Jack«, sagte ich. »Es wird alles gut.«

Während er eine Hand noch immer auf seine verletzte Nase gepresst hielt, streckte Chuck die andere nach Jack aus. »Es ist schon gut, Jack«, sagte er und griff nach seinem Arm, was zu einer folgenreichen Fehleinschätzung führte. Jack, der die Bewegung als neuerlichen Angriff wertete, klemmte Chucks Handgelenk mit einem Arm fest und schleuderte ihn in Richtung Schreibtisch, wo seine Oberschenkel mit einem nachhallenden dumpfen Geräusch aufschlugen. Chuck stöhnte leise auf und sank dann über dem Schreibtisch in sich zusammen.

»Jack, bleib cool!«, rief ich hilflos. Unser Plan war erst seit einer Minute im Gange, und schon war alles entsetzlich schief gegangen. Ich sah, wie Jack einen Blick zur Tür warf, und begriff, dass er sich in die Richtung stürzen wollte. »Rühr dich nicht vom Fleck, Jack!«, schrie ich. »Rühr dich verdammt noch mal nicht vom Fleck!«

Es wirkte. Etwa drei Sekunden lang – und dann machte er einen Satz in Richtung Tür, aber noch bevor er sie erreicht hatte, schwang sie auf, und Alison trat ein und schloss sie leise hinter sich. Als Jack sie sah, fiel ihm die Kinnlade herunter. »Alison!«, flüsterte er. Der Schock stand ihm ins Gesicht geschrieben.

»Es tut mir Leid, Jack«, sagte sie, während sie langsam und mit ausgestreckten Armen auf ihn zukam.

»Du bist nicht verletzt«, sagte er mit tonloser, gedämpfter Stimme, während er sich geistesabwesend die Nadel aus der Schulter zog.

»Nein«, sagte sie, legte ihm die Arme um den Hals und zog ihn an sich. »Es tut mir Leid, dass wir es auf diese Weise machen mussten, Schatz, wirklich.« Er versuchte, sie ein Stück weit von sich zu schieben, sodass er ihr Gesicht erkennen konnte, aber sie hielt sich eng an ihn geklammert und flüsterte ihm ins Ohr, während ich dümmlich zusah. Chuck war inzwischen weniger mit Jack befasst als vielmehr damit, den Blutfluss aus seiner gebrochenen Nase zu stillen, sodass ich eine Minute später derjenige war, der über den Schreibtisch springen musste (wobei ich mir das linke Schienbein aufkratzte), um Alison zu helfen, Jack aufzufangen, als er bewusstlos umsackte. Er sank so plötzlich in meine Arme, dass ich auf den Hintern fiel, während Jack ausgebreitet auf meinem Schoß lag wie ein Kleinkind, das eben eingeschlafen ist.

Einen Augenblick lang verharrten wir alle reglos an Ort und Stelle. Chuck, der sich gegen den Schreibtisch gelehnt hatte, während er sich blutdurchtränkte Papiertücher aufs Gesicht drückte. Alison, die an der Tür stand und die Augen so weit aufgerissen hatte, dass ihr fast die Augäpfel aus dem Kopf zu rollen drohten, und ich, im Schneidersitz auf dem Boden, während Jack auf meinen Oberschenkel sabberte.

»Phase eins«, sagte ich. »Abgeschlossen.«

»Wie am Schnürchen«, sagte Alison mit leicht zitternder Stimme.

Chuck stieß ein gurgelndes Stöhnen aus und lehnte sich auf dem Schreibtisch zurück. »Meine Nase ist gebrochen.

Ich fasse es nicht. Er hat mir allen Ernstes die Nase gebrochen.«

Der nächste Teil war einfacher, als wir angenommen hatten. Chuck beschaffte eine Rollbahre, und wir legten Jack unter eine Decke und schoben ihn den weißen Krankenhauskorridor entlang und in den Aufzug. Als wir im Erdgeschoss ankamen, verschwand Chuck in einen Nebenraum und kam mit einem Rollstuhl wieder, und wir drei verfrachteten Jack von der Bahre in den Rollstuhl. Wir ernteten ein paar seltsame Blicke von Schwestern und Krankenpflegern, die an uns vorbeikamen, aber wie Chuck prophezeit hatte, war jeder viel zu beschäftigt, um uns mehr als einen flüchtigen Blick zuzuwerfen.

Wir rollten Jack über die Außenrampe und dann, im willkommenen Schutz der Rushhour über die Fifth Avenue, wo Lindsey in zweiter Reihe parkte. Chuck und ich hievten Jacks bewusstloses Bündel aus dem Rollstuhl auf die Rückbank, während Alison über die Straße rannte, um den Rollstuhl zurückzubringen. Die Anstrengung führte dazu, dass Chucks Nase, die, wie ich bemerkt hatte, in den letzten fünf Minuten beträchtlich angeschwollen war, wieder zu bluten begann.

»Chuck, deine Nase«, sagte ich.

»Scheiße.« Er zog seinen weißen Arztkittel aus und knüllte ihn zusammen, um ihn sich aufs Gesicht zu pressen.

»Was ist mit ihm passiert?«, fragte Lindsey, die vom Fahrersitz über die Schulter einen Blick auf uns warf.

»Kleinerer Zwischenfall«, sagte ich. »Chuck, willst du vielleicht noch mal reingehen und das richten lassen?«

»Kommt drauf an«, sagte Chuck in einem näselnden Tonfall. »Wollt ihr in zweiter Reihe auf der Fifth Avenue parken, wenn Jack aufwacht?«

»Okay«, stimmte ich zu. »Steig ein.«

»Haltet einfach an einem Café, und besorgt mir ein bisschen Eis.«

Wir stiegen alle in den Wagen, Chuck und ich wie zwei Bücherstützen rechts und links von Jack auf die Rückbank, während Alison auf dem Fahrersitz Platz nahm, Lindsey neben sich. Alison steuerte uns die Sechsundneunzigste Straße hinunter, wobei sie kurz anhielt, um etwas Eis zu besorgen, und dann auf den Harlem River Drive. Während das Adrenalin allmählich aus meinem Körper wich, begriff ich, dass ich schweißgebadet war, und ich machte ein Fenster auf und ließ mich von der frischen Herbstluft trockenreiben. Jedes Mal, wenn uns ein Wagen überholte, war ich mir sicher, jemand würde einen Blick zu uns hineinwerfen und irgendetwas Merkwürdiges feststellen, aber niemand sah genauer zu uns hinüber. Als schließlich die George Washington Bridge vor uns auftauchte, hatte ich akzeptiert, dass wir vermutlich ungeschoren davonkommen würden.

»Also«, sagte Lindsey fröhlich, als wir über die Brücke nach Jersey fuhren. »Soeben haben wir eine bundesstaatliche Grenze überquert. Ich denke, damit ist es jetzt eine Straftat nach Bundesrecht.«

»Du glaubst doch nicht etwa, Jack würde wirklich Klage gegen uns einreichen, oder?«, fragte ich.

»Ich würde es tun«, sagte Chuck.

»Du bist doch bloß sauer, weil er dir die Nase gebrochen hat.«

»Ich mein's ernst.« Er sah über seinen Plastik-Eisbeutel zu Jack hinüber, berührte Jacks Kopf mit der flachen Hand und gab ihm angewidert einen Schubs. Jack fiel nach vorn, bis sein Kopf auf der Ecke von Lindseys Sitz liegen blieb.

»Wenn es wirklich so weit kommen sollte, denke ich, dann würde er begreifen, dass wir das alles nur für ihn tun«, sagte Alison.

»Das glaubst du doch selber nicht«, sagte Chuck, dessen Stimme durch den Eisbeutel etwas gedämpft klang.

»Musik, irgendjemand?«, unterbrach uns Lindsey und schaltete das Autoradio ein, bevor irgendjemand Einspruch erheben konnte. Die 10.000 Maniacs ertönten mit *These Are Days*, und jede Unterhaltung verstummte, während wir uns zurücklehnten und über das Ausmaß dessen nachdachten, was wir soeben getan hatten, oder vielmehr darüber, ob das, was wir soeben getan hatten, überhaupt ein Ausmaß hatte, das bedenklich war. Je nachdem wie man die Sache sah, waren wir entweder fünf Freunde, die in die Berge fuhren, um ein bisschen Urlaub zu machen, oder vier Verbrecher, die soeben einen bekannten Filmstar über Bundesgrenzen hinweg entführt hatten. Wie auch immer, die nächsten paar Tage würden mit Sicherheit denkwürdig werden. Während ich beobachtete, wie Lindseys Haar in der Zugluft meines offenen Fensters um ihr Gesicht wehte, wurde ich von einem Gefühl süßer Vorfreude erfüllt, das ich schon seit Jahren nicht mehr verspürt hatte. Natalie Merchants sirupartige, volle Stimme erfüllte den Wagen, während wir in das orange-rosafarbene Halbdunkel des Palisades Parkway bei Sonnenuntergang fuhren. Ich entschied, dass ich, komme, was wolle, ein paar denkwürdige Tage mit Sicherheit gebrauchen konnte.

14

Das Ferienhaus der Schollings lag auf einem Grundstück mit Seeblick am Rande einer Kleinstadt namens Carmelina, New York. Die Rückseite des Hauses ging auf den halbmondförmigen Crescent Lake hinaus, genau in der Krümmung des Halbmonds, was bedeutete, dass so ziemlich jedes Fenster des Hauses einen Blick auf den See hatte. Das Haus selbst war ein typisches Beispiel moderner Landhausarchitektur, eine Mischung aus Kolonialstil und Wohnanlage für Skiurlauber. Die Außenfassade bestand aus bunt bemaltem Holz, und wohin man auch blickte, sah man schräge Dächer, Dachluken und Fenster. An der Rückseite des Hauses befand sich eine Holzterrasse auf Pfählen, ebenfalls mit Blick über den See. Das Haus und der umliegende Wald gaben einem das Gefühl, sich in einem J.-Crew-Katalog zu befinden. Es war genau das Haus, das ich hätte haben wollen, wenn ich jemanden gehabt hätte, mit dem ich es hätte haben können.

Wir fuhren die lange, schmale Einfahrt links neben dem großen Vorgarten hoch und parkten nah bei der Haustür. Alison lief vor, um die Tür aufzuschließen und ein paar Lichter anzuknipsen, während Chuck und ich den noch immer bewusstlosen Jack aus dem Wagen hievten. Jack hatte sich während der Fahrt einmal leise gerührt, und Chuck hatte ihm noch eine Injektion verpasst, diesmal Versed, direkt in die Vene. Chuck war zuversichtlich, dass Jack damit für den Rest der Nacht betäubt bleiben würde.

In der Diele türmten sich unsere Koffer, die Alison am Tag zuvor Lucy mitgegeben hatte, der Haushälterin ihrer Eltern, die losgeschickt worden war, um die Betten herzurichten und das Haus zu entstauben. Außerdem war sie beauftragt worden, die Küche mit Vorräten aufzufüllen, bevor sie wieder abfuhr, was kein leichtes Unterfangen war, wenn man berücksichtigte, dass die Küche größer als meine gesamte Wohnung war.

Wir folgten Alison die Treppe hinauf, einen kurzen Korridor entlang und um die Ecke ins Arbeitszimmer ihres Vaters. Das Haus hatte jenen leicht modrigen Piniengeruch, den ich immer mit einem Sommerlager assoziierte. Das Arbeitszimmer selbst war rechteckig, mit einem Mahagonischreibtisch und ebensolchen Bücherschränken, die drei der Wände säumten. Ein rascher Blick auf die Regale ließ ein *Oxford English Dictionary* erkennen, eine *Encyclopedia Britannica,* gebundene Ausgaben von allem, was Rang und Namen hat, von Shakespeare und Milton bis hin zu eher postmodernem Zeug wie Pynchon und Barthelme, dazu allem Anschein nach ein ganzes Regal voller alter *New Yorker-* und *Commentary-*Ausgaben und dazwischen Stapel mit Papier und Pappordnern. Das Zimmer besaß keine Fenster. Die vierte Wand war fast ausschließlich Familienfotos gewidmet. Alison und ihre Schwestern in unterschiedlichen Phasen ihrer Kindheit, stets mit frisch gewaschenem Haar und sonnengebräunt, als würden die Schollings nur im Sommer fotografiert. Unter diesen Fotos stand eine Schlafcouch, die zu einem breiten Doppelbett ausgeklappt war. Links des Sofas befand sich eine Tür, die in ein kleines Badezimmer führte, ebenfalls fensterlos. Wir legten Jack aufs Bett, zogen ihm die Schuhe aus und deckten ihn mit der blauen Steppdecke zu, die zusammengefaltet auf dem Boden lag.

»Er wird ganz schön unglücklich aus der Wäsche schauen, wenn er aufwacht«, bemerkte Chuck. Seine Nase war inzwischen ein unförmiger Klumpen, mit einem hässlichen, dunkelblauen Fleck, der sich von der Stirn über den Nasenrücken nach unten zog. Es musste höllisch wehtun.

»Damit befassen wir uns, wenn es so weit ist«, sagte Alison. Sie schob uns aus dem Zimmer und entnahm der obersten Schreibtischschublade einen dieser altmodischen eisernen Schlüssel, die in große Schlüssellöcher passen. Sie machte die Tür zu, steckte den Schlüssel ins Schloss und drehte ihn zweimal scharf nach links. Ich überprüfte die Tür, indem ich am Türknauf drehte und mit der Schulter dagegen drückte. Die Tür war aus kräftigem Holz, vielleicht Pappel oder Ahorn, und ging nach innen auf, sodass ich mir ziemlich sicher war, dass Jack sie nicht aufbrechen konnte.

Alison legte den Schlüssel oben auf den Türrahmen, und wir gingen in die Küche hinunter, wo Lindsey bereits den Kühlschrank durchstöberte. »Ist sonst noch irgendjemand am Verhungern?«, fragte sie, wobei ihre Stimme aus dem Kühlschrank seltsam widerhallte.

Eine halbe Stunde später hatten wir uns ein kleines Festmahl zubereitet, bestehend aus Pasta in Marinarasauce, Knoblauchbrot, Käseomelett, Frühlingsrollen und einem großen bunten Salat. Es hatte etwas Tröstliches, wie wir vier eine üppige Mahlzeit zubereiteten und uns gemeinsam zu Tisch setzten. Es verlieh dem, was wir hier eigentlich taten, eine gewisse Gültigkeit, mischte der ganzen Angelegenheit ein Gefühl von Normalität bei.

»Ich hab irgendwie das Gefühl, jemand sollte ein Tischgebet oder etwas in der Art sprechen«, sagte ich.

»Ich weiß, was du meinst«, sagte Alison, während sie ihre Spaghetti mit Löffel und Gabel aufdrehte. »Es kommt einem vor wie Thanksgiving.«

»Na ja, ich bin auch wirklich dankbar«, sagte Lindsey. »Ich bin dankbar, dass wir das über die Bühne gebracht haben, ohne dass irgendjemand verhaftet oder verletzt wurde.«

»Wie bitte?«, protestierte Chuck, den Mund voller Frühlingsrolle.

»Ach so, richtig«, sagte Lindsey. »Ich bin dankbar, dass nur Chuck verletzt wurde.«

»Weißt du, was du mich kannst?«, murmelte Chuck, während er nach einem Rolling Rock griff und sich die Flasche gegen die Nase drückte.

»Wisst ihr«, sagte ich. »Es kommt mir vor, als ob es eine Ewigkeit her ist, seit wir alle das letzte Mal einfach so zusammengesessen haben.«

»Was redest du denn?«, sagte Chuck. »Wir gehen doch ständig zusammen aus.«

»Dann ist es aber anders«, sagte ich. »Meistens treffen wir uns überstürzt, und immer kommt irgendjemand zu spät oder muss früher los.«

»Oder schlägt die Kellner k.o.«, warf Alison sarkastisch ein.

»Deswegen müssen wir auch immer essen gehen«, fuhr ich fort. »Wenn wir die Zeit damit verbringen würden, das Essen zu kochen, dann wäre die Hälfte von uns schon wieder gegangen, bevor es fertig ist. Das hier kommt mir irgendwie, ich weiß nicht, langsamer vor. Persönlicher. Entspannter.«

»Du meinst, es kommt dir vor wie auf dem College«, sagte Lindsey und lächelte mir zu. »Wir alle beisammen, und kein Ende in Sicht.«

»Etwas in der Richtung«, sagte ich und spießte eine Frühlingsrolle mit meiner Gabel auf.

»Du warst schon immer der Sentimentale von uns, Ben«, sagte Chuck.

»Wir sind alle sentimental«, sagte Alison. »Ben spricht es bloß laut aus.« Sie warf mir ein anerkennendes Lächeln zu. Alison war, seit wir die Stadt verlassen hatten, ohne Unterbrechung in Hochstimmung gewesen. Es war nicht zuletzt diese völlige Hilflosigkeit gewesen, die sie so verzweifeln ließ. Nachdem sie sich monatelang ganz für sich allein wegen Jacks Selbstzerstörung gequält hatte, unternahm sie nun endlich etwas dagegen, und sie war nicht länger allein.

»Na ja«, sagte Chuck, während er sein Bier austrank und sich noch etwas Pasta auf den Teller füllte. »Ich glaube nicht, dass unser Freund dort oben das hier als nettes kleines Collegetreffen betrachten wird, wenn er aufwacht.«

»Man kann nie wissen«, sagte ich. »Jack war schon immer ein ziemlich relaxter Typ. Vielleicht sagt er einfach nur ›na meinetwegen‹ und nimmt's gelassen.«

»Ja«, sagte Chuck sarkastisch. »Wenn du dir vorgenommen hast, morgen einem sorgenfreien Jack zu begegnen, dann hoffe ich, du hast reichlich Kokain eingepackt, denn das ist das Einzige, was verhindern wird, dass er völlig durchdreht.«

»Er hat Recht«, sagte Alison. »Ich weiß noch, wie Jack ausgeflippt ist, als ich seinen Koks die Toilette hinuntergespült habe.«

»Was ist überhaupt, wenn er aufwacht?«, fragte ich. »Das haben wir uns noch gar nicht überlegt. Woher wird er denn überhaupt wissen, wo er ist?«

»Vielleicht sollten wir ihm eine Nachricht hinlegen«, sagte Lindsey. »Ben, du bist der Schriftsteller.«

»Du sagst das, als ob es etwas Gutes ist«, sagte Chuck grinsend. Ich rammte ihm meine Frühlingsrolle ins Gesicht.

Nach dem Abendessen sahen wir uns alle die Spätnachrichten an, in denen es in erster Linie um den Bericht von einem katastrophalen Zugunglück in New Jersey ging. Dreizehn Tote. Ich musste an meine Bemerkung Chuck gegenüber denken, dass die Nachrichten nichts weiter als eine verfremdete Zählung der sensationellsten Todesfälle eines Tages darstellten. Die wirklich üblen hatten, wie mir jetzt auffiel, sogar ihr eigenes Logo. Während der Werbepausen begann ich in Gedanken, die Nachricht an Jack zu entwerfen; vorgenommen hatte ich mir eine kurze Notiz, doch dann entwickelte sie sich zu einer ellenlangen Epistel. Es ist immer dasselbe. Wenn ich bis Redaktionsschluss eintausend Wörter zu Papier bringen soll, bin ich nach dem ersten Absatz wie blockiert, aber für eine bedeutungslose Notiz, die überhaupt nur von einem einzigen Menschen je gelesen werden wird, fließt die Tinte wie ein Fluss.

Lieber Jack,
keine Sorge, du schwebst nicht in Gefahr. Alison, Lindsey, Chuck und ich sind zusammengekommen, um unsere eigene, private kleine Rehaklinik ins Leben zu rufen, und du bist unser erster und einziger Patient. Ich bin durchaus zuversichtlich, dass du, wenn du aufwachst, stocksauer wegen alledem sein wirst. Du wirst ein paar wichtige Besprechungen für die Vorproduktion verpassen, und du wirst zweifellos deinen Koks vermissen, aber wir haben nun schon seit längerem dich vermisst, Jack.

Du sagst immer, dass ich zu sehr in der Vergangenheit lebe, dass ich immer denke, damals auf dem College sei alles besser gewesen. »Lebe für den Augenblick, Ben«, hast du immer gesagt. »Den wirst du nie wiederbekommen.« Ich weiß noch, wie du mir einmal eine Kassette geschenkt hast, auf der nur eine einzige Zeile aus diesem einen Billy-Joel-Song war, immer und immer wieder aufgenommen, ständig hintereinander. Neunzig Minuten lang »… die guten alten Zeiten waren nicht immer gut, und morgen wird auch nicht so schlimm, wie es scheint.« Du hast mir gesagt, ich soll es mir jeden Abend vorm Einschlafen auf meinem Walkman anhören, damit es sich mir einprägt. Du hast dich mit der Gegenwart immer leichter getan als ich mich, und darum habe ich dich immer beneidet. Bis jetzt. Vielleicht irre ich mich, wenn ich glaube, dass die guten alten Zeiten immer gut waren, aber eines, was ich mit Sicherheit weiß, ist: Der gute alte Jack war immer gut, und weitaus besser dran als dieser hier.

Du warst der lässigste Typ, den ich kannte. Absolut cool. Nichts konnte dich erschüttern oder dein Selbstvertrauen ins Wanken bringen. Es war so leicht für dich, für den Augenblick zu leben, da deine Augenblicke immer so viel besser waren als die aller anderen. Du konntest dir die Frauen beliebig aussuchen, und jeder schien dich zu mögen. Du warst im besten Sinne beliebt, und das, ohne dir Mühe zu geben, als sei es dir völlig egal. Ich schätzte mich glücklich, dein Freund zu sein.

Und jetzt, zum ersten Mal, seit ich dich kenne, habe ich das Gefühl, ich bin besser dran als du. Mein Leben ist vielleicht nicht dort, wo ich es gern hätte, aber wenigstens löst es sich nicht im wahrsten Sinn des Wortes vor meiner Nase auf. Du bist ständig high, und deine täglichen Unternehmungen sind Eskapaden geworden, ein gefundenes Fressen für die Boulevardpresse. Du bist nun stolzer Besitzer deines ganz persönlichen Strafregisters, und du verbringst den Großteil deiner Zeit mit Leuten, denen es scheißegal ist, was mit dir passiert, solange sie ihr Stück vom Kuchen abbekommen. Trotz all deines Erfolgs bringt dich der Augenblick, für den du lebst, irgendwann noch um. Irgendwo in dir steckt immer noch der entspannte und glückliche Jack, der Typ, der das Leben in seinem eigenen Tempo lebt, nach seinen eigenen Regeln. Vermisst du diesen Menschen nicht? Ich schon, das weiß ich. Wir haben dich hierher gebracht, um diesen Jack wiederzufinden, für dich und für uns. Wir haben dich geliebt, als du noch ein Nobody warst, und wir haben dich geliebt, als du ein berühmter Nobody wurdest, was der Grund ist, weshalb wir nicht tatenlos dasitzen und zusehen können, wie du dich vergiftest.

Weißt du noch, wie wir zu Collegezeiten lange aufgeblieben sind und uns spätabends diese Natur-Dokumentarfilme angesehen haben? Na ja, ich seh sie mir immer noch an, und vor kurzem sah ich einen über einen Affen, den so genannten Bambuslemuren, so genannt, da er sich gefahrlos von giftigen Bambusstielen ernährt, die kein anderes Tier fressen kann. Die Enzyme, die er absondert, sind speziell dafür da, dieses Gift zu verdauen. Das Problem ist, dass diese Enzyme so spezialisiert sind, dass der Bambuslemure rasch die Fähigkeit verliert, irgendetwas anderes zu fressen. Er wird völlig abhängig von den giftigen Stielen. Wenn es keine Stiele mehr gibt, stirbt der Lemur. Das ist der Preis, den er Mutter Natur für seine stete Giftkost bezahlt. Welchen Preis wirst du bezahlen müssen?

Ich weiß nicht mehr, wer zuerst auf die Idee mit dieser Intervention kam, aber wir waren uns alle einig, dass wir irgendetwas unternehmen mussten, um dich von deinem Gift loszubringen. Chuck sagt, es wird zwei bis drei Tage dauern, bis der Koks aus deinem Körper entfernt ist, und dann noch einmal ein paar Tage, bis du nicht mehr danach gierst. Das heißt, du wirst mindestens eine Woche lang unser Gefangener sein, also mach es dir gemütlich und lass es uns wissen, wenn du irgendetwas brauchst.

Jedes Mal, wenn ich anfange zu denken, dass wir völlig verrückt sind, so etwas zu tun, frage ich mich, ob du es für einen von uns tun würdest, und die Antwort lautet jedes Mal Ja. Nach einer Minute.

Herzlichst,
Ben

P. S. Falls es dich irgendwie tröstet, du hast Chuck die Nase auf eine grandiose Weise gebrochen.

15

Irgendwann gegen halb sechs Uhr morgens begann Jack, Dinge zu zertrümmern. Ich schreckte aus dem Schlaf hoch, als ein schwerer Gegenstand krachend zu Boden schlug, gefolgt von einer Reihe kakofonischer Laute, als das Glas an Wänden zersplitterte. Ich stolperte in den Flur hinaus, wo ich Alison und Lindsey bereits stehen sah, in Shorts und ärmellosen T-Shirts, aschfahl im Gesicht, während ihnen das Bewusstsein allmählich in die Augen sickerte.

»Was zum Teufel macht er da?«, fragte ich.

»Lasst mich hier raus, verdammt noch mal!«, brüllte Jack hinter der abgeschlossenen Tür. Alison begann, ein paar Schritte auf die Tür zuzugehen, doch dann machte sie einen plötzlichen Satz zurück, als ein ohrenbetäubender Stoß die Tür erschütterte.

»Das klang nach einem Fernseher«, bemerkte Lindsey.

»Diesen Scheiß glaube ich einfach nicht«, sagte Chuck heiser, der in diesem Augenblick in lila Boxershorts und einem zerschlissenen Springsteen-T-Shirt aus seinem Zimmer kam. Die Schwellung um seine Nase war über Nacht etwas zurückgegangen, aber die dunkelblauen Flecken unter seinen Augen hatten sich vergrößert. Er sah aus wie der Hamburglar aus diesen alten McDonald's-Werbespots. Aus dem Arbeitszimmer hörten wir nun leise, flatternde Geräusche, gefolgt von schwächeren Stößen, als Jack begann, Bücher durchs Zimmer zu schleudern. Es klang wie eine Schwadron von Kamikaze-Tauben. Alison setzte sich auf den Boden, mit dem Rücken gegen die Tür zum Arbeitszimmer, und hielt sich die Arme über die Ohren.

»Wir hätten vielleicht daran denken sollen, die zerbrechlichen Gegenstände aus dem Zimmer zu entfernen, bevor wir ihn dort einsperren«, sagte Lindsey mit einem mitleidsvollen Blick auf Alison.

»Meinst du?«, murmelte Alison, während sie sich die blutunterlaufenen Augen rieb.

Ich suchte nach irgendetwas, was ich sagen oder tun konnte, aber mein Verstand war immer noch vom Schlaf benebelt. Am Abend davor waren wir wegen dieser ganzen Entführung allzu aufgedreht gewesen, um uns zu vernünftiger Zeit schlafen zu legen, und selbst nachdem wir uns in unsere jeweiligen Schlafzimmer zurückgezogen hatten – Alison und Lindsey teilten sich eines, während Chuck und ich jeder ein eigenes hatten –, habe ich noch stundenlang wach gelegen. Ich konnte den Gedanken nicht abschütteln, dass Lindseys und mein Bett lediglich durch eine Wand voneinander getrennt wurden. Es war zermürbend, sich vor Augen zu halten, dass wir zum ersten Mal seit fünf Jahren weniger als dreißig Zentimeter voneinander getrennt lagen. Ich versuchte, ihre Gegenwart durch die Wand hindurch zu spüren, und fragte mich, ob sie auf ihrer Seite meine Nähe ebenfalls spürte. Es war nach drei, als ich endlich einnickte.

»Lasst mich hier raus, verdammt noch mal!«, ertönte Jacks Stimme, inzwischen heiser vom Schreien und punktiert vom Geräusch splitternden Holzes. Ich musste an Mr Schollings Mahagonischreibtisch denken und zuckte zusammen.

»Er kann doch nicht ewig so weitermachen«, sagte Lindsey.

»Ich hätte daran denken sollen, das Zimmer vorher leer zu räumen«, haderte Alison mit sich.

»Du kannst doch nicht an alles denken, Alison«, sagte ich. »Wir sind hier alle Anfänger.«

»Allerdings«, sagte Chuck. »Und wenn wir schon bei dem Thema sind, hat irgendjemand eine Ahnung, wie wir ihm sein Essen bringen wollen?«

»Oh, Scheiße«, sagte ich. Wir sahen uns alle an, das Hochgefühl des gestrigen Abends nur noch eine ferne Erinnerung. Hier standen wir, auf unerforschtem Neuland, und jede Minute schien ein weiteres leuchtendes Beispiel dafür hervorzubringen, wie sehr wir den Boden unter den Füßen verloren hatten.

Im Arbeitszimmer war Jacks Wutanfall allem Anschein nach zum Erliegen gekommen. Wir hörten, wie irgendetwas über den Boden schlitterte, und dann trat Stille ein.

»Jack?«, fragte Alison zaghaft. Es kam keine Antwort. »Jack?«

Auf einmal herrschte Totenstille im Arbeitszimmer. »Jack?«, rief Alison noch einmal, diesmal mit Angst in der Stimme. »Ihr glaubt doch nicht etwa, dass er sich verletzt hat, oder?«

»Er ignoriert dich, das ist alles«, sagte Chuck.

»All diese Glasscherben«, murmelte Alison. »Er könnte sich geschnitten haben, er könnte gestürzt sein … Jack!«

Hinter der Tür kam keine Antwort. Auf einmal streckte Alison die Hand nach der Oberkante des Türrahmens aus und holte den Schlüssel herunter. Sie wollte ihn schon ins Schloss stecken, als Chuck sie am Handgelenk packte. »Nicht«, sagte er.

»Er könnte bewusstlos sein oder bluten«, sagte Alison, während sie versuchte, ihren Arm zu befreien.

»Er stellt sich tot«, sagte Chuck. »In dem Augenblick, in dem du die Tür aufschließt, wird er so schnell an dir vorbeizischen, dass du gar nicht weißt, wie dir geschieht.«

Sie wandte sich zu Lindsey und mir um, die Hand noch immer auf dem Türknauf. Die Unsicherheit stand ihr ins Gesicht geschrieben. »Was sollen wir tun?«

»Ich stimme Chuck zu«, sagte Lindsey. »Im Augenblick versucht er bloß, dir Angst einzujagen.«

»Mit Erfolg«, sagte sie und drehte sich wieder zur Tür um. »Jack, würdest du mir bitte einfach antworten«, flehte sie.

Ich beugte mich neben Alison nach unten und spähte

einen Augenblick lang durch das altmodische Schlüsselloch. Alles war dunkel, und dann fiel plötzlich Licht ein, als Jack auf der anderen Seite den Kopf wegriss. »Ich hab dich gesehen, Jack«, sagte ich mit einem kindischen Triumphgefühl. »Ich hab ihn gesehen«, sagte ich und richtete mich auf. »Es ist alles okay mit ihm.«

»Ben, du Stück Scheiße! Lass mich hier raus!«, schrie Jack.

»Ausgeschlossen«, sagte ich. »Ich lege mich wieder schlafen.«

»Kommt schon! Alison! Chuck! Ich bin verletzt!«, rief Jack. »Ich blute.«

»Wir werden dir ein paar Heftpflaster unter der Tür durchschieben«, sagte Chuck, während er sich sanft die Nase rieb.

»Lasst mich hier raus, verdammt noch mal!«, schrie Jack und hämmerte mit den Fäusten gegen die Tür. »Ich krieg euch alle! Ihr seid so gut wie tot!«

»Beruhig dich, Jack«, sagte Alison.

»Alison! Lass mich sofort hier raus!«

»Es tut mir Leid, Jack.«

»Sag nicht, es tut dir Leid, tu lieber was Vernünftiges«, rief Jack. »Willst du, dass ich in eine Klinik gehe? Lass mich hier raus, dann gehen wir beide zusammen. Das ist doch keine Art, diese Sache anzupacken.«

»Ich glaube dir nicht«, sagte Alison, die Hände flach gegen den Kopf gepresst.

»Ich verspreche es dir. Ich werd's tun«, sagte Jack. »Komm schon. Ich hab Hunger, und ich hab mich geschnitten.«

»Es tut mir Leid, Jack«, wiederholte sie.

»Alison, du dumme Kuh!«, brüllte Jack. »Lass mich sofort hier raus, du … blöde Schlampe!«

Alison schnappte nach Luft, Tränen traten ihr in die Augen. Lindsey legte einen Arm um sie und schob sie sanft zurück in Richtung ihres Schlafzimmers. »Hör gar nicht auf ihn«, sagte Lindsey. »Denk einfach dran, dass es ihm im Augenblick eben nicht gut geht.« Jack begann, in einem gleichmäßigen Rhythmus gegen die Tür zu hämmern. »Ich schlage vor, wir versuchen alle, noch ein bisschen Schlaf zu bekommen«, flüsterte Lindsey. »Sieht aus, als würde es heute noch ein langer Tag für uns werden.«

Wir gingen alle zurück zu unseren Schlafzimmern, aber ich drehte mich noch ein letztes Mal um. »Jack?«

»Was?«

»Hast du meinen Brief bekommen?«

»Verpiss dich, Ben!«, schrie er und schlug, wie es sich anhörte, mit bloßen Knöcheln gegen die Tür.

»Autsch«, sagte ich. »Das muss wehgetan haben.« Ich drehte mich um und ging zurück ins Bett.

Um halb elf wachte ich wieder auf und warf einen Blick aus meinem Fenster. Die Bäume, die den See umsäumten, bildeten eine Patchworkdecke aus Herbstfarben, deren Gelb, Orange- und Rottöne sich herrlich in der unberührten Oberfläche des Sees spiegelten. Ein paar Minuten lang saß ich einfach aufrecht im Bett, beobachtete eine Schar von Vögeln, die auf dieser Seite des Sees badeten, und dachte darüber nach, wie romantisch und beglückend dieser Ausblick sein könnte, wenn neben mir unter der Decke noch ein warmer Körper stecken würde. Aber so fühlte ich mich nur wie die Betttücher neben mir, kalt und leer.

Es klopfte an meiner Tür, und Alison kam herein. »Bist du schon wach?«

»Ja.«

»Wir frühstücken.«

»Hört sich nach einem Plan an.« Ich schlug die Bettdecke zurück und rollte mich zum zweiten Mal an diesem Morgen aus dem Bett. »Er hat sich beruhigt, was?«

»Ich glaube, er hat sich heiser geschrien«, sagte sie. »Ist das da eine Darth-Vader-Maske?«

»Was? Oh, ja. Ist es.« Ich hatte sie auf dem Nachttisch liegen lassen. Alison sah mich fragend an. »Ich weiß selbst nicht genau, weshalb ich sie eingepackt habe«, gestand ich. »Ich dachte, vielleicht könnte sie sich als nützlich erweisen.«

»Man kann nie wissen«, sagte sie.

Und jetzt kommt, wie wir Jack das Essen brachten. Alison machte ihm Rühreier mit Ketchup auf Toast, und wir legten es auf einen Teller und in eine Tasche mit Reißverschluss. Wir gossen Orangensaft in eine Tupperware-Tasse mit abnehmbarem Deckel und etwas Kaffee in einen Becher für unterwegs mit der Aufschrift *Mystic Aquarium* auf dem Deckel und einem Bild von zwei springenden Delfinen an den Seiten. Das alles stellten wir auf ein Tablett, das Chuck und ich leise die Treppe hochtrugen, auf Zehenspitzen, bis wir genau vor der Tür zum Arbeitszimmer standen. Ich beugte mich nach unten und spähte durchs Schlüsselloch, in der Hoffnung, das leise Knarzen der Dielen würde durch die Teppiche gedämpft werden.

Jack lief im Zimmer auf und ab wie ein gefangenes Tier, unablässig vor und zurück. Er befand sich ziemlich nah an der Tür, so dass das Einzige, was ich erkennen konnte, der Bereich zwischen seinen Knien und seinem Bauchnabel war, aber seine Körpersprache verriet nichts als wutentbrannte Energie. Ich hielt die linke Hand hoch, um Chuck ein Zeichen zu geben, während ich leise mit der rechten den Schlüssel ins Schloss steckte. Mein Herz schlug schneller, und ich hielt den Atem an und versuchte angestrengt, mich völlig ruhig zu verhalten. Chuck kauerte vor mir, beugte sich zu der Stelle vor, an der sich die Tür öffnen würde. Als Jack sich umwandte und wieder auf das andere Ende des Zimmers zusteuerte, ließ ich die linke Hand fallen und drehte mit einer einzigen raschen Bewegung den Schlüssel im Schloss und drückte die Tür auf, ohne den Türknauf loszulassen. Augenblicklich schleuderte Chuck das Tablett ins Zimmer, dessen Inhalt herunterpurzelte, als es auf den Boden aufschlug. Ich hatte genug Zeit, um zu erkennen, wie Jack überrascht herumschnellte, mit wutentbrannten Augen unter einer wirren Mähne schmutziger blonder Locken, und dann, als er einen Satz nach vorn machte, knallte ich die Tür zu und drehte den Schlüssel im Schloss. Der Türknauf bebte in meiner Hand, als sich sein Körper in dem Augenblick, in dem sich die Tür schloss, dagegenwarf, und der Schlüssel wurde aus dem Schlüsselloch auf den Teppich geschleudert.

»Ben!«, brüllte Jack und hämmerte entnervt gegen die Tür. »Lass mich hier raus!«

»Sei still und iss dein Frühstück, Jack«, rief Chuck in einem freundlichen Tonfall zurück.

»Leute, dafür werdet ihr in den Knast gehen!«, brüllte Jack. »Das schwöre ich. Dafür werde ich euch büßen lassen.« Er trat ein letztes, dröhnendes Mal gegen die Tür, und etwas später hörten wir dann, wie er sich nach unten beugte, um sein Essen aufzuheben.

»Wie lief's?«, fragte Lindsey, als wir zurückkamen.

»Kein Problem«, sagte Chuck.

»Er klingt wirklich geistesgestört«, sagte ich, einigermaßen schockiert über das Ausmaß von Jacks Wut.

»Er macht jetzt den Entzug durch«, sagte Chuck. »Er ist es gewohnt, den Tag mit Koks als Starthilfe zu beginnen. Und jetzt bekommt er Panik, überlegt, woher er welches bekommen könnte.«

»Panik?«, fragte Alison.

»Stell dir vor, du wachst eines Morgens auf und stellst fest, dass deine Lungen nur noch halb so viel Sauerstoff aufnehmen können wie sonst immer«, sagte Chuck.

»Ist es wirklich so?«

»Ich weiß es nicht aus eigener Erfahrung, aber mir sind in der Notaufnahme mehr als genug Abhängige begegnet, und sie tun so ziemlich alles, um an irgendwelche Drogen zu kommen. Es ist verblüffend, wie einfallsreich sie sind. Da gibt's Junkies, denen die Drogen ausgegangen sind, die sich die Ohren abschneiden oder Nägel in die Hände rammen, nur um ein paar rezeptpflichtige Schmerzmittel zu bekommen.«

»O mein Gott!«, sagte Lindsey. »Ich glaube, du kannst uns die Details ersparen.«

»Na schön«, stimmte Chuck zu und biss in einen englischen Muffin. »Aber ich wollte euch nur vorbereiten.«

»Worauf?«

»Wenn er durchdreht, dann wird's hier erst richtig losgehen.«

»Wovon redest du denn?«

»Er hatte noch gar keine Zeit zum Nachdenken. Er ist zu panisch«, sagte Chuck. »Sobald er sich beruhigt und seine Situation neu überdenkt, wird er anfangen, Fluchtpläne zu schmieden.« Er schluckte und sah uns der Reihe nach an. »Und das ist der Augenblick, in dem die Sache wirklich haarig wird.«

16

Ich bin noch in dem Alter, in dem die Leute sagen, ›sie hat noch nicht geheiratet‹«, meinte Lindsey etwas später an diesem Tag zu mir. Wir fuhren mit Alisons Beamer in Richtung Stadt, um noch etwas Tupperware zu kaufen, mit deren Hilfe wir Jack füttern konnten. Wir befanden uns auf einer zweispurigen Asphaltstraße, die sich etwa acht Meilen lang durch den Wald schlängelte, bevor sie auf die Route 57 stieß, die Hauptverkehrsader durch Carmelina.

»Du bist doch erst dreißig«, sagte ich.

»Ich weiß. Aber ich denke, es ist an der Zeit, dass ich anfange, mich meinem Alter entsprechend zu benehmen. Wieder als Lehrerin arbeiten oder so. Nicht mehr so verdammt flatterhaft sein. Im Augenblick können die Leute vielleicht noch sagen, ›sie hat noch nicht geheiratet‹, aber irgendwann in deinen Dreißigern überschreitest du eine Art unsichtbare Linie, und dann fangen sie an zu sagen, ›sie hat nie geheiratet‹.«

»Ich nehme an, du machst dir nicht nur um die Semantik Gedanken.«

»Nein.« Sie schwieg eine Minute. Sie hauchte gegen das Autofenster und begann mit dem Fingernagel auf der beschlagenen Scheibe herumzumalen. »Ich will irgendwann eine Familie«, sagte sie leise.

»Worüber ärgerst du dich denn eigentlich?«, fragte ich. Die Autoreifen wühlten etwas losen Schotter auf, als ich auf die Route 57 einbog.

»Über nichts. Ich weiß nicht«, sagte sie, wobei sie sich mit dem Mittel- und Ringfinger durchs Haar fuhr, eine Geste, die mir so vertraut war, dass ich einen Kloß im Hals bekam. »Ich habe keine Karriere, ich habe keine Familie, und ich weiß nicht, was ich als Nächstes tun soll. Ich war so fest entschlossen, allem zu entkommen, was beständig ist, und jetzt habe ich einfach nur das Gefühl, nirgends zu sein. Und was, wenn das nun in Ermangelung anderer Dinge das Einzige ist, was beständig sein wird?«

»Das wär ziemlich blöd.«

»Danke für deine Unterstützung«, sagte sie trocken.

Am Straßenrand saß ein alter Mann neben ein paar Tischen, auf denen sich Kürbisse türmten, und rauchte Pfeife. Er trug ein Kapuzensweatshirt unter einem karierten Flanellhemd, und auf dem hölzernen Schild hinter ihm stand: »Noch 5 Tage bis Halloween.« Ich sah, dass die »5« auf ein auswechselbares Brett geschrieben stand, wie diese alten Anzeigetafeln für den Punktestand, die wir beim Baseball in der Little League hatten.

»Wir sind alle nirgends«, sagte ich, während ich beobachtete, wie der Kürbismann in meinem Rückspiegel kleiner wurde.

»Nein«, widersprach sie. »Du arbeitest als Journalist, Jack ist ein berühmter Schauspieler, Chuck ist Chirurg, mein Gott. Alison ist eine erfolgreiche Anwältin ...«

»Chuck ist nicht fähig, eine ernst zu nehmende Beziehung zu führen«, sagte ich. »Alison hat es noch nie mit irgendjemand, mit dem sie einmal ausgegangen ist, zu irgendetwas gebracht, weil sie immer noch völlig vernarrt in Jack ist. Wir wissen alle, wie toll es Jack geht. Und ich bin geschieden, unzufrieden mit meinem Job und noch nicht einen Schritt näher an einem fertigen Roman, als ich war, als ich geheiratet habe. Danke, jetzt hast du mich deprimiert.«

»Das warst du auch schon vorher«, sagte Lindsey und lächelte.

Ich sagte: »Ich denke, einer der Nachteile, nichts mit seinem Leben anzufangen, besteht darin, dass man sich nie wirklich sicher sein kann, wann man es bewerkstelligt hat.«

Lindseys Lächeln nahm einen traurigen Zug an. »Es ist, als hätten wir alle irgendwann einmal so entschlossen angefangen, so sicher, welche Richtung wir einschlagen wollten, und jetzt haben wir uns verlaufen und drehen uns nur noch im Kreis«, sagte sie und schnallte sich los, während ich auf den Parkplatz vor Edward's einbog. »Wir stecken alle in diesem Trott, weißt du?«

»Der einzige Unterschied zwischen einem Trott und einem Grab ist die Tiefe«, sagte ich.

»Mein Gott, das ist aber düster.«

»Ich meine doch bloß, dass wir nicht mehr alle Zeit der Welt haben, um alles im Voraus zu planen«, sagte ich. »Manchmal denke ich mir, ich bin nicht verloren, nur ein bisschen im Rückstand, verstehst du? Und dann verspüre ich diesen entsetzlichen Druck, aufzuholen, aber ich kenne nicht einmal den ersten Schritt, den ich dafür unternehmen müsste. Vielleicht ist das der Grund, weshalb ich mich in die Ehe gestürzt habe.« Ich drehte mich zu ihr um und sah sie an. »Ich bin dreißig Jahre alt. Scheiße. Inzwischen hätte ich eigentlich mindestens einen Roman veröffentlichen sollen. Ich hätte eine Frau und ein Kind und ein Haus in irgendeiner ruhigen Gegend haben sollen, in der man nachts die Grillen hört. Irgendwo dort draußen ist dieses völlig andere Leben, das ich führen sollte, und offenbar kann ich es einfach nirgends finden.«

»Auf dem College warst du dir noch völlig sicher, dass die Zukunft sich genau so entfalten würde, wie du es willst«, sagte Lindsey.

»Ich weiß.« Ich dachte einen Augenblick lang darüber nach. »Die Zukunft ist eben auch nicht mehr das, was sie einmal war.« Sie kicherte.

»Du lachst«, sagte ich. »Aber es stimmt. Nichts ist nach Plan verlaufen.«

»Weißt du, wie du Gott zum Lachen bringen kannst?«, fragte mich Lindsey, als wir aus dem Wagen stiegen.

»Wie?«

»Mach einen Plan«, sagte sie.

Das Stadtzentrum von Carmelina bestand im Grunde aus zwei Straßen, Main Street und Maple Street, die sich auf einem Kreisverkehr aus Kopfsteinpflaster kreuzten, in dessen Mitte man einen kleinen Park mit Bänken und der grünlichen Kupferstatue eines Soldaten der Union zu Pferd angelegt hatte. Anders als etwas weiter nördlich gelegene Catskills-Städte wie Roscoe oder Monticello war Carmelina keine Arbeiterstadt im strengen Sinn, die von der Industrie abhängig war, die man um die »Sommerfrischler« herum aufgebaut hatte, um die Bewohner durch die grimmigen Winter zu bringen. Die Stadt lag nah genug an der Großstadt, um für eine beträchtliche Anzahl von Mittelstandsfamilien attraktiv zu sein, die das ganze Jahr über dort lebten. Daher hatte Carmelinas Einkaufsgegend einen ländlichen, bäuerlichen Charakter, ohne auch nur ein bisschen verwahrlost zu wirken. Die Straßen wurden von einer charmanten Ansammlung von Tante-Emma-Läden gesäumt, mit Namen wie Curly's Comics, Parker's Trödelbasar, die Fudge-Fabrik Carmelina, Klamotten für Kids, der Itty-Bitty-Geschenkshop, Rich's Eisenwarenhandel, Taschenbücher & Mehr und Mane Tamers Hair-Salon. Wenn man Geschäfte wie Banana Republic, T.C.B.Y. oder Sam Goody suchte, musste man auf der Route 17 noch einmal dreißig Meilen zurück auf die Middletown Mall fahren.

Es war Spätnachmittag, Einkaufszeit auf der Main

Street, was bedeutete, dass sich um die dreißig Leute auf den Straßen befanden, hauptsächlich Mütter mit kleinen Kindern und ältere Ehepaare. Jeder, der uns entgegenkam, sagte entweder Hallo oder grüßte mit einem Lächeln, was einem bestätigte, dass man tatsächlich Masse besaß und Raum einnahm. Es war himmelweit entfernt von Manhattan, wo man sich schon in einer überfüllten U-Bahn leicht fragen konnte, ob man überhaupt existierte.

»Es ist wie eine Filmkulisse«, bemerkte Lindsey, während sie sich bei mir unterhakte. »Es kommt mir vor wie die Anfangsszene eines Weihnachtsfilms.« Wir schlenderten ein bisschen durch die Gegend, betrachteten die Geschäfte (Cora's Krimskrams, Fat Man's Eisbude), und ich genoss das Gefühl, dass uns alle Leute, die uns entgegenkamen, für ein ganz normales Pärchen hielten. Die Schlichtheit dieser Kleinstadt schuf eine Wirklichkeit, in der für die komplexe Natur meiner gegenwärtigen Lebenssituation kein Platz war. In diesem Augenblick waren wir ein Paar. Ich zog meinen Ellbogen ein und drückte Lindsey näher an mich, während wir den Bürgersteig entlangspazierten. Sie zog sich nicht zurück, und mit einem raschen seitlichen Blick erhaschte ich die Spur eines amüsierten Lächelns auf ihrem Mundwinkel.

Lindsey hatte Lust zu laufen, also gingen wir die Main Street weiter hinunter, aus der Einkaufsgegend hinaus, wo sie um ein ausgetrocknetes Maisfeld bog und nicht mehr zu erkennen war. Der Bürgersteig hörte auf, und man konnte spüren, wie die Immobilienpreise mit jeder Straßenkurve fielen. Die Häuser, an denen wir vorbeikamen, waren einstöckige Fertighäuser, die Art, die mit riesigen Sattelschleppern über die Autobahn ausgeliefert werden, mit Warnblinklichtern und Schildern, auf denen »Schwerlasttransport« steht. In jeder Einfahrt sah man entweder einen

Pick-up oder Ölflecken, die die Stelle kennzeichneten, an die im Laufe des Tages einer zurückkehren würde. Die Männer, die diese Pick-ups lenkten, hatten vermutlich harte Gesichtszüge und schwielige, ölverschmierte Hände. Die Art Männer, verglichen mit deren rauer Natur Großstadtpinkel wie ich sich schwach und unmännlich fühlten.

»Hast du irgendwo Bahngleise bemerkt?«, fragte ich Lindsey.

»Nein, warum?«

»Weil wir sie irgendwo auf die falsche Seite überquert haben.«

»Es ist vielleicht nicht mehr Carmelina, aber es sind immer noch die Catskills«, sagte sie. Mir fiel auf, dass sie sich nicht mehr an meinem Arm festhielt, und ich fragte mich, ob es unabsichtlich war oder ob sie ihn bewusst zurückgezogen hatte.

»Ich kann mich nicht erinnern, wann wir das letzte Mal allein so zusammen gewesen sind«, sagte ich, was die für mich typische schwächliche Art war, das Thema ganz allgemein zur Sprache zu bringen.

Sie warf mir einen stirnrunzelnden Blick zu, womit sie mir zu spät bestätigte, dass ich besser nichts gesagt hätte. »Ich bin sicher, das kannst du schon«, sagte sie, wobei sich eine Spur Sarkasmus in ihre Stimme schlich.

Das Schlaueste wäre es in dem Augenblick gewesen, einfach den Mund zu halten und weiterzulaufen, die Peinlichkeit des Augenblicks hinter sich zu lassen, also blieb ich stehen und fragte: »Was ist denn eben passiert?«

Sie wandte sich zu mir um, mit düsterer Miene. »Wie wär's, wenn wir diese Richtung im Augenblick einfach nicht einschlagen, okay?«

»Welche Richtung?«, fragte ich.

Sie warf mir einen Blick zu. »Du weißt verdammt gut,

welche Richtung. Ständig musst du die Vergangenheit zur Sprache bringen. Nie kannst du es einmal dabei bewenden lassen.«

»Wovon redest du eigentlich?«

»Deinem Mangel an Urteilsvermögen, nehme ich an.«

»Nein, ich meine, wieso glaubst du das?«, sagte ich, wobei ich versuchte, nicht allzu defensiv zu klingen. »Ich habe doch gar nicht versucht, irgendetwas zur Sprache zu bringen.«

»Doch«, sagte sie wütend. »Das hast du. Du kannst nicht einen einzigen Augenblick einfach akzeptieren, ohne ihn genau unter die Lupe zu nehmen.«

Ich muss ziemlich kläglich dreingeblickt haben, denn ihre Miene nahm einen sanfteren Zug an, und sie trat näher an mich heran und legte mir die Hände auf die Schultern. »Hör zu«, sagte sie. »Ich bin wirklich froh, dass wir diese Zeit jetzt zusammen verbringen. Ich habe es schrecklich vermisst, mit dir zu reden. Aber mach es jetzt nicht kompliziert, indem du diese alten Sachen wieder hervorkramst. Dort wirst du keine Antworten finden.«

Wir sahen uns eine Minute lang an. »Na schön«, sagte ich schließlich, eher ein Zugeständnis als eine Zustimmung. Ich spürte, wie irgendetwas in meiner Brust, etwas Warmes, Flatterndes, langsam in sich zusammenschrumpfte. Es war absolut lächerlich, dass ich mich in diesem Augenblick so untröstlich fühlte wegen dieser Sache, aber so war es nun einmal. »Tut mir Leid.«

»Schon vergessen«, sagte sie lächelnd. Sie umarmte mich kurz, wobei ich Gott sei Dank der Versuchung widerstand, mich an ihr Haar zu schmiegen und sie zu küssen. »Können wir nicht einfach etwas Zeit zusammen verbringen, ohne alles kompliziert zu machen?«

»Na klar«, sagte ich, obwohl ich wusste, dass es bereits

kompliziert war. Der Schaden war schon angerichtet. Ich hatte das Thema mit Gewalt zur Sprache gebracht und dafür eine kalte Abfuhr bekommen. Ich hatte mir eingeredet, es hätte vielleicht anders kommen können. Lindsey hatte mich umarmt und die Sache abgehakt, aber die Worte ließen sich nicht mehr zurücknehmen, eine Barriere, die zu errichten ich Lindsey unabsichtlich gezwungen hatte. Das »Nur-gute-Freunde«-Gerede mit dreißig. Ein neuer Tiefpunkt.

»Komm schon«, sagte sie und wandte sich um. »Gehen wir zurück.« Wir machten kehrt und begannen wieder in Richtung Stadt zu laufen. Ein allmählich lauter werdendes Rumpeln hinter uns wurde allmählich zu einem Dröhnen, als ein unheimlich aussehender, bärtiger Kerl auf einer Harley an uns vorbeischoss. Auf dem Rücken seines T-Shirts stand: »Wenn du das lesen kannst, dann ist die dumme Kuh runtergefallen«, was unter normalen Umständen durchaus witzig gewesen wäre, aber im Augenblick war mir einfach nicht nach Lachen zumute.

Wir gingen in Parker's Trödelbasar, einen Laden, in dem es alles gab, und kauften die Tupperware-Abteilung auf. Der stämmige Mann mittleren Alters, der hinter der Theke stand und aller Wahrscheinlichkeit nach Parker hieß, tippte unsere Einkäufe in eine altertümliche Kasse ein, die Art, bei der ein rotes Schild mit der Aufschrift »Verkauft« auftaucht, wenn die Endsumme in dem kleinen Fenster erscheint. »Wie geht's?«, fragte er, während er die Plastikbehälter einpackte.

»So gut wie noch nie«, log ich.

Schweigend fuhren wir nach Hause. Lindsey sah aus dem Fenster und summte leise vor sich hin, während ich missmutig über die Ordnung der Dinge sinnierte. Die Tinte auf meiner Scheidung war noch nicht trocken, aber all meine Reue schien einer Trennung zu gelten, die sich vor mehr als fünf Jahren ereignet hatte. Mir kam der Gedanke, dass es vielleicht ein seltsames Gleichgewicht gab zwischen meinen Gefühlen damals und dem, was ich im Augenblick empfand. Als Lindsey mich verließ, da leitete ich all die Gefühle, die ich für sie hatte, auf Sarah um, und jetzt, da Sarah gegangen war, konnten diese Gefühle frei und ungehindert wieder an ihren Ausgangspunkt zurückkehren. Andererseits, vielleicht übertrug ich meinen Schmerz über die Scheidung auch einfach nur auf Lindsey, weil sie eben da war. Weniger wahrscheinlich, aber nicht unmöglich. Ich warf einen kurzen Blick auf Lindsey, die der Ansicht war, dass ich die Dinge gern kompliziert machte. Ich musste an eine literarische Anekdote über Kurt Vonnegut denken. Als ein Besucher sein Erstaunen über Vonneguts ziemlich unaufgeräumtes Büro zum Ausdruck brachte, deutete dieser auf seinen Kopf und sagte: »Wenn Sie glauben, das ist Unordnung, dann sollten Sie mal sehen, wie es hier drinnen aussieht.«

17

Als wir zurück zum Haus kamen, saß Alison am Küchentisch, aß Eiscreme der Sorte Cookies & Cream aus der Packung und blickte ziemlich besorgt drein. Die Indigo Girls liefen auf der Stereoanlage im Wohnzimmer, aber soweit ich beurteilen konnte, hatte das nichts damit zu tun.

»Er hat den ganzen Nachmittag keinen Mucks von sich gegeben«, sagte sie. »Ich hab versucht, mit ihm zu reden, aber er reagiert einfach nicht.«

»Entweder ist er sauer, oder er schläft«, sagte ich.

»So hatte ich mir das alles eigentlich nicht vorgestellt«, sagte sie missmutig. »Ich dachte, wir würden ihm Gesellschaft leisten können, ihm helfen, indem wir mit ihm reden. Er ist so allein da drin.«

»Es ist doch gerade mal der erste Tag«, sagte Lindsey. »Wir werden noch 'ne ganze Weile hier bleiben, vergiss das nicht. Es wird sich alles noch ändern.«

»Ich nehm's an«, sagte Alison, ohne überzeugt zu klingen.

»Wo ist Chuck?«, fragte ich.

»Er hat sich einen Wagen gemietet und ist zurück nach New York gefahren, um sich seine Nase behandeln zu lassen und dafür zu sorgen, dass sich jemand um seine Patienten kümmert. Er wird entweder heute spät am Abend oder morgen früh zurückkommen.« Sie stand auf und stellte das Eis zurück ins Gefrierfach. »Außerdem habe ich meinen Anrufbeantworter zu Hause abgehört«, sagte sie langsam.

»Und?«

»Da war eine Nachricht von Paul Seward. Er wollte wissen, ob ich in den letzten zwei Tagen irgendwas von Jack gehört hätte.«

»Es geht los«, sagte Lindsey theatralisch.

»Ich denke, wir sollten ihn einfach ignorieren«, sagte Alison.

»Fürs Erste vielleicht schon«, sagte ich. »Im Augenblick wird er vermutlich einfach abwarten, ob Jack wieder auftaucht. Seward wird wahrscheinlich glauben, dass er auf eine Sauftour gegangen ist.«

»Wäre nicht das erste Mal«, sagte Lindsey.

»Ich glaube, sie fangen nächste Woche mit der Vorproduktion zu *Blue Angel II* an«, sagte Alison. »Seward wird ausrasten, wenn er bis dahin nichts von Jack gehört hat.«

»Noch mehr ausrasten werden die Produzenten und der Regisseur, wenn Jack nicht aufkreuzt«, sagte Lindsey. »Und in Anbetracht von Jacks Publicity neulich werden sie vermutlich gleich mit dem Schlimmsten rechnen.«

»Er wird wegen Vertragsbruch verklagt werden«, sagte Alison. »Und es wird seinen Ruf ruinieren. Niemand wird ihn noch versichern wollen.«

»Wir werden vielleicht mit Seward reden müssen«, sagte ich. »Vielleicht können wir ihn dazu bewegen, mit uns zusammenzuarbeiten.«

»Fraglich«, sagte Lindsey.

Alison setzte sich und sah zu uns hoch. »Könnte sein, dass wir hier mehr schaden als nutzen«, sagte sie.

»Nein«, sagte ich. »Du musst einfach glauben, dass wir das Richtige tun. Wie sehr es seiner Karriere auch schaden mag, es wird nicht so schlimm sein wie das, was er sich letztendlich selbst angetan hätte.«

»Er hat Recht«, sagte Lindsey. »Wir müssen langfristig denken.«

»Ich wünschte nur, er würde mit uns reden.«

»Das wird er schon noch«, sagte ich. »Keine Sorge. Er ist irgendwo dort drin.«

»Es ist fast, als würde er gar nicht wollen, dass es ihm irgendwann wieder besser geht«, sagte Alison.

»Deswegen lassen wir ihm ja auch gar nicht erst die Wahl«, sagte ich und wünschte mir, ich wäre so zuversichtlich, wie ich klang.

An diesem Abend sahen wir drei uns die Nachrichten an. Keiner von uns sprach es aus, aber wir wollten alle feststellen, ob Jacks Verschwinden schon bekannt geworden war. Ich war so erleichtert, dass das nicht der Fall war, dass ich fast vergaß, die Zählung der Toten mitzuverfolgen, die sich auf sechs beliefen. Eine Explosion in einem Kraftwerk in Monticello kostete fünf Menschen das Leben, und ein bewaffneter Verdächtiger wurde im Einsatz von einem Cop erschossen, den man wegen eines Vorfalls häuslicher Gewalt zu Hilfe gerufen hatte.

Danach ging ich mit Lindsey nach oben, um Jack sein Abendessen zu bringen. Seit unserer Rückkehr aus der Stadt bemühten wir uns beide nach Kräften, so zu tun, als hätte unsere Auseinandersetzung überhaupt nicht stattgefunden. Wir waren miserable Schauspieler. Ich warf einen Blick durchs Schlüsselloch und sah, dass Jack ausgestreckt auf dem Bett lag und schlief. Ich beobachtete ihn weiterhin, während Lindsey die Tür aufsperrte, und dann, als ich mich überzeugt hatte, dass er wirklich weggetreten war, drückte ich langsam die Tür auf. Jack rührte sich nicht vom Fleck. Ich nahm mir eine Minute Zeit, um einen prüfenden Blick durchs Zimmer zu werfen, das aussah, als hätte ein Schwarm Heuschrecken es mit einem Weizenfeld verwechselt. Zerrissene und umgeknickte Bücher lagen wahllos verstreut auf dem Boden, und alles war voller Glassplitter. Der Mahagonischreibtisch war auf die Seite gekippt worden, eine Leistung, die ich einem einzelnen Mann nicht zugetraut hätte, und zwei der geschwungenen Beine waren abgebrochen, sodass er wie ein entstelltes mythologisches Ungeheuer aussah. Hinter der Tür, in einem Meer von Glassplittern, lag der Fernseher, den Jack für uns deutlich hörbar durchs Zimmer geworfen hatte, mit einem gezackten Sprung, der quer über die Rückseite des schwarzen Plastikgehäuses verlief. Kleine, weiße elektronische Komponenten lagen rings um den Fernseher auf dem Teppich verstreut, wie Schuppen auf einem dunklen Anzug.

Der Anblick dieser Zerstörung, das war, als würde man in eine wirklich gequälte Seele blicken. Ich verspürte eine eisige Brise in meinem Magen, als ich zurück zu Jacks ausgestrecktem Körper sah. Ich hätte es nie für möglich gehalten, dass es irgendwo in ihm eine solch pure, finstere Wut gab, die diesen Schaden angerichtet hatte. Ein Blick auf Lindsey verriet mir, dass sie ebenso erschüttert war. Sie hatte die rechte Hand auf die Lippen gepresst, die Augen vor Entsetzen weit aufgerissen. »O mein Gott, Ben«, flüsterte sie mit zitternder Stimme. »Warum musste er das bloß tun?«

»Ich habe keine Ahnung«, sagte ich dumpf. Ich stellte das Tablett, auf dem ein Truthahn-Käse-Sandwich und eine Thermosflasche mit Erbsensuppe standen, auf dem Boden ab, sammelte die verstreuten Überreste von Jacks letzter Mahlzeit, die auf Armeslänge entfernt lagen, ein und zog mich aus dem Zimmer zurück. Lindsey drehte den Schlüssel im Schloss und legte ihn wieder oben auf den Türrahmen. Bedrückt folgte ich ihr nach unten, während ich mich erneut fragte, ob wir uns vielleicht weitaus mehr vorgenommen hatten, als wir bewältigen konnten. Ich wünschte, Chuck wäre hier, um uns das alles als Entzugssymptome zu erklären. In diesem Augenblick wäre sein unerschütterliches Selbstvertrauen ein willkommenes Gegenmittel zu meinen nagenden Zweifeln gewesen.

Einer stillschweigenden Übereinkunft folgend, erwähnten weder Lindsey noch ich den Zustand des Zimmers Alison gegenüber. Sie hatte an diesem Morgen denselben Höllenlärm mitbekommen wie wir alle und vermutlich eine gute Vorstellung vom Ausmaß des Schadens, aber eine Schilderung aus erster Hand konnte sie vielleicht trotzdem noch aus der Fassung bringen.

»Wie geht's ihm?«, fragte sie, als wir uns zu ihr gesellten. Sie hatte sich in der Ecke einer großen, weinroten Couch zusammengerollt und trank in langsamen Schlucken aus einem Becher mit heißem Cidre. In ihrem Sweatshirt und den Leggings sah sie auf der Ledercouch aus wie ein kleines Mädchen, und ich wollte sie zu einer Kugel zusammenrollen und umarmen. Stattdessen nahm ich einen Schluck von ihrem Cidre und hockte mich vor sie auf den Boden.

»Er schläft«, sagte Lindsey zu ihr. »Wenn wir Glück haben, schläft er die Nacht durch.«

»Gut«, sagte Alison leise, während sie die Hände fest um den Becher gelegt hielt, als würde sie gegen ein Frösteln ankämpfen. »Lasst uns mal sehen, was es auf HBO gibt.«

Ich nahm die Fernbedienung von der Glasplatte des Couchtischs und drückte auf den Einschaltknopf. Und da war Jack, der aus einer aufgemalten Platzwunde auf dem Nasenrücken blutete, während er auf einem belebten Flughafen oben auf einem Gepäckband stand und aus einer Automatikpistole feuerte. Es war die Eröffnungsszene von *Lockvogel*, einem jener durchschnittlichen, äußerst gewinnbringenden Actionfilme, die Jack nach dem atemberaubenden Erfolg von *Blue Angel* gedreht hatte. Zwei der bösen Jungs gingen zu Boden, und zwei weitere flüchteten die Treppe hoch. Jack sprang mit dem Kopf voran über einen Stapel Koffer, um die Verfolgung aufzunehmen, wobei er ein paar Statisten über den Haufen rannte, die ihm dabei im Weg standen. Er hielt einen Augenblick inne, um einem kleinen Mädchen hochzuhelfen, das dabei zu Fall gekommen war, reichte ihr die Puppe, die sie fallen gelassen hatte, und schenkte ihr mit weißen Zähnen ein breites Lächeln. »Hier, bitte sehr«, sagte er und wandte sich dann ab, um drei Stufen auf einmal die Treppe hoch und den anderen hinterherzurennen.

»Er hat sich das Knie verletzt, als er das gedreht hat«, sagte Alison in einem monotonen Tonfall, während sie auf den Bildschirm starrte. »Er hat darauf bestanden, selbst von diesem Gepäckband zu springen, und dabei hat er sich das Knie so übel verrenkt, dass sie eine Woche lang erst einmal andere Szenen drehen mussten, bis er wieder fit war.«

»Ich kann mich noch erinnern«, sagte ich. »Jackie Chan war immer einer von Jacks Lieblingshelden, weil er all seine Stunts selbst dreht.«

»Hat Harrison Ford sich nicht auch verletzt, als er *Auf der Flucht* gedreht hat?«, fragte Lindsey.

»Ja. Die gleiche Art von Verletzung«, sagte ich. »Ist von einem Bus gesprungen oder so.«

»Hey«, sagte Lindsey. »Von Harrison Ford zu Jack Shaw in vier Filmen. Ohne den, in dem sie zusammen aufgetreten sind.«

»Das ist leicht«, sagte Alison. »Harrison Ford war zusammen mit Anne Archer in *Die Stunde der Patrioten*. Anne Archer war mit Michael Douglas in *Eine verhängnisvolle Affäre*. Michael Douglas war mit Andy Garcia in *Black Rain*, und Andy Garcia war mit Jack in *Blue Angel*.«

»Nicht schlecht«, sagte Lindsey. »Aber ich kann es in dreien.«

»Erzähl.«

»Harrison Ford war mit James Earl Jones in *Die Stunde der Patrioten*.«

»Und *Star Wars*«, warf ich ein.

»Klug beobachtet«, sagte Lindsey. »James Earl Jones war mit Eric Roberts in *The Best of the Best*, und Eric Roberts war in *Lockvogel*.«

»Von Julia Roberts zu Jack in dreien«, forderte ich die anderen heraus.

»Amateur«, sagte Lindsey. »Julia Roberts war mit John Malkovich in *Mary Reilly* ...«

Und so ging es weiter, bis spät in die Nacht hinein. Wir spielten das Spiel, wir unterhielten uns, wir schwelgten in Erinnerungen und schlürften heißen Cidre, während wir uns in dem tröstlichen, blaugrünen Schimmer des Fernsehers aalten, als sei er ein Feuer. Irgendwann erhob ich mich vom Boden und gesellte mich zu Lindsey und Alison auf die dick gepolsterte Couch. Der Geruch der Ledercouch vermischte sich in meinen Nasenlöchern mit dem Aroma des heißen Cidres und dem Duft von femininem Shampoo. Ich schloss die Augen und lehnte mich zurück und nahm all die tröstlichen Empfindungen, die mich umgaben, tief in mich auf. Zum ersten Mal seit Jahren hatte ich das Gefühl, als würde die Zeit sich endlich verlangsamen, zumindest für eine kurze Weile. Irgendwann nickten wir allmählich ein, aber anstatt nach oben zu gehen, rückten wir unter der Decke nur näher zusammen, wie drei neugeborene Welpen, und fanden Wärme und Sicherheit in der Nähe der anderen. Ich schlief so gut wie schon seit Monaten nicht mehr.

18

Am nächsten Morgen wachte ich zu einer Zeit auf, die wir auf dem College als die Arschspalte der Morgendämmerung bezeichnet hatten, löste mich aus den schlafenden Körpern von Lindsey und Alison, schlüpfte in eine Jacke aus dem Wandschrank im Flur und ging an den See hinunter. Hinter Alisons Beamer stand ein neu aussehender Taurus in der Einfahrt, in einem grellen Blau, das nach Mietwagen schrie. Chuck saß bereits am See, auf einer

Holzbank neben der Anlegestelle der Schollings, und rauchte eine Zigarette.

»Hey«, sagte ich.

»Hey.«

»Was machst du denn da?«

»Ich hänge einfach meinen Gedanken nach«, sagte Chuck.

»Du begibst dich also auf unerforschtes Terrain.«

»Sehr witzig.«

»Wann bist du denn zurückgekommen?«

»Gegen zwei oder so.«

»Wir haben dich gar nicht gehört.«

»Ich weiß. Ich hab kurz zu euch reingeschaut.« Er schenkte mir ein verschwörerisches Grinsen, während er eine grauweiße Rauchfahne ausstieß. »O Mann, nicht schlecht. Zwei von denen auf einmal, was? Du bist ja ein wilder Typ.«

»Deine Nase sieht schon viel besser aus«, sagte ich.

»Ja«, sagte er und rieb sie geistesabwesend. »Ich hab sie mir richten lassen. Ein Typ in der Orthopädie, den ich kenne, hat's gemacht.«

»Wirklich schade. Ich mochte irgendwie die Art, wie sie dein Gesicht verborgen hat.«

»Danke.«

Die Sonne tauchte eben über der gegenüberliegenden Seite des Sees auf, ein verschwommener, nebliger Ball, der einen orangeroten Schimmer über das umliegende Blau warf. Träge stieg der Nebel aus dem See empor und schien alle Geräusche zu dämpfen bis auf das gelegentliche Rülpsen eines Ochsenfroschs. Ich fragte mich, was die Frösche wohl im Winter machten. Hielten sie Winterschlaf? Starben sie?

Plötzlich hörten wir ein lautes Rauschen, das von oben

kam, und als wir aufblickten, sahen wir eine Schar Gänse, die zur Landung ansetzten. Es mussten etwa fünfzehn sein. Einträchtig kreisten sie über dem See, flogen zum anderen Ufer hinüber und ließen sich dann im Gleitflug auf der Wasseroberfläche nieder, die Schwimmfüße wie ein Fahrgestell nach vorn ausgestreckt. Innerhalb von Sekunden herrschte auf dem eben noch stillen See geschäftiges Treiben. Chuck und ich sahen staunend zu.

»Das war ziemlich eindrucksvoll«, sagte Chuck, während er seine Zigarette ausdrückte. »Ich finde, wir sollten jetzt eigentlich einen britischen Begleitkommentar hören, der uns etwas über den Migrationszyklus der gefleckten Gans erzählt.«

Ich lächelte. »Sogar die Natur ist für uns nicht mehr als eines dieser Dinge, die man im Fernsehen sieht.«

Wir hörten, wie hinter uns eine Tür ins Schloss fiel, nicht am Haus der Schollings, sondern nebenan, und als wir uns umdrehten, sahen wir einen etwa achtjährigen Jungen, der zum See hinunterlief, gefolgt von einem großen Golden Retriever. Der Junge sah mager aus in seinem rot-schwarzen Flanellhemd und den Jeans, mit schmutzigem blondem Haar, das erst vor kurzem geschnitten worden war. Er zögerte einen Augenblick, als er uns sah, doch dann nahm er den Hund an die Leine und kam weiter auf uns zu.

»Hi«, sagte er, als er zu unserer Bank kam.

»Hallo«, sagte ich, und Chuck grüßte mit einer Handbewegung.

»Wohnt ihr bei den Schollings?«

»Wir sind Freunde von Alison«, sagte ich. »Ich bin Ben, und das hier ist Chuck.«

»Oh«, sagte er, während er seinem Hund den Hinterkopf kraulte.

»Wie heißt du?«, fragte ich.

»Jeremy«, antwortete der Junge. Sein Hund kam vor, um an uns zu schnüffeln, und ich kraulte ihm freundschaftlich die Brust. »Das ist Taz«, erklärte er mir.

»Taz?«

»Ja. Wie der Tasmanische Teufel. Du kennst doch diesen Comic?«

»Na klar«, sagte ich. Taz hatte offenbar eine Schwäche dafür, auf der Brust gekrault zu werden, und setzte sich aufrecht genau vor mich hin, sodass er möglichst viel davon bekommen konnte, die Augen vor Vergnügen geschlossen. »Hast du ihm den Namen gegeben?«

»Nein, mein Vater.« Bei der Erwähnung seines Vater glitt sein Blick für einen Moment zu Boden, bevor er ihn mit einem etwas verlegenen Ausdruck wieder hob. »Ich bin wegen der Gänse gekommen«, sagte er. »Sie kommen jedes Jahr um diese Zeit.«

»Tatsächlich?«, sagte Chuck.

»Ja. Es sind kanadische Gänse, auf dem Weg nach Florida. Sie machen für etwa eine Woche hier Halt, und dann fliegen sie weiter. Und im Frühling, auf dem Weg zurück, halten sie hier auch.«

»Das ist ziemlich cool«, sagte ich.

»Was ist mit deiner Nase passiert?«, fragte er Chuck.

»Ein Freund hat mich geschlagen«, erklärte Chuck.

»Du?«, fragte er mich.

»Diesmal nicht«, sagte ich. »Wir wechseln uns alle damit ab, ihn zu schlagen.«

»Sieht aus, als ob sie gebrochen ist«, sagte Jeremy. »Du solltest zu einem Arzt gehen.«

»Ich sehe jedes Mal einen, wenn ich in den Spiegel blicke«, sagte Chuck.

»Was im Allgemeinen sehr oft der Fall ist«, fügte ich hinzu.

»Du bist Arzt?«, fragte Jeremy skeptisch.

»Na klar.«

»Kümmerst du dich manchmal um Leute, die Konas haben?«

»Was sind denn Konas?«, fragte Chuck.

»Das ist, wenn man schläft und lange nicht aufwachen kann«, sagte der Junge ernst. Mir fiel auf, dass er verblüffend blaue Augen hatte und dass sein linkes manchmal unfreiwillig blinzelte.

»Das ist ein Koma«, sagte Chuck. »K-O-M-A, Koma. Was weißt du denn über Komas?«

»Mein Vater hat eines«, sagte Jeremy.

»Tatsächlich?«, sagte ich. »Das ist ja schrecklich!«

»Ja«, antwortete er mechanisch. »Ein Lastwagen hat ihn beim Joggen erwischt. Er schläft jetzt schon seit fast drei Monaten.«

»Das tut mir wirklich Leid«, sagte Chuck.

»Er hat nie erfahren, was ihn eigentlich erwischt hat«, sagte Jeremy, womit er offensichtlich etwas wiederholte, was er schon einmal irgendwo gehört hatte.

Die Hintertür von Jeremys Haus ging auf, und ein etwa zwölfjähriges Mädchen kam auf die Terrasse heraus. »Jeremy, was machst du denn da?«, rief sie ihm zu.

»Das ist Melody«, erklärte er uns. »Sie glaubt, sie ist jetzt, wo mein Dad nicht da ist, der Boss.«

»Jeremy!«, rief sie wieder.

»Ich geh nur mit Taz raus«, rief er zu ihr zurück.

»Du musst zum Frühstück reinkommen«, beharrte Melody.

»Ich komm gleich.«

»Mom sagt, sofort.«

Er verdrehte angewidert die Augen und zog dann leicht an Taz' Leine. »Ich muss los«, sagte er.

»Schwestern«, sagte ich mit einem mitfühlenden Lächeln.

»Hast du welche?«

»Äh, nein«, gab ich zu.

»Du Glücklicher«, sagte Jeremy und wandte sich dann zu Chuck um. »Meinst du, du könntest meinem Dad helfen?«

Für einen kurzen Moment trafen sich Chucks und mein Blick. »Ich bin sicher, sein Arzt tut sein Bestes«, sagte Chuck. »Außerdem bin ich noch ein ziemlich junger Arzt. Ich möchte wetten, der Arzt deines Dads ist älter als ich und viel erfahrener.«

»Ich nehm's an«, sagte der Junge und wandte sich ab, um zurück zum Haus zu laufen.

»Hey, Jeremy«, rief ich ihm nach.

»Ja?«

»Bis später.«

»Ja«, sagte er und zog Taz näher an sich, während sie den Hügel hinaufstapften. »Bis später.«

»Der arme Junge«, sagte Alison später, als ich ihr beim Frühstück von unserer Begegnung mit Jeremy erzählte. »Ich hatte keine Ahnung. Ich hab nichts davon gehört. Wir kennen die Millers seit Jahren. Ich war Melodys Babysitter, als sie, na ja, vielleicht zwei Jahre alt war. Mein Dad und Peter sind früher zusammen fischen gegangen.« Niemand war in der Stimmung gewesen, ein warmes Frühstück zu machen, also aßen wir Cornflakes mit Milch, wofür ich später mit Sicherheit büßen würde. Noch ein Symptom dafür, dass ich vor kurzem dreißig geworden war, war eine früher nur leichte Laktose-Überempfindlichkeit, die auf einmal stärker geworden war.

»Es klingt nicht gut«, sagte Chuck, während er etwas Saft hinunterstürzte. »Wenn er seit drei Monaten im Koma liegt, spricht die Statistik nicht zu seinen Gunsten.«

»Ich sollte kurz rüber zu Ruthie gehen«, sagte Alison. »Es muss die reinste Hölle für sie sein.« Sie erhob sich, zog ein Sweatshirt über und ging in Richtung Tür. »Vergesst nicht Jacks Frühstück«, rief sie uns zu.

Als Chuck und ich Jack sein Frühstück brachten, saß er aufrecht im Bett, noch immer in seine Decke gehüllt. Da er allem Anschein nach nicht im Begriff war, in Richtung Tür zu stürzen, hielt ich sie einen Augenblick lang offen, um mit ihm zu reden.

»Wie geht's, Jack?«

»Okay«, sagte er, ohne mir wirklich in die Augen zu blicken. »Wollt ihr mich heute rauslassen?« Sein Gesicht war von einer glänzenden Schweißschicht überzogen, und kleine Tröpfchen bildeten sich auf seinem Nasenrücken und in den Augenwinkeln. Seine Augen waren blutunterlaufen, die Lider wundgerieben.

Ich sah zu Chuck hinüber. »Ich glaube nicht«, sagte ich.

»Jack, das Erste, was du tun würdest, ist doch, losrennen, um dir etwas Koks zu beschaffen. Dabei ist es noch nicht einmal aus deinem Blutkreislauf raus«, sagte Chuck.

»Ich brauche irgendwas, Mann«, sagte Jack. »Kannst du mir nicht irgendwas geben? Ich fühl mich nicht gut.«

»Du bist auf Entzug«, sagte Chuck. »Bis heute Abend wirst du dich noch um einiges schlimmer fühlen.«

»Du hast ja eine nette Art, mit Kranken umzugehen, Chuck«, bemerkte ich sarkastisch.

»Wisst ihr«, sagte Jack, der unter seiner Decke ein wenig zitterte und sie fester um sich wickelte, »im Augenblick fügt ihr meinem Lebensunterhalt wirklich ernsthaften Schaden zu.«

»Im Augenblick sorgen wir uns mehr um dein Leben«, sagte ich. »Versuch, ein bisschen zu schlafen.« Ich wollte die Tür zumachen.

»Ben«, sagte er.

»Ja?«

»Ihr könnt mich nicht noch viel länger hier behalten.«

»Ich weiß, Jack«, sagte ich. »Aber ich wäre nicht ich, wenn ich es nicht wenigstens versuchen würde.«

Für den Rest des Tages blieb er still. Ich fand es irgendwie unheimlich, mir vorzustellen, dass er einfach in diesem Bett saß, zitternd, die Decken um sich gewickelt wie ein Araber, aber Chuck sagte, dass er aller Wahrscheinlichkeit nach schlief. »Sein Körper verschließt sich jetzt völlig«, erklärte er. »Von Koks runterzukommen, das ist eine höllische Qual. Sobald die Quelle deiner Kraft versiegt ist, holt dich der Missbrauch, den du mit dir selbst getrieben hast, ein. Manche Leute schlafen wochenlang.«

19

Etwas später an diesem Nachmittag trat ich in den Vorgarten der Schollings hinaus, um etwas frische Luft zu schnappen. Ich sah Jeremy Miller, der in der Einfahrt der Schollings Körbe warf, und ging zu ihm hinüber. Der Rucksack, der neben dem Platz lag, ließ mich vermuten, dass er eben von der Schule zurückgekehrt war. »Wie geht's?«, fragte ich, während ich mir einen Rebound schnappte und losdribbelte, um selbst zu werfen. Fwwt.

»Gut«, sagte Jeremy, schnappte sich den Ball und warf ihn zu mir zurück, damit ich es noch einmal versuchen konnte. Mir fiel auf, dass er ein *Blue-Angel*-T-Shirt trug, auf dem das Filmplakat abgebildet war, Jack auf einem Motorrad, mit einem explodierenden Gebäude im Hintergrund. Mein nächster Ball schlug hinten auf die Kante auf, schaffte es aber noch ins Netz. »Ringtreffer«, sagte Jeremy automatisch.

»Bist du ein großer Jack-Shaw-Fan?«, fragte ich ihn, während ich den Ball erneut warf, der erst vorn auf dem Rand und dann direkt in Jeremys Händen landete. Er dribbelte ihn zwischen seinen Beinen hindurch und zurück auf die Foullinie. Er warf ihn, wie es kleine Kinder tun, vom Bauch hoch und mit beiden Händen, während er hochsprang. Fwwt.

»Ja«, antwortete er auf meine Frage. »*Blue Angel* ist mein absoluter Lieblingsfilm von ihm.«

»Hast du *Lockvogel* gesehen?«

»Ja, das war gut, aber *Blue Angel* hat mir noch besser gefallen. Alison ist befreundet mit ihm, weißt du.« Er warf wieder, mit derselben Bewegung, demselben Ergebnis.

»Ja, ich weiß.«

»Bist du auch mit ihm befreundet?«

»Ja«, sagte ich und warf ihm den Ball zu.

»Das muss so cool sein«, sagte Jeremy wehmütig.

Ich dachte an Jack, der oben auf Alisons Schlafcouch saß und zwischen Kotzanfällen in seinen Decken schwitzte. »Absolut cool«, sagte ich.

Er warf den Ball, der links auf dem Rand aufschlug und außerhalb meiner Reichweite abprallte. Ich wollte ihm schon hinterherhechten, als Jeremy sagte: »Sie werden heute Abend bei meinem Dad die Maschinen abschalten.« Ich hielt unvermittelt inne und sah wie betäubt zu, als der Ball von der Einfahrt auf den Rasen der Schollings hüpfte und dann gemächlich ausrollte. Der Grund, weshalb Kinder einen oft schockieren, besteht darin, dass sie noch nicht gelernt haben, einen glatten Übergang von einem Thema zum nächsten herzustellen. Sie platzen einfach mit dem heraus, was ihnen gerade durch den Kopf geht.

»Wirklich?«, fragte ich dumpf.

»Ja. Meine Mom sagt, das ist gut, denn wenn er jetzt aufwachen würde, wäre er sowieso nicht mehr derselbe. In seinem Testament hat er geschrieben, dass er nicht mit Maschinen am Leben erhalten werden will.«

»Ich denke, er wusste, was er tat«, sagte ich, während ich mich fragte, was diesem Mann wohl durch den Kopf gegangen sein musste, als er diesen Punkt in seinem Testament festhielt. Vermutlich alles andere als die Tatsache, dass er so bald Anwendung finden würde.

»Ja«, sagte Jeremy. »Irgendwie bin ich froh.« Er sagte es wie ein Geständnis. »Ich wusste eigentlich fast schon, dass er nicht mehr zurückkommen würde, und ich war schon so lange traurig. Wie jeder in meiner Familie. Und es wird allmählich immer schwerer, traurig zu sein, verstehst du? Findest du, das ist etwas Schlechtes?«

»Nein«, sagte ich und dachte darüber nach. »Ich glaube, alle Leute, wenn es ausgeglichene, gesunde Menschen sind, empfinden ein Bedürfnis zu trauern und fangen dann etwas Neues an. Du und deine Familie, ihr habt jetzt schon so lange getrauert, und weil das Krankenhaus deinen Dad am Leben erhalten hat, konntet ihr nichts Neues anfangen, verstehst du?« Er starrte mich gebannt an, während ich sprach, und irgendwo in seinen Augen sah ich, dass ich ihm die Bestätigung gab, die er dringend benötigte.

»Meine Mutter hat gesagt, Melody und ich sollen beide einen Brief an meinen Dad schreiben, und sie würde sie ihm vorlesen, bevor sie die Maschinen abschalten«, sagte er. »Sie findet, wir sollten nicht dabei sein. Nur sie.«

»Ich finde, das ist eine wirklich schöne Idee«, sagte ich.

»Ja. Ich hoffe nur, dass Melody nicht völlig durchdreht. Sie kann echt ein Mordsdrama machen.«

»Das kann ich mir vorstellen.«

Wir standen da, im schwindenden Licht des Tages, und blickten auf unsere Nike-Turnschuhe hinunter, während wir über das Leben und den Tod nachdachten. Ich sah Jeremy an, und ich empfand ein überwältigendes Gefühl von Wärme und Bewunderung für diesen kleinen Jungen, der so viel Trauer und Stress mit sich herumtrug und sich standhaft weigerte, sich davon lähmen zu lassen, wie es mir mit Sicherheit passiert wäre. »Du bist ein Kämpfer, Jeremy«, sagte ich. »Du schaffst das schon.«

»Ich weiß«, sagte er schlicht. »Ich hoffe nur, meine Mom schafft es auch.«

»Du wirst ihr dabei helfen«, sagte ich. »Ihr werdet euch alle gegenseitig helfen.«

»Ja«, sagte er leise. »Wollen wir einer gegen einen spielen?«

An jenem Abend, dem dritten, den wir in dem Haus am See verbrachten, wurde schließlich über Jacks Verschwinden in den Abendnachrichten berichtet. Ein bedrückter Tom Brokaw erklärte, Jack sei zuletzt von seinem Agenten gesehen worden, nachdem sie drei Tage zuvor im Plaza Hotel in New York eingecheckt hatten. »Die Polizei will zum gegenwärtigen Zeitpunkt keine Mutmaßungen darüber anstellen, ob Shaw möglicherweise Opfer einer Gewalttat wurde«, bemerkte Brokaw, während die Berichterstattung zu einer Pressekonferenz umschaltete, die im 50. Bezirk abgehalten wurde und auf der der Polizeichef eben eine Erklärung abgab. »Heute Nachmittag um zwölf Uhr dreißig wurde Jack Shaw als vermisst gemeldet. Zum gegenwärtigen Zeitpunkt haben wir keinen Grund zu der Annahme, dass ein Gewaltverbrechen begangen wurde. Das Einzige, was ich zum gegenwärtigen Zeitpunkt sagen kann, ist, dass sich alle große Sorgen machen und wir uns um die Angelegenheit kümmern.«

Dann war Brokaw wieder da. »Obwohl die Polizei erklärt, dass sie dem Verschwinden des Filmstars nachgehen wird, sagte ein Polizeibeamter unter der Bedingung, dass ihm Anonymität zugesichert wurde, die Polizei neige eher zu der Annahme, dass Shaws Verschwinden drogenbedingt sei. In den letzten Monaten hat Shaws angebliche Drogensucht landesweit für Schlagzeilen gesorgt. Erst kürzlich wurde er wegen Drogenbesitz und Fahren unter Drogeneinfluss festgenommen und strafrechtlich verfolgt, wobei er die Vorwürfe nicht bestritt.

Während Hollywood über das Schicksal seines jüngsten Superstars nachgrübelt, muss ein berühmter Regisseur die Sache zunächst einmal ausbaden. Luther Cain hat vom Set für *Blue Angel II* aus mit uns gesprochen, wo Shaws Verschwinden den Beginn der Vorproduktion verzögert hat.«

Dann folgte eine Nahaufnahme von Luther Cain im Studio. Ein hoch gewachsener, kantiger Mann, dessen völlig kahler Kopf durch seine komisch buschigen Augenbrauen unterstrichen wurde. In seinem Blick lag dieser gebannte Ausdruck eines Künstlers bei der Arbeit, aber sein Tonfall war sanft und ausgeglichen. »Wir wissen nicht, wo Jack ist, und im Augenblick machen wir uns einfach Sorgen um ihn. Ich hoffe, dass es ihm gut geht und wir noch vor morgen gute Nachrichten erhalten.«

Zurück zu Brokaw. »Cain, der Regisseur und Oscar-Preisträger, dessen Film *Blue Angel* Jack Shaw zum Star gemacht hat, wollte zu den finanziellen Auswirkungen von Shaws Verschwinden keine Angaben machen. Dabei gehe es lediglich um Geld, und im Augenblick sei es ihre einzige Sorge, zu erfahren, dass Jack Shaw wohlauf ist. Wir werden Sie über die weiteren Entwicklungen in dieser Sache auf dem Laufenden halten.«

Wir stellten den Fernseher ab und sahen uns an. Obwohl wir gewusst hatten, dass die Story irgendwann einschlagen würde, hatten wir alle insgeheim doch gehofft, dass sie es nicht tun würde. Jetzt, da Jack offiziell vermisst wurde und dieser Idiot von Tom Brokaw es für nötig befunden hatte, seinen Kommentar dazu abzugeben, wurden wir irgendwie überwältigt vom Ausmaß dessen, was wir getan hatten. Dem Ärger, den wir uns damit vielleicht einhandeln würden.

»Ach du grüne Neune«, flüsterte Chuck.

»Das war ziemlich heftig«, sagte Lindsey.

»Vielleicht sollten wir Seward anrufen«, sagte ich. »Ihn dazu bringen, die Jagd abzublasen.«

»Das ist doch wohl nicht dein Ernst«, sagte Chuck. »Seward muss irgendjemandem die Schuld für Jacks Verschwinden in die Schuhe schieben. Wenn wir es ihm sagen, dann sind wir seine Sündenböcke gegenüber den Medien, der Polizei, einfach allen. Er wird alles in seiner Macht Stehende tun, um zu zeigen, dass irgendjemand anders, bloß nicht Jack, an dieser Sache schuld ist.«

»Er hat Recht«, sagte Alison matt. Sie hatte einen Großteil des Tages mit Ruthie Miller verbracht und war erschöpft davon, die Trauer dieser Frau mit ihr geteilt zu haben. »Jack hatte sowieso schon Probleme damit, sich versichern zu lassen, aber jetzt ist er zum ersten Mal gar nicht zur Arbeit erschienen. Es wird in Zukunft nahezu unmöglich sein, Jack überhaupt noch irgendwo zu versichern – es sei denn, jemand anders ist dafür verantwortlich.«

»Habe ich das jetzt richtig verstanden?«, fragte ich. »Wir bleiben also noch etwa eine Woche hier, bis Jack von seiner Sucht losgekommen ist, stimmt's? Na großartig. Jetzt haben wir genau zwei Möglichkeiten. Jack kann zurück zu Seward gehen, und zur Polizei, unsere Namen unerwähnt lassen, dann wird er im Grunde nie wieder arbeiten. Oder wir melden uns und geben zu, dass wir an dieser Geschichte schuld sind, dann wird Jack vielleicht wieder arbeiten können, und wir gehen dafür in den Knast. War das vielleicht die Idee hinter diesem Plan? Wir entscheiden uns zwischen Jacks Karriere und unserem Leben?«

»Nicht ganz«, sagte Lindsey.

»Wie meinst du das?«

»Ich glaube nicht, dass diese Entscheidung bei uns liegt. Sie liegt bei Jack.«

»Kann ich euch eine einfache Frage stellen?«, sagte Chuck.

»Meinetwegen.«

»Was zum Teufel haben wir uns eigentlich gedacht?«

Die restlichen Nachrichten sahen wir in bedrücktem Schweigen, das hin und wieder von Chuck unterbrochen wurde, der alle paar Minuten »dieser gottverdammte Tom Brokaw« vor sich hin murmelte, in einem irgendwie ehrfurchtsvollen Tonfall. Ich war so sehr mit anderen Dingen beschäftigt, dass ich die Zählung der Toten völlig vergaß.

Nach den Nachrichten stellten wir den Fernseher ab, und Alison klappte die Mahagonibar in der Ecke des Wohnzimmers auf und fragte: »Irgendjemand was zu trinken?«

»Wenn du das übernimmst, trinke ich etwas«, sagte Chuck. Wir gingen die Cocktails ziemlich schnell durch, und Alison war es bald leid, jedem seinen Drink neu zu mixen, also stellte sie einfach einen gewaltigen Krug mit Wodka und Preiselbeersaft auf den Couchtisch. Lindsey fummelte an der Stereoanlage herum, bis sie den CD-Player in Gang gesetzt und ein altes Joe-Jackson-Album aufgelegt hatte.

»Morgen wird es hier vermutlich eine Beerdigung geben«, sagte Alison. »Bei Peter Miller werden heute Abend die lebenserhaltenden Maschinen abgeschaltet. Ruthie hat gesagt, die Ärzte würden nicht damit rechnen, dass er die Nacht noch überlebt.«

»Ich komme mit«, bot ich an, wobei ich an Jeremy dachte.

»Okay«, sagte Alison dankbar.

Chucks Funkrufempfänger ging an. Er zückte ihn und sah auf die Anzeige. »Wer zum Teufel ist das denn?«, murmelte er in sich hinein. Ich schnappte mir das schnurlose Telefon, das unter der Couch lag, und warf es Chuck zu, der von der Couch gerutscht war und im Schneidersitz auf dem Boden saß. Er wählte die Nummer, und nach ein paar Sekunden sagte er: »Ja, hier spricht Dr. Nyman.« Wir mussten alle lächeln; es klang immer noch seltsam, wenn er sich selbst als Doktor bezeichnete. Auf einmal riss Chuck die Augen weit auf, und rasch legte er eine Hand über die Sprechmuschel. »Es ist Seward!«, zischte er.

Wir anderen rannten in die Küche, um den Lautsprecher des Telefons einzuschalten, während Chuck mit dem Schnurlosen im Wohnzimmer blieb. »... im Urlaub«, sagte Seward in dem Augenblick, in dem Alison auf die Taste drückte. Das Telefon hing neben dem Kühlschrank an der Wand, und wir drei standen da und starrten es an, als könnten wir Seward durch den Apparat hindurch sehen.

»Ja«, sagte Chuck. »Ich hab mir ein paar Tage frei genommen. Woher haben Sie denn meine Funkrufnummer?«

Seward ignorierte die Frage. »Ich habe versucht, die anderen Freunde von Jack in New York zu erreichen, und sie scheinen alle im Urlaub zu sein. Das kommt mir irgendwie komisch vor.«

»Sie sind leicht zu amüsieren«, sagte Chuck.

»Ich bitte Sie, Chuck«, sagte Seward. »Jack braucht Hilfe. Helfen Sie mir, ihm diese Hilfe zukommen zu lassen.«

»Ach, es geht um diese Geschichte, dass er verschwunden ist«, sagte Chuck. »Augenblick. Wollen Sie mir etwa sagen, Sie wissen nicht, wo er ist?«

»So ist es«, sagte Seward.

»O mein Gott. Ich dachte eigentlich, Sie hätten ihn in eine Klinik geschafft, Betty Ford oder Promises oder sonst irgendwohin, und dass Sie nur versuchen, die Medien aus der Sache rauszuhalten«, sagte Chuck, wie ich fand, durchaus glaubwürdig.

»Wo sind Sie jetzt, Chuck?«, fragte Seward.

»Das habe ich Ihnen doch schon gesagt, ich bin im Urlaub.«

»Ich weiß, aber ich bin im Augenblick in New York, und ich würde mich in dieser Angelegenheit gern mit Ihnen zusammensetzen. Sie wissen schon, darüber reden. Sehen, was wir tun können, um Jack zu helfen.«

»Nun ja, das würde ich liebend gern tun«, sagte Chuck. »Aber ich bin im Augenblick hier unten in Florida, also wird es, denke ich, in den nächsten zwei Wochen damit wohl nichts werden.«

»Sie halten das Verschwinden Ihres Freundes nicht für wichtig genug, um aus Florida zurückzukommen?«, fragte Seward in einem übertrieben ungläubigen Tonfall.

»Ich bin wegen Jack ebenso besorgt wie Sie«, sagte Chuck, wobei er tat, als hätte ihn Sewards Bemerkung beleidigt. »Aber ich kann nicht erkennen, wie ein Treffen mit

Ihnen uns helfen könnte, ihn zu finden. Wenn Jack gefunden werden will, dann wird er schon wieder auftauchen.«

»Chuck, ich will ganz offen mit Ihnen reden.«

»Ich wünschte, das hätten Sie schon längst getan.«

»Sie sind nicht in Florida.«

»Wie bitte?«

»Sie sind nicht in Florida. Sie rufen aus dem Vorwahlbereich neun-eins-vier an. Ich habe auf meinem Telefon nämlich eine Anruferanzeige.«

»Na, Sie sind aber auch gerissener als Sherlock Holmes«, sagte Chuck.

»Warum holen Sie nicht einfach Jack ans Telefon«, sagte Seward.

»Das würde ich gern tun, nur dass Jack, falls Sie es vergessen haben, verschwunden ist.«

»Möchten Sie meine Meinung hören?«, sagte Seward. »Ich glaube, Sie haben Jack dort oben, Sie alle. Sie haben ihn mit irgendwelchem Quatsch, was Alison Schollings Gesundheitszustand betrifft, ausgetrickst und haben ihn jetzt irgendwo, wo Sie glauben, ihm helfen zu können, während Sie in Wirklichkeit seiner Karriere und seinem Ruf irreparablen Schaden zufügen.« Ich grinste, als ich begriff, dass wir die Nachricht im Hotel völlig vergessen hatten.

»Na ja, Paul«, sagte Chuck. »Sie wissen ja, wie es so schön heißt. Meinungen sind wie Arschlöcher. Jeder hat eines, und jeder denkt, seines stinkt nicht.«

»Hören Sie auf, mich zu verarschen, Chuck.« Seward war inzwischen kurz vorm Brüllen. »Sie überschätzen sich völlig.«

»Das sagen Sie.«

»Wo ist Jack?«

»Das sollte ich lieber Sie fragen«, sagte Chuck. »Sie sind doch sein verdammter Agent.«

»Sie haben keine Ahnung, was Sie da tun!«, schrie Seward.

»Das hörte sich nach einer weiteren Meinung an«, sagte Chuck. »Und Sie wissen ja, wie es so schön heißt: Meinungen sind wie Arschlöcher …«

»Sie verdammter Idiot«, schrie Seward. »Ich werde Sie an den Eiern aufspießen, wenn ich …«

»Sie können sie gern haben, alle beide«, sagte Chuck abschließend und drückte auf das schnurlose Telefon, um das Gespräch zu beenden. Ich beugte mich rasch vor, um die Mithöranlage auszuschalten. Als ich auf den Knopf drückte, stellte ich entsetzt fest, dass meine Hände zitterten.

»Scheiße!« Chuck kam ins Zimmer gestürmt. »Er hat mich völlig überrumpelt. Ich hatte keine Ahnung, was ich sagen sollte!«

»Es war nicht deine Schuld, Chuck«, sagte ich. »Du musstest den Funkruf erwidern.«

»Mit dieser Anruferanzeige kriegt er uns«, murmelte Chuck.

»Was machen wir denn jetzt?«, fragte Lindsey.

»Wir sitzen in der Patsche«, sagte Chuck. »Jetzt wissen sie, wo wir sind.«

»Nein«, sagte Alison. »Seward hat den starken Verdacht, dass wir irgendetwas gemacht haben, und jetzt weiß er, in welchem Vorwahlbereich wir uns befinden. Das ist alles.«

»Mit einer Telefonnummer kann uns die Polizei ausfindig machen«, sagte ich.

»Ich glaube aber nicht, dass Seward sich an die Polizei wenden wird«, sagte Alison. »Jedenfalls nicht gleich.«

»Wieso nicht?«, fragte Chuck.

»Er wird nicht wollen, dass die Sache völlig aus dem Ruder läuft«, sagte Alison. »Er glaubt immer noch, er kann die Situation retten und ihr die Wendung geben, die er gern hätte. Sobald er diese Sache der Polizei übergibt, verliert er die Kontrolle und den Einfluss. Und in seiner Branche ist das das Schlimmste, was ihm passieren könnte.«

»Was wird er also tun?«, fragte ich.

»Er wird selbst versuchen, uns zu finden«, sagte Alison.

20

Dreißig … scheiße!

Krähenfüße, Hängebacken, Hüftspeck. Ich habe begonnen, mich selbst mit den Augen der Teenager zu betrachten, denen ich auf der Straße begegne, und bin immer wieder entsetzt, wenn ich begreifen muss, dass sie mich als uralt ansehen. Bei so vielem, was ich jahrelang ungestraft gegessen habe, bekomme ich auf einmal Verdauungsprobleme. Nichts fühlt sich noch neu an. Alles, was ich sehe, erinnert mich an irgendetwas anderes. Ich weiß jetzt, dass es bestimmte Dinge gibt, die ich in meinem Leben niemals tun werde. Ein Hemd, das ich immer noch für neu halte, ist tatsächlich schon sieben oder acht Jahre alt. Die Jahreszeiten vergehen schneller, Urlaube sind leicht verwirrend. Statistisch betrachtet habe ich bereits über ein Drittel meiner Lebensspanne verbraucht, das gesündeste Drittel. Und was habe ich dafür bekommen? Wo ist die Autorität? Die Weisheit? Das Selbstvertrauen, das mit dem Erwachsenendasein angeblich einhergeht? Ich bin lediglich erfahren genug, um zu wissen, dass ich genauso ratlos bin, wie ich es immer war.

Für den Rest des Abends waren wir alle ein wenig aufgedreht, zum einen wegen Sewards Anruf, zum anderen wegen der Berichterstattung in den Abendnachrichten, und wir wussten nicht, was wir mit uns anfangen sollten. Natürlich war es uns unheimlich, aber es hatte zweifellos auch etwas Aufregendes, Teil einer solch großen Story zu sein, sie als Eingeweihter zu erleben. Vergaßen wir doch einfach Seward, wir wussten mehr als Tom Brokaw, verdammt noch mal! Wir *waren* die Nachricht.

Nach einem schnellen, späten Abendessen, das aus tiefgefrorenen Pizza-Bagels und Pommes frites bestand, zogen wir uns in unsere Schlafzimmer zurück. Jeder von uns schien eine Auszeit zu benötigen, um zu überdenken, was wir hier eigentlich taten. Ich stellte mich kurz unter die Dusche, schlüpfte in Boxershorts und ein Ben-Folds-Five-T-Shirt und legte mich schlafen. Über das Telefon auf meinem Nachttisch hörte ich meinen Anrufbeantworter zu Hause ab, eigentlich eher aus Gewohnheit, nicht dass ich wirklich irgendwelche Nachrichten erwartete. Es war eine kurze Nachricht von Ethan eingegangen, der sagte, er hätte von der Scheidung gehört und wolle sich nur erkundigen, was denn eigentlich los sei. Kein Rückruf nötig. Danach eine von meiner Mutter, die mich nur wissen lassen wollte, dass sie meinem Bruder von der Scheidung erzählt hatte, da sie der Ansicht sei, er sollte es wissen, und ich hätte es ihm doch wirklich sagen sollen, aber wer wüsste schon, wann ich einmal dazu kommen würde, und außerdem könnte er ihr doch schon an der Stimme anhören, dass etwas nicht stimmte, und er sollte es doch nicht zufällig von irgendjemand anders erfahren. Beim dritten Piepsen zog ich erstaunt die Augenbrauen hoch, denn ich wusste nicht, wer sonst noch hätte anrufen können. Eine leise, kratzige Stimme quasselte etwa sechzig Sekunden lang auf Spanisch vor sich hin, bevor aufgelegt wurde, und auch wenn sich meine Spanischkenntnisse im Allgemeinen darauf beschränkten, die Bedeutung der Warnhinweise an U-Bahn-Türen intuitiv zu erfassen, war ich doch ziemlich überzeugt von meiner Annahme, dass sich jemand verwählt hatte, was meinen vorherigen Verdacht bestätigte, dass es sonst niemanden gab, der mich vermisste.

Nach der spanischen Nachricht folgten drei lange Piepser, was bedeutete, dass der Anrufbeantworter mir nichts mehr zu sagen hatte, also legte ich auf, nicht ohne vorher die Taste sieben zu drücken, womit sämtliche Nachrichten gelöscht wurden und ein freies Band für den nächsten spannenden Schwung hinterlassen wurde. Ich konnte diese irrationale Hoffnung nie begreifen, die reflexartig wie eine Wüstenblume in mir aufblühte, sobald ich meinen Anrufbeantworter abhörte, als hätte ich alle möglichen Freunde, die ich völlig vergessen hatte und die sich endlich einmal melden wollten, um sich wieder in Erinnerung zu rufen.

Ich versuchte, ein bisschen Raymond Carver zu lesen, um einen klaren Kopf zu bekommen, aber als ich einschlief, dachte ich immer noch an Lindsey, und als ich irgendwann erschrocken aus dem Schlaf hochfuhr, klebte meine Stirn auf dem wachsartigen Laminat des Taschenbucheinbands, und ich verspürte jenes seltsame, irritierte Gefühl, das sich einstellt, wenn man in einem hellerleuchteten Zimmer aufwacht. Ich warf einen Blick auf die Uhr auf meinem Nachttisch, auf der es 2.12 Uhr morgens war, und versuchte mich zu erinnern, was mich eigentlich aus dem Schlaf gerissen hatte. Ich rollte mich auf den Rücken und blieb reglos liegen, horchte, aber das Haus war völlig still. Irgendwo draußen verbrannte irgendjemand Blätter, und der leicht beißende Geruch von Rauch kam durch mein Schlafzimmerfenster geweht. Es dauerte noch ein, zwei Minuten, in denen ich still dalag und nachdenklich den Geruch einsog, bis es mir schließlich dämmerte, dass mein Fenster geschlossen war. Der Geruch kam nicht von draußen herein, er war bereits im Haus, und was immer dort brannte, Blätter waren es nicht.

Jack … scheiße!

Ich rollte mich aus dem Bett, wobei ich fast aufs Gesicht fiel, als sich meine Füße in der verkrumpelten Bettdecke verhedderten, und bewegte mich halb hopsend, halb stolpernd in den Flur hinaus, der bereits von Rauchschwaden erfüllt war. Ich knipste das Licht im Flur an, hämmerte gegen die Zimmertür der Frauen und brüllte: »Feuer! Steht auf!« Im Licht konnte ich nun durch den Schleier hindurch erkennen, dass der Rauch unter Jacks Tür hindurchkam. Ich hatte eben hinter Chucks Tür einen Feuerlöscher ausfindig gemacht, als er aus dem Zimmer gestürmt kam und praktisch mit mir zusammenstieß. »Was zum Teufel ist los?«, brüllte er, während er sich mit den Händen vor dem Gesicht herumfuchtelte, um den Rauch etwas zu vertreiben. Und dann ging der Feueralarm an, ein durchdringendes Heulen, das ohne Umweg direkt in mein Gehirn einzudringen schien, sodass sich meine Schultern zusammenzogen.

»Es ist Jacks Zimmer!«, schrie ich über den Lärm hinweg, als Alison und Lindsey auftauchten, mit benommenem Blick, die Augen von Schlaf verquollen. Chuck schnappte sich den Schlüssel vom Türrahmen, steckte ihn ins Schloss und stieß die Tür auf. Eine Wand aus frischem Rauch strömte aus dem Zimmer, die mich für einen kurzen Augenblick abrupt innehalten ließ, und dann rannte ich hinein, wobei ich gleichzeitig die Nadel aus dem Feuerlöscher zog. Jack hatte eine Hand voll aufgeschlagener

Bücher in die Mitte des Zimmers geworfen und in Brand gesetzt. Er musste die Streichhölzer in einer von Mr Schollings Schreibtischschubladen gefunden haben. Ich warf rasch einen Blick durchs Zimmer, aber Jack war nirgends zu entdecken. Ich richtete den Feuerlöscher voll aufgedreht auf den Bücherhaufen, erleichtert, dass das eigentliche Feuer relativ klein war und sich unter dem Schaum sofort ergab.

Chuck stand zwei Schritte entfernt von der Badezimmertür, als Jack aus dem Bad gestürmt kam, mit nichts bekleidet als einer Trainingshose, und auf ihn losging. Chuck zögerte, und Jack ging zum Angriff über, und beide gingen in einem Durcheinander verhedderter Arme und Beine zu Boden. »Jack!«, brüllte Alison. »Hör auf!« Ich packte sie am Arm und drückte ihr den Feuerlöscher in die Hand. »Mach ihn leer!«, sagte ich und wandte mich um, um Chuck zu Hilfe zu kommen. Jack war es inzwischen gelungen, sich aus Chucks Umklammerung zu befreien und sich hochzurappeln. Er machte einen Schritt über Chuck hinweg, doch dann, als Chuck seinen Fuß zu fassen bekam und an ihm zerrte, stürzte er. Als Jack auf den Boden aufschlug, lief ich zu ihm hin, um mich auf ihn zu stürzen, aber er rollte sich auf den Rücken und packte meine ausgestreckten Hände und warf mich mit einer Drehung aus dem Gleichgewicht, sodass ich neben ihm landete. Noch immer auf dem Rücken liegend, trat er mit seinem freien Bein wild um sich und traf beim dritten Versuch Chuck genau in die Brust. Chuck stöhnte laut auf und ließ Jack los, der sich mit einem umnachteten Blick hochrappelte. Ich sprang ihm auf den Rücken, als er an Alison vorbeikam, und wir beide wirbelten wie wild durchs Zimmer, prallten von einem Bücherschrank ab und genau in Alison hinein. Der Feuerlöscher fiel polternd zu Boden, als sie unter unseren Beinen stürzte, und dann fielen wir rücklings über sie. Jack landete mit dem Rücken auf mir, und bevor ich nach Luft schnappen konnte, rang er schon wie wild mit mir, bohrte mir unbeabsichtigt die Ellbogen in die Rippen, während er sich gleichzeitig bemühte, sich hochzurappeln. Mit einem Aufschrei stürzte sich Chuck auf ihn und landete auf uns beiden, sodass ich keine Luft mehr bekam, aber Jack stieß selbst einen Schrei aus und versetzte Chuck einen Hieb, woraufhin dieser kopfüber in das Schlafsofa stürzte. »Scheiße!«, rief Chuck, als er gegen den Metallrahmen prallte. Jack rollte sich auf die andere Seite, sodass er nun mit seinem Gesicht genau über meinem lag, und ich sah den umnachteten Blick in seinen Augen, während er mir die Arme fest auf die Brust drückte, um sich hochzustemmen. Er hatte es eben geschafft, sich hinzuknien, als ich ein durchdringendes Knacken hörte, und zu meiner Überraschung taumelte er nach vorn und fiel auf mich. Ich machte mich schon auf einen erneuten Angriff gefasst, aber auf einmal war er ein totes Gewicht, und sein Körper lag schlaff auf meiner Brust. Erst in diesem Augenblick bemerkte ich Lindsey, die über uns stand, mit weit aufgerissenen Augen und offenem Mund. In der Hand hielt sie, noch immer eisern umklammert, ihre Betäubungspistole.

Einen Augenblick lang verharrten wir so, vier von uns ausgestreckt auf dem Boden verstreut, während Lindsey in der Mitte stand, die Waffe noch vor sich ausgestreckt, als würde sie das Gewehr präsentieren. Schließlich rollte ich mich unter Jack hervor und sagte: »Warum muss Jack eigentlich jedes Mal, wenn wir ihn k.o. schlagen, ausgerechnet auf mir landen? Ich hasse das.« Schwankend erhob ich mich. »Ist mit allen alles okay?«

»Nicht ganz!«, brüllte Chuck, während er sich von der Couch rollte und langsam aufstand. Aus seinem linken Nasenloch tröpfelte etwas Blut, und er rieb sich wütend die Brust. »Mein Gott!«

Alison ließ sich auf die Knie nieder und krabbelte zu Jack hinüber, um ihn auf den Rücken zu rollen. »Jack!«, rief sie. »Jack, kannst du mich hören?« Wenn er es konnte, dann sagte er es zumindest nicht. »Komm schon, Jack, wach auf! Chuck, ich glaube, er atmet nicht!«

Chuck ging hinüber zu der Stelle, wo Jack lag, beugte sich nach unten und legte ihm die Finger seitlich an den Hals. »Es ist alles okay mit ihm«, sagte Chuck und lehnte sich gegen die Wand, während er sich immer noch die Brust massierte.

»Jack!«, schrie Alison erneut. Sie drehte sich um und sah zu Lindsey hoch. »Was hast du mit ihm gemacht?«, sagte sie wütend. »Sieh ihn dir bloß an.«

»Wie bitte?«, fragte Lindsey ungläubig.

»Du musstest doch nicht auf ihn schießen«, sagte Alison, während sie Jacks Kopf aufgestützt hielt.

Lindsey sah sich im Zimmer um, als suchte sie nach Zeugen. »Bist du völlig übergeschnappt, Alison? Sieh dir doch dieses Zimmer an!«

»Das ist mir egal. Du hast eine Waffe gegen ihn gerichtet!«

»Er hat euer verdammtes Haus in Brand gesetzt!«, schrie Lindsey, während sie mit ihrer Betäubungspistole durch die Luft fuchtelte, und einen entsetzlichen Augenblick lang glaubte ich schon, sie würde Alison damit eins überbraten. Dann schnellte sie herum und raffte ihr Haar in einer Faust zusammen. »Kann vielleicht irgendjemand diesen gottverdammten Alarm abstellen!?«

Ich rannte in den Flur hinaus, wobei ich den lederbezogenen Schreibtischstuhl hinter mir herzerrte. Ich stellte mich auf den Stuhl, und nach ein paar Versuchen gelang es mir, das Plastikgehäuse von der runden Vorrichtung an der Decke zu schrauben. Ich konnte nirgends einen Schalter entdecken, daher riss ich einfach die Neun-Volt-Batterie heraus und sprang wieder auf den Boden. Die eintretende Stille war so greifbar, dass sie uns wie ein völlig neues Geräusch vorkam.

»Ich glaube, wir haben ihn ernsthaft verletzt«, sagte Alison, als ich zurück ins Zimmer kam.

»Dann sind wir ja jetzt quitt«, schnaubte Chuck. Das Blut, das aus seinem Nasenloch getröpfelt war, war auf seiner Oberlippe getrocknet, und ich begriff, dass ihm vielleicht nicht einmal bewusst war, dass er geblutet hatte.

»Er wird's überleben«, sagte Lindsey matt. »Er wird eine Runde schlafen, dann geht's ihm wieder gut.« Sie beugte sich nach unten und drückte Jack eine Hand aufs Gesicht.

»Lass ihn in Ruhe«, fauchte Alison und fegte Lindseys Hand beiseite. Lindsey sah aus, als hätte man ihr eine Ohrfeige verpasst. Sie starrte Alison ungläubig an, und Tränen traten ihr in die Augen.

»Ich glaub's einfach nicht«, sagte sie mit zitternden Händen. »Er hätte uns alle umbringen können!«

»Ben und Chuck hatten ihn im Griff.«

»Hey!«, sagte ich. »Wir hatten ihn überhaupt nicht im Griff.«

»Es war eher so, dass er uns im Griff hatte«, sagte Chuck.

Alison ignorierte uns, wiegte Jacks Kopf in ihren Händen.

»Ich lasse euch allein«, murmelte Lindsey und stürmte aus dem Zimmer.

Chuck und ich hoben Jack vom Boden auf und legten ihn aufs Bett. Sein Körper fühlte sich schweißverklebt an, und wir rieben wir ihn mit einem Handtuch ab, bevor wir ihn in eine Decke wickelten. Chuck drückte Jack mit dem Daumen nacheinander beide Augenlider auf und besah sich seine Pupillen, dann maß er noch einmal seinen Puls. Ich konnte erkennen, dass Jacks Atem schwach, aber gleichmäßig ging. »Es ist alles okay mit ihm«, sagte Chuck leise.

Alison hockte sich neben dem verkohlten Haufen Bücher auf den Boden und begann, sie durchzugehen, wobei sie leise vor sich hin weinte. Chuck und ich sahen uns hilflos an; wir wussten nicht, ob wir ihr beim Aufräumen helfen oder sie einfach eine Weile allein lassen sollten. Es lag ein solch herzzerreißendes Elend in ihrem stillen Schluchzen, dass wir uns außerstande fühlten, auf sie zuzugehen. Ein paar Augenblicke später kam Lindsey an der offenen Tür vorbei und hielt abrupt inne, als sie Alison auf dem Boden sitzen sah. Sie zögerte für einen kurzen Augenblick, dann kam sie ins Zimmer und ließ sich hinter Alison auf die Knie nieder, warf Alison die Arme um den Hals und lehnte sich nach vorn, sodass ihre Wangen aneinander gedrückt wurden. Nach ein paar Sekunden streckte Alison wortlos die Arme nach oben aus und legte sie um Lindseys, und dann saßen sie einfach da und wiegten sich leise vor und zurück, wie zu einem langsamen, geheimen Lied, das nur sie beide vernehmen konnten.

21

Ich wachte gegen halb elf auf und fragte mich einen Augenblick lang, ob die ganze Episode der letzten Nacht vielleicht nur ein lebhafter Traum gewesen war, aber der Geruch des Rauchs lag immer noch schwach in der Luft, und als ich mein Hemd aufnahm, stieg mir ein penetranter Gestank in die Nase. Ich rollte mich aus dem Bett und ging den Flur hinunter in Richtung Dusche. Ich hörte, wie Lindsey und Alison unten im Flüsterton miteinander sprachen. Auf dem Flur lief mir Chuck über den Weg, der auf dem Weg nach unten war, um sich zu ihnen zu gesellen. »Guten Morgen«, sagte er.

»Wie fühlst du dich?«, fragte ich, seinen Zusammenprall mit dem Sofa noch gut in Erinnerung. Bis jetzt hatte Chuck an körperlicher Misshandlung eindeutig das meiste abbekommen.

»Ich werd's überleben«, sagte er. »Ich frage mich nur, was er sonst noch alles für uns auf Lager hat.«

»Meinst du, die letzte Nacht kann er noch überbieten?«

Chuck zuckte die Schultern. »Wer weiß? Aber eines kann ich dir sagen. Wenn ich das nächste Mal zwischen ihm und der offenen Tür stehe, werde ich einfach einen Schritt zurücktreten und sie aufhalten.«

»Ich weiß«, sagte ich. »Das würde ich dir nicht verübeln.« Er nahm die erste Stufe die Treppe hinunter. »Chuck?«

»Ja?«, sagte er und hielt inne.

»Glaubst du, er hat versucht, das Haus abzubrennen? Ich meine, war es ein Fluchtversuch oder vielleicht doch mehr?«

»Du meinst Selbstmord?«

»Genau das«, sagte ich. »Oder vielleicht eine Art Rache. Ich denke, ich frage mich einfach, ob er, na ja, du weißt schon, uns das wirklich antun wollte.«

Chuck legte die Stirn in Falten und dachte über die Frage nach. »Ich glaube nicht«, sagte er. »Ich glaube, letzte Nacht hat er bei seinem Entzug den Gipfel erreicht und überhaupt nicht mehr nachgedacht. Er hat Angst, er ist irrational paranoid, und nach meiner Einschätzung halluziniert er auch. Er ist einfach nicht ganz bei Verstand.« Ich musste an Jacks Blick denken, kurz bevor Lindsey ihn außer Gefecht gesetzt hatte, und schauderte. »Was immer es war, was letzte Nacht passiert ist«, sagte Chuck, »er war sich vermutlich nicht einmal bewusst, dass er uns damit in Gefahr bringen könnte.«

Ich seufzte und rieb mir die Augen. »Na schön«, sagte ich. »Dann werde ich es also nicht persönlich nehmen.«

»Ich schon«, sagte Chuck.

Ich stieg in die Dusche und lehnte mich gegen die kalten Fliesen, während mir das kochend heiße Wasser über den Nacken rann. Nachdem wir die schwelenden Bücher mit Wasser gelöscht hatten, hatten sich Lindsey und Alison schlafen gelegt, während Chuck und ich bei Jack blieben, bis er allmählich das Bewusstsein wiedererlangte. Wir hatten das Arbeitszimmer rasch, aber gründlich durchsucht, nach Streichhölzern und allen anderen Dingen, die Jack vielleicht verleiten konnten, noch eine solche Wahnsinnstat zu begehen. Und jetzt, während ich mir den Rauch aus dem Haar wusch, fragte ich mich, wie Alison all diese Zerstörung wohl ihren Eltern erklären würde. Zwischen den beschädigten Möbeln, den ruinierten Büchern und dem verbrannten Teppich war von dem Zimmer nicht mehr viel übrig geblieben. Ich wollte gar nicht erst daran denken, was hätte passieren können, wenn wir das Feuer nicht so frühzeitig entdeckt hätten.

Ich kam an Jacks Zimmertür vorbei, während ich mir das Haar mit einem Handtuch trockenrieb, als ich ein schwaches, metallisches Klicken hörte. Ich hielt den Atem an, schlich auf Zehenspitzen bis an die Tür und lauschte angestrengt. Da war es wieder, ein quietschendes, kratzendes Geräusch, kaum hörbar, und ich bemerkte, dass der Türknauf ein wenig bebte. Leise schlich ich nach unten und gesellte mich zu den anderen ins Wohnzimmer, wo sie auf unterschiedlichen Sendern zwischen den Frühnachrichten, die Berichte über Jack brachten, hin und her zappten.

»Weiß irgendjemand, ob Jack weiß, wie man ein Schloss knackt?«

»Was?«, fragte Alison.

»Ich hab von außen gehört, wie er es bearbeitet.«

»Das ist ein antikes Schloss«, sagte Chuck. »Die funktionieren anders als moderne Schlösser. Sie haben keine Zylinder. Ich glaube nicht, dass er, selbst wenn er weiß, wie man ein Schloss knackt, dieses hier knacken könnte.«

»Na ja, irgendetwas macht er jedenfalls.«

Sie standen auf, und wir stellten uns alle schweigend an den Fuß der Treppe. Zunächst hörten wir nichts, doch dann begann das metallische Kratzen von neuem. Chuck stieg die Treppe halb hinauf und starrte gebannt auf die Tür. »Ich glaube nicht, dass er das Schloss bearbeitet«, informierte er uns, als er wieder nach unten kam. »Ich kann noch immer durch das Schlüsselloch hindurchsehen.«

»Aber was macht er denn dann?«, fragte Lindsey.

»Ich weiß nicht«, sagte ich. »Vielleicht sollten wir ihn fragen.

»Jack«, rief Alison, während sie die Treppe hinaufstieg. »Was ist los? Was brauchst du?«

Das kratzende Geräusch hörte abrupt auf.

»Jack?«

Jack gab keine Antwort, aber einen Augenblick später begannen die Geräusche von neuem. Wir stellten uns neben Alison an die Tür und beobachteten, wie der Türknauf in seinem Gehäuse wackelte. Einen Augenblick später ertönte ein lautes, knirschendes Geräusch, das Geräusch von gezacktem Metall, das über eine hölzerne Oberfläche gezerrt wird, und dann, mit einem plötzlichen Knacken, das uns alle zusammenzucken ließ, sprang der Knauf von der Tür und landete auf dem Boden, wo er gemächlich in einem Halbkreis weiterrollte, bis er neben Chucks Fuß liegen blieb.

»Was macht er da bloß?«, fragte Alison und hob den Türknauf hoch, als könnte er von selbst verschwinden. Aus der Mitte des Türknaufs ragte der rechteckige Metallstab hervor, der ursprünglich durch die Tür die Verbindung mit dem anderen Knauf herstellte, genau die Verbindung, die Jack abgeschraubt hatte. »Jack!«, brüllte Alison und hämmerte gegen die Tür. »Was machst du denn da?«

»Ich kann nicht rauskommen«, ließ sich Jacks Stimme durch die Tür vernehmen. »Und jetzt könnt ihr auch nicht mehr reinkommen.«

»Das ist doch idiotisch«, sagte Alison. »Was sollen wir denn deiner Ansicht nach machen, dir das Essen unter der Tür durchschieben?«

»Nicht mein Problem«, gab Jack zurück.

»Jack!«

»Bitte versuch, etwas leiser zu sein«, sagte Jack mit heiserer Stimme. »Ich versuche, ein bisschen Schlaf zu bekommen. Ich habe heute nämlich einen anstrengenden Tag vor mir.«

»Alison«, sagte Chuck leise, während er ihr sanft auf die Schulter klopfte. »Wir können die Tür immer noch öffnen.« Er nahm ihr den Türknauf aus der Hand. »Wir stecken das hier einfach wieder rein und drehen es um.«

Aber ich hatte das ungute Gefühl, dass Chuck Jack ein wenig unterschätzte. »Das glaube ich nicht«, sagte ich. »Versuch doch gleich einmal, es reinzustecken.« Chuck nahm den Knauf und begann, den Metallstab in die Tür einzuschieben. Er schaffte es etwa zur Hälfte, bis er auf das Hindernis stieß. »Scheiße!«, zischte er und begann, an dem

Schloss herumzufummeln, aber seine Versuche blieben offensichtlich erfolglos. »Er hat das Schlüsselloch verkeilt!«, jammerte Chuck. »Dieser Vollidiot hat das Schlüsselloch verkeilt!«

»Er wird in einen Hungerstreik treten«, sagte ich. »Er weiß, dass wir ihn, wenn wir ihm nichts zu essen geben können, rauslassen werden.«

»Ich würde sagen, dann soll er doch hungern«, sagte Chuck und warf den Türknauf angewidert auf den Boden. »Man könnte glauben, wir machen das alles für unsere eigene Gesundheit.«

»Na ja«, sagte Lindsey matt, als wir die Treppe wieder hinunterstiegen, »sein Frühstück hat er ja bereits bekommen, und später wird uns schon noch irgendetwas einfallen.«

»Käsescheiben«, sagte ich. »Fruchtschnitten.«

»Was?«

»Ich überlege nur, welche Art Essen wir ihm unter der Tür durchschieben könnten.«

»Kalten Aufschnitt«, schlug Lindsey vor.

»Salzcracker«, sagte Alison grinsend.

»Ich denke, wir werden für alle wichtigen Lebensmittelgruppen Musterstücke finden können, die es in flachen Packungen gibt«, sagte Chuck mit einem boshaften Lächeln. Sein Ehrgeiz würde es nicht zulassen, dass Jack als Sieger hervorging, nicht einmal in dieser verfahrenen Situation.

»Natürlich, zum Essen können wir ihn nicht zwingen«, bemerkte ich.

»Nein«, sagte Alison. »Aber das konnten wir vorher auch nicht. Es ist, als ob es da diese unausgesprochenen Regeln gibt. Es ist unser Job, ihm etwas zu essen zu bringen. Wenn wir das nicht tun können, dann müssen wir ihn rauslassen. Aber wenn wir es können, dann bin ich mir ziemlich sicher, dass er es auch essen wird.«

»Zurückhaltung war noch nie seine starke Seite«, bemerkte Chuck.

22

Die Trauerfeier für Peter Miller fand um zwölf Uhr mittags in der Aula der Volksschule von Carmelina statt, nur ein paar Blocks vom Stadtzentrum entfernt. Die Kirche hatte man für diesen Anlass für zu klein befunden. Peter war Lehrer an der örtlichen Grundschule gewesen, sodass der Saal dicht besetzt mit Schülern und ehemaligen Schülern, Eltern und Lehrpersonal war. Alison, Lindsey und ich setzten uns in eine der hintersten Reihen; wir fühlten uns etwas fehl am Platz bei einer Feier, die ganz offensichtlich ein Gemeinschaftsereignis war. Lindsey hatte in letzter Minute entschieden, sich uns anzuschließen, sodass Chuck allein zu Hause blieb, um alles im Auge zu behalten.

Das stille Gemurmel einiger hundert Flüsterstimmen verstummte augenblicklich, als die Sargträger den braunen, lackierten Sarg nach vorn in die Aula rollten. Sobald die Sargträger Platz genommen hatten, betrat der Pfarrer, ein kantiger Mann, dessen Lippen zu einem ständigen Grinsen verzerrt schienen, das Podium. Ich war überrascht, als mir auf einmal bewusst wurde, dass ich noch nie zuvor auf einer Beerdigung gewesen war. Jeremy Miller, der vorn eingeklemmt zwischen Mutter und Schwester saß und bleich und ängstlich dreinblickte, würde diese Erfahrung mit in seine Jugend und sein Erwachsenendasein nehmen. Ich fragte mich, ob er dadurch eine Art größere Tiefe, eine

Art Weisheit oder Sensibilität erlangen würde, die mir noch immer fehlte, ob jeder Gedanke, den er fasste, jede Beziehung, die er einging, in gewisser Weise von der Trauer, die er jetzt durchlitt, geprägt sein würde. Auf einmal verspürte ich etwas, was ganz entfernt vielleicht eine Art Neid war, aber mein Unterbewusstsein verbannte dieses Gefühl rasch, bevor ich mich seiner schämen konnte.

»Der Herr ist mein Hirte, mir wird nichts fehlen«, begann der Pfarrer. Unwillkürlich sah ich, dass genau über dem Podium ein großes, dunkelblaues Banner mit einem Basketball hing, auf dem stand: »Carmelina Jaguars, 1998 State Champions.« Dann hielt der Pfarrer einen Augenblick inne und ließ seine Blicke durch die Aula schweifen, als versuchte er, zu jedem Einzelnen der Anwesenden Blickkontakt aufzunehmen. »Dieser Psalm Davids wird uns bei jeder Beerdigung vorgelesen«, fuhr der Pfarrer fort. »Er ist ein Psalm des Trostes, vielleicht aufgrund seiner bildhaften Sprache, vielleicht aber auch aufgrund seiner Vertrautheit. Indem wir diese vertrauten Worte bei Beerdigungen immer und immer wieder hören, erkennen wir, dass auch der Tod ein vertrautes Ereignis ist. Auch wenn er vielleicht tragisch ist, so ist er doch ein natürlicher Bestandteil des Lebens, und wir erkennen ihn als einen solchen an.«

Wieder hielt er einen Augenblick inne und starrte mit bedeutungsvollem Blick auf die erste Reihe, wo die Familienangehörigen Platz genommen hatten. »Aber wenn ich heute diesen Psalm lese, dann werde ich ihn nicht weiter als bis zu dieser ersten Zeile lesen. Denn ich glaube, dass genau dort, im allerersten Satz, ein Wort steht, das mir alles sagt, was ich über Peter Miller hören muss. ›Der Herr ist mein Hirte.‹ Das stimmt. Aber es ist ein Anthropomorphismus, eine Personifizierung des Herrn. Eine menschliche Eigenschaft wird hier Gott zugeschrieben. Wir tun dies in einem

Versuch, das göttliche Handeln des Herrn näher zu bestimmen, es irgendwie in eine Kategorie einzuordnen, die wir begreifen können. Und nun behaupte ich vor Ihnen, Peter Miller war ein Hirte, hier auf unserem Feld, und wenn ich ihn einen Hirten nenne, dann beziehe ich mich damit auf genau jene menschlichen Tugenden und Eigenschaften, die David dem Herrn zuschrieb, als er diesen Psalm verfasste.

Peter kümmerte sich um unsere kostbarste Herde, unsere Kinder. Wie jeder seiner Schüler und alle Eltern bezeugen können, war er so viel mehr als nur ein Englischlehrer. Für die Schüler der Volksschule Carmelina war er ein Magnet, der ihnen seine Liebe gab, seine Energie, seine Begeisterung und seine Zeit, weitaus mehr Zeit, als es die Pflicht von ihm verlangte. Als Aushilfslehrer hier an dieser Schule habe ich das Privileg genossen, mit Peter zusammenzuarbeiten, und ich kann mich nicht erinnern, dass er auch nur ein einziges Mal allein durch die Gänge dieser Schule schritt. Die Kinder strömten in Scharen zu ihm, ihrem Hirten, seiner Hilfsbereitschaft, seines Humors, seiner Kameradschaft wegen. Er gab jedem einzelnen Kind das Gefühl, etwas Besonderes zu sein, und ich weiß aus eigener Erfahrung, dass die Kinder die charakteristischen Spitznamen, die er möglichst vielen von ihnen gab, sehr zu schätzen wussten.« An dieser Stelle ging ein leises Murmeln durch die Reihen der Anwesenden, und als ich mich umblickte, sah ich, dass etliche Leute bei dieser Anspielung lächelten. »Wenn Peter einem Kind einen Spitznamen gab, dann konnte sich dieses Kind sicher sein, dass es seinen Platz in der Schule hatte, dass es in der schützenden Obhut des Hirten geborgen war, und seine Eltern wussten, dass der Beste von allen sich um die Herde ihrer Kinder kümmerte.«

Ich starrte auf den Sarg und versuchte, mir im Geist ein Bild von dem Mann zu machen, der da beschrieben wurde.

Nach dem Schniefen und Schluchzen zu urteilen, das ich überall, wohin ich auch sah, bemerkte, trafen die Worte des Pfarrers genau den richtigen Ton. Ich sah zu Alison hoch, die leise weinte und sich alle paar Sekunden mit einem Taschentuch die Augen abtupfte, und zu Lindsey, die gebannt auf Jeremy und Melody Miller starrte.

»Wenn ich an Hirten denke, so denke ich an Moses«, fuhr der Pfarrer fort, »der die Israeliten aus der Sklaverei und ins Gelobte Land führte. Als junger Mann wuchs Moses als ägyptischer Prinz auf, doch im geschäftigen Treiben der Großstadt konnte er keinen Frieden finden. Stattdessen floh er aus Ägypten und wurde Hirte in Midian. Erst dort, während er sich auf den Feldern um seine Herde kümmerte, konnte Moses Gott schließlich finden, als er ihm im brennenden Dornbusch erschien. Unser Peter, der in Manhattan geboren wurde und aufwuchs, verspürte dasselbe Bedürfnis, der Großstadt zu entfliehen und stattdessen hier oben auf dem Land Gott und Frieden zu finden. In Carmelina kümmerte sich Peter um seine Herde, genau wie Moses es in Midian tat, und ich denke, er konnte sich glücklich schätzen, seinen brennenden Dornbusch gefunden zu haben. Ihn zu kennen, das hieß, einen Mann zu kennen, der rundum zufrieden war, einen liebevollen Ehemann und Vater, einen großartigen Freund, einen gottesfürchtigen Mann, dessen hohes Maß an Intelligenz ihn nicht komplizierter machte, wie es bei so vielen Leuten der Fall ist. Er besaß die Weisheit, sein Leben zu vereinfachen, um seine Welt besser schätzen zu können und seiner Familie, seinen Freunden und der ganzen Gemeinde besser dienen zu können. Und wenn sein Hinscheiden auch tragisch ist, so können wir doch ein gewisses Maß an Trost aus der Tatsache schöpfen, dass Peter Miller als glücklicher Mann gestorben ist. Als ein Mann, dem mehr Segnungen beschert wurden, als er zählen konnte, von seiner liebevollen Frau und schönen Kindern bis hin zu der Freundschaft und Bewunderung eines jeden der hier Anwesenden.«

Der Pfarrer hielt einen Augenblick inne, um jedem die Gelegenheit zu geben, all das, was er gesagt hatte, zu verdauen. Inzwischen hatte auch Lindsey Tränen in den Augen, und als ich mich in der Aula umsah, war es nicht leicht, überhaupt ein Auge zu entdecken, das trocken geblieben war. »Ich möchte nun gern Mark Miller, Peters älteren Bruder, bitten, ein paar Worte zu sprechen.«

Die Trauerfeier dauerte noch etwa eine halbe Stunde an, dann wurde der Sarg ins Freie gerollt, gefolgt von den Trauernden. Ich sah, wie Jeremy seine Blicke über die Menge schweifen ließ, während er dem Sarg folgte, und sah mich auf einmal außerstande, seinen Blick zu erwidern. Beschämt, aus Gründen, die ich selbst nicht begreifen konnte, sah ich auf meine Schuhe, bis er vorbeigegangen war.

Die Fahrt nach Hause verlief in gedämpftem Schweigen. Unwillkürlich musste ich an Hirten denken. Und an Lastwagen. Lastwagen konnten aus dem Nichts auftauchen und dein Leben beenden, ganz gleich, wo du warst oder was du gemacht hast. Ich versuchte mir Peter Miller vorzustellen, wie er auf einer weitläufigen grünen Weide sitzt, in einem weißen Gewand und mit seinem Hirtenstab, und wie plötzlich, aus heiterem Himmel, ein achtzehnrädriger Lastwagen Schafe aus seiner Bahn nach links und rechts schleudert, während er genau auf ihn zusteuert. Und aus der Miene in seinem Gesicht, als der Lastwagen auf ihn zurast, spricht schiere Verzweiflung. Über das Universum, über Gott, über das Leben. Denn wenn ein Hirte auf einem Feld nicht sicher vor den grausamen Launen des Schicksals ist, wer zum Teufel ist es denn dann? »Meint ihr, dass er geraucht hat?«, fragte ich laut von der Rückbank.

»Was?«, fragte Alison, die am Steuer saß.

»Peter Miller. Meint ihr, er war ein Raucher?«

Alison warf mir im Rückspiegel einen stirnrunzelnden Blick zu. »Ich weiß nicht«, sagte sie. »Warum?«

»Ich möchte wetten, er hat nicht geraucht«, murmelte ich.

Lindsey, die auf dem Beifahrersitz saß, warf mir einen perplexen Blick zu. »Was faselst du da?«

»Wir könnten alle morgen sterben«, sagte ich düster. »Jeder von uns. Wir könnten alle jederzeit sterben.«

»Dafür sind Beerdigungen da«, sagte Lindsey. »Um über die eigene Sterblichkeit nachzudenken.«

»Die Sterblichkeit, die uns bevorsteht«, sagte ich. »Sie kommt. Peter Miller ist die statistische Anomalie, die sie bestätigt.«

»Was meinst du damit?«

»Ich meine, er war doch wirklich der Letzte, der auf diese Weise hätte sterben sollen. Er hat die Großstadt verlassen und ist in eine sichere kleine Gemeinde in den Bergen gezogen. Was meint ihr wohl, wie hoch die Verbrechensquote in Carmelina ist? Vermutlich niedriger als in jedem beliebigen Wohnblock in New York. Er war Lehrer und Vater, führte ein stilles, risikofreies Leben in einer stillen, risikofreien Gemeinde.« Ich dachte einen Augenblick lang darüber nach. »Ausgeschlossen, dass er geraucht hat«, sagte ich.

»Und du willst damit sagen …?«

»Er ist trotzdem gestorben, einen entsetzlichen, gewaltsamen Tod. Was bedeutet, dass niemand davor gefeit ist. Jeden Morgen wachen wir auf und nehmen an, es ist einfach ein neuer Tag einer langen Reihe von Tagen. Aber jeder von diesen Tagen könnte es sein.«

»Warst du schon auf vielen Beerdigungen?«, fragte Alison.

»Das hier war meine erste.«

»Ein Schock.«

Eine Zeit lang sprach keiner ein Wort. Das Wetter passte sich der Stimmung an, in der wir uns befanden, mit dichten grauen Sturmwolken, die den Himmel völlig verdeckten. »Es ist nur, man bemüht sich so sehr, alles richtig zu machen, wisst ihr?«, sagte ich. »Sein Leben an jenen Punkt zu bringen, den man sich im Kopf vorgestellt hat, und sich zu sagen, wenn ich es bis dorthin schaffe, dann werde ich glücklich sein. Ihr werft mir alle vor, dass ich in der Vergangenheit lebe, aber die Wahrheit ist, dass ich dreißig Jahre alt bin und noch immer erwarte, dass die Zukunft mir irgendwann aus der Patsche hilft. Und das ist Blödsinn. Man kann über Jahre hinweg auf irgendetwas hinarbeiten und dann sterben, bevor man es erreicht hat, also was soll das alles dann?«

»Weil du es vermutlich nicht tun wirst«, fauchte Lindsey mich an. »Die Wahrscheinlichkeit ist ziemlich groß, dass du neunzig werden wirst, was eine ziemlich lange Zeit ist, um sie unglücklich zu verbringen. Peter Miller ist vielleicht tot, aber sieh dir doch bloß an, auf wie viele Leute er eingewirkt hat, bevor er gestorben ist. Er hat in der Gegenwart gelebt. Du machst dir Sorgen, dass du deine Zeit mit dem Versuch verschwenden könntest, etwas zu erreichen, wenn du doch schon morgen sterben könntest. Du solltest dich darum kümmern, dass du dein Leben so rasch wie möglich auf die Reihe bekommst, damit du, falls du jung sterben solltest, wenigstens gelebt hast. Du bist jung, du bist gesund …«

»Gesundheit«, sagte ich, »ist lediglich die langsamste Methode zu sterben.«

Lindsey drehte sich auf ihrem Sitz um und funkelte mich

böse an. »Halt den Mund, Ben«, sagte sie. Ich tat es, für eine Minute.

»Ich gebe dir ja Recht«, sagte ich versöhnlich. »Es ist nur, du weißt schon, ich musste einfach über ihn nachdenken. Er war nur sechs oder sieben Jahre älter als ich, und sieh doch bloß, was er alles für sich aufzuweisen hatte, all die Menschen, denen er etwas bedeutete, die ihn vermissen werden. Wenn ich morgen sterbe, ich glaube, dann könnte ich keine drei Reihen in der Kirche füllen.«

»Na ja, du bist ja auch jüdisch«, sagte Alison lächelnd.

»Du weißt, was ich meine.«

Ohne sich umzuwenden, streckte Lindsey eine Hand nach hinten aus und griff nach meiner. »Na ja«, sagte sie. »Ich denke, du kannst einfach noch nicht sterben.« Ich hielt Lindseys Hand fest und fragte mich, ob die sanften Schwingungen, die ich in unseren aneinander liegenden Handflächen verspürte, aus unserem Inneren kamen oder ob es die Welt war, die zitterte, während wir uns völlig still verhielten.

In der Stadt legten wir einen kurzen Zwischenstopp ein, um unsere Essensvorräte aufzustocken und eine Zeitung zu kaufen. Es überraschte mich, dass es in keinem der stummen Zeitungsverkäufer *The New York Times* gab. Lindsey sagte, alle New Yorker würden denselben Fehler begehen, anzunehmen, dass New York Amerika sei, was schon ironisch ist, wenn man einen Blick auf die Landkarte wirft. Wir entschieden uns für eine *USA Today*. Der Artikel über Jack war dankenswerterweise kurz, irgendetwas zwischen einem Artikel und einer Randnotiz. Jack Shaw galt als vermisst, die Polizei war beunruhigt, aber niemand ging von einem Gewaltverbrechen aus.

Kurz nachdem wir von der Beerdigung zurückkamen, warf ich in der Auffahrt Körbe, als Jeremy aus seinem Haus kam, um mit Taz rauszugehen. Nach den vielen Autos zu urteilen, die in der Auffahrt der Millers und auf der Straße vor dem Haus parkten, war immer noch eine große Trauergesellschaft versammelt. Jeremy trug immer noch Anzug und Krawatte, wodurch er, zusammen mit der feierlichen Miene und dem sorgfältig gekämmten Haar, aussah wie ein trauriger kleiner Mann. Ich fühlte mich immer schon auf eine unbeholfene Weise außerstande, mit Trauernden umzugehen oder auch nur Blickkontakt zu ihnen aufzunehmen, als würde alles, was ich sagte oder tat, ein Eingriff in ihre persönliche, schmerzliche Erfahrung sein. Also lächelte ich Jeremy nur kurz zu und wandte mich dann rasch um, um meinen eigenen Rebound aufzufangen. Der Himmel sah noch immer bedrohlich aus, von dunklen Wolken verhangen, und die Luft war erfüllt von dem schweren Versprechen eines Gewitters, doch der Regen ließ noch auf sich warten.

»Ich habe dich heute bei der Beerdigung gesehen«, sagte Jeremy.

»Ja.«

»Warum bist du hingegangen?«, fragte er. »Du hast meinen Dad doch gar nicht gekannt.«

»Das stimmt«, sagte ich. »Aber weißt du, bei einer Beerdigung geht es nicht nur um den Menschen, der gestorben ist. Es geht auch um die Leute, die hinterblieben sind.«

»Du meinst meine Familie?«

»Ja.«

»Aber die kennst du doch auch nicht«, stellte er fest.

»Ich kenne dich«, sagte ich.

»War das Mädchen, mit dem du da warst, deine Freundin?«, fragte er.

»Was?«

»Das Mädchen, mit dem du zusammen warst, neben Alison. Ist das deine Freundin?«

»Das, mein Freund, ist eine sehr gute Frage«, sagte ich.

»Na ja«, sagte er, schnappte sich den Ball von mir und dribbelte mit ihm für einen Korbleger nach vorn. »Und wie heißt die Antwort?«

»Das ist nicht ganz so einfach«, sagte ich.

»Oh.« Er warf noch einen Korbleger.

»Musst du denn nicht ins Haus zurück?«, fragte ich.

Er warf einen Blick in Richtung Haus, und zum ersten Mal konnte ich die Trauer in seinen Augen wirklich erkennen. Taz schien die Trübsal des Jungen zu spüren und sprang auf die Auffahrt hinaus, nicht gewillt, von seiner Seite zu weichen. »Im Moment ist mir nicht danach, dort hineinzugehen«, sagte Jeremy und ließ den Ball zwischen den Fingern rollen.

»Das kann ich dir nicht verübeln«, sagte ich. »Nach allem, was auf der Beerdigung gesagt wurde, muss dein Dad ein wirklich toller Typ gewesen sein.«

»Ja.«

»Es tut mir Leid, dass ich ihn nie kennen gelernt habe«, sagte ich.

»Das ist ein cooles Shirt«, erwiderte Jeremy.

Ich trug ein *Star-Wars*-T-Shirt aus einer Sammlerauflage, auf der der Künstler alle Charaktere vor dem Hintergrund eines größeren, durchscheinenden Porträts von Darth Vaders Gesicht abgebildet hatte. »Magst du *Star Wars*?«, fragte ich ihn.

»Ja. Wir haben alle drei Filme auf Video. Die neuen Versionen.«

»Ich auch«, sagte ich.

»Hat dir *Die dunkle Bedrohung* gefallen?«, fragte er mich.

Ich schwieg einen Augenblick, bevor ich antwortete. Es

stand außer Frage, dass ich von dem Film enttäuscht gewesen war. Er war mir vorgekommen wie ein überdrehter Zeichentrickfilm, der nichts von dem Zauber der ersten drei enthielt. Aber wenn der Film für Jeremy in etwa das getan hatte, was *Star Wars* für mich getan hatte, als ich in seinem Alter war, dann wollte ich ihm das nicht kaputtmachen. »Es fällt mir schwer, mich an all die neuen Charaktere zu gewöhnen«, sagte ich schwach. »Was meinst du?«

»Mir hat es gefallen«, sagte er mit einem Schulterzucken. »Aber die ersten drei haben mir besser gefallen.«

Es gab also doch noch Hoffnung.

»Ich war ungefähr so alt wie du, als *Star Wars* in die Kinos kam«, sagte ich zu ihm. »Es wurde mein absoluter Lieblingsfilm.«

»Für meinen Dad auch.«

»Hey«, sagte ich. »Warte einen Augenblick hier, okay?«

»Okay.«

Ich rannte ins Haus und kam eine Minute später mit der Darth-Vader-Maske wieder.

»Cool«, sagte Jeremy, während er sie durch seine Hände gleiten ließ. Es gefiel mir, dass er sich das mit Gummi überzogene Plastikteil an die Nase hielt, um an der Maske zu riechen. Er zog sie sich über den Kopf und stieß ein paar schwere, keuchende Laute aus. »Darth Vader«, sagte er, wobei er versuchte, seiner Stimme einen leisen, bedrohlichen Klang zu geben. Mir ging ein Stich durchs Herz, vielleicht aus Mitleid für den Jungen, vielleicht aber auch, weil es mir Leid tat, nicht mehr so wie er zu sein. Ein dicker Regentropfen fiel oben auf die Maske und verschwand unter der Vorderkante, genau über den schwarzen Styrolaugen. Als Jeremy die Maske abnahm, hatte sich sein Haar statisch aufgeladen, und hauchdünne Strähnchen schwebten um seinen Kopf wie ein blonder Heiligenschein.

»Du kannst die Maske behalten«, sagte ich.

Er sah mich an. »Wirklich?«

»Na klar.«

»Vielen Dank«, sagte er und meinte es ernst. »Das ist toll.«

Hinter ihm fiel eine Tür mit einem lauten Knall ins Schloss, und seine Mutter trat auf die Terrasse hinaus. »Jeremy«, rief sie. »Kommst du jetzt bitte rein, Schatz? Es wird gleich in Strömen gießen.«

Taz erhob sich, schüttelte sich und sah fragend zu Jeremy hinüber. Ich sah über den Vorgarten zu Ruthie hinüber, und auf einmal kam ich mir dämlich vor, wie ich dort draußen mit Jeremy stand, mit dem Basketball, der Maske und meinem T-Shirt. Sie war eine trauernde Frau, und ich war ein zu groß gewordenes Kind. Ich winkte unbeholfen, und sie winkte zurück, mit der sanften, leisen Geste eines Menschen, der sich nicht ganz sicher ist, dass die Welt um ihn herum immer noch aus denselben Dingen besteht wie gestern.

»Ich muss los«, sagte Jeremy.

»Na, mach schon«, sagte ich zu ihm. »Wir sehen uns.«

»Ja.« Er wandte sich zum Gehen, und dann drehte er sich noch einmal zu mir um. »Bist du sicher, dass ich die Maske haben kann?«, sagte er.

»Eindeutig«, sagte ich. »Ein Mann in meinem Alter sieht nicht besonders intelligent aus, wenn er allzu viele Spielsachen hat. Das macht die Leute irgendwie verlegen.«

Er lächelte mir zu, mit einer aufrichtigen Miene, aus der mehr Verständnis zu sprechen schien, als es eigentlich der Fall sein sollte. »Danke, Ben«, sagte er und wandte sich zu seiner Mutter um.

»Hey, Jeremy«, sagte ich leise, sodass sie es nicht hören konnte.

»Ja?«

»Möge die Macht mit dir sein.«

23

Der Regen auf dem Land hat etwas, was ich als zutiefst befriedigend empfinde. Der Regen in den Catskills macht keine halben Sachen. Er fällt härter und heftiger als in der Großstadt, da es hier nur wenig betonierte Infrastruktur gibt, die seine Entladung absorbieren kann. Die Bäume zischeln unter dieser Sintflut, und es kommt einem vor, als würden sämtliche Blätter auf einmal mit einem Seufzer ihren Durst löschen, unterbrochen lediglich vom Geräusch des Donners, dessen Echo kraftvoll über den Himmel hallt und an den Fenstern rüttelt. Man ist eins mit den Bäumen und dem Gras, Teil eines lebendigen Teppichs, ganz anders als in der Stadt, wo man allein und abgeschnitten ist. Lindsey und ich trugen zwei Stühle auf die Veranda und setzten uns schweigend, sahen dem Regen zu und hielten nach Blitzen über dem See Ausschau. Es war die erste stille Zeit, die wir zusammen verbrachten, seit wir zwei Tage zuvor jenen unseligen Spaziergang durch die Stadt unternommen hatten.

»Tut mir Leid, das mit dem Streit neulich«, sagte sie und legte mir eine Hand auf den Arm. »Ich hab einfach überreagiert.«

»Mein Gott, das scheint schon eine Ewigkeit her zu sein«, sagte ich. »Es war meine Schuld. Denk gar nicht mehr dran.«

»Seitdem bist du die ganze Zeit auf Distanz zu mir gegangen.«

»Das war nicht meine Absicht.«

Wir saßen ein paar Augenblicke da, und dann griff sie nach meiner Hand, und ich sah zu, wie unsere Finger ineinander glitten. Ich spürte, wie ich leise zitterte, und mir wurde bewusst, dass ich trotz der Ablenkungen der vergangenen Tage noch immer ernsthaft deprimiert von dem war, was sie gesagt hatte, und darüber, wie es uns zurückgelassen hatte. Ich machte den Mund auf, um etwas anderes zu sagen, aber dann zwang ich mich, zu schweigen, ihre Hand zu halten, auf den Regen zu lauschen und für den Augenblick zu leben. Und das tat ich auch.

Etwa eine Stunde später rissen die Wolken auf, und der Himmel ließ sich wieder blicken. Ich nahm Lindsey mit hinunter an den See, um ihr die Gänse zu zeigen. Die Sonne verschwand in diesem Augenblick hinter den Bäumen und warf ein schimmerndes Glitzern auf die regennassen Blätter und blutende, karmesinrote Streifen in die niedrigen Wolken am Horizont. Die stille, dunkle Wasseroberfläche des Sees spiegelte den Sonnenuntergang perfekt wider. Wir saßen auf der Bank, mein rechtes Knie gegen ihr linkes gedrückt, und beobachteten, wie die Gänse die letzten Verrichtungen des Tages erledigten. Einige jagten immer noch nach Nahrung, die Hinterteile komisch in den Himmel gereckt, während sie die Köpfe untertauchten. Die meisten von ihnen suchten sich jedoch bereits Stellen am Ufer, an denen sie für die Nacht Unterschlupf finden konnten. Sie schwammen ans Ufer und sprangen dann flügelschlagend an Land. Das flatternde Geräusch ihrer Flügel klang wie ein geballter Windstoß, kraftvoll und elementar.

»Es ist ein solch schlichtes Dasein«, sagte Lindsey bewundernd. »Sie wachen mit der Sonne auf, und sie legen sich mit der Sonne schlafen.«

»Und dazwischen tun sie nichts als schwimmen, fressen und sich ausruhen«, sagte ich.

»Nicht gerade eine komplizierte Lebensweise.«

»Du klingst, als ob du sie beneidest.«

»Das tue ich auch.«

»Machst du dir Sorgen?«, fragte ich sie. »Wegen dieser ganzen Geschichte mit Jack, nachdem sie jetzt öffentlich bekannt geworden ist?«

Sie dachte eine Minute darüber nach. »Eigentlich nicht. Ich denke bloß, es wäre irgendwie schon absurd, wenn wir alle im Knast landen würden, verstehst du? Wer würde denn schon seine Zeit damit verschwenden, uns in den Knast zu stecken?«

»Ich weiß nicht«, sagte ich. »Ich meine, ich kann einfach nicht glauben, dass Jack uns aus freien Stücken verklagen würde ...«

»Ach, mach dir deswegen keine Sorgen«, sagte sie und beugte sich näher zu mir herüber. »Es ist doch viel zu schön hier, um jetzt über all das nachzudenken.«

»Was glaubst du, wie es Alison geht?«, fragte ich.

»Sie scheint okay zu sein. Ich glaube, es tut ihr gut, hier oben zu sein. Und ich weiß, es klingt scheußlich, aber ich glaube, diese Beerdigung war gar nicht schlecht für Alison, weißt du? Es hat sie für eine Weile von Jack abgelenkt.«

»Der arme Junge. Das hat er nicht verdient.«

»Jack?«

»Jeremy.« Ich erzählte ihr von meinem Gespräch kürzlich mit ihm.

»Diese Art, auf die du Kinder magst, fand ich schon immer toll«, sagte sie. »Weißt du, ich überlege, ob ich nicht wieder als Lehrerin arbeiten sollte.«

»Wirklich?« Ich sah sie an. »Das ist ja großartig.«

»Na ja, ehrlich gesagt, habe ich es mir schon fertig überlegt. Ich habe mich schon entschieden.«

»Das freut mich«, sagte ich. »Du bist doch gern Lehrerin.«

»Ich nehme an, ich möchte auch ein Hirte sein«, sagte sie

und lächelte, sodass die Linien ihrer Wangen perfekte Parenthesen um ihren Mund bildeten.

Wir standen auf und spazierten gemächlich am See entlang, wobei wir Acht gaben, keine der schlummernden Gänse zu erschrecken. Immer wieder warf ich einen verstohlenen Blick auf Lindseys Profil und betrachtete, wie das Kirschgloss auf ihren Lippen so perfekt mit den reinen weißen Zähnen harmonierte, wenn sie den Mund aufmachte, um die kühle Luft einzuatmen.

»In deiner Hochzeitsnacht habe ich geweint«, sagte sie auf einmal, ohne Vorwarnung.

»Wie bitte?«

»Du willst, dass ich so etwas noch ein zweites Mal sage?«

»Warum hast du mir das nicht schon früher erzählt?«

»Es ist schlechter Stil, einem verheirateten Mann zu sagen, dass man noch nicht über ihn hinweg ist«, sagte sie mit einem sardonischen Grinsen.

»Selbst wenn du weißt, dass er nie über dich hinwegkommen wird?«

Sie blieb stehen und wandte sich zu mir um. »Was hättest du denn getan, Ben? Ehrlich.«

Ihr Gesicht war von der kalten Luft rosig verfärbt, und als ich sie ansah, umrahmt von den Bäumen und hinter sich das Wasser, da wusste ich, dass ich immer in sie verliebt sein würde. Es war eine Kraft, die mit jenem schlagenden Geräusch der Flügel der Gänse durch meine Adern strömte. »Ich hätte genau das getan, was ich getan habe«, sagte ich. »Ich hätte all meine Energie darauf verwendet, jemanden zu lieben, der nicht du ist. Ich hätte vergeblich versucht, jeden Tag aufs Neue, nicht an dich zu denken, und an das, was hätte sein können. Was hätte sein sollen. Ich hätte versucht, mir einzureden, dass es so etwas wie wahre Liebe nicht gibt, bis auf die Liebe, die man selbst in die

Hand nimmt, auch wenn ich es besser wusste. Ich hätte Sarah vertrieben, indem ich auf eine erbärmliche Weise so getan hätte, als sei es schon okay für mich, dass sie nicht du ist, wie ich es getan habe, und wir hätten uns letztendlich rasch wieder scheiden lassen, wie wir es getan haben.«

»Du hast dich meinetwegen scheiden lassen?«

»Na ja, deinetwegen, aber versteckt unter einem ganzen Bündel anderer Gründe. Im Grunde genommen hatte ich noch nie die Absicht, irgendjemanden zu heiraten, der nicht du ist.«

Sie lächelte traurig. »Genau das dachte ich auch, als ich erfuhr, dass du heiratest.«

»Na ja, nachdem du gegangen warst ...«

Lindsey sah auf ihre Schuhe hinunter, während wir weitergingen. »Ich habe dieses eine Problem«, sagte sie. »Ich misstraue instinktiv jeder Situation, die allzu gut zu klappen scheint. Ich habe keine Ahnung, woher ich das habe, aber ich denke, es hat viel damit zu tun, weshalb wir uns getrennt haben. Irgendetwas in mir rebellierte einfach gegen die Vorstellung, dass es wirklich so leicht sein könnte, den Richtigen zu finden. Es ist, als ob ich eine Filmkritikerin bin, die einen Film über ihr eigenes Leben sieht, und wenn der Plot zu einfach ist, dann ist der Film eben unglaubwürdig.« Sie lachte leise, fast in sich hinein. »Und als du das Thema vor ein paar Tagen zur Sprache gebracht hast, da war es genau dasselbe. Ich war so von Reue erfüllt, so sicher, dass es mit uns beiden für immer aus und vorbei ist, und dann, auf einmal, treffen wir uns entgegen aller Wahrscheinlichkeit hier wieder, sechs Jahre später, bei einer zweiten Chance. Es schien einfach alles zu leicht zu klappen, um wahr zu sein.«

»Komm schon«, sagte ich und wandte mich zu ihr um. »Du musst nur an die richtigen Filme denken. Komplexe

Plots sind vielleicht wichtig für Oliver Stone oder Quentin Tarantino, aber die romantischen Komödien sind nie allzu kompliziert. Wenn es ein Rob-Reiner-Film mit Meg Ryan und Tom Hanks wäre, dann würden die Kritiker sagen, dass es schon jetzt viel zu kompliziert ist.«

»Ich weiß«, sagte sie, und zu meiner Überraschung sah ich, dass sie den Tränen nahe war. »Es tut mir Leid. Wegen allem.«

»Hör mal, du hast einfach getan, was du tun musstest. Ich habe dir deswegen nie Vorwürfe gemacht.«

»Nein«, sagte sie und rieb sich mit den Spitzen der Zeigefinger die Augenwinkel. »Du hast dir davon nur deine Ehe kaputtmachen lassen.«

»Hey, das war doch alles Teil des Plans.«

»Ach ja? Und wohin hat dich das gebracht?«

»Hierher«, sagte ich. »Genau zu diesem Augenblick. Mein ganzes Leben, meine Scheidung, meine Schlaflosigkeit, Jacks Drogenproblem, all das hat mich genau hierher gebracht, an diesen See, zu diesem Augenblick mit dir.«

Wir standen da und sahen uns an, und der Planet drehte sich ein bisschen schneller. Es war, als hätten wir einen Tagtraum betreten und ihn mit Gewalt schärfer eingestellt. Ich spürte, wie die Kraft dessen, was ich soeben gesagt hatte, mit der Kraft der Berge um uns herum verschmolz und die Luft statisch auflud. »Das hier ist einer dieser Momente im Leben«, sagte ich zu ihr, »in denen man weiß, dass man einen dieser Momente im Leben erlebt.«

»Ich liebe dich, Ben«, sagte sie und lachte, während ihr die Tränen in die Augen traten. »Wirklich.« Obwohl ich mir nicht bewusst war, dass sich einer von uns bewegt hatte, schienen wir einander auf einmal viel näher zu sein.

Ich wollte ihr sagen, dass ich sie auch liebte, aber noch bevor ich es konnte, lag sie schon in meinen Armen und küsste mich so innig und heftig, dass ich fast umkippte. Sie wusste es sowieso schon. Lindsey küsste mich, nahm mich gefangen, dann zog sie mit ihrer Zunge, drückte mit weichen, vollen Lippen auf meine, verzehrte mich. Das war, denke ich, etwas, was man nicht erlernen konnte. Als dieser erste Kuss zu Ende ging, spürte ich, wie meine Knie zitterten, als hätte ich ein Wettrennen gelaufen. Ich bebte.

Ich holte einmal tief Luft und sagte: »Heißt das jetzt, dass du meine Freundin bist?«

Als wir die Treppe hochkamen, sahen wir Chuck vor Jacks Zimmertür ausgestreckt auf dem Boden liegen, in Boxershorts und einem *Blue-Angel*-T-Shirt, während er laut die Zeitung las. Der Boden rings um ihn herum war übersät mit weggeworfenen Zeitungsteilen, neben einer Schachtel Entenmann's Pop 'Ems und einer Flasche Bushmills. »Hey, Leute«, begrüßte er uns mit einem onkelhaften Lächeln trunkenen Wohlwollens, als wir uns näherten. »Willkommen zu diesem Programm.«

»Was machst du denn da?«, fragte ich.

»Ich leiste Jack Gesellschaft«, sagte Chuck und deutete mit einer übertriebenen Geste auf die abgeschlossene Tür. »Wir unterhalten uns schon den ganzen Tag.« Kleine Bällchen aus grauem Teppichstoff hatten sich in den Bartstoppeln auf seiner Wange verheddert.

»Hat er dir denn geantwortet?«, fragte Lindsey.

»Nicht direkt«, räumte Chuck ein, bevor er einen großzügigen Schluck Bushmills aus der Flasche nahm. »Er ist mein imaginärer Freund. Aber ich war den ganzen Tag allein hier, während ihr euch draußen amüsiert habt …«

»Wir sind zu einer Beerdigung gefahren, falls du das vergessen hast.«

»Wie auch immer.« Ich sah, dass er etwa ein Viertel des Whiskeys in der Flasche geleert hatte. »Die Sache ist die, ich wollte mit jemandem reden, und ich dachte, Jack könnte die Gesellschaft gebrauchen. Ich glaube, wir sind uns ein ganzes Stück näher gekommen.«

»Wo ist Alison?«

»Schläft.«

Ich wollte schon etwas in der Richtung sagen, dass es vielleicht noch ein bisschen früh am Tag sei, um zu trinken, aber Lindsey zerrte mich inständig zu meinem Schlafzimmer. »Wir werden euch beide allein lassen«, sagte sie und trat die Schlafzimmertür auf.

»Okay«, sagte Chuck, der sich etwas benebelt anhörte. Er raschelte theatralisch mit der Zeitung. »Hey, Jack, wo war ich stehen geblieben? Äh … scheiß drauf, ich werd dir den Sportteil vorlesen.«

Wieder mit Lindsey zu schlafen, das war das süßeste aller Paradoxa, herzzerreißend vertraut und aufregend neu zugleich. Der Geschmack ihrer Haut, die Wölbung ihrer Brüste, der Geruch ihrer Kopfhaut, der sanfte Druck ihrer Lippen, all diese Empfindungen waren mir vertraut, und doch kam es mir vor, als würde ich sie alle zum ersten Mal verspüren. Es war, als würde man in das Haus zurückkehren, in dem man aufgewachsen ist, und es völlig unverändert vorfinden, und doch auf eine unerklärliche Weise neu, weil das eigene Gedächtnis, außerstande, sich jedes winzige Detail einzuprägen, es im Geist verallgemeinert hat. Immer wieder unterbrach ich einen Kuss, um sie zu betrachten, nachdem ich sie nun endlich wieder ansehen konnte, ohne etwas verheimlichen zu müssen. Es war eine sanfte Wiedervereinigung, langsam und leicht, nicht erschwert durch sexuelle Akrobatik oder andere vermeintliche Bekundungen von Leidenschaft.

Danach setzte ich mich aufrecht hin, mit dem Rücken gegen die Wand gelehnt, und zog sie in meinen Schoß, sodass ihr Rücken an meiner Brust lag und wir beide durchs Fenster beobachten konnten, wie die Abenddämmerung allmählich der Nacht wich und die Lichter rings um den See angingen. Ich lehnte meine Wange gegen ihre Schläfe und atmete ihren Geruch ein, als könnte ich mich damit anfüllen.

»Na ja«, sagte Lindsey und rieb über die Außenseite meines Oberschenkels. »Das war wohl unvermeidlich.«

»Ich weiß«, sagte ich. »Ich denke, ich habe immer gewusst, dass wir irgendwann wieder hier landen würden.«

»Ich auch«, sagte sie. »Können wir es diesmal behalten?«

»Machst du dir keine Sorgen, dass ich mich vielleicht nur über eine andere hinwegtrösten will?«

»Du hast geheiratet, um dich über eine andere hinwegzutrösten«, sagte sie, während sie ihr Gesäß gegen mich drückte. »Ich war deine erste Wahl.«

»Können wir denn keinen Spaß mehr zusammen haben, ohne alles kompliziert zu machen?«, fragte ich.

Sie verzog das Gesicht. »Hast du denn keinen Spaß?«, fragte sie anzüglich, während sie sich etwas fester gegen mich drückte.

»Äh, doch.«

»Klingt für mich ziemlich unkompliziert.«

»Ich liebe dich«, sagte ich und glitt mit den Händen unter ihren Armen hindurch, um ihre Brüste zu streicheln. Sie stöhnte leise und streckte sich, einer Katze ähnlich, um sich in der Berührung zu aalen.

»Ich weiß«, flüsterte sie. Und dann, mit einer athletischen Bewegung, drehte sie sich auf die andere Seite, sodass wir mit dem Gesicht zueinander dalagen, und küsste mich innig. Ich rollte sie auf den Rücken, und während ich ihren Nacken küsste, begriff ich, dass es doch auch einen Vorzug hatte, dreißig zu sein: Es ist ein Alter, in dem man vielleicht, nur vielleicht, anfangen kann, Dinge zu behalten.

Etwas später, während wir noch im Bett lagen und uns leise unterhielten, riss Chuck die Tür auf und steckte den Kopf ins Zimmer. »Hi, Leute«, sagte er. »Ich hab mich schon lange gefragt, wann ihr endlich zur Sache kommt.«

»Hi, Chuck«, sagte Lindsey lachend und zog das Bettzeug ein Stück hoch, um sich zuzudecken.

Er fasste das als Einladung auf und ließ sich aufs Bett plumpsen, sodass er genau zwischen unseren Füßen lag. »Vielleicht könnt ihr beide jetzt ja aufhören, euch bei den Mahlzeiten gegenseitig anzugaffen, wisst ihr? Ihr habt diese sexuelle Spannung ausgestrahlt, es war wie bei Mulder und Scully.« Er setzte sich aufrecht hin und schnüffelte an der Luft. »Ah«, sagte er. »Der Geruch von frischem Sex. Davon muss ich unbedingt auch etwas bekommen.« Er hatte noch immer ganz gut einen sitzen. Ich gab ihm unter der Bettdecke einen Tritt, sodass er vom Bett fiel. Er legte sich auf den Rücken und sah an die Decke, die Knie angewinkelt, als würde er gleich versuchen, ein paar Dehnübungen zu machen, bei denen man sich aus der Rückenlage aufrecht hinsetzen muss. »Jack sagt, er fühlt sich nicht besonders. Er hat mich gebeten, ihm ein paar Aspirin unter der Tür durchzuschieben.«

»Hast du's getan?«, fragte ich.

»Mir gefällt die Vorstellung nicht, ihm überhaupt irgendwelche Medikamente zu geben«, sagte Chuck. »Aber vermutlich hat er leichtes Fieber, was bei einem Kokainentzug ganz normal ist. Außerdem leidet er im Augenblick vermutlich unter Erschöpfung, auch genau das, was man erwarten würde, aber gegen das Fieber hilft ihm das natürlich nicht unbedingt. Am besten sollte ich zu ihm reingehen und ihn untersuchen. Er hat gesagt, er würde die Tür richten, damit ich zu ihm reinkommen kann.«

In diesem Augenblick steckte Alison den Kopf durch die Tür. »Hi, Leute«, sagte sie schläfrig, bevor sie die Szene bewusst zur Kenntnis nahm. »Oh!«

»Hey«, grüßte Chuck sie vom Boden aus.

»Na endlich«, sagte sie lächelnd, sprang zu uns aufs Bett und umarmte mich. Sie streckte eine Hand aus und fasste Lindsey am Arm. »Ich hab gewusst, ihr beide würdet es irgendwann wieder packen.«

»War das so offensichtlich?«, fragte ich.

»Äh, ja«, sagte Alison grinsend. Sie beugte sich vor, um einen Blick hinunter auf Chuck zu werfen. »Und was bist du, der Schiedsrichter?«

»Wir wollen zu Jack reingehen«, sagte Chuck und setzte sich auf. »Willst du mitkommen?«

»Und ob.«

»Okay«, sagte ich. »Könnt ihr beide uns eine Minute Zeit geben, bis wir uns angezogen haben?«

»Na klar«, sagte Chuck, ohne sich vom Fleck zu bewegen. »Lasst euch Zeit.«

»Komm schon, Chuck«, sagte Alison lachend und zog ihn aus dem Zimmer.

»Du meine Güte!«, protestierte er im Hinausgehen. »Ich bin Arzt. Meint ihr, ich hab noch nie eine nackte Frau gesehen?«

Lindsey rollte sich auf die Seite und küsste mich. »Wir machen später weiter«, sagte sie.

»Wann?«

»Ich weiß nicht. Was hast du in den nächsten vierzig bis fünfzig Jahren vor?«

»*Rocky II*«, nannte ich die Quelle des Zitats, während ich in meine Hose schlüpfte. »Als er Adrian im Zoo einen Antrag macht.«

»Eine meiner Lieblings-Filmszenen«, sagte sie, während sie sich die Bluse zuknöpfte.

»Also war das ein Antrag?«

»Noch besser«, sagte sie und strich sich rasch mit den Fingern das Haar zurecht. »Das war ein Versprechen.«

24

Jack zitterte am ganzen Körper. Sein Blick war eingefallen und verschwommen, seine Lippen trocken und aufgeplatzt, seine Gesichtsfarbe kreidebleich. Er warf uns ein blutarmes Lächeln zu, als wir eintraten, und fuhr dann mit dem fort, womit er beschäftigt gewesen war, nämlich schweißgebadet unter den Decken zu liegen und zu zittern. Im Zimmer roch es immer noch nach Rauch, der sich allmählich mit dem Geruch von Schweiß und Erbrochenem vermischte.

»O mein Gott!«, rief Alison aus, die fast über den zertrümmerten Fernseher stolperte, als sie losstürzte, um sich zu ihm auf das Schlafsofa zu setzen. Im Zimmer herrschte immer noch ein heilloses Durcheinander – kein Wunder angesichts von Jacks Wutanfall zwei Nächte zuvor und dem Feuer gestern Nacht. Sie legte ihm eine Hand auf die Stirn, und dann auf die Lippen, während sie ihm das schweißtriefende Haar aus der Stirn strich. »Er hat Fieber.«

Chuck kam mit einem angefeuchteten Handtuch aus

dem Bad, das er Jack auf die Stirn legte. »Ich sterbe, Mann«, sagte Jack und schloss die Augen, während ihm Wasserbäche über den Nasenrücken und die Augenbrauen rannen. »Gib mir etwas Aspirin.«

»Du stirbst nicht«, sagte Chuck. »Aber du bist unterernährt, und du hast ein leichtes Fieber.« Er wandte sich zu Lindsey und mir um. »Geht runter und macht ihm etwas Toast mit Eiern oder irgendwas Leichtes.« Er wandte sich wieder zu Jack um. »Du hast nicht viel gegessen, was?«

»Gib mir nur etwas verdammtes Aspirin, Mann«, sagte Jack. »Bitte.«

»Können wir ihm nicht welches geben?«, fragte Alison.

»Ich werde dir etwas Excedrin geben«, sagte Chuck. »Wenn ich gesehen habe, dass du alles auf deinem Teller aufgegessen hast.«

Wir setzten uns alle um Jack, während er sein Abendessen aß. Anfangs war er etwas zögerlich, sogar unwillig, aber der Duft von Lindseys hastig zubereitetem Käseomelette überwältigte ihn, und alsbald machte er sich gierig darüber her. Alison versuchte von Zeit zu Zeit, ihn zu bremsen, aber ihre Bemühungen blieben vergeblich. Innerhalb von fünf Minuten hatte Jack das Omelett, zwei englische Muffins mit Margarine und ein großes Glas Orangensaft verdrückt. Er lehnte sich zurück, stieß einen zufriedenen Rülpser aus, und Chuck brachte ihm ein Glas Wasser und drei Excedrins, die er sich in den Mund steckte und mit einem Schluck hinunterspülte.

»Danke fürs Abendessen«, murmelte er.

»Das ist das Mindeste, was ich tun kann, nachdem ich dich gestern mit einem Stromschlag außer Gefecht gesetzt habe«, sagte Lindsey. Jack warf ihr einen verwirrten Blick zu, und ich stellte zu meinem Entsetzen fest, dass er sich kaum noch, wenn überhaupt, an den Irrsinn der vergangenen Nacht erinnerte.

»Warum stellst du dich nicht unter die Dusche, Jack«, schlug Chuck vor. »Mach dich ein bisschen sauber.«

»Ja«, sagte ich. »Du riechst nach Scheiße.«

»Wir werden dir dein Bett frisch beziehen und hier ein bisschen aufräumen, während du dort drin bist«, sagte Alison.

»Na schön«, sagte Jack. Es war seltsam, ihn so gefügig zu erleben. Alle Feindseligkeit war aus ihm gewichen, ersetzt durch eine tranceartige Gleichgültigkeit uns allen gegenüber. Ich merkte, dass mir die Feindseligkeit lieber war.

Er schlug die Decken zurück, gab uns zu erkennen, dass er darunter splitternackt war. Er setzte sich auf, unbeeindruckt von der Tatsache, dass Alison abrupt die Luft anhielt und den Blick dann rasch senkte. Selbst in diesem mitgenommenen Zustand war Jacks Filmstarkörper immer noch der Inbegriff von schlanker Muskulatur, als er aufstand und auf das angrenzende Badezimmer zusteuerte. Während er ging, bemerkte ich zwei rötliche Punkte, wie ein Vampirbiss, an der Stelle, an der Lindseys Betäubungspistole in Kontakt mit seinem Rücken gekommen war. »Wohin willst du denn?«, fragte er Chuck, der ihm ins Bad folgte.

»Ich werde mich einfach dort hinsetzen, während du duschst«, sagte Chuck. »Du bist immer noch ziemlich geschwächt. Ich will schließlich nicht, dass du hinschlägst und dich verletzt.«

»Willst du meinen Schwanz halten, während ich pinkle?«

»Was immer Sie wünschen, Hollywood.«

»Na ja«, sagte ich, während die beiden ins Bad verschwanden. »Zumindest wissen wir jetzt, dass sich Jack nicht die Haare färbt.«

Alison, die bereits begonnen hatte, das Bett abzuziehen, schnaubte verächtlich. »Das ist nicht witzig«, sagte sie, wobei sie sich ein Lächeln nicht verbeißen konnte. »Und jetzt hol mir ein paar frische Betttücher aus dem Wäscheschrank, bevor ich irgendetwas auf dich werfe.«

Wir machten Jacks Zimmer sauber, kehrten die Asche und die Glasscherben zusammen und schleppten den etwas sperrigeren Schutt hinunter und brachten ihn in die Garage. Alison wechselte die Bettwäsche, während Lindsey die schmutzige Tupperware einsammelte, die rings im Zimmer verstreut lag. Etliche der Behälter enthielten immer noch das Essen, das wir ihm in den vergangenen drei Tagen gebracht hatten, und Packungen mit Aufschnitt lagen ungeöffnet an der Stelle, an der wir sie unter der Tür durchgeschoben hatten. Wir hatten angenommen, dass Jack schon etwas essen würde, wenn wir es ihm gaben. Wir hatten uns getäuscht.

Als Jack aus der Dusche kam, sah er wieder ein bisschen mehr wie er selbst aus. Er hatte noch immer einen Fünftagebart, da er sich schließlich nicht mehr rasieren konnte, seit wir ihn entführt hatten, aber sein Haar war um zehn Nuancen heller und legte sich als eine gesunde, goldblonde Mähne um seinen Kopf. Chuck lieh ihm einen frischen OP-Anzug, auf dem »Eigentum des Mt.-Sinai-Hospitals« stand, und Jack kletterte wieder ins Bett.

»Hasst du uns noch immer?«, fragte ich ihn.

»Ich weiß nicht«, sagte er, während er sich auf die Seite rollte. »Bin ich noch immer ein Gefangener?«

Wir sahen uns an und dann zu Chuck hinüber. »Lasst uns das doch morgen besprechen«, sagte Chuck.

»Wie ihr wollt«, sagte Jack.

»Ich bleibe heute Nacht hier bei dir, Jack«, sagte Alison.

»Nein, danke«, sagte Jack. »Ich bin lieber allein.«

»Bist du sicher?«

Jack wandte sich von uns allen ab. »Macht bitte das Licht aus, wenn ihr geht«, flüsterte er.

25

Ich konnte noch nie schlafen, nachdem ich mit einer Frau im Bett war. Wenn ich Sex hatte, war ich danach immer aufgedreht und auf eine unerklärliche Weise zappelig neben der schlafenden Gestalt meiner Partnerin. Es war schon erstaunlich, wie rasch ich mich nach der intimsten Form des Zusammenseins wieder allein fühlen konnte.

Nachdem wir Jack ins Bett gesteckt hatten, liebten Lindsey und ich uns noch einmal, diesmal mit etwas mehr Hingabe als an jenem Nachmittag. Bald danach schlief sie tief und fest, während ich, wie zu erwarten war, einen Marathon hätte laufen können. So begeistert ich auch davon war, wieder ein Bett mit ihr zu teilen, war ich doch viel zu aufgekratzt, um dort liegen zu bleiben.

Ich ging nach unten und sah mir das Ende der Spätnachrichten an. Sport und Wetter. Glücklicherweise hatte ich den Hauptteil der Nachrichtensendung verpasst, sodass ich an diesem Abend keine Leichenzählung vornehmen musste. Nach den Nachrichten schaltete ich zwischen *Baywatch* und einer Wiederholung von *Ein himmlisches Vergnügen* hin und her. Mir wurde bewusst, dass ich *Ein himmlisches Vergnügen* immer noch für neu hielt, obwohl es nun schon zehn Jahre alt war und inzwischen auf allen möglichen Sendern wiederholt wurde. Ich dachte an Lindsey, und ich betete, dass es diesmal für immer sein würde. Irgendwann nickte ich ein.

Das Geräusch der Kühlschranktür, die zufiel, weckte mich. Ich drehte mich auf der Couch um und sah eine schlanke Gestalt aus der Küche kommen.

»Wer ist da?«, flüsterte ich.

»Ich bin's nur.« Als die Gestalt näher kam, erkannte ich Jack.

»Was machst du denn hier unten?«, fragte ich ihn, nicht ganz wach. Im Halbdunkel sah es aus, als ob er kein Hemd trug.

»Schon gut«, flüsterte er. »Leg dich wieder schlafen. Ich musste nur was trinken.«

»Aber wie …?« Ich beendete die Frage nicht, denn ich schloss die Augen und wurde wieder von Schlaf übermannt. Nach, wie es mir vorkam, ein paar Sekunden schlug ich die Augen wieder auf, als würde ich mich plötzlich an irgendetwas erinnern, aber Jack war nicht mehr da, und ich fragte mich, ob er je da gewesen war. Ich schlief wieder ein und träumte, dass Jack in *Baywatch* war, dass er in seiner roten Rettungsschwimmer-Badehose über den Strand ging, die rote Schwimmweste über die Schulter geworfen. Ich saß in einem Liegestuhl am Meer und wartete, bis er näher kam, sodass ich ihn dazu beglückwünschen konnte, dass er in der Sendung war. Nach der Umkehrlogik von Träumen war ein Auftritt in *Baywatch* irgendwie eine größere Leistung als seine Kinokarriere. Als er an mir vorbeikam, rief ich ihm etwas zu, aber das Tosen der Brandung übertönte meinen Ruf, und er hörte mich nicht. Ich schrie seinen Namen noch einmal, aber seine Augen blieben fest auf irgendeinen Punkt in der Ferne vor ihm gerichtet, und ich konnte nur hilflos zusehen, wie er den Strand entlangschlenderte, bis er außer Sicht war. Aus irgendeinem Grund kam ich nicht auf den Gedanken, mich aus meinem Liegestuhl zu erheben und ihm zu folgen.

Am nächsten Morgen weckte mich Chuck, indem er mich ungeduldig an der Schulter rüttelte. »Er ist weg, Mann.«

»Was?« Ich drehte mich auf der Couch um, und mein Gesicht löste sich vom Leder wie ein Aufkleber von Wachspapier.

»Jack ist weg. Er ist nirgends hier im Haus.«

Selbst in meinem benommenen Zustand war ich nicht völlig überrascht. »Wie spät ist es?«

»Halb elf.«

»Wie hat er das denn geschafft?«, fragte ich, während ich mich aufrichtete und meine Arme nach hinten streckte. Als ich einen Blick aus dem Fenster warf, sah ich, dass es in Strömen regnete, und erst dann hörte ich auch das stete Trommeln von Wasser auf dem Dach.

»Er hat die Tür aus den Angeln gehoben.«

»Das kann nicht leicht gewesen sein«, sagte ich bewundernd. »Offenbar geht's ihm wieder besser.«

»Na ja, ich bin sicher, es geht ihm blendend«, sagte Chuck sarkastisch. »Im Augenblick dürfte er nämlich so high sein wie schon lange nicht mehr.«

»Vielleicht ist er nur spazieren gegangen. Um einen klaren Kopf zu bekommen oder so.«

Chuck zog die Augenbrauen hoch. »Ja, genau.«

»Weiß es Alison schon?«

»Sie sucht ihn draußen.«

»Wo?«

»Ich weiß nicht«, sagte Chuck seufzend. »Irgendwo. Sie fährt irgendwo durch die Stadt.«

»Wo ist Lindsey?«

»Schläft noch, nehme ich an. Ich dachte, du bist bei ihr, deswegen bin ich nicht zu euch reingegangen.«

»Das hat dich doch sonst nie abgehalten«, sagte ich, während ich aufstand, um mich zu strecken.

»Also«, sagte Chuck grübelnd. »Du gehst mit der Frau ins Bett, in die du seit Jahren verliebt bist, und dann beschließt du, heute Nacht ist vielleicht eine passende Nacht, um auf dem Sofa zu schlafen? Was ist los mit dir?«

»Ich bin ein bisschen komisch in der Hinsicht«, sagte ich und eilte die Treppe hoch, um Lindsey zu wecken. Doch noch bevor ich halb oben war, klingelte es an der Haustür. Ich wandte mich um und setzte mich auf die Treppenstufen, während Chuck die Diele durchquerte, um die Tür aufzumachen.

Es war Jeremy, in einer leuchtend gelben Regenjacke, die ihm vom Kopf bis zu den Knöcheln reichte. Ich musste an früher denken, wie es sich anfühlte, wenn man unter einer Plastikkapuze den Regen hörte, und ein Stich ging mir durchs Herz, ein Sehnen nach meiner Kindheit, an Zeltlager, bei denen ich die Wälder durchstreifte, allein in meiner Regenjacke, auf der Suche nach den Salamandern und Nacktschnecken, die während der Sommergewitter hervorgekrochen kamen.

»Hi, Jeremy«, sagte ich. »Was gibt's?«

»Ich kann die Darth-Vader-Maske nicht finden«, sagte er und schob die Kapuze zurück, um mich besser betrachten zu können. »Ich habe sie gestern Abend auf der Veranda liegen lassen, und jetzt ist sie weg. Hast du sie dir wieder genommen?«

»Nein, natürlich nicht«, sagte ich. »Vielleicht hat deine Mom sie mit ins Haus genommen.«

»Nein. Hat sie nicht.« Er blickte geknickt drein. »Ich wollte sie an Halloween tragen.«

»Hör zu«, sagte ich. »Ich komme ein bisschen später vorbei und helf dir suchen, okay?«

»Okay«, sagte er.

»Wie geht's deiner Mom?«, fragte ich.

»Geht so«, sagte er und wandte sich zum Gehen. Die Art, wie er es sagte, verriet mir, dass man ihm in letzter Zeit ein bisschen zu viel abverlangt hatte. »Sie sagt, ich muss bald wieder in die Schule gehen.«

»Tut mir Leid, das zu hören«, sagte ich.

Alison kam eine Stunde später wieder, beunruhigt und zerstreut. Inzwischen hatte ich Lindsey geweckt, die mich anlächelte und sagte: »Nach gutem Sex stehst du also immer noch auf und gehst. Wie lange bist du denn noch aufgeblieben?«

»Lange genug«, sagte ich und ließ mich neben ihr aufs Bett plumpsen. Sie schlang die Beine um mich, und ich drückte mein Gesicht in die Vertiefung ihres Schlüsselbeins. »Jack ist verschwunden.«

»Was?«

»Er hat letzte Nacht die Tür aus den Angeln gehoben und ist abgehauen.«

»Scheiße«, sagte sie.

»Ja.« Ich merkte, wie ich egoistischerweise an die Konsequenzen dachte, die Jacks Verschwinden für Lindsey und mich haben würde. Wenn Jack getürmt war, dann gab es für uns keinen Grund mehr, noch länger im Haus der Schollings zu bleiben. Wir würden alle zurück nach Manhattan fahren, jeder zu sich nach Hause, zu seinem Leben, und die Details und Banalitäten des Alltags würden uns allmählich still und heimlich wieder in Besitz nehmen. Ich wollte mich dem noch nicht aussetzen. Lindsey und ich waren eben erst geformt worden, und wir hatten noch keine Zeit gehabt, hart zu werden. Wir waren noch verletzlich. Ich wollte uns die schützende Privatsphäre der Berge und des Sees noch eine Zeit lang erhalten, bis wir uns besser definiert hatten.

Ich hatte eine Höllenangst vor der Wirklichkeit. Dass sie irgendwie anders sein könnte als das hier.

26

Ohne eine Vorstellung davon zu haben, wo wir auch nur anfangen sollten, nach Jack zu suchen, nahmen Chuck und ich den Taurus und fuhren in die Stadt, was uns eher das Gefühl gab, etwas zu tun, als wenn wir einfach nur dasaßen und warteten, ob Jack irgendwann wieder auftauchen würde – was wir daher Lindsey und Alison überließen. »Ich glaube, ich habe ihn gesehen«, sagte ich zu Chuck, der konzentriert über das Lenkrad in den Regen hinausstarrte.

»Was? Wo denn?« Er bremste unvermittelt ab.

»Nein, nicht jetzt. Ich glaube, ich habe ihn gestern Nacht gesehen.«

Er warf mir einen harten Blick zu. »Du hast gesehen, wie er gegangen ist? Warum hast du ihn nicht aufgehalten?«

»Ich hab auf der Couch geschlafen. Ich hab gedacht, ich träume.«

Chuck sah mich stirnrunzelnd an, dann hantierte er an den Scheibenwischern herum. »Na wunderbar«, sagte er.

»Vielleicht war es ja auch nur ein Traum«, sagte ich matt. »Ich bin mir nicht sicher.«

»Wie auch immer. Jetzt ist es ja sowieso hinfällig, denke

ich«, sagte er, aber es war nicht zu überhören, dass er stocksauer war.

Wegen des starken Regens lag die Main Street ziemlich verlassen da, aber wir fuhren sie trotzdem der Länge nach ab und beäugten jeden Menschen genau, den wir zwischen Gebäuden oder in parkende Autos huschen sahen. Jedes Mal, wenn wir an einem Restaurant oder Café vorbeikamen, hielt Chuck an und ich lief kurz hinein und sah mich um. Keiner von uns hegte ernsthaft die Hoffnung, wir würden irgendwann auf Jack stoßen, wie er gemütlich bei einem Sandwich und einem Kaffee in einer Nische saß, aber wie ich schon sagte, wir mussten eben irgendetwas tun. Nachdem wir die Main Street abgehakt hatten, begannen wir mit der Maple, überprüften jeden Laden und jede Seitengasse, aber von Jack fehlte jede Spur.

»Das ist doch reine Zeitverschwendung«, beschwerte sich Chuck, als ich zum vierzigsten Mal wieder in den Wagen stieg. »Er ist doch schon vor Stunden abgehauen. Inzwischen könnte er überall sein.«

»Hast du 'ne bessere Idee?«, fragte ich ihn, während ich mir das inzwischen durchnässte Haar aus dem Gesicht strich.

»Alles wäre besser als das hier«, murmelte er.

»Wenigstens bist du trocken«, sagte ich und wrang mein Hemd aus.

»Ja, na und.«

Ein paar Augenblicke lang fuhren wir schweigend. »Na schön«, sagte ich, während Chuck zackig in drei Zügen wendete und wieder die Maple hinunterfuhr. »Du bist Jack. Du bist eben aus dem Haus entwischt. Wo gehst du hin?«

»Wenn ich das wüsste, dann würde ich jetzt wohl kaum hier Runden drehen, oder?«, fauchte Chuck mich an.

»Entschuldige, aber was zum Teufel ist eigentlich dein Problem?«

Chuck hielt den Wagen an einer Ecke vor einem Bistro an und parkte. »Ich glaube, ich bin allmählich durch mit dem hier«, sagte er.

»Was meinst du damit?«

»Welches Wort hast du nicht verstanden? Ich meine, ich habe genug. Ich habe genug von ihm, von allem hier. Ich verschwinde.« Er sah mich an. »Das ist alles völlig außer Kontrolle geraten.«

»Ich versteh dich nicht. Du willst einfach aufgeben?«, fragte ich.

»Komm mir nicht mit diesem Scheiß, Ben«, sagte er wütend. »Das ist doch schon weitaus mehr als das, worauf wir uns eigentlich einlassen wollten.« Er wandte für eine Minute den Blick ab. »Ich meine, wie lange und zu welchen Kosten wollen wir denn noch versuchen, einem Junkie zu helfen, der sich nicht helfen lassen will?«

»Er ist unser Freund, Chuck. Aber vielleicht bedeutet dir das ja nichts.«

»Er ist ein Junkie!«, brüllte er. »Hör auf mit diesem selbstgerechten Gequatsche! Er kann alle Hauptrollen und Hollywood-Blowjobs haben, die er will, aber er ist immer noch ein gottverdammter Junkie, und so gern ich ihm auch helfen will, ich werde nicht zulassen, dass er neben seinem eigenen auch noch mein Leben zerstört.«

»Hör zu«, sagte ich und wandte mich zu ihm um. »Jetzt lass uns hier nicht die Nerven verlieren.«

»Nein, jetzt hör du mal zu, Ben!«, sagte Chuck und schlug entnervt aufs Lenkrad. »Ich bin nicht derjenige, der hier die Nerven verliert. Wir sind seinetwegen hierher gekommen, und was hat er für uns getan? Er hat mir die Nase gebrochen, hat Alisons Familie das Haus demoliert und uns alle knapp verbrannt, knapper, als du vielleicht glauben willst. Ich meine, mein Gott, was muss denn noch alles passieren? Muss denn einer von uns abkratzen, bis ihr alle merkt, dass dieses Ding nicht hinhaut?« Er starrte mich an, mit pochenden Halsschlagadern und einem vor Anspannung geröteten Gesicht.

»Nichts dergleichen wird passieren«, sagte ich.

Seine Augen traten hervor, und wieder schlug er mit der Hand aufs Lenkrad. »Ich glaube dir nicht, Ben.« Er stieß seine Tür auf und trat in den Regen hinaus, ging erst in die eine Richtung, dann in die andere, wobei er vor dem Wagen das Wasser aus den Pfützen hochspritzen ließ. Ich hatte noch nie zuvor erlebt, dass Chuck die Beherrschung verlor. Ich stieg aus dem Wagen und ging auf ihn zu und setzte mich auf die Motorhaube des Taurus, wodurch sich mein Hintern im kalten Regen seltsam warm anfühlte.

»Was soll das alles eigentlich, Chuck?«, fragte ich ihn, wobei ich brüllen musste, um mich durch den Regen verständlich zu machen, der in einem irren Muster rings um uns auf die Straße fiel. »Warum ist diese Sache hier für dich anders als für mich?«

Chuck wandte sich zu mir um, inzwischen völlig durchnässt. Sein Haar klebte an seiner rosa Kopfhaut, und Wasser tropfte ihm aus dem Gesicht. »Weil ich etwas zu verlieren habe!«, brüllte er mich an. »Ich bin ein großes Risiko eingegangen mit dem, was ich da im Krankenhaus getan habe.«

»Wir sind alle ein Risiko eingegangen«, sagte ich.

»Blödsinn, Ben!« Er spie aus, und seine Stimme bebte vor Zorn. »Ich könnte meine Stelle als Assistenzarzt verlieren, oder noch schlimmer! Ich könnte meine Approbation verlieren! Und was bin ich dann noch? Was zum Teufel hast du denn schon zu verlieren?« Er richtete einen anklagenden Finger auf mich. »Du hasst deinen Job, du hast deine Ehe gehasst. Du hattest nichts, Mann. Du kommst hierher, und es ist wie ein Ferienlager für dich! Deine Freunde, deine alte Freundin. Du siehst, wie Jack abhaut, und was kümmert es dich? Du lässt ihn gehen. Ich meine, was zum Teufel hast du schon zu verlieren?«

»Halt deine verdammte Klappe«, sagte ich.

Er hielt mir den Finger genau vors Gesicht. »Beantworte mir das, Mann. Was hast du schon zu verlieren?«

»Halt's Maul!«, brüllte ich und schlug seine Hand beiseite. Er schwenkte sie zur Faust geballt zurück und schlug mir seitlich übers Gesicht, womit er mich völlig überrumpelte. Ich fuchtelte mit den Armen wild um mich, während ich stürzte, bekam den Kragen seines Jacketts zu fassen und zog ihn mit nach unten, während ich zu Boden ging. Er landete auf mir und begann, wutentbrannt auf meine Seiten einzutrommeln. Ich wand mich unter ihm auf dem Rücken und schlug mit den Fäusten nach oben, wobei ich jedes Mal mit den Ellbogen auf dem Asphalt aufschlug, wenn ich die Arme zurückriss. Er stieß einen markerschütternden Schrei aus, als meine Finger seine geschwollene Nase trafen, und wir rollten ins grelle Licht der niedrigen Scheinwerfer des Taurus, während wir miteinander rangen und wild um uns schlugen.

Der Schuss war absolut ohrenbetäubend, und seine Kraft riss uns mit einem Ruck auseinander. Über uns, unter dem Vordach des Bistros, stand ein hoch gewachsener, stämmiger Mann in einem Jeansoverall, mit einem wolligen, leicht ergrauten Bart und einem Gewehr, das in diesem Augenblick genau auf uns gerichtet war. Seine fleischigen Arme waren von oben bis unten mit Tätowierungen bedeckt, und um den Kopf gewickelt trug er ein buntes Halstuch. Er sah aus wie eine Hell's-Angels-Version von Paul Bunyon. »Was zum Teufel bildet ihr euch eigentlich ein, euch hier vor meinem Lokal zu prügeln?«, fragte er. Wir saßen auf dem nassen Asphalt und starrten zu dem Mann und seinem Gewehr hoch. Meine Ohren dröhnten noch von dem Schuss. »Wollt ihr mir nicht antworten?«

Ich sah zu Chuck hinüber, dann hob ich die Hände über meinen Kopf und erhob mich langsam, was nicht so einfach war, wie es klingt. Ich schaffte es auf ein Knie, bevor ich wieder umkippte und mit einem nassen Plumps mit dem Po auf dem Asphalt aufschlug. »Ich hab nicht gesagt, dass du aufstehen sollst«, sagte der Mann. Er machte keine Anstalten, das Gewehr sinken zu lassen, was ich als äußerst beunruhigend empfand.

»Sir«, sagte ich. »Ich entschuldige mich für die Belästigung. Wir hatten lediglich eine kleine Auseinandersetzung.« Er wandte sich zu mir um, was bedeutete, dass er auch die Waffe genau auf mich richtete. Es schien zwar höchst unwahrscheinlich, dass er auf mich schießen würde, aber andererseits hatte ich noch nie in die Mündung eines Gewehrs geblickt, und ich spürte, wie sich ein ziemlich mulmiges Gefühl in meinem Magen breit machte. Hilfesuchend sah ich mich um, aber die Straße war leergefegt von Fußgängern. Nur ein absoluter Vollidiot würde bei diesem Regen einen Fuß vor die Tür setzen.

»Ihr hattet eine kleine Auseinandersetzung«, äffte er mich nach. »Ich weiß ja nicht, woher zum Teufel ihr seid, aber mit Sicherheit nicht von hier.«

»Nein, sind wir nicht.«

»Woher denn dann?«

»Könnten Sie vielleicht diese Flinte sinken lassen?«, fragte ich ihn.

»Ich habe kein Flinte«, sagte er herablassend. »Was ich hier habe, das ist eine zwölfkalibrige 24-Zoll-Winchester, und dazu ein verdammt leichtes Ziel.«

»Na ja, meinen Sie, Sie könnten sie vielleicht woandershin richten?«

»Sie haben meine Frage nicht beantwortet«, sagte er und spannte den Hahn, der bedrohlich klickte.

»New York«, sagte ich. »Manhattan.«

»Schwerer Fehler«, murmelte Chuck in sich hinein.

»Hast du was gesagt?«, sagte der Mann und richtete das Gewehr auf Chuck.

»Nein, Sir.«

Paul Bunyon sah uns nachdenklich an, während wir im Regen allmählich zu zittern begannen. »Und ihr Stadtjungs glaubt also, es ist okay, wenn ihr hierher in die tiefste Provinz kommt und euch vor einem Geschäft so aufführt?«

»Nein, Sir«, sagte Chuck. »Es tut uns sehr Leid. Wirklich. Und wenn Sie uns gestatten würden, aufzustehen, werden wir sofort von hier verschwinden, und Sie werden uns nie wieder sehen.« Im eisigen Regen begann er nun schon mit den Zähnen zu klappern.

Der Mann betrachtete uns einen Augenblick lang nachdenklich. »Ich werde jetzt zurück in mein Restaurant gehen«, sagte er. »Ich denke, ihr beide solltet noch ein bisschen hier draußen sitzen und über das nachdenken, was ihr da getan habt. Ich kann euch von meinem Fenster aus beobachten. Wenn einer von euch von dieser Straße aufsteht, bevor ich es euch sage, komme ich raus und jage euch ein bisschen Schrot in die Hosen. Alles klar?«

Wir sahen ihn ungläubig an. »Sie wollen uns bestrafen?«, fragte Chuck.

»Allerdings«, sagte Paul Bunyon, während er sich die Winchester bequem über die Schulter schlang. »Euch beibringen, Respekt vor dem Geschäft anderer Leute zu haben.« Und mit diesen Worten ging er zurück in sein Restaurant und starrte uns von seinem Hocker hinter dem Tresen stirnrunzelnd an.

»Ich fasse es nicht«, sagte ich. »Wir werden von einem Redneck gemaßregelt. Das ist doch wohl ein Witz.«

»Willst du als Erster aufstehen?«, fragte Chuck.

»Nach dir.«

Keiner von uns rührte sich vom Fleck. Wenn es für uns beide schon demütigend genug war, sich von einem einzelnen Mann einschüchtern zu lassen, so fühlten wir uns nun, als wir vor Angst reglos an Ort und Stelle verharrten, wenn er doch nicht einmal mehr vor uns stand, regelrecht entmannt.

»Du siehst aus, als ob du's etwas ungemütlich hast. Deswegen habe ich gefragt«, sagte Chuck.

»Na ja, du schlägst doch zu wie ein Mädchen.«

»Und du kämpfst wie ein alter Mann«, sagte er grinsend. »Wenn ich gewusst hätte, was für'n schlapper Kämpfer du bist, hätte ich dir schon vor Jahren den Arsch versohlt.«

Obwohl es noch immer heftig herunterprasselte, hatten sich unsere Ohren allmählich an das Geräusch des Regens gewöhnt und es auf ein bloßes Hintergrundgeplätscher reduziert, so wie die Augen sich irgendwann an die Dunkelheit gewöhnen, und inzwischen konnten wir uns unterhalten, ohne schreien zu müssen. »Es tut mir Leid, Chuck«, sagte ich leise.

»Schon gut«, sagte er und rieb sich die Nase. »Wie ich schon sagte, du kämpfst wie ein alter Sack.«

»Nein, wirklich. Es tut mir Leid, dass ich mir nicht überlegt habe, was hier für dich auf dem Spiel steht. Du hast Recht, ich habe nichts zu verlieren.«

»Hey«, sagte er. »Das habe ich alles nicht so gemeint. Wirklich.«

»Nein, du hattest schon Recht«, sagte ich, stützte mich auf die Ellbogen auf, die Füße vor mich ausgestreckt, und legte den Kopf zurück, um etwas Regen schlucken zu können. »Ich denke, ich war genau zu dem Zeitpunkt, bevor wir hierher kamen, am Nullpunkt angelangt.«

»Ach, du bist schon okay«, sagte Chuck und nahm die gleiche Körperhaltung ein. »Du warst eben in 'ner Krise. Passiert uns allen.«

»Na ja, tut mir jedenfalls Leid«, sagte ich.

»Vergiss es. In Wahrheit ist es doch so, diese ganze Geschichte war von Anfang an meine Idee. Ich wusste, worauf ich mich eingelassen habe. Im Großen und Ganzen.«

»Das stimmt«, sagte ich. »Es war deine Idee, du Blödmann. Das hatte ich völlig vergessen. Dieses ganze Ding ist einzig und allein deine Schuld. Ich fasse es nicht, dass ich mich überhaupt bei dir entschuldigt habe.«

Ein paar Minuten lang lagen wir auf der Straße, und ich musste trotz allem lachen über die Absurdität dieser ganzen Situation. Chuck wandte sich grinsend zu mir um. »Tut mir Leid, dass ich dich geschlagen habe«, sagte er. »Ich glaube, nachdem ich zweimal fertig gemacht wurde, musste ich einfach selbst irgendjemand anders schlagen.«

»Wenn du das eben mitzählst, würde ich sagen, du wurdest bereits dreimal fertig gemacht.«

»Eben?«, fragte er. »Da bin ich aber anderer Meinung. Ich war kurz davor, diesen Kampf zu gewinnen.«

»Warst du nicht, harter Bursche.«

»Ich hab dir deinen erbärmlichen Arsch versohlt.«

»Äh, nein. Du hast eins über die Rübe bekommen, und ich kann das mit Sicherheit sagen, ich war nämlich dabei.«

»Arschgesicht.«

»Blödmann.«

Die Tür des Bistros ging auf, und wir duckten uns instinktiv, als Paul Bunyon wieder unter das Vordach trat, diesmal ohne die Winchester. »Suppe ist fertig«, rief er.

»Was?«

»Minestrone«, sagte er. »Wollt ihr welche?«

»Machen Sie Witze?«, fragte Chuck.

»Übers Mittagessen mache ich nie Witze«, sagte der Mann, bevor er wieder hineinging.

Wir rappelten uns hoch, und ich spürte, wie ein Fluss zwischen meinen Zehen hindurchrann. »Was meinst du?«, fragte ich Chuck.

»Suppe klingt gut«, sagte er zitternd. »Nimmst du ihm das ab?«

Ich zuckte die Schultern. »Gehen wir.«

27

Wir kamen gegen Mittag ins Haus der Schollings zurück, und mit jedem Schritt tropfte Regenwasser an uns hinunter. »Was zum Teufel ist denn mit euch passiert?«, fragte Lindsey, die uns verblüfft anstarrte.

»Wir haben euch etwas Suppe mitgebracht«, antwortete Chuck und reichte ihr eine Papiertüte.

»Danke«, sagte sie geistesabwesend, während sie uns immer noch anstarrte, ohne die Fragen, die in ihren Augen lagen, laut auszusprechen.

»Ich nehme an, es gibt keine Neuigkeiten?«, fragte ich, während ich mir mein Sweatshirt über den Kopf zog und es wie einen Sandsack auf den Küchenboden fallen ließ.

»Nein«, sagte Alison. Ihr Gesicht sah völlig blutleer aus, und Verzweiflung lag in ihrem Blick.

»Ihr beide solltet euch besser schnell unter eine warme Dusche stellen«, sagte Lindsey und legte mir eine Hand auf die Brust. »Du bist ja völlig durchnässt.«

Chuck duschte sich in dem Bad im Flur, und ich ging ins

große Badezimmer, wo ich feststellte, dass Alisons Eltern das Duschen offenbar sehr ernst nahmen. Die Dusche war ein eigenes kleines Zimmer innerhalb des Badezimmers, hinter einer Milchglastür und mit zusätzlichen Duschköpfen an jeweils gegenüberliegenden Wänden, sodass man sich von fünf Stellen aus gleichzeitig berieseln lassen konnte. Ich stand genau in der Mitte, das Kinn auf die Brust gesenkt, und genoss den dampfenden Beschuss durch den heißen Sprühnebel. Wenn ich von der Existenz dieser Dusche schon gewusst hätte, als wir hierher kamen, hätte ich mit Sicherheit bereits etliche Stunden darin verbracht.

Eine Viertelstunde später stand ich immer noch unter der Dusche, ließ das Wasser auf Brust und Kopfhaut trommeln und summte dazu einen alten Thompson-Twins-Song, als ich plötzlich hörte, wie die Badezimmertür auf- und zuging. Ich sah auf, in der Hoffnung, dass es Lindsey war, die sich zu mir gesellen wollte, aber dann schwang die Tür zur Dusche auf, und Chuck steckte den Kopf hinein und sagte: »O Mann, für was brauchst du denn hier so lange?«

»Hast du was dagegen?«, erwiderte ich und rammte die Tür gegen seinen Arm.

»Sei doch nicht so empfindlich«, sagte er kichernd. »Ich bin sicher, es ist sehr beeindruckend, wenn du erregt bist.«

»Fick dich.«

»Mit dem Ding? Das würde ich vermutlich gar nicht bemerken.« Dann setzte er sich auf den Toilettendeckel, nachdem er seine Quote an niveaulosen Witzen fürs Erste erfüllt hatte. »Hör zu«, sagte er. »Ich weiß, ich hab da ein bisschen über die Stränge geschlagen, aber trotzdem habe ich schon ernst gemeint, was ich gesagt habe.«

»Welchen Punkt genau?«

»Den Punkt, dass diese ganze Sache hier inzwischen zu

weit gegangen ist. Den Punkt, dass es an der Zeit ist, dass wir uns unsere Niederlage eingestehen und nach Hause fahren.«

»Oh«, sagte ich. »Den Punkt.«

»Ja. Na ja, jedenfalls finde ich, wir sollten uns alle darüber aussprechen, weißt du? Einfach allen Ansichten Luft machen und dann entscheiden, was am besten ist.«

»Einverstanden. Aber diesmal ohne Ringkampf.«

»Abgemacht. Ich finde, wir sollten es jetzt sofort erledigen.«

»Na ja, jetzt sofort bin ich noch ein bisschen nackt«, sagte ich.

»Ein bisschen ist genau das richtige Wort«, sagte er verächtlich, stand auf und klappte den Toilettendeckel hoch. »Ich meinte, wenn du fertig bist. Du hast doch vor, irgendwann in absehbarer Zeit da rauszukommen, oder? Du stehst jetzt schon seit einer halben Stunde unter der Dusche.« Ich hörte, wie die Schnalle seines Gürtels klirrte.

»Ich gehe davon aus, dass du hier drinnen nicht pinkeln wirst, solange ich dusche«, brüllte ich ihn an.

»O Mann, sei doch froh, es hätte ja noch schlimmer kommen können.«

Ich steckte den Kopf unter den Hauptduschkopf und versuchte, Chuck zu ignorieren. Ich hielt die Augen geschlossen, während mir das Wasser übers Gesicht lief, lehnte mich gegen die kalte, geflieste Wand und glitt mit einem Fingernagel über den Mörtel.

»Mit Lindsey und dir scheint's ja prima zu laufen, oder?«, meldete sich Chuck erneut.

»Äh, ja.«

»Das ist gut. Freut mich für dich, Ben. Sie ist wirklich viel besser für dich als Sarah.«

»Danke.«

»Und schärfer.« Er schwankte ein bisschen hin und her und zog sich dann die Hose hoch.

»Noch mal danke«, sagte ich und stellte widerstrebend die Dusche ab, als er die Spülung zog.

»Ich habe zu Sarah eigentlich nie einen Draht gehabt. Ich weiß nicht, wieso«, überlegte Chuck, während er sich im Waschbecken energisch die Hände abrubbelte. Er wusch sich die Hände auf die Art, die er vermutlich in der Chirurgie gelernt hatte, etwas, was mir bis dahin noch nie aufgefallen war.

»Sarah hat dich gehasst«, sagte ich und trat aus der Dusche.

»Das könnte dazu beigetragen haben«, räumte Chuck ein und reichte mir ein Handtuch. »Hier, bitte sehr, Kleiner«, sagte er mit einem anzüglichen Blick zwischen meine Beine, und das in genau dem Augenblick, als Lindsey ins Bad kam, deren Augen sich verwirrt weiteten.

»Störe ich bei irgendwas?«, fragte sie mit einem ironischen Lächeln. Ich konnte nackt vor Lindsey sein, und ich konnte nackt vor Chuck sein, aber nackt vor beiden zu stehen, das war mehr, als ich verkraften konnte. Ich wickelte mir rasch das Handtuch um die Hüfte, wobei ich mich fragte, wie oft einem das Leben doch genauso vorkam wie eine Folge von *Herzbube mit zwei Damen*.

»Ein Gespräch unter Männern«, sagte Chuck auf dem Weg nach draußen. An der Tür wandte er sich noch einmal um und warf mir einen bedeutungsvollen Blick zu. »Sehen wir uns in ein paar Minuten unten?«

»Na klar«, sagte ich, während ich mir das nasse Haar aus dem Gesicht strich.

»Also«, fragte Lindsey, nachdem er gegangen war. »Was ist euch beiden dort draußen passiert? Ihr saht ganz schön mitgenommen aus, als ihr zurückkamt.«

»Wir hatten eine ziemlich heftige Auseinandersetzung über die Frage, was wir jetzt, nachdem sich Jack unerlaubt von der Truppe entfernt hat, als Nächstes unternehmen sollten.«

»Willst du mir vielleicht die Höhepunkte schildern?«

»Ach nein«, sagte ich und griff nach einem zweiten Handtuch, um es mir über die Schultern zu legen. »Ich habe das Gefühl, wir werden diese ganze Auseinandersetzung sowieso noch einmal führen.«

Als ich zehn Minuten später nach unten kam, aßen Alison und Lindsey in der Küche die Suppe, die wir ihnen mitgebracht hatten, während sich Chuck im Wohnzimmer eine *Magnum*-Wiederholung ansah. »Weißt du, was mich schon immer genervt hat?«, meinte er. »Tom Selleck galt doch Anfang der Achtziger als der heißeste Typ. *Magnum* war als Serie ein Riesenerfolg. Und trotzdem haben sie es nie geschafft, auch nur eine einzige halbwegs gut aussehende Frau als Gaststar zu bekommen. Jede Frau, mit der er sich einlässt, ist echt hässlich.«

»Damals herrschten eben etwas andere Maßstäbe«, sagte ich und setzte mich zu ihm auf die Couch.

»Blödsinn. *Drei Engel für Charlie* kam vor *Magnum*, und die sahen alle heiß aus. Aber diese Serie ist irgendwie entmutigend. Wenn schon ein gut aussehender Typ, der einen Ferrari fährt, keine abkriegt, welche Hoffnung gibt's denn dann noch für irgendjemand anders?«

Chuck sah sich Fernsehserien immer mit der sokratischen Methode an. Er schien keinen Spaß dabei haben zu können, ohne ständig seine sinnlosen Kommentare abzugeben. Wieso konnte man es, wenn in einer Sitcom eine Band auftrat, nie so aussehen lassen, als ob sie wirklich spielten? Sollten wir allen Ernstes glauben, die Cops in *21, Jump Street* könnten noch als Highschool-Schüler durchgehen? Wolltest du noch nie sehen, wie Alex und Mallory in *Jede Menge Familie* zur Sache kommen? Wie zum Teufel rechtfertigten Mulder und Scully eigentlich ihre Reisekosten? Anfangs war es nervig, mit ihm Fernsehen zu gucken, aber nach einer Weile lernte ich, die Ohren einfach auf Durchzug zu stellen.

Die Frauen hatten aufgegessen und gesellten sich zu uns ins Wohnzimmer. »Ich finde, wir sollten uns alle aufteilen und noch einmal nach ihm suchen«, schlug Alison vor. Chuck schaltete den Fernseher aus und sah mich erwartungsvoll an, als fiele es in meinen Verantwortungsbereich, diese Diskussion in Gang zu bringen, aber ich wollte nichts damit zu tun haben. Alison sah völlig geschafft aus und schien nicht in Diskutierlaune zu sein. Es war schon besser, noch ein paar Stunden sinnlos zu suchen, bevor wir uns mit den weiteren Auswirkungen von Jacks Verschwinden befassen würden. Es würde uns allen Zeit geben, über die Situation und die Rolle, die wir selbst in ihr spielten, nachzudenken. Ich versuchte, Chuck diese Überlegung mit einem Blick zu signalisieren, aber es war ein bisschen zu viel für meine Augen, diese Botschaft allein zu übermitteln, also machte ich noch eine leichte Handbewegung und schüttelte sanft den Kopf, aber im Gegensatz zu Chuck schnappte Alison die Andeutung sofort auf. »Was?«, fragte sie und sah mich an.

»Nichts«, sagte ich stirnrunzelnd. »Ich dachte nur … nichts.«

»Was?«, wiederholte sie ungeduldig.

»Nichts«, sagte ich noch einmal und erhob mich von der Couch, um den entnervten Blick, den Chuck mir zuwarf, besser ignorieren zu können. »Jetzt suchen wir erst noch einmal nach ihm. Und unterhalten werden wir uns später.« Ich nahm Alison die Schlüssel aus der Hand. »Du und

Lindsey, ihr bleibt hier, nur für den Fall, dass er anruft. Chuck und ich werden uns trennen und noch ein bisschen suchen.«

Chuck folgte mir auf die Veranda vor dem Haus, angewidert den Kopf schüttelnd. Es regnete noch immer in Strömen, und in der Ferne wurde von Zeit zu Zeit ein Donnergrollen laut. »Was zum Teufel war das denn?«, fragte er. »Du hast doch gesagt, wir würden darüber reden.«

»Es stand dir jederzeit frei, deinen Senf dazuzugeben«, erwiderte ich.

»Ich bitte dich, Ben. Du weißt doch, dass sie, wenn es von mir käme, sofort völlig ausrasten würde.«

»Versuchen wir's noch ein paar Stunden«, sagte ich mit einem Blick auf meine Armbanduhr. »Wir treffen uns um drei wieder hier, und bis dahin hatte Alison vielleicht etwas Zeit, um über alles nachzudenken.«

»Du schiebst das Unvermeidliche doch nur hinaus«, sagte er stirnrunzelnd, während er die Wagenschlüssel aus seiner Jeans fischte.

»Genau das tue ich«, sagte ich und drückte auf den Knopf an Alisons Schlüsselkette. Der Beamer piepste zweimal, und die Scheinwerfer blinkten kurz auf. »Auf meinem Gebiet bin ich vielleicht sogar der Beste.«

»Wir sehen uns um drei«, sagte Chuck düster, als wir in den Regen hinaustraten.

»Hey, denk positiv«, sagte ich. »Vielleicht finden wir ihn doch wirklich. Oder er kommt von allein zurück.«

»Ja, genau«, murmelte Chuck, zog sich die Kapuze seines Anoraks über den Kopf und trat von der Veranda. »Genau so wird's sein.«

Chuck nahm den Taurus und fuhr auf der Route 57 in Richtung Norden. Ich fuhr mit dem Beamer in Richtung Süden, fort von Carmelina. Ich wusste, dass Alison diese Strecke zuvor schon abgefahren war, aber es gab sonst keinen Ort, wo man noch suchen konnte. Vielleicht würde ich ja auf Jack stoßen, wie er im Regen die Asphaltstraße entlangschlenderte, auf eine Mitfahrgelegenheit wartete. Der Regen trommelte einen sanften Rhythmus in Moll auf das Schiebedach, der perfekt zu der Counting-Crows-CD passte, die ich angemacht hatte. Undurchsichtige Wasserflecken bildeten sich auf der Windschutzscheibe und brachen die Scheinwerferlichter entgegenkommender Wagen. Nicht der beste Tag, um draußen unterwegs zu sein. Jack war ohne irgendetwas losgezogen. Die Untersuchung seines Zimmers durch Alison hatte ergeben, dass er lediglich seine Brieftasche mitgenommen hatte, nicht einmal seine Schuhe oder auch nur ein Hemd, und Alison zufolge fehlten auch keine Kleidungsstücke aus dem Haus. Soweit wir erkennen konnten, war Jack draußen im Regen unterwegs, mit nichts bekleidet als der Hose des OP-Anzugs, in dem er geschlafen hatte. Ich war mir noch immer ziemlich sicher, dass er nicht sehr weit gekommen sein konnte. Sein einziges Verkehrsmittel hätte Trampen sein können, und nur wenige Fahrer würden wohl geneigt sein, einen halb nackten, völlig durchnässten Fremden mitzunehmen.

Ein Blitz erhellte die dichten grauen und schwarzen Wolken, die den Himmel bedeckten, und zu meiner Linken sah ich den Blitzstrahl über einem baumbewachsenen Berggipfel. Der Sturm hatte inzwischen einen Gang zugelegt. Als ich um die nächste Kurve bog, sah ich einen Rückstau von vier Wagen, die nicht weiterfahren konnten, da ein umgekippter Baum die Straße blockierte. »Wo bist du, Jack?«, rief ich laut, wendete den Wagen und fuhr zurück in Richtung Haus.

Die Plötzlichkeit, mit der das Reh vor mir auftauchte, versetzte mir einen Schock. Es kam nicht gemächlich aus dem Wald auf die Straße geschlendert, sondern stand einfach auf einmal mitten auf der Fahrbahn. Vergeblich trat ich die durchnässten Bremsen des Wagens durch, und dann gab es einen grässlichen, knirschenden Aufprall, den ich eher spürte als hörte und der mir den hart-weichen Körperbau des Tiers verdeutlichte, während es eins mit dem Wagen wurde. Meine Hände hielten das Lenkrad umklammert, während ich einen entsetzten Fluch ausstieß und das Bremspedal unter meinen Zehen wie wild vibrierte. Das schrille Kreischen der Reifen im Aquaplaning verlieh dem stummen Tier eine Stimme, während wir vom Asphalt in den mit Schlamm angefüllten Straßengraben schlitterten, der die Straße vom Wald trennte. Die Wucht dieser Bewegung warf das Reh auf die Motorhaube des Beamers, und sein nasser Rücken wurde gegen die Windschutzscheibe gepresst, sodass ich nichts mehr sah als das perfekte Zickzackmuster seines sandfarbenen Fells, bis der Airbag in mein Gesicht explodierte, als wir auf der anderen Seite des Grabens aufprallten.

Das Erste, was ich merkte, als meine Sinne aus dem grauen Nebel des Halbbewusstseins allmählich wiederkehrten, war, dass die Counting Crows noch immer sangen, ungeachtet des Zusammenpralls. Aber die Musik war in einzelne Teile zerfallen. Irgendwo zu meiner Linken war die akustische Gitarre, die gleichmäßig vor sich hin klimperte, während die Pianotöne über meinem Kopf schwirrten. Die Drums hämmerten zu meiner Rechten, und Adam Duritz' körperlose, weinerliche Stimme ertönte irgendwo hinter mir. Der Bass schien aus meinem Bauch zu kommen. Mit dieser äußersten Klarheit vernommen, war es keine Musik mehr, sondern es waren zusammenhangslose Klänge ohne Melodie. Mein Gesicht war noch immer taub von dem Aufprall auf den Airbag, aber ich spürte, wie ein heißes Kribbeln in meinen Wangen einsetzte, das sich mit jeder Sekunde, die verstrich, weiter verstärkte. Meine Hände hielten das Lenkrad immer noch eisern umklammert, und die Muskeln meiner Arme verharrten angespannt, ohne sich zu bewegen. Der Rest von mir hatte sich noch nicht zurückgemeldet. Unter Anstrengungen löste ich meine rechte Hand vom Lenkrad – allein schon diese simple Bewegung machte meine Nerven in Arm und Schulter rasend vor Schmerz – und schaltete die Stereoanlage aus. Auf einmal herrschte ringsum Stille.

Nach und nach, als würde irgendjemand langsam am Lautstärkeregler drehen, wurde das Geräusch des Regens, der auf das Dach des Wagens trommelte, immer lauter und drängte mich in die Wirklichkeit zurück. Ich fummelte an der Tür herum und spürte dann, als sie aufschwang, den Sprühnebel des Regens in meinem Gesicht. Einen wirklich entsetzlichen Augenblick lang spürte ich, dass ich außerstande war, mich von meinem Sitz zu lösen, doch dann merkte ich, dass ich lediglich gegen meinen Gurt ankämpfte, und es gelang mir, mich loszuschnallen und aus dem Wagen zu klettern. Auf wackeligen Beinen ging ich halb um den Wagen nach vorn und begutachtete den zerquetschten Kühlergrill und das verbogene grüne Metall, das einmal das Vorderende der Motorhaube gewesen war. Sechs Meter weiter lag das Reh, ein verstümmelter Haufen, der nur noch die Beine erkennen ließ. »Wo bist du, Jack?«, murmelte ich unsinnigerweise vor mich hin, während ich auf das Reh zuging und meine Schuhe tief in den Schlamm einsanken. Der Kopf des Rehs war vollkommen verdreht, die Ohren standen immer noch senkrecht, und seine getupfte Schnauze war gen Himmel gerichtet. Ich sah erstaunlich wenig Blut, aber der zerquetschte Körper des Rehs ergab, genau wie die Musik in meinem Wagen, keinen Sinn mehr.

Während ich vor dem toten Tier stand, traten auf seinem langen Hals ein paar Tropfen Blut hervor, die nur kurze Zeit später von dem noch immer strömenden Regen fortgespült wurden. Noch ein paar Tropfen traten hervor und verschwanden, bevor ich schließlich merkte, dass nicht das Reh blutete, sondern ich. Ich hielt mir eine Hand vor die Nasenlöcher, und als ich sie wieder fortnahm, war sie blutbeschmiert. Auf einmal begann der Körper des Rehs zu zittern, und ich sah voller Entsetzen, voller Angst, dass es noch nicht tot war, aber genau wie bei dem Blut hatte ich einfach keinen Durchblick mehr. Nicht das Reh zitterte, sondern ich. Die letzten Reste an Kraft verließen meine Beine, und ich setzte mich abrupt in eine Pfütze. Ich verspürte eine tiefe, elementare Traurigkeit, die allem Anschein nach seit Jahren in mir gewachsen war, wie Luft, die ständig ein- und nie ausgeatmet wird. Der Regen prasselte auf mich nieder, kalte Nadeln, die an jeder Stelle meines Körpers in mich eindrangen, und ich hatte das Gefühl, ich würde mich auflösen.

Ich weiß nicht mehr, wer zuerst kam, die Rettungssanitäter oder Lindsey und Chuck, die sich Sorgen machten, als sie mich über das Funktelefon des Beamers nicht erreichen konnten, aber Chuck erzählte mir später, dass ich, als sie mich fanden, weinte wie ein Baby.

28

Ich wachte in einem leeren Krankenhauszimmer auf, glücklich betäubt von Morphium, und dachte an Sarah. Ich blickte an meinem Körper hinunter, der von der Taille abwärts in eine dünne weiße Decke gehüllt war, als sei er ein lebloser Gegenstand, nur ein zusätzliches Teil des Betts. Er hatte nichts mit mir zu tun. Sarah wusste nicht, dass ich verletzt war. Das kam mir nicht richtig vor. Ich schwebte über dem Bett, konnte die Laken unter mir nicht spüren, den sanften Druck der Matratze gegen meinen Rücken. Wo bist du, Jack?, dachte ich. Auf dem Nachttisch stand ein Strauß frischer Blumen. Paradiesvogelblumen, Nelken, Tulpen und Schleierkraut. Ein Farbspritzer in dem ansonsten sterilen Zimmer. Ich schwebte über den Blumen und sah die Blütenblätter, die sich ausstreckten, die wie im Zeitraffer aufblühten. Sarah wusste nicht, dass ich verletzt war. Sie war meine Frau. Nicht mehr. Trotzdem, es kam mir nicht richtig vor.

Ich beugte mich vor und griff nach dem Telefon auf dem Nachttisch. Nach ein paar vergeblichen Versuchen gelang es mir schließlich, Sarahs Nummer zu wählen. »Hi«, sagte ich, als sie am anderen Ende abnahm. »Hier ist Ben.«

»Ben?«

»Ja.«

Es entstand eine Pause. »Was ist los?«

»Ich hatte einen Autounfall«, sagte ich.

»O mein Gott! Wo steckst du? Ist alles okay mit dir?«

»Ich glaub schon. Ich dachte nur, du solltest es wissen.«

»Wo bist du?«, fragte Sarah ungeduldig. »Soll ich vorbeikommen?«

»Ich weiß nicht«, sagte ich. »In irgendeinem Krankenhaus.«

»In welchem Krankenhaus, Ben? Wo bist du?«

»Ich weiß nicht. In den Bergen.«

»In den Bergen? Wovon redest du überhaupt?«

»Ich habe ein Reh totgefahren«, sagte ich, und ich spürte, wie mich ein plötzliches Gefühl von Traurigkeit überkam, als die Erinnerung wieder einsetzte. Meine Augen fühlten sich auf einmal sehr schwer an. »Ich muss jetzt Schluss machen.«

»Warte einen Augenblick, Ben. Ist ein Arzt bei dir? Ist sonst irgendjemand bei dir?«

»Nein.« Auf einmal fühlte ich mich sehr müde. Allmählich dämmerte es mir, dass ich Sarah nicht hätte anrufen sollen. »Ich muss Schluss machen.«

»Leg nicht auf!«, brüllte sie. »Sag mir, wo du bist.«

»Ich hätte dich nicht anrufen sollen«, sagte ich. »Ich muss Schluss machen.« Ich legte auf und schloss die Augen. Das hier ist dein Gehirn unter Drogeneinfluss, dachte ich, während ich einnickte.

Als ich kurze Zeit später die Augen aufschlug, saß Lindsey auf einem Stuhl neben meinem Bett. »Hey, Benny«, sagte sie leise und glitt mit einer Hand sanft über meine Stirn. »Es ist alles okay mit dir. Du hattest einen Unfall, aber es ist alles okay.« Ich konnte erkennen, dass sie geweint hatte.

»Wie spät ist es?« Als ich sprach, verspürte ich ein steifes Gefühl in meinen Wangen, als bestünden sie aus einer Art extrem dickem Kitt.

»Ungefähr fünf. Du warst ein paar Stunden bewusstlos.«

»Ich habe ein Reh totgefahren«, sagte ich, und meine Augen füllten sich mit Tränen.

»Ich weiß, mein Süßer«, flüsterte sie und beugte sich auf ihrem Stuhl vor, um ihre Stirn sanft gegen meine zu drücken, während sie mir die Schläfen massierte. »Ich weiß.« Sie rieb mit ihrer Wange gegen meine, während ich in die Weichheit ihres Nackens weinte. Ich konnte mich nicht erinnern, wann ich das letzte Mal geweint hatte, und es kam mir seltsam vor, wie ein altes T-Shirt aus Kindertagen, das eigentlich nicht mehr passen sollte, aber irgendwie doch noch passte. Lindsey hielt mich fest und wiegte sich sanft hin und her, bis ich fertig war, was nicht allzu lange dauerte, da ich feststellte, dass das Weinen für meine geprellten Rippen die reinste Hölle war. Als ich aufgehört hatte, reichte sie mir ein Taschentuch, damit ich mir die Nase putzen konnte, und erst in diesem Augenblick, in dem ich es mir aufs Gesicht drückte und vor Schmerz laut aufschrie, merkte ich, wie geschwollen sie war.

»Sieht mein Gesicht schlimm aus?«, fragte ich Lindsey.

»Definier erst einmal schlimm«, antwortete sie mit einem leichten Grinsen. Sie wühlte in ihrer Handtasche, bis sie einen Make-up-Spiegel gefunden hatte. Ich hielt ihn mir vors Gesicht und begutachtete die violetten Flecken unter beiden Augen. Meine Nase war rötlich-braun verfärbt und auf das Zweifache ihrer normalen Größe angewachsen. Ich sah aus wie ein Muppet.

»O mein Gott«, sagte ich.

»Der Airbag hat dich ganz schön übel zugerichtet«, erklärte Lindsey mitfühlend, während sie aufstand, um ihre Beine zu strecken. Ich fragte mich, wie lange sie wohl schon dort gesessen hatte. Sie ging zu den Blumen hinüber und begann, sie neu anzuordnen, während sie sprach. »Chuck und Alison sind nach unten gegangen, um Kaffee zu holen. Sie werden gleich zurück sein. Du hättest Chuck erleben müssen. Er hat den Sanitätern ständig irgendwelche Anweisungen gegeben. Er ist im Krankenwagen mit dir mitgefahren, erinnerst du dich?« Ich erinnerte mich nicht. »Jedenfalls, er ist in die Notaufnahme spaziert, als sei er dort zu Hause, hat allen gesagt, was sie zu tun haben.«

»O Gott, Chuck«, sagte ich leise, während ich spürte, wie ich mich unerklärlicherweise langsam wieder zurückzog.

»Er war wie einer dieser Typen in *Emergency Room*, weißt du?«, fuhr Lindsey fort. »Legen Sie einen Lidocain-Tropf, machen Sie mir eine Thoraxröntgenaufnahme, eine Magen-Darm-Röntgenuntersuchung, fünfzig ccs von diesem oder jenem.« Sie kicherte. »Die Ärzte dort unten hätten ihn erwürgen können. Sie mussten ihn praktisch aus der Notaufnahme werfen, aber er hat es irgendwie geschafft, dieses Privatzimmer für dich zu ergattern.«

»War ich bei Bewusstsein?«

»Halb und halb, und dann haben sie dir irgendwas gegeben, womit du endgültig weggetreten bist.« Sie drehte sich um und nahm wieder Platz. Irgendwo draußen heulte die Alarmanlage eines Autos. »Du hast uns einen ganz schönen Schrecken eingejagt, weißt du das?«

»Es tut mir Leid.« Aus irgendeinem Grund schaffte ich es nicht, mehr als ein paar kurze Worte auf einmal zu sprechen.

»Als wir da hochgefahren sind und den Wagen entdeckt haben und ich dich dort auf der Erde sah ...« Sie brach ab, und eine Träne rollte ihr aus dem linken Auge und kullerte seitlich über die Wange, bevor sie sie mit einem Finger abfangen konnte. Ich sah die Träne, und ich empfand eine Mischung aus Schuldgefühlen und Freude, dass sie meinetwegen weinte, dass etwas von mir in ihr dieses flüssige Signal aussendete. Dass ich zu ihr gehörte. »Wir haben uns eben gefunden«, flüsterte sie, doch der Gedanke blieb unvollendet, da in diesem Augenblick Chuck und Alison mit Pappbechern ins Zimmer kamen.

»Du bist wach!«, rief Alison und kam auf mich zu, um mir einen Kuss zu geben. »Wie geht's dir?«

»Lausig«, sagte ich.

»So siehst du auch aus«, sagte Chuck fröhlich, während er fachmännisch das Krankenblatt durchblätterte, das am Fußende meines Betts klemmte. »Du hast ganz schön Glück gehabt«, sagte er und sah zu mir hoch. Unwillkürlich betrachtete ich den blauen Fleck, der noch immer auf seinem Gesicht zu erkennen war, auch wenn es inzwischen kaum noch mehr als eine schwache, gelbliche Schmierstelle war. »Keine Rippen gebrochen, keine inneren Verletzungen oder Blutungen. Nur die blauen Flecken im Gesicht.«

»Mein Körper«, sagte ich, während ich versuchte, ein wenig mit den Schultern zu wackeln. »Er tut überall weh.«

»Vermutlich hast du im Moment des Aufpralls all deine Muskeln extrem angespannt.«

Ich sah den Rücken des Rehs vor mir, sah, wie er gegen die Windschutzscheibe prallte, wie sein mattiertes Fell gegen das Glas gedrückt wurde. Ich schloss die Augen und lehnte mich in die Kissen zurück, erschöpft und deprimiert.

»Wir werden dich jetzt ein Weilchen allein lassen«, sagte Alison. »Damit du dich ein bisschen ausruhen kannst.«

Als ich kurze Zeit später wieder aufwachte, fühlte ich mich schon etwas besser, aber ich war immer noch auf eine unerklärliche Weise traurig und nicht in der Stimmung zu sprechen. Ich wusste, dass es mir Leid tat, dass ich das Reh getötet hatte, aber die Traurigkeit in mir ging darüber hinaus. Es war, als hätten mich dieser hässliche Unfall und mein Neubeginn mit Lindsey all der emotionalen Puffer beraubt, auf die ich mich in den letzten Jahren immer mehr verlassen hatte. Die Folge war, dass ich all die Einsamkeit und Verzweiflung des vergangenen Jahres nun auf einen Schlag durchmachte. Ich kam mir vor wie etwas, das aus seinen Grundfesten gerissen wurde, schwach und irgendwie kleiner, erniedrigt durch meine Erfahrungen. Ich konnte das Gefühl nicht annähernd in Worte fassen, aber Lindsey, die noch immer auf dem Stuhl neben meinem Platz saß und leise vor sich hin summte, während ihre Hand sanft auf meiner Hüfte ruhte, schien zu begreifen, dass ich einfach etwas Zeit benötigte, um alles in mich aufzunehmen und selbst damit ins Reine zu kommen.

Bis zum Abend hatte ich mein Gleichgewicht halbwegs

wiedergefunden. Alison und Chuck waren nach Hause gefahren, um da zu sein, falls Jack anrufen oder auftauchen sollte. Lindsey saß im Schneidersitz am Fußende des Betts, meine Beine links und rechts von sich, und massierte mir durch die Decke hindurch die Füße, während wir uns unterhielten. Draußen hielt der Ansturm des Regens immer noch an, und das Wasser rann in Zickzacklinien am Fenster hinunter, wie Pinselstriche auf unserem Spiegelbild. Ich betrachtete unser Spiegelbild in der Scheibe, beobachtete, wie wir jedes Mal, wenn der Abendhimmel von einem Blitz erhellt wurde, durchsichtig wurden, schwebende Geister in einem regenerfüllten Himmel. Ich stellte mir vor, wie ein Nachspann über die Scheibe nach oben laufen würde, als seien wir die letzte Einstellung eines Films.

Eine erschöpft aussehende Krankenschwester mit einem Tablett in den Händen trat energisch ins Zimmer, auf Gummisohlen, die auf dem gebohnerten Linoleumboden quietschten. Sie warf einen missbilligenden Blick auf Lindsey, die noch immer auf meinem Bett kauerte, und stellte dann einen Pappbecher und ein paar Pillen auf meinem Nachttisch ab. »Das müsste Ihnen durch die Nacht helfen«, sagte sie in einem erstaunlich sanften Tonfall. »Der Arzt sagt, Sie können die Klinik gleich morgen früh verlassen.«

»Danke«, sagte ich.

Sie knipste das Licht aus und wandte sich dann zu Lindsey um. »Ihr Freund braucht Ruhe, und die Besuchszeiten sind vorbei. Sie werden jetzt leider gehen müssen.«

»Okay«, erwiderte Lindsey freundlich und hüpfte vom Bett. Sie beugte sich zu mir hinunter und küsste mich sanft, einmal auf die Stirn und zweimal auf die Lippen. »Mach's gut, Benny«, flüsterte sie, und dann, während sie mein Haar mit den Fingern zurückstrich: »Ich liebe dich.«

»Ich liebe dich auch.«

Ich horchte, wie sich Lindseys Schritte und das Quietschen der Krankenschwester im Flur entfernten. Sobald ich allein war, schluckte ich die Pillen und drehte mich auf die Seite, um ein bisschen dem Regen zuzuschauen. Es goss mit purer Entschlossenheit, und irgendwo im Rhythmus dieser Regentropfen verspürte ich einen tiefen Frieden, einen ungehinderten Ausdruck der rohen Kraft der Natur. Wie unter Hypnose sank ich in den Schlaf.

Kurze Zeit später wachte ich auf, als mir jemand die Bettdecke von der Brust zog. »Ich bin's«, flüsterte Lindsey, die Lippen an mein Ohr gepresst. »Du hast doch nicht etwa angenommen, ich würde dich die Nacht hier drinnen allein verbringen lassen, oder?« Sie schlüpfte mit Leichtigkeit auf ihrer Seite ins Bett, legte einen Arm auf meine Brust, schmiegte sich an meinen Körper und zog die Decke über uns beide. »Außerdem«, sagte sie, »hatte ich keine Mitfahrgelegenheit.« Ich bedeckte ihre Hand mit meiner, unsere Finger schlangen sich ineinander, und zum ersten Mal seit dem Unfall hatte ich wieder das Gefühl, ganz zu sein. Zum Rhythmus von Lindseys gleichmäßigem Atem in meinem Ohr schlief ich ein, an meiner Seite den sanften Druck ihrer Brust, die sich hob und senkte. Irgendwann in der Nacht hörte der Regen schließlich auf.

29

Der nächste Morgen war strahlend, wie es nach einem richtigen Sturm immer der Fall zu sein scheint, und die Luft reingewaschen von jenem grauen Film, der sich als biologisches Nebenprodukt des Krankenhausdaseins gern ansammelt. Alison kam mit Chucks

Mietwagen, um uns abzuholen, und ich fragte mich, ob es lediglich Rücksichtnahme ihrerseits war oder ob ich ihren BMW tatsächlich zu Schrott gefahren hatte. »Tut mir Leid wegen deinem Wagen«, sagte ich, während ich auf die Rückbank kletterte. Lindsey nahm vorn auf dem Beifahrersitz Platz.

»Mach dir keine Sorgen deswegen«, sagte sie aufrichtig. »Die Versicherung wird dafür aufkommen. Ich bin nur froh, dass dir nichts passiert ist.«

»Noch immer nichts von Jack, oder?«, fragte Lindsey.

»Nein.« Im Rückspiegel konnte ich Alisons Augen erkennen, rot umrändert und mit dunklen Schatten darunter. Als sie mir zulächelte, tränten sie ein wenig. Links kamen wir an der Highschool des Ortes vorbei, wo Horden von Jugendlichen über den Rasen auf das große Backsteingebäude zuströmten, das mit einer kleinen weißen Kuppel und einer Marmortafel mit den eingravierten Worten »Thomas Jefferson Highschool« verziert war. Die Schüler schienen es nicht eilig zu haben; sie wirkten fast schon gelangweilt, während sie in Jeans und Turnschuhen auf das Gebäude zuschlenderten, die Jungen in weit geschnittenen Button-down-Hemden, die sie sich nicht in die Hose gesteckt hatten, die Mädchen in knallengen Röcken und Pullovern. Ich verspürte ein spontanes Bedürfnis, einer von ihnen zu sein, bewusst lässig, mit aller Zeit der Welt. Ich konnte mich erinnern, dass ich selbst einmal so gewesen war, mit dem Gefühl, am Scheitelpunkt irgendeines großen Abenteuers zu stehen, das vor mir lag. Ohne zu ahnen, dass dieser Scheitelpunkt ewig dauern konnte.

Jeremy spielte mit Chuck einer gegen einen, als wir zu Hause ankamen, während Taz neben der Auffahrt im Gras ein Nickerchen hielt. Als Taz den Wagen hörte, schüttelte er sich wach und kam herüber, um uns zu begrüßen, gefolgt von Chuck und Jeremy. »Wow!«, sagte Jeremy, als er mich sah. »Du siehst ja noch schlimmer aus als Chuck!«

»Danke«, sagte Chuck. »Das sage ich ihm schon seit Jahren.«

»Die blauen Flecken werden mit der Zeit verschwinden«, sagte ich, während ich mich mit den Armen abstützte, als ich aus dem Wagen stieg. »Genau wie die letzten Reste von Chucks Haar.«

»Gib mir keinen Grund, dir noch einmal in den Arsch zu treten, Ben«, drohte Chuck und reichte mir eine Hand, während ich mich aufrichtete. »Ich hab vielleicht Mitleid mit dir, aber ich möchte wetten, ich könnte leicht eine Stelle an dir finden, die noch keinen blauen Fleck abbekommen hat.«

»Das möchte ich bezweifeln«, stöhnte ich.

»Du scheinst doch ganz ordentlich laufen zu können«, sagte Lindsey.

»Ich weiß nur nicht, auf welchem Bein ich humpeln soll.«

»Irgendwas Neues?« hörte ich Alison Chuck fragen, der hinter mir die Stufen hochging.

»Negativ.«

»Wie geht's denn, Jeremy?«, fragte ich.

»Okay. Und wie fühlst du dich?«

»Ich hab mich schon besser gefühlt.«

»Ja, na ja, du kannst von Glück reden, dass du kein Koma gekriegt hast.«

Keiner von uns wusste, was er dazu sagen sollte.

»Hast du die Darth-Vader-Maske gefunden?«, fragte ich, während ich mich hinunterbeugte, um Taz zu kraulen, der beharrlich mit der Schnauze zwischen meinen Beinen rieb.

»Nein. Ich glaube, jemand hat sie gestohlen.«

Wir gingen ins Haus, und ich machte es mir auf der Couch bequem. »Wer würde denn eine Maske stehlen?«, fragte ich und zuckte im selben Augenblick zusammen, als

Taz den Platz neben mir auf der Couch in Anspruch nehmen wollte und dabei unfreiwillig gegen meine Beine stieß.

»Hey«, sagte Chuck. »Haben sie dich etwa ohne irgendwelche Schmerzmittel nach Hause geschickt?«

»Ach was«, sagte ich und zog das rostfarbene Medikamentenfläschchen aus meiner Jeanstasche. Ich entnahm ihm zwei der kleinen grauen Pillen und steckte sie mir in den Mund.

»Wow!« Chuck beugte sich vor und konfiszierte die Flasche. »Das sind keine Bonbons. Wenn du von denen abhängig wirst, werden wir dich in Handschellen ans Bett fesseln müssen, und du weißt schon, neben wem.«

»Wem denn?«, fragte Jeremy.

»Niemand«, antworteten Chuck und ich einstimmig.

»In diesem Chatroom ist ein Typ, der behauptet, er hat Jack gestern in Miami Tennis spielen sehen«, erzählte Chuck. Es war Abend, und er surfte im Internet und ließ mich ab und zu ein Byte wissen, während ich auf dem Bauch ausgestreckt auf der Couch lag und abwechselnd fernsah oder infolge des Kodeins ein Nickerchen machte. Jeremy war vor ein paar Stunden nach Hause gegangen, um sich zu überlegen, wie er sich nun für den *Trick-or-Treat*-Streich verkleiden sollte, der schließlich schon in drei Tagen stattfinden würde. »Eben hat sich noch jemand eingeklickt und gesagt, Jack ist in Israel, macht Urlaub am Toten Meer. Er hat ein Schlammbad genommen und schwört, der Bursche neben ihm war Jack Shaw.«

»Wie viele Jack-Shaw-Websites gibt es denn eigentlich?«, fragte ich.

»Über eintausend, Yahoo zufolge.«

»O Gott. Haben die Leute wirklich nichts Besseres zu tun?«

»Es ist doch bloß ein Zeitvertreib«, sagte Chuck. »Die Mehrheit ist der Ansicht, dass Jacks Verschwinden lediglich ein Werbegag ist, der irgendetwas mit dem Plot von *Blue Angel II* zu tun hat.«

»Genau dasselbe sagen sie jetzt auch im Fernsehen«, sagte ich, und ich musste es wirklich wissen, denn ich hatte die Couch den ganzen Tag noch nicht verlassen. Jacks Verschwinden war in den meisten Nachrichtensendungen die wichtigste Meldung. »Aber ein Werbegag würde natürlich noch besser wirken, wenn sie auch einen Film hätten, für den sie werben könnten.«

»Stimmt«, sagte Chuck und klickte mit seiner rechten Hand weiter auf der Maus herum. »Es klingt, als ob bereits eine Klage wegen Vertragsbruch in Vorbereitung ist.«

Lindsey kam ins Zimmer, ein Tablett mit Truthahnsandwiches und Cola in Händen, das sie auf dem Couchtisch abstellte, bevor sie sich vor der Couch auf den Boden setzte. »Wer klagt, Luther Cain?«

»Ich glaube nicht, dass der Regisseur klagt«, sagte Chuck. »Vermutlich die Produzenten oder das Studio.«

»So viel also zu ihrer Besorgnis um Jacks Aufenthaltsort«, sagte Alison verbittert. Sie saß auf dem Boden, blätterte das Telefonbuch durch und kritzelte die Namen der Hotels und Motels der näheren Umgebung, in die Jack gegangen sein könnte, auf einen gelben Block.

»Deswegen heißt es ja auch Show*business*«, sagte Chuck. »Unterm Strich stehen die Dinge, die zählen.«

»Genau wie in der Medizin«, fügte ich hinzu.

»Du kannst mich mal.«

Dann klingelte es an der Tür, und Alison stürzte los, um aufzumachen. »O mein Gott!«, flüsterte sie, als sie durch den Spion sah. »Es ist die Polizei.«

Chuck und Lindsey erhoben sich, und ich setzte mich auf der Couch aufrecht hin, sodass ich über die Lehne blicken konnte, während Alison die Tür öffnete und der Polizist eintrat. Er war ein großer, schlaksiger Mann, in einer khakifarbenen Uniform und einer braunen Jacke, den Hut schon in der Hand. »Guten Tag«, sagte er und trat durch die Tür in die Diele. »Ich bin Deputy Sheriff Dan Pike. Wohnen Sie hier?«

»Ja?«, sagte Alison, wobei ihr Tonfall nervös anstieg, als sei ihre Antwort eher eine Frage, was sie wohl auch war. »Ich bin Alison Scholling?«

Wir anderen sagten alle Hallo. Er sah zu mir herüber. »Ich nehme an, Sie haben den BMW gefahren?«, fragte er und wies mit dem Daumen über die Schulter auf den Wagen.

»Ja, Sir«, antwortete ich. »Ich fürchte, das Reh hat's leider schlimmer erwischt als mich.«

»Tatsächlich«, sagte er und lächelte. Er hatte einen buschigen Schnauzbart, der seine Oberlippe fast völlig verdeckte, aber nicht genug, um die Unaufrichtigkeit seines Lächelns zu verbergen. Mit Augen, die sich ständig in den Höhlen hin und her bewegten, und dem grimmig verzogenen Mund sah er aus wie ein Mann, der sein Leben lang versucht hatte, bloß nicht den Anschluss zu verpassen. »Jedes Jahr kommen auf der Route 57 fast so viele Rehe ums Leben wie durch Jäger. Ich sage dem Bezirk ständig, sie sollen Zäune aufstellen ... « Seine Stimme verlor sich. Er wirkte wie ein Mann, mit dem man lieber keine Diskussionen begann.

»Sind Sie wegen des Unfalls hier?«, fragte ich.

»Was? Ach nein. Das nicht.« Er kratzte sich nachdenklich am Kinn. »Ist einer von Ihnen Arzt?«

»Ich«, meldete sich Chuck zu Wort. »Ist Ihnen nicht gut?«

»Doch«, sagte Deputy Dan. »Sagen Sie, Sie saßen nicht mit im Wagen, oder?«

»Nein.«

»Oh. Mir fiel nur eben auf …« Er fuhr sich mit einem Finger übers Gesicht, unter den Augen, deutete Chucks blaue Flecken an. »Ist ein komischer Zufall, dass Sie und Ihr Freund beide gleichzeitig bei unterschiedlichen Vorfällen so übel zugerichtet wurden.«

»Reine Hysterie«, sagte Chuck. »Hat höllisch wehgetan, um genau zu sein.«

»Tatsächlich?«, erwiderte Deputy Dan. Es war offensichtlich eine eingeübte Floskel von ihm, etwas, was er immer dann sagte, wenn sein Gehirn Informationen verarbeitete, ähnlich wie dieses seltsame Geräusch, das ein Computer von sich gibt, wenn man auf die Speichertaste drückt. Seine langsame, betonte Redeweise ging mir allmählich auf die Nerven. Er hatte offensichtlich mehr als genug Krimis gesehen und war zu der Überzeugung gelangt, dass ein gedehntes, selbstbewusstes Geplänkel zu den üblichen Methoden einer Ermittlung gehörte.

»Wenn Sie nicht wegen des Unfalls hier sind, weswegen denn dann?«, fragte ich.

»Im Rückfenster des Beamers liegt ein Arztkittel«, fuhr Deputy Dan fort.

»Das ist meiner«, sagte Chuck.

»Er scheint ein paar Blutflecken zu haben.«

»Das scheint so, weil es so ist.«

»Ich frage mich, wessen Blut das wohl sein mag. Natürlich, ich habe hier zwei Möglichkeiten zur Auswahl, da Sie beide aussehen, als hätten Sie in letzter Zeit ein bisschen geblutet.« Dieser Typ war wirklich exakt wie aus einer *Columbo*-Folge entsprungen.

»Sheriff«, begann ich.

»Deputy.«

»Okay, Deputy. Wollen Sie mir allen Ernstes erzählen, dass Sie an diesem Haus vorbeigefahren sind, von der Straße über die ganze Auffahrt hoch einen Blick ins Rückfenster des Beamers geworfen haben und erkennen konnten, dass auf Chucks Kittel Blut ist, und deswegen angehalten haben, um zu ermitteln?«

»Ich ermittle gegen niemanden«, sagte Deputy Dan. »Aber ich hätte gern meine Frage beantwortet.«

»Ich bin Arzt«, sagte Chuck, und ich konnte erkennen, dass er ebenso genervt war wie ich. »Ich habe jeden Tag mit Blut zu tun.«

»Tatsächlich?«

»Lassen Sie mich einen Augenblick nachdenken«, sagte Chuck sarkastisch. »Ja, tatsächlich. Sagen wir, ein Sheriff kriegt einen Schuss ab ...«

»Deputy Sheriff«, korrigierte ich ihn.

»Entschuldigung, ein Deputy Sheriff kriegt einen Schuss ab«, fuhr Chuck fort, während er Deputy Dan gebannt anstarrte. »Da könnte ich verdammt viel Blut auf meinen Kittel bekommen, während ich versuche, die Kugeln rauszuholen.«

»Verstehe«, sagte Deputy Dan, und ein feindseliges Funkeln trat in seine Augen, während er Chuck stirnrunzelnd betrachtete. »Also, würden Sie mir freundlicherweise sagen, wessen Blut sich auf Ihrem Arztkittel befindet?«

»Das würde ich«, sagte Chuck.

»Gut.«

»Aber ich kann nicht.«

»Wie bitte?«

»Das ist eine vertrauliche Information zwischen dem Arzt und seinem Patienten. Ich bin ethisch verpflichtet, sie als solche zu behandeln.«

»Entschuldigung«, warf Lindsey ein. »Aber was soll das alles denn eigentlich? Ich bin sicher, Sie sind nicht hierher gekommen, nur um sich mit uns zu streiten. Was gibt's denn?«

»Dazu kann ich Ihnen im Augenblick keine Auskunft geben«, erklärte Deputy Dan. »Es ist Teil einer laufenden Ermittlung.«

»Tatsächlich?«, sagte ich.

»Na ja«, sagte Alison und trat einen Schritt vor. »Ich muss doch sehr darum bitten, dass Sie meine Gäste nicht in dieser Weise ins Verhör nehmen. Soweit ich erkennen kann, haben Sie keine rechtlich einwandfreie Begründung, dieses Haus zu betreten, und daher schlage ich vor, dass Sie, es sei denn, Sie haben etwas Bestimmtes zu fragen, diesen Besuch jetzt beenden.«

»Sind Sie Anwältin oder so was?«, fragte er.

»Das bin ich.«

Deputy Dan grinste sie an, ein herablassendes Grinsen, nur um ihr zu zeigen, was er von Anwälten hielt. »Na ja«, sagte er und setzte seinen Hut wieder auf. »Ich denke, dann werde ich jetzt erst einmal gehen.« Alison machte ihm die Tür auf. »Sagen Sie«, wandte er sich noch einmal zu uns um, bevor er über die Türschwelle trat, »wie lange haben Sie denn vor, hier in Carmelina zu bleiben?«

»Dazu kann ich Ihnen im Augenblick keine Auskunft geben«, sagte ich. Ich wusste, dass ich es auf die Spitze trieb, aber das Kodein machte mich dreist.

»Wie heißen Sie?«, fragte Deputy Dan.

»Ben.«

»Na ja, Ben, Sie sind ein richtig schlaues Bürschchen, wissen Sie das?«

»Man hat es mir schon gesagt.«

»Na ja, für ein richtig schlaues Bürschchen sind Sie nicht

zu smart. Wir sprechen uns noch.« Mit diesen Worten nickte Deputy Dan uns zu und drehte sich auf dem Absatz um. Alison schloss hinter ihm die Tür.

»Was zum Teufel war das denn?«, fragte Lindsey.

»Meint ihr, sie haben Jack gefunden?«, fragte Alison.

»Nein. Wenn sie ihn gefunden hätten, würden sie uns nicht fragen. Dann würden sie es uns sagen«, meinte Chuck.

»Na ja«, sagte ich. »Es ist offensichtlich, dass sie irgendetwas wissen.«

»Tatsächlich?« Chuck grinste, und wir prusteten alle los.

»Lass das, Mann. Es tut weh, wenn ich lache«, beschwerte ich mich.

»Das ist nicht witzig«, sagte Alison unter Gekicher. »Wir könnten wirklich Ärger bekommen.«

»Warum lachst du denn dann?«, stachelte Chuck sie auf.

»Ich lache einfach über mein Leben«, erklärte sie mit einem übertriebenen Seufzer, der uns wieder zur Ruhe brachte.

»Dieser Typ«, sagte ich, »geht wirklich nicht. Ein Columbo für Arme.« Wieder prusteten wir los.

»Ich kann's einfach nicht glauben«, sagte Lindsey, während sie sich zu mir auf die Couch setzte. »Ihr beide habt ihn wirklich auf die Palme gebracht.«

»Meinst du?«, sagte Chuck.

»Ich denke, man kann mit Sicherheit davon ausgehen, dass er größere Probleme hat«, sagte ich.

»Stimmt«, sagte Lindsey trocken. »Aber wie steht's mit uns?«

»Was soll das heißen?«, fragte Alison.

»Das soll heißen, sie wissen etwas. Ich teile Chucks Ansicht, dass sie Jack nicht gefunden haben, aber irgendwie haben sie doch den Verdacht, dass wir etwas mit seinem

Verschwinden zu tun haben. Deswegen war dieser Deputy so interessiert an euren blauen Flecken und an dem blutbeschmierten Kittel. Er sucht nach Spuren von Gewalt. Und das bedeutet, dass ihm irgendjemand einen Tipp gegeben haben muss, was hier los war.«

»Es gibt also eine Reihe von Möglichkeiten«, sagte Chuck. »Erstens: Sie wissen, dass wir Jack entführt haben, haben aber keinen Beweis. Zweitens: Vielleicht hat irgendjemand gehört, wie Jack vor ein paar Nächten das Haus auseinander genommen hat, und hat es gemeldet.«

»Dann wäre die Polizei aber schon vor einer ganzen Weile gekommen«, bemerkte ich.

»Seward«, ergänzte Alison.

»Was?«

»Seward. Er muss es gewesen sein.«

Kaum hatte sie es gesagt, wussten wir alle, dass sie vermutlich Recht hatte. Schließlich hatte er von Anfang an gewusst, oder zumindest den Verdacht gehegt, dass wir mit dieser Sache zu tun hatten, und nach dem Zwischenfall mit Chucks Funkrufempfänger hatte er sich vermutlich nicht einfach zurückgelehnt, um abzuwarten, was passieren würde. Für ihn stand im Hinblick auf Jack zu viel auf dem Spiel, als dass er nicht jede Spur verfolgen würde, die er hatte, vor allem nachdem er Chuck bei einer glatten Lüge ertappt hatte.

»Meint ihr, er hat die Polizei hier am Ort verständigt?«, fragte ich.

»Warum nicht?«, sagte Alison. »Er sagt ihnen, er hat Grund zu der Annahme, dass wir in die Sache verstrickt sind, und bittet sie, doch einmal vorbeizufahren und der Sache auf den Grund zu gehen. Er weiß, dass sie es tun werden, denn was zum Teufel haben sie hier denn sonst noch zu tun?«

»Da hast du Recht«, sagte ich. »Aber was fangen wir jetzt damit an?«

Wie zur Antwort auf meine Frage klingelte das Telefon, und Lindsey schnappte sich das Gerät, das irgendjemand, der es zuletzt benutzt hatte, auf der Treppe liegen gelassen hatte. »Hallo«, sagte Lindsey leise. Natürlich, der Augenblick verlangte eigentlich, dass der Anrufer Seward war oder die Polizei oder vielleicht sogar Jack, der uns sagen wollte, wo er war. Aber das hier war das wirkliche Leben, und der größte Unterschied zwischen dem Kino und dem wirklichen Leben ist vielleicht der, dass das wirkliche Leben sich selten um die Dramaturgie einer Geschichte schert.

Lindseys Gesicht wurde auf einmal zu einer unergründlichen Maske, ihre Miene änderte sich nicht wirklich, sondern fror eher fest, ein feines Zusammenziehen mikroskopisch kleiner Gesichtsmuskeln, fast unmerklich, außer für jemanden, der sie sehr genau kannte. Auch wenn es zunächst ein Rätsel blieb, wer am Telefon war, war uns allen doch klar, dass der Anruf nicht das Geringste mit unserer gegenwärtigen Unterhaltung zu tun hatte. Und mir war ebenso deutlich klar, dass Lindsey von dem Anruf verunsichert war. »Hi«, sagte sie mit tonloser Stimme. »Wie geht's? … Äh … Ach ja, hat er das? … Äh, nein, alles in Ordnung, ihm geht's gut … ja.«

Dann sah sie zu mir hoch, und auf einmal lief es mir eiskalt über den Rücken, nur ein winziges entnervtes *Au weia!*, bevor sie mir das Telefon hinhielt und sagte: »Es ist für dich.«

»Wer ist es?«, murmelte ich, während ich ihr das Telefon abnahm. »Hallo?«

»Ben?« Es war Sarah. Lindsey sah mich einen Augenblick lang an und ging dann in die Küche.

»Hi«, sagte ich.

»Wer ist es?«, fragte Chuck gebannt.

Ich legte eine Hand über die Sprechmuschel und sagte ihm, wer es war. Während er und Alison verwirrte Blicke tauschten, sagte Sarah: »Ich hab mir Sorgen um dich gemacht.«

»Weshalb?«

»Du hast mich angerufen, erinnerst du dich? Aus dem Krankenhaus?«

»Ach ja. Woher wusstest du denn, wo du mich erreichen kannst?«

»Du hast doch gesagt, du bist in den Bergen. Und das war der einzige Ort, an dem du sein könntest, der mir eingefallen ist. Ich hatte die Nummer noch in meinem Adressbuch.«

»Oh. Ich hätte dich nicht anrufen sollen«, sagte ich. »Ich stand unter starkem Medikamenteneinfluss.« Chuck und Alison tauschten erneut Blicke und gingen dann in die Küche, um mir etwas Privatsphäre zu lassen.

»Ich hab mir Sorgen gemacht«, wiederholte Sarah leise.

»Ja, na ja, es geht mir gut«, beeilte ich mich zu sagen. Ein Telefongespräch mit ihr war wirklich das Letzte, was ich im Augenblick brauchte.

»Na schön«, sagte sie gereizt, und ich wusste, dass ich ihre Gefühle verletzt hatte.

»Hör zu, Sarah«, begann ich und kam mir schäbig dabei vor. »Ich hasse es über alles, unhöflich zu sein, aber ich kann das Telefon im Augenblick nicht belegen ...«

»Ja«, sagte sie. Ihr Tonfall war jetzt eisig. »Ich wollte mit Sicherheit nicht bei irgendetwas stören.«

Ich entschied, dass eine Reaktion auf die Anspielung, die sie hatte durchblicken lassen, die Diskussion nur noch in die Länge ziehen würde. »Ich weiß«, sagte ich.

»Na, dann tu mir einen Gefallen. Wenn du es dir je wieder überlegen solltest, mich mit einem solchen Anruf zu erfreuen, tu's nicht.«

»Abgemacht«, sagte ich. Ich konnte gar nicht glauben, dass ich sie überhaupt angerufen hatte. Mein Urteilsvermögen war noch nie besonders gut gewesen, aber das hier grenzte schon an Selbstaufopferung. »Ich muss ganz schön zugedröhnt gewesen sein«, murmelte ich.

»Wie bitte?«

»Schon gut«, sagte ich und legte auf. Nur mein entkräfteter Zustand hielt mich davon ab, das Telefon quer durchs Zimmer zu schleudern. Es gab so vieles, was mich an diesem Anruf nervte, dass ich gar nicht wusste, wo ich anfangen sollte. Ich wollte Sarah gegenüber nicht grausam sein, und ich wollte auch Lindsey nicht verletzen, und offenbar war mir beides auf einmal gelungen, indem ich einen idiotischen, sentimentalen Anruf von meinem Krankenhausbett aus getätigt hatte. Ohne jede Vorwarnung wurde mein Blick auf einmal verschwommen, und ich spürte, wie mir schwindlig wurde. Ich lehnte mich auf der Couch nach hinten, die Augen auf Halbmast, und spürte, wie sich das Zimmer zu drehen begann. Die Wirkung meiner letzten Kodeindosis setzte ein. Ich war geschieden, und das war schlimm, nicht weil ich noch immer mit Sarah verheiratet sein wollte, sondern weil es das erste konkrete Anzeichen war, dass allmählich unwiderrufliche Dinge in mir vorgingen. Veränderung war etwas, womit ich noch nie besonders würdevoll umgehen konnte, und ein Beweis dafür war die Tatsache, dass ich Sarah überhaupt angerufen hatte. Vermutlich hatte ich in diesem Augenblick vor, mich von der Couch zu erheben und die Sache mit Lindsey ins Lot zu bringen, aber das Kodein sorgte dafür, dass ich ohne weitere Vorankündigung in einen dunklen, traumlosen Schlaf fiel.

30

Wie sich herausstellte, wachte ich erst am nächsten Morgen wieder auf. Irgendwann, während ich schlief, hatte jemand eine Decke über mich geworfen. Ich hoffte, dass es Lindsey gewesen war, aber um all meine Ersparnisse hätte ich dabei nicht wetten wollen. So, wie die Dinge in letzter Zeit für mich liefen, hätte ich meine Ersparnisse dabei vermutlich verwettet. Der Duft von Eiern und Kaffee drang aus der Küche zu mir herüber, und ich merkte, dass ich völlig ausgehungert war. Ich überprüfte rasch die Anwesenheit all meiner Körperteile und kam zu dem Schluss, dass sich an diesem Tag alle zur Arbeit eingefunden hatten, wenn auch einige begeisterter als andere. Vorsichtig rollte ich mich von der Couch, stemmte mich hoch, bis ich aufrecht stand, und nahm mir ein paar Sekunden Zeit, um meine Zehen in den Teppich zu bohren und damit hin und her zu wackeln. Aus irgendeinem Grund hatte das Gefühl eines Teppichs zwischen meinen Zehen seit dem Unfall eine seltsam beruhigende Wirkung auf mich. Ich ging in die Küche, wobei die statische Aufladung zwischen meinen Füßen und dem Teppich knisterte wie ein Werbespot für Rice Krispies. In der Küche saßen Chuck und Alison missmutig beim Frühstück.

»Hey«, sagte ich und zog mir einen Stuhl heran.

»Guten Morgen«, sagte Alison.

»Wie fühlst du dich?«, fragte Chuck, während er etwas Rührei auf einem getoasteten Weißbrot verteilte. Ich wartete, bis er damit fertig war, und schnappte mir dann ein Stück von seinem Teller.

»Hunger«, murmelte ich und biss in den Toast. »Salz

fehlt.« Ich streckte die Hand über Alisons Platz aus und griff nach dem Salzfässchen.

»Jeder ist ein Kritiker«, sagte Chuck und nahm sich noch eine Scheibe Toast von dem Teller in der Mitte des Tischs.

»Wo ist Lindsey?«, fragte ich.

»Unten am See«, sagte Chuck. »Und wenn du mich fragst ...«

»Tu ich nicht.«

»Sie sieht nicht allzu glücklich aus«, beendete er den Satz.

Ich nahm noch einen Bissen Toast mit Ei und erhob mich vom Tisch. »Hier«, sagte Chuck und griff in seine Tasche. »Das wirst du brauchen.« Er zog mein Medikamentenfläschchen hervor und brach eine der Pillen in der Mitte durch. »Tagesrationen«, sagte er und warf mir eine Hälfte zu. Ich steckte sie mir in den Mund und spülte sie mit seinem Orangensaft hinunter. »Wir sehen uns später.«

Ich war schon fast an der Tür, als Alison leise sagte: »Ben.«

Ich drehte mich um und sah sie an. »Ja?«

»Was immer das Problem ist, schaff es jetzt aus der Welt, es gibt nämlich wichtigere Dinge, um die wir uns kümmern müssen.«

»Was ist los?«, fragte ich.

»Er ist jetzt seit zwei Tagen verschwunden, Ben«, sagte sie und sah mich gebannt an. »Das sind zwei Tage und zwei Nächte.«

»Ich weiß.«

»Nein«, widersprach Alison mit einer Stimme, die ihr zu versagen drohte. »Das weißt du nicht. Niemand von uns weiß es. Er könnte verletzt sein, er könnte tot sein, wir wissen nicht ein verdammtes bisschen.«

»Jack kann selbst auf sich aufpassen«, entgegnete ich matt.

»Ja, genau«, gab sie zurück. »Wenn Jack selbst auf sich aufpassen könnte, dann wären wir jetzt nicht hier.«

»Also, was willst du damit sagen?«, fragte Chuck sie. »Was willst du denn jetzt unternehmen?«

»Ich weiß nicht«, sagte Alison, während sie nachdenklich mit dem Finger um den Rand ihres Saftglases glitt. »Ich denke, die Sache ist zu weit gegangen. Vielleicht sollten wir uns besser an die Polizei wenden.«

»Die werden uns festnehmen«, sagte Chuck. »Weißt du, was eine Festnahme für meine Karriere bedeuten würde? Oder deine? Du könntest aus der Anwaltschaft ausgeschlossen werden, und ich könnte meine Approbation verlieren.«

»Wir reden hier von Jacks Leben!«, schrie Alison ihn an und schlug mit der flachen Hand so hart auf den Tisch, dass ich ein paar Eibrocken in die Luft fliegen sah. »Wie egoistisch kannst du eigentlich sein, Chuck?«

»Hey!«, brüllte Chuck zurück. »Ich bin schließlich hierher gekommen, um Jack zu helfen, oder? Ich hab mir meine gottverdammte Nase einschlagen lassen, als ich versucht habe, meinem Kumpel Jack zu helfen. Aber Jack wollte sich von uns nicht helfen lassen, und vielleicht ist es an der Zeit, dass du darüber ein bisschen nachdenkst. Jack hat gesagt, scheiß drauf, scheiß auf euch alle, und hat sich verpisst. Und jetzt hockt er irgendwo in einem Hotelzimmer, so stoned, dass er kaum noch weiß, wer er ist, bohrt in der Nase und lacht über uns, und ich werde einen Teufel tun und mir meine Zukunft ruinieren, während das passiert. Wenn du unserem Junkiefreund zuliebe deine Karriere sausen lassen willst, bitte sehr. Du spielst jetzt schon seit Jahren die Märtyrerin für Jack, warum nicht noch ein Opfer mehr? Aber ich bin hierher gekommen, um einem Freund zu helfen, nicht, um mich von ihm ruinieren zu lassen!«

Alison starrte Chuck einfach nur an, ignorierte die Tränen, die ihr aus reglosen Augen zu den Mundwinkeln hinunterrannen, während ihr Mund in ungläubigem Entsetzen offen stand. Offenbar hatte ich ihn auch angestarrt, vielleicht auch nur, weil es unerträglich war, den kalten Schmerz in Alisons Miene mit anzusehen, denn auf einmal wandte sich Chuck zu mir um und sagte: »Was?! Du weißt doch, dass ich Recht habe.«

Wir starrten uns einen Augenblick lang an. »Solange wir uns nur alle einig sind«, sagte ich leise und zog mich aus der Küche zurück.

Ich fand Lindsey auf einem großen Felsen sitzend, der in den See hinausragte, das Kinn auf die Knie gestützt, während sie kleine Kieselsteine aus den Gesteinsspalten ausbuddelte und ins Wasser warf. Sie trug eine verwaschene schwarze Jeans und ein lila NYU-Sweatshirt und hatte sich das Haar zu einem Pferdeschwanz zusammengebunden, der in der krumpligen Kapuze des Sweatshirts verschwand. Sie wandte sich nicht um, aber an der Art, wie sie den Kopf schräg legte, erkannte ich, dass sie mich kommen gehört hatte.

»Was sollte denn dieses ganze Geschrei?«, fragte sie in einem vorsichtig neutralen Tonfall.

»Eine kleine Meinungsverschiedenheit im Hinblick auf Jacks Situation.«

»Oh.«

»Ja«, fuhr ich fort, indem ich nervös zu schwafeln begann. »Alison glaubt, dass Jack irgendwo tot im Straßengraben liegt. Sie will die Cops verständigen.« Lindsey zeigte keine Reaktion, sondern warf lediglich einen weiteren Kieselstein in den See. Mit einem sanften, würdevollen

Plopp schlug er auf der Wasseroberfläche auf. Als klar wurde, dass sie nicht vorhatte, etwas zu sagen, fuhr ich rasch fort. »Chuck glaubt, dass Alison ein riesiges ungelöstes Problem mit Jack hat, dem sie auf den Grund gehen sollte, und ist überzeugt, dass Jack sich irgendwo verkrochen hat und so stoned ist, dass er kaum noch weiß, wer er ist.«

Plopp ... plopp.

»Chuck lehnt es ab, die Cops zu rufen. Er ist sich sicher, dass man uns alle festnehmen würde.« *Plopp.* »Und was glaube ich? Ich glaube, sie haben beide Recht und beide Unrecht, und würdest du dich bitte einfach umdrehen und einen Augenblick mit mir reden?«

Es machte ein letztes Mal *Plopp,* und dann zog sich Lindsey eine lose Haarsträhne aus dem Mund und wandte sich zu mir um. »Weißt du, was dein Problem ist, Ben?«

Einen Augenblick lang fragte ich mich, wie diese sieben Worte offenbar den Weg in den Mund jeder Frau fanden, der ich je begegnet war. »Nein«, sagte ich. »Na ja, eigentlich schon. Das heißt, von welchem Problem redest du denn?«

»Du kannst dich nicht damit abfinden, dass das Leben nicht mit der Auflösung und Symmetrie eines Kinofilms daherkommt. Du hasst lose Enden, das Wissen, dass es Dinge im Leben gibt, die vermasselt werden und die unwiderruflich vermasselt bleiben werden.«

Das klang so sehr nach dem, was Sarah zu mir gesagt hatte, als wir uns scheiden ließen, dass ich einen paranoiden Augenblick lang tatsächlich die Möglichkeit in Betracht zog, dass die beiden sich darüber ausgesprochen hatten. »Ich will Sarah nicht zurückhaben«, sagte ich.

»Ich weiß«, sagte Lindsey mit einem zärtlichen Lächeln. »Darüber mache ich mir auch keine Sorgen. Aber du willst auch nicht, dass sie dir böse ist oder dich hasst. Und du kannst dich nicht damit abfinden, dass du etwas zurückgelassen hast, dass du ein Durcheinander zurückgelassen hast. Du willst immer wieder zurückkehren, um festzustellen, ob du es nicht irgendwie in Ordnung bringen kannst, in deinem Kopf ein bisschen aufräumen kannst, aber das wird nicht passieren.«

»Ich weiß«, gab ich zu.

»Und während du damit befasst bist, nach hinten zu blicken«, fuhr sie fort, »siehst du nicht das, was du hier genau vor dir hast. Ich weiß nicht«, sagte sie, während sie langsam ausatmete. »Vielleicht ist das der Grund, weshalb du schreibst, damit du allem eine Auflösung geben kannst, weißt du? Damit du zu einem Schluss kommen kannst.«

»Ich weiß, was ich hier habe«, sagte ich. »Und du weißt, dass ich immer verliebt in dich war.«

»Schon, aber das ist nicht genug. Ich liebe dich, aber ich blicke nach vorn, nicht nach hinten.« Sie beugte sich vor und zog die Knie an die Brust. »Du hast es schon einmal vermasselt. Na ja, das passiert. Man lernt, was man lernen muss, kratzt sich den Dreck von den Schuhen und sieht zu, dass man weiterkommt. Wenn du das nicht kannst, dann wirst du nie die Chance haben, dein Leben so zu leben, wie du es willst.«

»Ich stand unter starkem Medikamenteneinfluss«, bemerkte ich.

»Blödsinn, Ben«, sagte sie. »Scheidung heißt, dass du für immer verändert worden bist, und das ist es, was dir Angst macht. Aber ohne Veränderung gibt es auch keine Zukunft für dich. Für uns. Daher muss ich dich dazu bringen, dass du endlich anfängst, dich mit bestimmten Dingen abzufinden. Dass du anfängst, nach vorn zu blicken.«

Die guten alten Zeiten waren nicht immer gut, dachte ich im Stillen. *Und morgen wird auch nicht so schlimm, wie es scheint.* Ich dachte eine Zeit lang darüber nach, und dann darüber, wie sinnvoll es wohl war, in Liedtexten nach Richtlinien zu suchen, und dann kletterte ich auf den Felsen, um mich zu ihr zu setzen, mit Blick auf den See. Meine Finger fanden einen kleinen Kieselstein, und ich warf ihn in den See. *Plopp*. Es kam ein zweites *Plopp* zur Antwort, als Lindsey einen Stein warf, und auf diese Weise besiegelten wir unseren Pakt. Ich lehnte mich gegen sie, und sie glitt mit den Lippen über meine Stirn.

Ich sah unseren Atem, der sich vor uns formte und mischte, ein schwacher weißer Dampf in der kühlen Morgenluft. Es war noch nicht kalt, aber das Wetter schlug allmählich um. Der See lag völlig still unter dem grauen Himmel, seine Strömung war nicht erkennbar, als spürte er ebenfalls das Herannahen eines neuen Winters und stellte sich bereits aufs Zufrieren ein. Auf einmal setzte ich mich aufrecht hin und blickte über den See. »Die Gänse sind verschwunden«, sagte ich.

Lindsey lächelte mich an und drückte meinen Arm. »Sie werden wiederkommen«, flüsterte sie. Wir saßen noch eine Weile schweigend da, sahen auf den See hinaus und wurden zusammen ein klein wenig älter.

31

Wir saßen noch immer auf dem Felsen, als Chuck etwas später angestürmt kam, gefolgt von einer wutschnaubenden Alison. Sie hatten sich noch immer heftig in der Wolle. »Ich kann einfach nicht glauben, dass du auf einmal aussteigst«, sagte Alison, während sie hinter ihm hereilte.

»Ich bin es nicht, der aussteigt«, brüllte Chuck über die

Schulter. »Jack war es, der sich abgeseilt hat.« Er schritt entschlossen zu uns herüber und sagte: »Wir müssen reden.«

»Wir können nicht einfach abreisen«, protestierte Alison. »Wir müssen irgendetwas tun.«

»Es gibt nichts, was wir tun könnten«, gab Chuck zurück.

Alisons Gesicht war vor Zorn gerötet, als sie auf uns zukam. »Seid ihr etwa alle dieser Ansicht?«, fragte sie, etwas außer Puste, nachdem sie Chuck bis zum See hinterhergerannt war. »Meint ihr alle, wir sollten einfach nach Hause fahren?«

Chuck warf mir einen durchdringenden Blick zu, und ich wusste, dass ich ihn nicht hängen lassen konnte. »Er ist gegangen, Alison«, sagte ich langsam. »Wo immer er jetzt sein mag, wir haben es nicht mehr unter Kontrolle. Er wollte sich schon vorher nicht von uns helfen lassen. Selbst wenn wir ihn jetzt finden könnten, wie kommst du auf die Idee, dass er sich diesmal von uns helfen lassen würde?«

»Wovon redest du überhaupt?«, sagte Alison. »Er braucht uns.« Sie sah Lindsey und mich an, mit gleichzeitig anklagenden und flehenden Augen.

»Ich denke, wir sollten die Optionen einmal offen darlegen«, sagte Lindsey leise. »Ich meine, im Augenblick denkt keiner von uns besonders klar.«

»Ich denke völlig klar«, widersprach Chuck, wobei er etwas lauter wurde. »Und ich muss diese Sache nicht in einem Komitee entscheiden. Ich fahre nach Hause. Jack ist gegangen. Entweder hat er irgendwo ein Telefon gefunden und Seward angerufen, damit er ihn abholt, oder er ist wieder high, oder ...« Seine Stimme verlor sich.

»Oder was?«, fragte Alison herausfordernd.

»Oder er ist tot«, half Lindsey Chuck aus der Patsche.

»Ich habe heute Morgen das hiesige Krankenhaus angerufen«, berichtete Chuck. »Seit gestern Abend wurde niemand eingeliefert, und es ist auch niemand auf dem Weg ins Krankenhaus gestorben. Darüber hinaus wüsste ich nicht, was irgendeiner von uns jetzt noch tun könnte.«

»Wir könnten uns an die Polizei wenden«, sagte Alison. »Wenn wir ihnen erzählen, was passiert ist, werden sie uns helfen, ihn zu suchen.«

»Wer? Dieser durchgeknallte Deputy? Ja, der wird uns mit Sicherheit eine große Hilfe sein.«

»Wir könnten uns an den Sheriff oder an die bundesstaatliche Polizei wenden.«

Chuck schnitt eine Grimasse. »Na großartig! Verpfusch dir dein Leben wegen Jack gleich noch ein bisschen mehr. Das ist doch sowieso schon ein schlechter Scherz! Aber ich werde mich dir nicht anschließen. Ich wollte schon vor zwei Tagen abreisen, aber dann hatte Ben seinen Unfall, daher bin ich noch ein bisschen geblieben. Seinetwegen, nicht wegen Jack. Ich habe mir in einer entscheidenden chirurgischen Ausbildungsphase eine Woche freigenommen. Wenn ich noch mehr verpasse, kann ich meine Verpflichtungen nicht erfüllen, und dann muss ich bis zum Frühjahr warten, um wieder von vorn anzufangen. Ich werde mindestens ein halbes Jahr verlieren, und wozu? Es ist eine Sache, für jemanden den Kopf hinzuhalten, wenn es dem Betreffenden tatsächlich etwas nützt. Aber im Augenblick tun wir uns nur selbst unnötig weh. Mein Gott, Ben hätte ums Leben kommen können.« Er hielt einen Augenblick inne und sah kurz zu mir hinüber, bevor er sich wieder Alison zuwandte. »Und Jack hätte um ein Haar dieses Haus mit uns allen abgefackelt, falls du das vergessen hast. Und währenddessen hab ich nicht einziges Mal daran gedacht, abzuhauen, weil ich immer noch glaubte, wir könnten ihm helfen. Aber jetzt schnüffelt die Polizei hier herum, und ich denke, das ist unser Stichwort, um verdammt noch mal von hier zu verschwinden … Jack ist aus freien Stücken gegangen, und damit hat sich die Sache erledigt. Es ist an der Zeit, dass er selbst die Verantwortung für sein Tun übernimmt. Wir sind hier fertig, Alison. Es war ein edles Bemühen, und es hat nicht geklappt. Es war in dem Augenblick vorbei, in dem er aus dieser Tür spaziert ist, und du bist die Einzige, die das noch nicht weiß.«

Alison sah ihm jetzt genau ins Gesicht. Ihre Augen hatten sich zu zwei verächtlichen Schlitzen verengt. »Dann fahr doch nach Hause, Chuck. Kümmer dich um dich selbst. Das kannst du doch sowieso am besten.« Ihre Schmährede war fast wortwörtlich das, was Luke zu Han Solo sagt, kurz vor dem Angriff der Rebellen auf den Todesstern, aber ich verkniff es mir, sie auf diesen Punkt hinzuweisen.

»Du durchgeknalltes Miststück«, zischte Chuck leise.

»Chuck!«, schrie Lindsey überrascht.

»Nein!«, brüllte er zurück. »Wir schleichen hier alle auf Zehenspitzen herum, und ich mach das jetzt einfach nicht mehr mit. Ich mache mir Sorgen um dich, Alison. Ich weiß, du glaubst, das stimmt nicht, aber es ist so. Und deswegen sage ich dir das alles. Du liebst Jack nicht, du bist abhängig von ihm. Oder davon, eine Märtyrerin für ihn zu sein, ich weiß es nicht, aber es ist nicht gesund. Du kannst ja nicht einmal den Schaden erkennen, den das bei dir selbst anrichtet. Bei uns allen.«

»Versuch bloß nicht, mir zu erzählen, wie ich mich fühle!«, fauchte Alison ihn an. »Was zum Teufel weißt du denn schon davon? Du hast doch noch nie irgendjemand anders geliebt als dich selbst.«

Er wollte schon etwas erwidern, doch dann schüttelte er

lediglich den Kopf und machte eine wegwerfende Handbewegung, bevor er sich umwandte und zurück in Richtung Haus ging. »Scheiß drauf«, sagte er. »Ich verschwinde von hier.«

Ich stand auf. Panik machte sich allmählich in meiner Magengegend breit. Irgendetwas passierte hier mit uns allen, bog sich unter all der Anspannung und Feindseligkeit, und ich hatte das ungute Gefühl, dass es, wenn es einraste-te, irreparablen Schaden nehmen würde. Die Grenzen wurden gezogen, und die Seiten, auf denen wir landen würden, könnten uns für immer trennen. »Chuck!«, rief ich ihm nach. »Warte einen Augenblick.« Er runzelte die Stirn, aber er blieb stehen, wo er war.

»Lass ihn gehen«, sagte Alison. »Er hat seine Prioritäten deutlich gemacht.«

»Alison«, wandte ich mich zu ihr um, wobei ich mich bemühte, mit leiser, fester Stimme zu sprechen. »Das ist nicht fair. Er hatte bessere Gründe, hierher zu kommen, als der Rest von uns.«

»Wovon zum Teufel redest du?«, fragte Alison, während sie immer noch Chuck anstarrte, der reglos auf dem Rasen verharrte.

»Für ihn war es viel schwerer, hierher zu kommen, als für uns. Er hatte am meisten zu verlieren, und im Gegensatz zu uns anderen hatte er nichts zu gewinnen.«

Alison wandte sich zu mir um, ihr Gesicht war ein einziges Fragezeichen. »Hör zu«, sagte ich. »Es ist kein Geheimnis, dass bei mir in letzter Zeit alles nicht besonders toll gelaufen ist. Die Scheidung, mein Job, et cetera. Das hier war eine willkommene Abwechslung für mich. Außerdem wusste ich, dass Lindsey auch hier sein würde.«

»Verstehe«, sagte Alison bitter. »Das heißt, nachdem ihr jetzt wieder zusammen seid, habt ihr beide bekommen, was ihr wolltet, und Jack spielt keine Rolle mehr. Ist es so?«

»Mein Gott!«, sagte Lindsey und schlug entnervt auf den Felsen. »Das sagt doch niemand. Würdest du vielleicht endlich einmal erwachsen werden?«

»Alison, bitte«, sagte ich. »Die Sache ist die, im Gegensatz zu Lindsey und mir steht Chuck am Beginn einer glänzenden Karriere, und er hat sie aufs Spiel gesetzt, weil sein Freund Hilfe brauchte. Er kam hierher, um Jack zu helfen und um uns zu helfen. Ende der Geschichte. Kein anderer Grund. Das heißt, wenn du dich darüber streiten willst, ob wir die Sache jetzt abblasen sollten oder nicht, dann kannst du das gern tun, aber bitte bleib dabei fair. Jack macht sich vom Acker und versucht, das Haus abzufackeln, und du bist sauer auf Lindsey, weil sie ihre Betäubungspistole benutzt. Chuck bringt die Möglichkeit zur Sprache, nach Hause zu fahren, und du reißt ihm deswegen fast den Kopf ab. Wir sind deine Freunde, Alison. Stoß uns nicht weg.«

»Ich werde dir noch etwas sagen«, begann Lindsey, während sie aufstand und sich vor Alison hinstellte, die inzwischen am gegenüberliegenden Ende des Felsens stand. »Ich bin auch deinetwegen hierher gekommen, noch mehr als wegen Jack. Weil du meine engste Freundin bist und ich dich liebe. Du warst immer für mich da, und ich ertrage es einfach nicht …« Sie schluckte schwer und fuhr fort. »Ich ertrage es einfach nicht, mit anzusehen, wie du von ihm immer und immer wieder verletzt wirst.« Sie punktierte ihren Satz mit einem steifen Kopfnicken und wandte sich dann ab, wobei sie sich eine Träne aus dem Augenwinkel wischte.

»Als wir uns entschlossen, diese Sache in Angriff zu nehmen, wussten wir ja, dass durchaus die Gefahr besteht, ihn zu verlieren«, sagte ich zu Alison, als Lindsey sich wieder an den Rand des Felsens gesetzt hatte. »Aber jetzt kommt es mir so vor, als würden wir dich auch noch verlieren.«

Alison drehte sich um und blickte über den See hinaus, die Arme um die Brust gelegt, sodass sie mit den Händen ihre Schultern umklammerte. Ich sah, wie sich ihr Rücken zusammenzog und wieder dehnte, während sie tief ein- und ausatmete. Chuck trat zögernd ein paar Schritte vor, auf den Fuß des Felsens zu, nachdem er offenbar einen Umschwung in der Atmosphäre wahrgenommen hatte. »Ich hatte auch noch einen anderen Grund«, erklärte Alison schließlich. »Hierher zu kommen, meine ich. Ich habe mir zwar gesagt, dass es nur darum geht, Jack zu helfen, aber das ist nicht die ganze Wahrheit. Vermutlich dachte ich, wenn ich diejenige wäre, die ihm Beistand leistet, wenn ich ihm da hindurchhelfen würde, dann würde er erkennen, wie sehr ich ihn liebe, und dann würde ihm auch klar werden, wie sehr er mich liebt. Ich – ich weiß nicht –, ich habe einfach die letzten zehn Jahre damit verbracht, mich für jemanden aufzuheben, der mich gar nicht will. Das Leben zieht an mir vorbei, und die Hälfte der Zeit merke ich überhaupt nicht, dass es geschieht. Jedes Mal, wenn ich einen Blick in den Kalender werfe, bin ich entsetzt, wie die Jahre vergangen sind und ich noch immer an derselben Stelle verharre. Es ist verlorene Zeit, und ich habe keine Ahnung, wo sie geblieben ist. Und eines Tages blicke ich auf und stelle fest, ich bin dreißig Jahre alt und noch immer keinen Schritt näher an einem Ehemann und einer Familie als damals auf dem College.« Sie seufzte, während sie geistesabwesend eine Zehe in eine Spalte des Felsens bohrte. Sie löste einen kleinen Kieselstein los und kickte ihn in den See. Ich wartete auf das *Plopp*.

»Ich weiß nicht«, fuhr sie fort, während sie auf die konzentrischen kleinen Wellen starrte, die ihr Stein im Wasser ausgelöst hatte. »Ich weiß nur, dass ich inzwischen eigentlich irgendwo anders sein sollte. Und vermutlich dachte ich, wenn ich ihn hierher bekommen könnte, weit weg von all dem Wahnsinn in seinem Leben, dann würden wir vielleicht eine Chance haben. Es war dumm und egoistisch, aber ich hab's eben getan.« Sie wandte sich zu uns um, mit gesenktem Blick. »Es ist geistesgestört, wirklich. Ich bin wie eine von diesen Psychopathinnen, wie Kathy Bates in *Misery* oder so ähnlich. Ich habe Jack entführt, damit er mich liebt. Ich habe euch alle unter dem Vorwand hierher gebracht, dass wir ihn vor sich selbst retten müssten, während ich dabei ebenso sehr an mich wie an ihn dachte. Und wenn er jetzt verletzt oder krank oder etwas noch Schlimmeres ist, dann ist es meine Schuld. Weil ich dumm genug war zu glauben, ich könnte ihn verändern, könnte aus ihm das machen, was ich haben wollte, damit mein Leben irgendwann an dem Punkt ankommen würde, an dem es inzwischen eigentlich sein sollte.«

Wir starrten sie alle an, völlig verblüfft von ihren Worten. Ich hatte schon immer gewusst, dass Alison hoffnungslos verknallt in Jack war, aber es war mir nie in den Sinn gekommen, dass sie vielleicht dieselbe Mischung aus Losgelöstheit und Leere bedrohlich näher rücken sah, die ich selbst durchlebt hatte. Das Gefühl, dass die Zeit nicht mehr joggte, sondern sprintete, und dass wir alle nicht einmal am Rennen teilnahmen. Ich empfand Mitleid mit ihr, auch wenn mein kleinliches, erbärmliches Elend sich rückwirkend vielleicht über Alisons Gesellschaft freute. Bis man selbst den Weg aus dem Wald gefunden hat, ist es beruhigend, anderen Leuten zu begegnen, die ebenfalls in ihm verloren sind.

»Es ist nicht geistesgestört«, sagte Lindsey. »Wir machen alle dieselben Dinge durch. Wenn man jünger ist, geht man einfach wie selbstverständlich davon aus, dass sich bestimmte Dinge einfach von selbst ergeben. Beziehungen, Familie, Karriere, das alles. Sie kommen vielleicht nicht genau in der Form, in der man sie sich vorgestellt hat, aber irgendwie kommen sie eben doch.« Sie lächelte wehmütig. »Man stellt sich bloß nie vor, dass sie vielleicht überhaupt nicht kommen könnten. Und dann wird man auf einmal dreißig und … Scheiße! Auf einmal wird einem bewusst, dass sie vielleicht doch nicht unbedingt kommen, und man kriegt Panik. Oder zumindest hab ich sie gekriegt.«

»Es ist schon komisch«, sagte ich. »Ich weiß, ich war depressiv, fühlte mich, als sei mein Leben aus dem Ruder geraten, aber ich war absolut überzeugt, dass ihr alle glücklich mit euerm Leben seid und ich der einzige Verlierer bin. Und irgendwie ist es tröstlich, festzustellen, dass bei euch auch alles in die Binsen gegangen ist.«

»Es freut mich wirklich, dass diese Tragikomödie, die mein Leben darstellt, eine Quelle des Trostes für dich ist«, erwiderte Alison mit einem verschmitzten Grinsen, und man konnte spüren, wie sich der Druck um uns herum allmählich löste.

»Und glaub bloß nicht, dass ich das nicht zu schätzen weiß«, sagte ich.

»Entschuldigt mich«, sagte Chuck, der nun wieder ganz auf den Felsen zurückkam. »Aber wird es hier irgendwann eine Pinkelpause geben? Ich meine, ich habe an all dieser gegenseitigen Anteilnahme und Selbstbetrachtung ebenso viel Vergnügen wie jeder andere wimmernde, jämmerliche Loser, aber wirklich. Es gibt Grenzen.«

»Chuck«, sagte Alison, während sie geknickt den Kopf schüttelte. »Es tut mir so Leid, was ich vorhin gesagt habe. Bitte verzeih mir, ich war völlig daneben.«

Chuck betrachtete sie einen Augenblick lang und ließ

dann ein hämisches Grinsen aufblitzen. »Du warst nicht daneben«, sagte er. »Das hier ist daneben.« Er trat einen Schritt vor und schubste sie, ohne zu zögern, in den See.

»Chuck!«, brüllten Lindsey und ich gleichzeitig.

Alison tauchte prustend auf, und ich stellte erleichtert fest, dass sie dabei auch lachte.

»Das musste jetzt einfach sein«, rief Chuck ihr lächelnd zu. »Nur eine Kleinigkeit, um die Spannung zu lockern.«

»Die Spannung war bereits gelockert«, sagte Lindsey, die immer noch ungläubig auf Alison hinunterstarrte, die inzwischen in einem kleinen Kreis auf der Seite schwamm, noch immer lachend.

»Nerv mich bitte nicht mit Details«, sagte Chuck und sprang mit einem Satz vom Felsen, sodass er platschend neben Alison im Wasser landete. »Hey«, rief er zu uns hoch. »Das Wasser ist richtig warm. Ihr solltet auch reinkommen.«

Ich sah Lindsey an, die lächelnd zu mir zurücksah und die Schultern zuckte. »Na los.«

Lindsey nahm etwas Anlauf, bevor sie sprang, und ich ließ mich behutsam über den Rand des Felsens gleiten, wobei ich Acht gab, meine geprellten Rippen nicht zu überdehnen oder irgendwo anzustoßen. Das Wasser war erstaunlich warm, fast Zimmertemperatur, und wir schwammen eine Zeit lang umher, machten Späße und spritzten uns gegenseitig nass. Die Herbstluft war weitaus kälter als das Wasser, sodass keiner von uns ein übermäßiges Bedürfnis verspürte, es wieder zu verlassen.

»Ich muss euch was sagen«, sagte Chuck, während wir alle im Schatten des Felsens gemächlich im Wasser trieben. Wir sahen ihn erwartungsvoll an. »Es ist nicht leicht.«

»Es ist leichter, wenn man keine Schuhe anhat«, bemerkte ich.

»Nicht das Schwimmen, du Gipskopf«, sagte er, wobei er mich halbherzig anspritzte. »Ihr habt vorhin alle davon geredet, dass ihr noch andere Gründe hattet, weshalb ihr diese Intervention durchführen wolltet, und ich wollte euch allen nur sagen, dass ich auch noch einen anderen Grund hatte.« Er hielt einen Augenblick inne, aber niemand sprach ein Wort. Chuck äußerte sich nur selten über sich selbst, und wir wollten nichts tun, um seine Selbstsicherheit zu erschüttern. Er suchte mit einer Hand am Felsen Halt, bevor er fortfuhr. »Wisst ihr, ich war in unserer kleinen Gruppe hier immer irgendwie das komische Element, versteht ihr? Mein Liebesleben, meine Einstellungen, meine Sprache.«

»Ich bitte dich, Chuck«, sagte Lindsey. »Du weißt doch, dass das nur ein freundschaftliches Necken ist.«

»Ich weiß, und meistens hat es mir auch nie etwas ausgemacht. Hey, ich gebe euch ja selbst ständig die Vorlage dazu. Aber im Laufe der Jahre hatte es einfach den Effekt, mir das Gefühl zu geben, als würde keiner von euch mich als Mensch ernst nehmen, und das macht mich stocksauer. Es gibt mir das Gefühl, als sei ich vielleicht gar kein ernst zu nehmender Mensch, was ich aber doch bin. Ich habe es mir zur Lebensaufgabe gemacht, Menschen zu heilen, und das kann ich gut, wirklich. Es ist schon ironisch, weil ihr alle davon redet, dass ihr in euerm Leben irgendwie nichts auf die Reihe gekriegt habt, während ich Chirurg geworden bin, und trotzdem bin ich immer der Klassenkasper.«

»Chuck«, sagte Alison. »Das stimmt doch gar nicht.«

»Doch«, sagte er. »Aber ich mache euch ja keine Vorwürfe deswegen. Ich weiß schon, wie ich mich selbst ständig verhalte. Wenn überhaupt, war ich auch sauer auf mich selbst. Auf der Highschool war ich der Fettsack, also habe ich mir den Arsch aufgerissen, um auf dem College ernst genommen zu werden. Und jetzt bin ich hier, Jahre später, und habe immer noch dieses unheimliche Talent, mich selbst zum Clown zu machen.«

»Mein Gott, Chuck«, sagte ich. »Ich hatte keine Ahnung, dass du dich so fühlst.«

»Hey«, sagte er lächelnd. »Ich weine mir deswegen ja nicht die Augen aus. Ich weiß, dass keiner von euch es böse meint, und wie ich schon sagte, ich habe es mir ja schließlich selbst zuzuschreiben. Ich meine, hey, seht doch bloß mal her.« Er ließ das Wasser aufspritzen und schwamm ein bisschen auf dem Rücken. »Ich bitte euch, mich ernst zu nehmen, während ich in meiner Kleidung hier herumschwimme.«

»Darin ist durchaus eine gewisse Komik zu erkennen«, räumte Lindsey ein.

»Willst du uns das damit sagen, Chuck?«, fragte Alison. »Uns bitten, dich ernst zu nehmen?«

Er sah sie nachdenklich an. »Ich bitte nicht darum, dass sich irgendetwas ändert. Aber als wir darüber diskutiert haben, ob wir Jack hierher bringen sollten, da dachte ich, da werde ich die perfekte Gelegenheit haben, denen allen zu zeigen, was ich kann, euch ausnahmsweise einmal den Arzt in mir zu zeigen anstatt immer nur den Scherzkeks. Wie ihr alle wollte auch ich Jack helfen, aber ich nehme an, ich wollte auch ein bisschen Respekt für mich selbst finden. Für das, was ich bin und was ich aus mir gemacht habe.«

Er hatte zu Ende gesprochen und sah verlegen in die Runde. Wir anderen drei schwiegen. »Würde irgendjemand bitte irgendetwas sagen?«, bat Chuck.

»Ich war auf der Highschool nie der Ansicht, dass du eine Witzfigur warst, und ich glaube auch nicht, dass du heute eine bist«, sagte ich schließlich. »Es ist nur dieser Ton, der irgendwann fest eingestellt wurde, ich weiß nicht einmal mehr, wann. Aber ich weiß, dass wir diese Sache hier niemals ohne dich versucht hätten, denn wir betrachten dich alle als unseren hausinternen medizinischen Experten. Wir reden vielleicht nicht ständig darüber, aber wir alle sind uns durchaus darüber im Klaren, wer du bist.«

»Ich bin sicher, ich bin nicht die Einzige, die dich anruft und um kostenlosen ärztlichen Rat bittet«, sagte Alison, und wir lächelten alle.

»Außerdem«, meinte Lindsey, während sie Chuck scherzhaft mit etwas Wasser bespritzte, »unterschätz nicht das komische Element. Wir zählen auf dich, dass du von Zeit zu Zeit die Stimmung etwas aufhellst. Das kann nämlich niemand besser als du.«

»Ja, na ja, ich wollte eben einfach sagen, was mir durch den Kopf gegangen ist.«

»Ich bin froh, dass du das getan hast«, sagte Alison.

Wir sahen uns an, schwebten im See an den vier Spitzen eines unsichtbaren Diamanten, und es herrschte eine Symmetrie zwischen uns, die gefehlt hatte, seit wir nach Carmelina gekommen waren. Jeder von uns war ein Teil dieses komplizierten Puzzles, das vor Jahren auseinander genommen wurde, und Chucks Bemerkungen hatten das alte Band zwischen uns endlich ausgegraben, und wir fügten uns wieder ins Gesamtbild ein. Zu wissen, dass wir alle das Bedürfnis verspürt hatten, zusammenzukommen, uns neu zu gruppieren und die unterschiedlichen Wunden und Narben zu begutachten, die wir in den Jahren seit dem College angesammelt hatten, vereinte uns in einem Gefühl des Wohlbefindens.

»Wir sind wie eine Käferplage«, sagte ich.

»Wie bitte?«, fragte Alison.

»Das habe ich im Discovery Channel gesehen. Es gibt da diese Käfer, die Blätter fressen, aber sie müssen in Gruppen fressen, viele Käfer an demselben Blatt. Auf diese Weise verdünnen sie die giftigen Bestandteile des Blatts, indem sie sie über die Gruppe verteilen. Wenn ein oder zwei von ihnen versuchen würden, das ganze Blatt allein zu fressen, würde das Gift sie töten. Ich hab das Gefühl, jeder von uns hat bei dem, womit er zu kämpfen hatte, seine Ration Gift abgekriegt, und als wir zusammen hierher kamen, da ähnelten wir diesen Käfern, die auf das Blatt klettern, um es gemeinsam zu erledigen.«

Alle dachten einen Augenblick lang oder zwei über meine Analogie nach, und dann sagte Chuck: »Ben, ich denke, ich spreche für uns alle, wenn ich sage, dass du bei weitem zu viel Freizeit hast. Ich meine, wann zum Teufel lässt du dir eigentlich einen solchen Scheiß einfallen?«

Ich spritzte ihm lachend ins Gesicht. »Schließen wir einen Pakt«, sagte ich. »Wir sollten einmal im Jahr für ein verlängertes Wochenende hierher kommen, nur um den Kontakt zueinander nicht abreißen zu lassen.«

»Klingt gut«, meinte Alison, während sie sanft auf der Stelle schwamm.

»Ich bin dabei«, sagte Lindsey.

»Okay«, sagte Chuck. »Wir haben ein Jahr Zeit, um den nächsten Kandidaten für eine Intervention zu wählen.«

Wir lachten. Ich wusste, dass es äußerst unwahrscheinlich war, dass wir uns tatsächlich an den Pakt halten würden, aber es gab uns ein gutes Gefühl, ihn trotzdem zu schließen. Es hieß, dass wir alle zumindest in diesem Augenblick dieselbe Verbundenheit zueinander empfanden. Dann verspürte ich allmählich einen pochenden Schmerz in der Seite, und ich begriff, dass mein angeknackster Torso genug hatte. Stöhnend schwamm ich zu dem Felsen hinüber und hangelte mich an seinem Sockel entlang bis zu einer Stelle, an der ich mich aus dem Wasser stemmen konnte. Meine durchnässte Kleidung zog mich schwer nach unten, und ich stöhnte unter der Anstrengung. »Alles okay mit dir?«, fragte Lindsey, die hinter mir angeschwommen kam.

»Alles okay«, log ich, während ich in der kalten Luft zitterte. »Ich könnte noch einen Schuss Kodein gebrauchen.«

»Okay, gehen wir raus.« Mühelos stemmte sie sich auf den Felsen und wandte sich dann zu Chuck und Alison um. »Kommt ihr?«

»Augenblick«, sagte Chuck. »Ich pinkle noch.«

»Chuck!«, kreischte Alison und schwamm lachend rasch zum Felsen hinüber.

»Oh, ich bitte dich«, rief er ihr hinterher. »Erzähl mir doch bitte nicht, dass du nicht genau dasselbe gemacht hast!«

32

Wisst ihr, was mich wirklich nervt?«, fragte Alison Lindsey und mich, nachdem sie einen Schluck aus ihrem Becher genommen hatte. Wir hatten uns alle den Schmutz aus dem See abgeduscht und saßen nun zu dritt im Wohnzimmer und tranken heißen Cidre, während Chuck oben seine Sachen packte. Das Seewasser war zwar warm gewesen, aber die Luft richtig eisig, als wir in unseren durchnässten Klamotten zum Haus zurückrannten, und wir kämpften immer noch damit, die Kälte aus den Knochen zu vertreiben.

»Was denn?«, fragte Lindsey, die zusammengerollt auf der Couch saß und den Dampf ihres Cidres einatmete.

»Rückblickend betrachtet, kann ich nicht einmal sagen,

was ich an Jack eigentlich so anziehend fand. Ich weiß, da muss irgendetwas gewesen sein, was mich all die Jahre gefesselt hat, aber wenn ich versuche, es zu benennen … nichts.«

»Dass du es nicht in Worte fassen kannst, muss doch noch lange nicht heißen, dass es nicht existiert.« Ich sah sie mitfühlend an.

»Das sage ich mir auch«, sagte Alison. »Denn die Alternative ist noch erbärmlicher – dass ich blind an ihm hänge, eher aus Trägheit als aus irgendwelchen anderen Gründen. Ich meine, ich bin doch nicht auf den Kopf gefallen, ich habe Freunde und eine Karriere. Ich glaube nicht, dass ich an einem niedrigen Selbstwertgefühl oder sonst irgendetwas leide. Warum kann ich diese Sache also nicht einfach abschütteln?«

»Das frage ich dich doch schon seit Jahren«, bemerkte Lindsey sanft.

»Und wisst ihr, was mir noch aufgefallen ist?«, sagte Alison. »Ich habe das Gefühl, dass alles nur am Timing lag. Dass Jack, wenn ich ihn auch nur ein Semester später kennen gelernt hätte, nicht dieselbe Wirkung auf mich gehabt hätte. Ich weiß nicht … Ich habe genau zu der Zeit versucht, mich von meinen Schwestern abzugrenzen, hatte das Gefühl, ich müsste ihnen beweisen, wie provinziell sie doch sind. Ich meine, dabei ging es eigentlich eher um mich als um sie. Ich kam an die New Yorker Uni, und alle wirkten so ehrgeizig, so eifrig bemüht, ihre Ziele zu verfolgen, und ich stand da, dazu erzogen, über Ehemänner und Familien nachzudenken.«

»Mach jetzt einen Sprung um zehn Jahre nach vorn«, sagte ich. »Und sieh dir an, was aus all unseren tollen Zielen geworden ist.«

»Ich weiß«, sagte sie. »Und jetzt will ich natürlich alles,

wogegen ich mich gewehrt habe, mehr als irgendetwas sonst.«

»Ich begreife immer noch nicht, wie das alles zu Jack führen konnte«, wandte Lindsey ein.

Alison sah sie nachdenklich lächelnd an. »Wenn du die Ehemänner meiner Schwestern kennen würdest, würdest du es begreifen. Sie sind im Grunde austauschbar. Ivy-League-Absolventen, hohe Tiere in irgendwelchen Firmen, Wochenendathleten. Sie teilen sich sogar Dauertickets für die Knicks. Die Wahrheit ist, eigentlich sind sie wirklich tolle Typen. Gute Väter, liebevolle Ehemänner. Aber zu der Zeit hatte ich einfach das Gefühl, mir würden die Augen zu einer völlig neuen Welt geöffnet werden. Ich war entschlossen, aus dem vorgegebenen Muster auszubrechen und mit etwas völlig anderem zurückzukommen. Jack war genau das Gegenteil des Mannes, den man von mir erwartete, versteht ihr? Ein bisschen wild, ein bisschen gefährlich, offener, leidenschaftlicher, weniger kultiviert. Als ich ihn traf, war er alles, was ich zu suchen glaubte, eingehüllt in diese schöne, sexy Verpackung.« Sie seufzte tief auf. »Ich habe mich ihm vollkommen geöffnet, mich einfach der Möglichkeit hingegeben, dass es ihn für mich geben könnte. Und jetzt, nach all den Jahren, klammere ich mich immer noch an dieser Möglichkeit fest. Als ob es, wenn ich einfach nur beweisen könnte, dass das Mädchen, das ich auf dem College war, Recht hatte, ein großes Happy End und eine Rechtfertigung für die letzten zehn Jahre geben würde.«

»Und wenn nicht?«, fragte Lindsey.

»Ich denke, dann werde ich mich einfach mit der Tatsache abfinden müssen, dass ich nicht mehr das irregeleitete Kind bin«, antwortete Alison. »Dass ich jetzt einfach nur … alt bin.«

»Liebst du ihn denn?«

Alison sah in ihren Cidrebecher. »Ja«, flüsterte sie. »Ich liebe ihn schrecklich. Das ist ja das Problem.«

»Wow, Alison«, sagte ich nach einem Augenblick des Schweigens. »Wer hätte gedacht, dass in dir solches Chaos herrscht?«

»Ich wusste es«, sagte sie lächelnd. »Ich habe es nur gut versteckt. Wisst ihr, ich bin eine Zeit lang zu einem Psychiater gegangen.«

Wir zogen beide erstaunt die Augenbrauen hoch. »Das gibt's doch nicht«, sagte ich.

»Vor ein paar Jahren. Meine Eltern haben darauf bestanden«, erzählte sie. »Ich meine, ich war damals ungefähr siebenundzwanzig. In dem Alter hatten all meine Schwestern bereits ihr erstes Kind zur Welt gebracht. Ich war weit im Rückstand, und sie machten sich Sorgen.«

»Und wie war das?«, fragte ich.

»Er hat mich gefragt, ob ich mit ihm ausgehe.«

»Nein!«, kreischte Lindsey.

»Doch!« Alison lächelte.

»Dieser Typ weiß, dass du hoffnungslos in Jack verliebt bist, und fragt dich, ob du mit ihm ausgehst? Das nenne ich einen Mann, der die Herausforderung liebt.«

»Ich weiß. Das habe ich ihm auch gesagt, als wir uns trennten.«

»Trennten? Du meinst, du warst allen Ernstes mit ihm zusammen?«, fragte ich, während Lindsey kicherte.

»Na klar«, sagte Alison. Inzwischen musste sie auch lachen. »Er war ein gut aussehender Bursche, ein guter Zuhörer …«

Lindsey prustete los. »Ich kann einfach nicht glauben, dass du mit deinem Psychiater zusammen warst. Ausgerechnet du!«

»Wie lange denn?«, fragte ich.

»Etwa zwei Monate«, sagte Alison. »Aber zwei intensive Monate.«

»Das möchte ich wetten«, sagte Lindsey. »Und warum habt ihr euch getrennt?«

»Wir hatten einmal Sex in seinem Büro, auf der berühmt-berüchtigten Ledercouch. Ehrlich gesagt, war es ziemlich heiß. Aber als ich ging, gab mir seine Sekretärin die Rechnung und …«

»O Gott«, sagte ich, und nun musste ich auch lachen.

»Es war schon seltsam«, sagte Alison grinsend. »Ich dachte, wieso soll ich eigentlich dafür bezahlen? Wie verzweifelt bin ich eigentlich? Und damit war die Sache für mich im Grunde entschieden. Wenn man zu einem Psychiater geht, sollte man sich hinterher nicht noch jämmerlicher fühlen als vorher.«

»Hast du die Rechnung bezahlt?«, fragte ich.

»Na ja, die ganze Sache war noch schlimmer. Meine Eltern haben sie bezahlt.«

Lindsey prustete los, sodass sie fast von der Couch fiel, während sie sich vor Lachen ausschüttete. »Deine Eltern haben dafür bezahlt, dass du Sex hast!«, stammelte sie. »Das ist wirklich köstlich! Ich kann gar nicht glauben, dass du mir das nie erzählt hast!«

»Es ist nichts, worauf ich besonders stolz bin«, meinte Alison, während sie sittsam an ihrem Cidre nippte. »Aber irgendwie ist es schon schade. Er war eigentlich ein ziemlich guter Typ.«

»Was gibt's denn hier zu lachen?«, fragte Chuck, der in diesem Augenblick die Treppe herunterkam. »Habe ich was verpasst?«

»Ich habe den beiden nur eben erzählt, wie ich mit meinem Therapeuten geschlafen habe«, sagte Alison.

»Wer hat das nicht?«, entgegnete Chuck und ließ sich in

einen Sessel plumpsen. »Moment mal. Du hast einen Therapeuten?«

»Hatte einen.«

»Im wahrsten Sinn des Wortes«, sagte ich, womit ich eine neue Runde Gelächter auslöste.

»Hast du auch mit deiner Therapeutin geschlafen?«, fragte Alison Chuck.

»Na klar«, sagte Chuck. »Aber zählt es denn überhaupt, wenn ich den Termin nur deswegen vereinbart habe, weil ich sie im Krankenhaus gesehen habe und mit ihr schlafen wollte?«

»Schiedsrichter?«, sagte Lindsey schwungvoll.

»Ich denke, wir müssen dich disqualifizieren«, sagte ich.

»Es ist ein weit verbreitetes Syndrom«, sagte Chuck.

»Patienten, die sich in ihre Therapeuten verknallen?«, fragte ich.

»Nein. Therapeuten, die mit ihren Patienten schlafen. Ich habe mit ein paar Therapeutinnen geschlafen.«

»Aber das ist doch eine ziemlich teure Methode, um an Frauen zu kommen, oder nicht?«, fragte Lindsey.

»Auch nicht teurer als ein Date mit ihnen, wenn man darüber nachdenkt.« Chuck grinste. »Außerdem muss man sich keine Sorgen machen, dass man zu viel über sich selbst redet, denn genau das soll man ja tun. Und sobald man die Sache beenden will, hat man die perfekte Ausrede dafür. Man sagt einfach: ›Das ist nicht richtig, schließlich bist du meine Therapeutin!‹ Und sie haben dann viel zu große Schuldgefühle, um dir noch das Leben schwer zu machen.«

»Du solltest wirklich ein Buch schreiben, Chuck«, sagte Lindsey.

»Ist das sein Ernst?« Alison sah sich fragend zu mir um. »Bei ihm bin ich mir nie sicher.«

»Ich kenne ihn schon zu lange, um die Möglichkeit auszuschließen.«

»Wo wir schon von Ernst sprechen«, sagte Chuck und richtete sich in seinem Sessel auf. »Ich werde heute Nachmittag nach Hause fahren. Ich kann euch nicht sagen, was ihr tun sollt, aber in meinem Wagen ist noch jede Menge Platz, falls irgendjemand von euch mitkommen will.«

Seine Bemerkung wurde von einem nachdenklichen Schweigen erwidert, während wir darüber nachdachten, was wir tun sollten. Ich hatte die Streitfrage, ob wir nach Hause zurückkehren sollten oder nicht, vermieden, seit Chuck sie an dem Tag, an dem Jack verschwunden war, aufgeworfen hatte. Wir waren erst seit knapp einer Woche in Carmelina, und schon schien Manhattan Welten von uns entfernt zu sein, und die Aussicht, zurückzufahren, erfüllte mich mit einem seltsam bangen Gefühl. Auch wenn ich mir mein Apartment und meine Kabine bei *Esquire* lebhaft vorstellen konnte, konnte ich doch an beiden Orten keine Spur von mir selbst entdecken. Es war, als würde ich Fotos in einem alten Album betrachten, vertraut, aber ohne Bedeutung. Ich fragte mich, wie lange es nach meiner Rückkehr wohl dauern würde, bis die Leere mich wieder im Griff hatte. Ich dachte über Lindsey nach, und über die Logistik, wenn jeder von uns in seine Wohnung zurückgekehrt sein würde, ich in meine auf der Upper West Side und sie in ihre in Soho. Nach allem, was wir in der vergangenen Woche gemeinsam durchlebt hatten, erschien es nicht sehr sinnvoll, getrennt zu leben, aber nach einer Woche schon zusammenzuziehen kam mir ebenso unvernünftig vor. Alles, was in den Bergen perfekt geklappt hatte, sah aus, als würde es einer genaueren Betrachtung, wenn wir in die Stadt zurückgekehrt sein würden, nicht standhalten. Trotzdem, früher oder später mussten wir zurückfahren.

Meine Stimmung verdüsterte sich zunehmend, während ich diese Fragen in meinem Kopf wälzte, aber bevor ich zu irgendeinem Entschluss kommen konnte, sah ich durchs Fenster einen Streifenwagen, der in diesem Augenblick in die Auffahrt einbog.

Deputy Dan war zurückgekommen, und diesmal war er nicht allein. Er hatte seinen Boss mitgebracht. Sheriff Joseph Sullivan sah aus, als ob eine Casting-Agentur ihn für die Rolle des klassischen Polizisten ausgewählt hätte, ein kleiner, gedrungener Mann von etwa fünfzig Jahren mit einem fleckigen, fleischigen Gesicht und dünnen, kantigen Lippen. Allem Anschein nach entstammte er der geistigen Richtung, die die Ansicht vertrat, solange man sich ein paar dünne Strähnen über die glänzende Birne kämmte, könne man es vermeiden, im juristischen Sinn als glatzköpfig eingestuft zu werden. Sullivan hatte blassblaue Augen, die eine geduldige Intelligenz ausstrahlten, einen Schmerbauch und einen Durchsuchungsbefehl für Alisons Haus. Er reichte Alison die Papiere, während er auf der Veranda vor dem Haus stand und sich damit zufrieden gab, dass sie sie eingehend studierte, bevor er sich einen Schritt in Richtung Tür bewegte.

»Das begreife ich nicht«, sagte Alison stirnrunzelnd, während sie konzentriert noch einmal das Dokument durchsah. »Mit welcher Begründung haben Sie den Antrag hierfür gestellt?«

»Wir haben unsere Gründe«, erklärte Deputy Dan hohnlächelnd, der hinter Sullivans linker Schulter Stellung bezogen hatte.

Der Sheriff warf seinem Deputy einen stirnrunzelnden Blick zu, einen geladenen Halt-den-Mund-Blick, und wandte sich dann wieder zu Alison um. »Ich bin sicher, Deputy Pike hat Ihnen bei seinem gestrigen Besuch hier erklärt, dass wir uns inmitten einer äußerst heiklen Ermittlung befinden.«

»Um ehrlich zu sein, Sheriff«, sagte ich, während ich mich zu ihnen auf die Veranda gesellte, »konnten wir nicht recht schlau werden aus dem, was Deputy Dan« – ich verbesserte mich rasch – »Deputy Pike uns erzählt hat. Ich denke, als Erklärung sind Sie uns ein bisschen mehr schuldig als das hier.«

»Na, wir sollten uns jetzt nicht gleich selbst überflügeln wollen«, gab der Sheriff mit einem listigen Lächeln zurück. »Als Erstes hätte ich gern, dass Ms Scholling uns hier einmal rasch durchs Haus führt. Wir wollen nichts durcheinander bringen, nur einen kurzen Blick in jedes Zimmer werfen. Und danach können wir uns dann alle zusammensetzen und ein bisschen plaudern, die Karten offen auf den Tisch legen, sozusagen.«

»Können die das einfach machen?«, fragte ich Alison. »Können die einfach so in dein Haus stürmen, ohne eine einwandfreie rechtliche Begründung?«

»Wir haben mehr als genug rechtlich einwandfreie Begründungen«, widersprach Deputy Dan.

»Mit Ihnen hat niemand geredet, Arschloch«, sagte ich.

»Hey!«, begann Deputy Dan und trat einen Schritt auf mich zu, aber Sullivan schnitt ihm das Wort ab.

»Bleib auf dem Teppich, Bürschchen«, sagte er zu mir. »Sie benehmen sich nicht gerade wie ein Unschuldiger.«

»Wie, glauben etwa nur Kriminelle, dass er ein Arschloch ist?«, fragte ich. Sogar der Sheriff lächelte über diese Bemerkung, einen kurzen Augenblick lang, aber Deputy Dans Hand glitt auf einmal nach unten und umfasste den hölzernen Schlagstock, der an seinem Gürtel befestigt war. »Kleines Stück Scheiße!«, murmelte er.

»Okay!«, sagte Sullivan, diesmal mit Autorität in der Stimme. »Das reicht! Ich sage Ihnen jetzt, was passieren wird. Sie drei« – er deutete auf Chuck, Lindsey und mich – »werden sich mit Deputy Pike hier draußen auf die Veranda setzen. Und Sie werden sich alle bestens verstehen. In der Zwischenzeit werden Ms Scholling und ich einmal kurz durchs Haus gehen. Wenn alles in Ordnung ist, das verspreche ich Ihnen, dann werde ich mich zu Ihnen setzen und Ihnen erklären, worum es hier überhaupt geht. Und wenn nicht« – und an dieser Stelle warf er mir einen griesgrämigen Blick zu … »dann werden Sie diejenigen sein, die hier etwas erklären werden.«

Er winkte Alison zu, die uns einen hilflosen Blick zuwarf und ihm die Haustür öffnete. Sullivan folgte ihr hinein und schloss hinter sich die Tür. Wir drei setzten uns auf die oberste Treppenstufe, während Deputy Dan schäumend vor Wut von der Veranda auf uns herabsah. Chuck, aus dessen Gesicht alle Farbe gewichen war, als Sullivan seinen Durchsuchungsbefehl gezückt hatte, starrte mit weit aufgerissenen Augen geradeaus. Lindsey, die zwischen uns saß, lehnte sich an mich, und ich lehnte mich gegen den Treppenpfosten, den Blick auf Deputy Dan geheftet. Zu meiner Überraschung war ich von dieser Wendung der Ereignisse nicht allzu schockiert. Alles schien von einer Art surrealen Unvermeidlichkeit überzogen, als hätte ich in meinem Unterbewusstsein die ganze Zeit über gewusst, dass wir letztendlich in dieser Situation enden würden. Außerdem war ich der festen Überzeugung, dass Jack niemals eine Klage gegen uns einreichen würde. Wir waren hierher gekommen, um ihm zu helfen, und die Vorstellung, wir könnten deswegen im Gefängnis landen, war einfach zu irrsinnig.

Ich war mir all dieser Dinge so sicher, war so überzeugt, dass sich alles bestens regeln würde, dass ich ein paar Sekunden länger als normal brauchte, um zu registrieren, dass Sheriff Sullivan mit einer ausdruckslosen Alison wieder auftauchte und uns alle fragte, ob es uns entsetzlich viel ausmachen würde, auf die Rückbank seines Wagens zu klettern, um mit ihm zurück zu seinem Büro zu fahren.

33

Anders als ich erwartet hatte, befand sich das Büro des Sheriffs nicht im Stadtzentrum, sondern lag abgeschieden hinter der Sunoco-Tankstelle an der Route 57. Es war ein allein stehendes, rechteckiges, einstöckiges Gebäude inmitten eines betonierten Platzes, mit einer Schieferfassade an der Vorderseite, aber unbearbeiteten Backsteinen und Schlackensteinblöcken an den anderen drei Seiten. Sullivan führte uns durch ein kleines Wartezimmer, in dem sich eine Couch, ein flaches Beistelltischchen mit einem Aschenbecher, ein rotes »Bitte-nicht-rauchen«-Schild aus Plastik und ein paar Ausgaben des Magazins *People* befanden. Auf der obersten Zeitschrift prangte ein Foto von Jack, und darüber stand in fett gedruckten Großbuchstaben das Wort »VERMISST«. Über dem Tisch befand sich ein Fenster zum Büro des Fahrdienstleiters. Eine der dort Angestellten, eine matronenhafte, ältere Frau in einem beigefarbenen Wollpullover, der mit Sicherheit nicht zu der bei der Polizei ausgegebenen Uniform gehörte, lächelte Sullivan zu und drückte auf einen Knopf unter ihrer Schreibtischplatte, um uns mit einem Summer durch die verschlossene Holztür zu lassen. »Hey, Rhoda«, begrüßte Sullivan sie.

Die andere Frau, zehn Jahre jünger und mit stark blond gefärbtem Haar, sprach in ihr Headset, während sie in ihren Computer tippte. »Na ja, meinst du nicht, dass es noch ein bisschen zu früh ist, um betrunken zu sein, Earl?«, sagte sie in diesem Augenblick. »Das weiß ich, aber sie hat dich ausgesperrt, weil du betrunken bist, und du weißt doch noch, was das letzte Mal passiert ist, als du betrunken warst.« Sie legte eine Hand über die Sprechmuschel und wandte sich an Sullivan. »Earl Pender ist wieder einmal betrunken, und Millie hat ihn ausgesperrt.« Sullivan seufzte und wandte sich an Deputy Dan. »Warum holst du ihn nicht, Dan? Und ich übernehme ab jetzt hier.«

»Aber wir sind doch mitten in …«

»Ich hab alles im Griff, Dan«, beharrte Sullivan mit einer Spur Schärfe in der Stimme. »Fahr los und setz ihn bei seinem Bruder ab, alles klar?« Deputy Dan funkelte ihn an, nickte jedoch unterwürfig, und dann funkelte er obendrein auch noch uns an. Ich lächelte mein bestes Verpiss-dich-kleines-Würstchen-Lächeln, und er marschierte angewidert ab. Sullivan führte uns zwischen einer Reihe leerer Schreibtische hindurch und an seinem Büro vorbei in ein kleines Konferenzzimmer, das, nach den Gewürzen auf dem Büfett zu urteilen, auch als Pausenraum diente. »Debra«, rief er, bevor er die Tür schloss, »sagen Sie Millie, dass wir ihn bei Ray absetzen.« Er machte die Tür zu, warf seinen Hut auf den Tisch, nahm am Kopfende Platz und forderte den Rest von uns auf, sich ebenfalls zu setzen.

Wir setzten uns um den Tisch, wir vier und Sheriff Sullivan, und jeder überlegte, wohin er am besten blicken sollte. Sullivan sah uns an, und wir sahen ihn an. Er sah auf seine Armbanduhr, und wir sahen uns gegenseitig an. Das zog sich so lange hin, bis wir uns alle unbehaglich fühlten. Ich dachte an die Vernehmungszimmer in *NYPD Blue* und suchte nach einem Spionspiegel, aber es gab überhaupt keine Spiegel in dem Zimmer. Sullivan kratzte sich nachdenklich am Kinn, und seine Fingerspitzen verschwanden in den fleischigen Falten über seinem Hals. Schließlich räusperte er sich und sagte: »Jack Shaw.«

Allein schon die Nennung von Jacks Namen stellte einen dramatischen Auftakt dar. Sullivans Äußerung bewirkte eine augenblicklich greifbare Luftveränderung, als sei die Temperatur soeben um zehn Grad gefallen. Er sah uns alle an, versuchte, unsere Reaktionen einzuschätzen, und schließlich ließ er seinen Blick erwartungsvoll auf mir ruhen.

»Der Filmstar?«, fragte ich.

Er lächelte, oder zumindest sein Mund lächelte, aber seine Augen hatten das Memo nicht bekommen, und sie durchbohrten mich weiterhin mit einem kalten, starren Blick. »Bürschchen«, warnte er mich. »Versuch nicht, mich zu verarschen.« Er wandte sich von mir ab, um der Reihe nach alle anderen zu betrachten. »Ich denke, Sie sind alle schlau genug, um zu wissen, dass ich bereits ein klein wenig mehr weiß, als Sie zunächst angenommen haben. Wir haben hier einen berühmten Filmstar, der unter undurchsichtigen Umständen verschwunden ist, und vier Leute, die mit ihm in einem Zusammenhang stehen und die ohne ersichtlichen Grund in einem Haus zusammenwohnen, in dem ein Zimmer offensichtlich als eine Art Zelle benutzt wurde. Zwei von Ihnen sehen aus, als hätte man Sie gründlich zusammengeschlagen, wobei es bei einem offenbar ein Autounfall war und bei dem anderen weiß der Teufel was.«

»Beschuldigen Sie uns etwa, Jack Shaw entführt zu haben?«, fragte Alison.

»Oh, ich weiß, dass Sie ihn entführt haben«, sagte der Sheriff grinsend. »Ich frage mich nur, wo er jetzt steckt und ob Sie ihn vielleicht auch umgebracht haben.«

»Das ist doch lächerlich«, erklärte Lindsey. »Wir sind alle gute Freunde von Jack. Weshalb sollten wir ihm denn etwas antun?«

»Genau darüber grüble ich noch nach«, antwortete Sullivan, während er sich erneut am Kinn kratzte.

»Irgendetwas fehlt da noch«, sagte ich.

»Wie bitte?«

»Es gibt da noch irgendetwas, was Sie uns nicht sagen. Sie haben offensichtlich Grund zu der Annahme, dass wir etwas mit Jacks Verschwinden zu tun haben, und ich hoffe für Sie, dass dies auf mehr als nur einem paranoiden Anruf von Seward basiert.« Sullivans Blick schoss zur Seite, als ich Seward erwähnte, und ich wusste, dass wir Recht gehabt hatten.

»Woher wollen Sie das denn überhaupt wissen?«, fragte Sullivan.

»Wieso hätten Sie denn sonst überhaupt zu uns kommen sollen?«, fragte Chuck. »Wer sind Sie, Columbo? Wir wissen, dass Seward glaubt, dass wir etwas mit der Sache zu tun haben. Uns hat er nämlich auch angerufen.«

Sullivan legte die Stirn in Falten, und ich konnte erkennen, dass Seward es versäumt hatte, dieses kleine Detail zu erwähnen. »Mr Seward hat uns tatsächlich angerufen«, räumte Sullivan ein. »Und das ist auch der Grund, weshalb ich meinen Deputy losgeschickt habe, damit er der Sache auf den Grund geht.«

»Aber danach ist doch noch irgendetwas passiert«, dachte Alison laut. »Es ist irgendetwas passiert, was Ihnen genug in die Hand gegeben hat, um einen Durchsuchungsbefehl zu beantragen.«

Sullivan gab ihr keine Antwort. Stattdessen kippte er seinen Stuhl auf die beiden Hinterbeine, während sich sein Bauch nachhaltig gegen sein Uniformhemd presste, und öffnete die Tür einen Spaltbreit. »Rhoda, bringen Sie mir doch bitte die Papiertüte von meinem Schreibtisch«, rief er. Er machte die Tür zu, und eine Sekunde lang sah es so aus, als würde er umkippen, als würde er vielleicht sogar nach hinten fallen, aber dann warf er sich mit seinem ganzen Gewicht nach vorn, und die Stuhlbeine schlugen mit einem dumpfen Knall auf dem Boden auf. Ein paar Augenblicke später steckte Rhoda den Kopf durch die Tür, freundlich lächelnd, als seien wir vorbeigekommen, um mit dem Sheriff etwas Milch und ein paar Kekse zu uns zu nehmen, und reichte ihm eine weiße Papiertüte, so wie die, die man bekommt, wenn man eine Glückwunschkarte kauft. »Ein paar Kinder haben drüben am Horn's Creek gespielt und das hier im Wasser gefunden.« Er griff in die Tüte und holte einen dunklen, rechteckigen Gegenstand hervor. »Ihre Eltern haben dafür gesorgt, dass sie ihn abgegeben haben.« Er warf den Gegenstand auf den Tisch, wo er mit einem weichen, klatschenden Geräusch landete. Es war eine Brieftasche. Genauer gesagt, es war Jacks Brieftasche.

Natürlich erkannten wir sie nicht sofort. Ich meine, wie genau sieht man sich schon die Brieftasche seines Freundes an? Aber warum würde Sullivan sie uns sonst zeigen? Trotzdem, Chuck musste sie aufmachen und Jacks durchweichten Führerschein hervorholen, noch immer einer aus New York, vermutlich dem einzigen Bundesstaat, in dem sie noch nicht laminiert werden, und dann noch ein paar Kreditkarten, bevor wir alle die Brieftasche als Jacks akzeptieren konnten. Es kam uns seltsam vor, dass Jack überhaupt eine Brieftasche besitzen sollte. Regelten nicht seine

Leute alle finanziellen Dinge für ihn? Zückten Filmstars wirklich ihre eigene Brieftasche, wenn sie beim Abendessen die Rechnung beglichen?

Alison hielt die Brieftasche in der Hand, rieb das feuchte Leder zwischen Daumen und Zeigefinger, während ihre Unterlippe sichtlich bebte. Lindsey legte ihr rasch eine Hand auf den Schoß und sagte: »Das hat überhaupt nichts zu bedeuten.«

»Oh, es hat einiges zu bedeuten«, widersprach Sullivan. »Ich weiß noch nicht alles, aber ich weiß einiges.«

»Was ist denn eigentlich Horn's Creek?«, fragte ich.

»Das ist ein kleiner Nebenfluss des Delaware, der durch einen Großteil der nördlichen Wälder hier fließt«, sagte Sullivan. »Ich nehme an«, fügte er skeptisch hinzu, »keiner von Ihnen ist je dort gewesen?«

»Ich schon«, sagte Alison mit einer bewundernswert festen Stimme. »Wir haben dort Salamander gejagt, als ich klein war. Er verläuft durch die Waldgegend, die sich vom Haus meiner Eltern aus auf der anderen Straßenseite befindet, etwa eine Meile weiter unten.«

»Das stimmt«, sagte der Sheriff. »Und jetzt hören Sie mir einmal gut zu. Ich habe Ihnen alle Karten offen auf den Tisch gelegt. Und jetzt ist es an der Zeit, dass Sie mir sagen, was hier eigentlich läuft.« Wir sahen uns an. »Hören Sie«, sagte er, während seine Stimme einen sanfteren Ton annahm. »Ich kann erkennen, dass Sie alle redliche Leute sind und dass hier vielleicht irgendetwas abgelaufen ist, was dann ein bisschen außer Kontrolle geraten ist. Aber es ist offenkundig, dass Jack Shaw in dieser Gegend ist oder war und dass Sie alle etwas damit zu tun haben. Im Augenblick denke ich an die schlimmsten Szenarien, wie zum Beispiel Entführung und Ermordung. Warum erzählen Sie mir nicht Ihre Version zu dieser Geschichte, und dann wollen wir versuchen, ob wir nicht etwas Klarheit in dieses ganze Durcheinander bringen können.«

Alison stand abrupt auf, sodass die Metallbeine ihres Stuhls auf dem Boden quietschten. »Sind wir festgenommen, Sheriff?«, fragte sie.

Er beäugte sie einen Augenblick lang. »Noch nicht«, räumte er ein.

»Dann haben Sie also nicht genug, um uns formal zu beschuldigen«, sagte Alison. »Womit alles, was Sie uns soeben gesagt haben, nichts weiter als eine Theorie ist. Wir machen uns nun schon seit einiger Zeit Sorgen um unseren Freund. Er hatte mit seiner Drogensucht zu kämpfen, und wir haben ihm unsere Unterstützung angeboten. Ich könnte mir vorstellen, dass er vielleicht auf dem Weg zu uns war, als ihm irgendetwas zugestoßen ist.« Ihre Stimme zitterte ein wenig, während ihr zweifellos durch den Kopf ging, was Jack wohl zugestoßen sein könnte. »Das heißt, anstatt dass Sie hier herumsitzen und sich irgendwelche Theorien ausdenken, würde ich Ihnen empfehlen, dass Sie sich um Ihre Arbeit kümmern. Sie haben hier einen Vermissten«, sagte sie und hielt Jacks Brieftasche für einen Moment hoch, bevor sie sie wieder vor Sullivan auf den Schreibtisch warf. »Finden Sie ihn.«

Eine spürbare Stille trat ein, nachdem Alison ihre Rede beendet hatte. Keiner von uns hatte je einen solch selbstbewussten Auftritt von ihr erlebt. Wir alle sahen zu dem Sheriff hinüber, warteten auf seine Reaktion. Er sah Alison weiterhin mit einem wissenden Lächeln an, was, wie ich in diesem Augenblick begriff, eine aufgesetzte Maske war, kein Hinweis darauf, dass er tatsächlich irgendetwas wusste, was ihm Anlass zu einem Lächeln gab. Er nahm die Brieftasche in die Hand und betrachtete sie einen Augenblick lang, bevor er sie wieder in die Papiertüte steckte.

»Und wie erklären Sie dieses eine Zimmer in Ihrem Haus?«

»Offen gestanden, ich weiß nicht, wie ich es Ihnen erklären soll«, sagte Alison. »Da müssen Sie meine Familie fragen. Denen gehört das Haus.«

»Und wo finde ich Ihre Familie?«

»In Europa, aber ich weiß nicht, wie Sie sie dort finden können.«

Der Sheriff erhob sich und durchquerte das Zimmer, sodass wir uns alle auf dem Stuhl umdrehen mussten, um ihn anzusehen. »Sie glauben vermutlich alle, ich bin nichts als ein Hinterwäldler, der Ihnen das Leben schwer macht, ein Redneck und Bezirkssheriff, der nicht die Spur einer Ahnung hat.« Er sah uns an, als erwartete er, einer von uns würde ihm bestätigen, ja, das sei es im Großen und Ganzen, aber keiner sprach ein Wort. »Na ja, dann werde ich Ihnen sagen, wozu es jetzt kommen wird – wobei ich gehofft hatte, es würde nicht dazu kommen müssen. Ich werde in dieser Angelegenheit das FBI verständigen müssen«, sagte er, während er mit der Brieftasche in der weißen Papiertüte durch die Luft fuhr, »und das FBI wird jemanden hierher schicken, der eine Menge Fragen stellen wird. Ich bin sicher, man wird sich insbesondere für Sie vier interessieren.« Sullivan wandte sich um und nahm Alison ins Visier, die noch immer stand. »Und Sie, junge Dame, werden noch merken, was ich Ihnen sage. Ihr ganzes Gefasel von einem rechtsstaatlichen Verfahren wird das FBI einen Dreck kümmern. Die werden sich bei Ihnen schon Respekt verschaffen, verlassen Sie sich darauf.« Er wandte sich wieder zu uns anderen um. »In der Zwischenzeit haben Sie hier zwei kleine Jungen und ihre Mütter, die diese Brieftasche abgegeben haben. Sie können Gift drauf nehmen, dass spätestens morgen jeder Bauer und jede Kuh hier in der Gegend wissen, dass

Jack Shaws Brieftasche aus dem Horn's Creek gefischt wurde, und wissen Sie, was das bedeutet?« Seine Miene verfinsterte sich, und seine Augen verengten sich zu Schlitzen, als hätte er soeben etwas außerordentlich Grässliches geschmeckt. »Das bedeutet ein Medienspektakel, meine Freunde. Lastwagen mit Satellitenschüsseln, aufdringliche Reporter und Fotografen, die in dieser Stadt umherrennen werden, als ob sie hier zu Hause wären.« Er lehnte sich gegen die Wand und legte seine beiden Hände mit Jacks Brieftasche hinter seinen Rücken wie ein Kissen. »FBI-Leute und Reporter und weiß Gott was noch für Parasiten werden hierher kommen, um diese Stadt auf den Kopf zu stellen und nach ihrem verloren gegangenen Filmstar zu suchen. Und das«, sagte er, während er seinen Hut vom Tisch nahm, »brauche ich so dringend wie 'ne dritte Achselhöhle.«

Sullivan hatte seine Rede beendet und setzte sich seinen Hut mit einer geübten Bewegung auf, die dazu diente, die sorgfältig arrangierten Reste seines Haars nicht durcheinander zu bringen. Wir starrten ihn nur an, verblüfft von dem giftigen Unterton in seiner Stimme. Vermutlich widerstrebte es ihm tatsächlich, das FBI in die Sache einzuschalten, aber, wie ich annahm, nicht aus den Gründen, die er uns genannt hatte. Sullivan hatte den Fall selbst knacken wollen, hatte der Held sein wollen, der Jack Shaws Aufenthaltsort ausfindig machte. Wenn er das geschafft hätte, dann hätte er gegen einen Medienrummel wohl nichts einzuwenden gehabt. Er hätte lächelnd in einer frisch gebügelten Uniform auf die Leute gewartet und sich so hingestellt, dass die Kameras ihn von seiner besseren Seite ablichten konnten. Falls er eine hatte.

»Können wir jetzt gehen?«, fragte Lindsey und richtete sich in ihrem Stuhl auf.

»Sie können gehen«, erwiderte Sullivan bitter. »Aber ich

würde die Stadt nicht verlassen. Wie ich bereits sagte, das FBI wird Ihnen ein paar Fragen stellen wollen.«

»Wir fahren nirgendwohin«, sagte ich.

»Dafür werde ich sorgen. Ich werde das Haus von einem Deputy überwachen lassen. Und ich würde es begrüßen, wenn Sie alle auf dem Weg nach draußen Rhoda Ihre Führerscheine aushändigen könnten, damit sie sie rasch fotokopieren und ich sie in meinen Bericht einlegen kann. Es sei denn« – und an dieser Stelle warf er Alison ein humorloses Grinsen zu – »Ihre Anwältin hat ein Problem damit.«

Ein paar Minuten später traten wir vor das Gebäude, um auf den Fahrdienst zu warten, den Rhoda für uns bestellt hatte. Die Sonne stand hoch am Himmel, aber die Luft hatte sich seit jenem Morgen noch nicht sehr erwärmt. Wir standen auf dem Parkplatz herum, ein geknicktes Häuflein, und dachten an Jack und daran, welche mögliche Ereigniskette dazu geführt haben könnte, dass seine Brieftasche in dem Fluss gefunden wurde. Mir fielen etliche Szenarien ein, einige fantasievoller als andere, aber keines war besonders positiv.

»Na ja, jetzt haben wir den Salat«, sagte Chuck stirnrunzelnd. »Ich denke, jetzt werde ich wohl doch nicht nach Hause fahren.«

Lindsey vergrub die Hände in den Jackentaschen und hüpfte ein wenig auf und ab, um sich gegen die Kälte zu schützen. »Was wollen wir denn jetzt tun?«, fragte sie.

»Es gibt nichts, was wir tun können«, sagte Chuck. »Weißt du, wenn du jemanden operierst, dann kann der Eingriff reibungslos über die Bühne gehen, oder es gibt ein paar kritische Augenblicke. In beiden Fällen tut man sein Bestes und näht ihn wieder zu, aber man weiß nie, jedenfalls nicht gleich, ob man das Problem gelöst hat oder nicht. Es können immer irgendwelche postoperativen Komplikationen auftreten. Man lernt, sich nicht auf die Schulter zu klopfen, bis man sieht, dass der Patient die Sache gut überstanden hat.«

Wir alle starrten Chuck an und fragten uns, wovon zum Teufel er eigentlich redete. »Und inwiefern hat das mit unserer Situation hier zu tun?«, fragte ich.

»Was wir getan haben, war eine Art chirurgischer Eingriff. Wir haben Jack operiert«, erklärte Chuck. »Wir haben unser Bestes getan. Wir wissen nur noch nicht, ob er die Sache gut überstanden hat oder nicht.«

»Bist du jetzt unter die Philosophen gegangen?«, fragte ich.

»Leck mich. Es war eine gute Metapher.«

»Lächle.«

»Na ja. Vielleicht sollte ich wirklich unter die Philosophen gehen. Wenn das FBI mich wegen einer Entführung festnimmt, werde ich mit Sicherheit kein Arzt mehr sein.«

Wir alle blickten auf, als sich ein Buick näherte, und fragten uns, ob das unser Taxi war, aber er fuhr an uns vorbei und bog auf die Sunoco-Tankstelle ein. Ein Teenager stieg aus und bediente sich an der Zapfsäule, während er sein Spiegelbild im Wagenfenster betrachtete.

»Jack ist tot«, sagte Alison leise. Wir sahen sie alle an.

»Das kannst du nicht wissen«, sagte Lindsey. »Es gibt kaum einen Grund, das auch nur zu denken.«

»Ich wollte es nur einmal sagen, hören, wie es klingt.«

»Es klang verdammt übel, das kann ich dir sagen«, erwiderte Chuck. »Mein Gott, Alison!«

»Ich bitte euch«, sagte sie. »Das glauben wir doch alle.«

»Ich glaube nicht, dass er tot ist«, sagte ich.

»Warum nicht?«, fragte mich Alison.

»Ich habe einfach keine Lust, mich damit zu befassen«, brummelte ich, während ich überlegte, ob es noch zu früh für eine neue Kodeinkapsel war. Noch ein Wagen näherte sich und verlangsamte sein Tempo, und diesmal konnte ich das Plastikschild oben auf dem Dach erkennen. »Das ist unser Wagen«, sagte ich.

Wir stiegen alle ein, Chuck auf dem Beifahrersitz und wir anderen auf der Rückbank. »Wo wollen Sie denn alle hin?«, fragte der Fahrer und drückte seine Zigarette aus.

»Das ist eine ziemlich gute Frage, oder?«, sagte Chuck.

34

Gegen drei Uhr nachmittags bekamen wir Besuch von der ersten Reporterin. Ihr Kameramann wartete unten, während sie an die Tür klopfte.

»Wer ist da?«, fragte ich, obwohl wir sie alle vom Wohnzimmerfenster aus beobachtet hatten, eine attraktive Frau Ende zwanzig, mit seidigem blondem Haar und einem schokoladenbraunen Kostüm, das ihre langen, hübsch geformten Beine betonte. Sie schritt mit einer einstudierten Ausstrahlung selbstbewusster Gleichgültigkeit über den Rasen, und auch wenn sie uns bekannt vorkam, war sich doch keiner von uns sicher, ob das daran lag, dass wir sie im Fernsehen gesehen hatten, oder daran, dass sie einfach so aussah, wie wir hätten aussehen sollen.

»Meine Name ist Sally Hughes, von Fox News«, sagte sie, wobei sie die Worte sorgfältig modulierte, damit es sich nicht nach einem schlechten Reim anhörte.

Ich machte die Tür auf, wobei ich mich lässig in einem Winkel hinstellte, in dem ich außer Reichweite der Kamera blieb. »Hi«, sagte ich. »Kann ich Ihnen behilflich sein?«

»Ist das hier 32 Crescent Lake Road?«

»Wie haben Sie das denn erraten?«, erwiderte ich mit einem nachdrücklichen Blick auf die goldenen Ziffern an der Außenseite der Tür.

»Das hier ist doch der Wohnsitz der Schollings, oder?«

»Nein«, sagte ich, wobei ich mir alle Mühe gab, völlig perplex dreinzublicken. »Die Schollings leben in der Nr. 42, auf der anderen Seite des Sees.«

»Tatsächlich?« Verärgert zog sie ein zusammengefaltetes Notizblatt aus der Jackentasche und überflog es mit einem Stirnrunzeln. »Man hat mir gesagt, 32.«

»Na, dann hat man Sie wohl falsch informiert!«, sagte ich mit einem Lächeln, als wollte ich mich entschuldigen, und schloss die Tür. Wir beobachteten, wie sie über den Vorweg davonstürmte, den Kameramann im Schlepptau, und in dem blauen Kleinlaster verschwand, der auf dem Seitenstreifen der Straße parkte. Sie rasten los, sodass sie Reifenspuren auf dem Asphalt hinterließen. »Die haben's aber ganz schön eilig«, bemerkte Lindsey.

»Die will eben der Konkurrenz zuvorkommen«, sagte Chuck. »Sie wird bald wieder hier sein.«

Und das war sie auch, zehn Minuten später, mit einer frischen Schicht Lippenstift über einem Lächeln, das noch aufgesetzter wirkte als beim ersten Mal. Sie wartete gar nicht erst auf ihren Kameramann, sondern kam schon an die Haustür gestürmt, während er noch aus dem Wagen kletterte. Diesmal ging Chuck an die Tür. »Hallo«, sagte Sally Hughes zu ihm. »Ich wollte fragen, ob Sie mir vielleicht gern ein Interview geben würden?«

»Für welche Sendung?«, fragte Chuck. In diesem Augenblick war auch der Kameramann eingetroffen, und sie wies ihn mit einer raschen, geübten Geste an, mit den Aufnahmen zu beginnen.

»Fox News.«

»Fox News«, wiederholte Chuck. »Ist das jetzt live?«

»Nein, es ist für einen Beitrag, den wir in Kürze live senden werden.«

»Und worum geht es dabei?«

»Um das Verschwinden von Jack Shaw.«

»Dem Filmstar?«

Ihr Mund verzog sich zu einem zynischen Grinsen. »Wollen Sie etwa leugnen, dass Sie und die anderen Personen in diesem Haus Freunde von Jack Shaw sind?«

»Ich weiß nicht«, sagte Chuck. »Wollen Sie es mir zur Last legen?«

»Ich habe vor kurzem mit Jacks Agent Paul Seward gesprochen, der überzeugt ist, dass eine Gruppe von Jacks Freunden ihn entführt und in dieses Haus hier gebracht hat«, erklärte sie pfiffig. »Würden Sie dazu gern einen Kommentar abgeben?«

»Das ist eine entzückende Bluse, die Sie da tragen«, sagte Chuck. »Sie bringt Ihre Brüste sehr vorteilhaft zur Geltung.«

»Wie bitte?«

»Ihre Brüste«, wiederholte Chuck, der nun lauter sprach und jede Silbe übertrieben betonte, während er sich über ihr Mikrofon beugte. »Ihre Bluse bringt sie sehr gut zur Geltung.«

Sie gab ihrem Kameramann entnervt einen Wink, woraufhin er die Aufnahme abbrach und die Kamera sinken ließ, während er erfolglos versuchte, sein Grinsen zu verbergen. »Was fällt Ihnen ein?«, herrschte sie Chuck an.

»Sie hatten mich um einen Kommentar gebeten.«

Sie wollte eben noch etwas anderes sagen, als ein zweiter Kleintransporter auf der Straße auftauchte und hinter dem geparkten Fox-Wagen anhielt. »Hey«, sagte ich zu Chuck. »NBC ist hier.«

»Cool«, sagte Chuck.

»Scheiße«, murmelte Sally Hughes, machte auf dem Absatz kehrt und stürmte in Richtung Straße zurück.

»O Mann«, sagte Chuck, der ihr noch einen Augenblick lang nachblickte, bevor er die Haustür schloss. »Das war 'ne echt heiße Reporterin. Habt ihr die Beine von ihr gesehen?«

»Jetzt wird's langsam interessant«, rief uns Alison aus dem Wohnzimmer zu. Wir rannten alle zur Couch, um den Aufruhr draußen zu beobachten. Sally Hughes stritt sich mit dem Mann, der aus dem NBC-Wagen geklettert war, wobei sie erst aufs Haus und dann wieder auf die Straße deutete. In der Zwischenzeit hatte sich ein weißer Kleintransporter mit dem ABC-Logo aus der anderen Richtung genähert und parkte nun gegenüber den beiden ersten Fahrzeugen auf der anderen Straßenseite. In dem ABC-Wagen saß ebenfalls eine Reporterin, zusammen mit zwei Männern, die nun aus dem Wagen sprangen und begannen, geschäftig an der Satellitenanlage des Wagendachs herumzuhantieren.

»Ich habe einen OJ-Simpson-Flashback«, sagte Chuck.

»Wir sollten besser das Tor absperren«, schlug ich vor.

»Wir haben gar kein Tor«, sagte Alison.

»Oh. Na, dann lass es.«

»Mann«, sagte Chuck, der nun wieder auf Sally Hughes deutete. »Bin das nur ich, oder ist die wirklich heiß?«

»Gibt es denn nicht einen Moment, in dem du nicht an Sex denkst?« Lindsey seufzte.

»Sex ist wie Luft«, sagte ich. »Es ist nicht wichtig, es sei denn, man bekommt nichts davon ab.«

»Hab verstanden«, sagte Lindsey und klopfte Chuck mitfühlend auf die Schulter.

»Ach, ihr könnt mich alle beide.«

Binnen einer Stunde zwängten sich sechs Kleintransporter und eine Reihe von Pkws dicht hintereinander auf dem Seitenstreifen der Crescent Lake Road, und an die zwanzig Journalisten und Kameraleute wuselten dazwischen hin und her. Sämtliche größeren Fernsehsender schienen vertreten zu sein, dazu einige der Boulevard-TV-Shows. Deputy Dan, der seit unserem Besuch im Büro des Sheriffs ohne Unterbrechung unten an der Straße geparkt hatte, konnte es nicht vermeiden, in all die Aufregung hineingezogen zu werden. Er parkte seinen Streifenwagen auf unserer Straßenseite, sodass er die Auffahrt der Schollings versperrte, und verständigte per Funk einen Kleintransporter, der blaue Polizeibarrikaden bringen sollte, mit denen er dann die Reporter auf dem gegenüberliegenden Seitenstreifen abriegelte. Sobald er die Medien eingepfercht hatte, stellte sich Deputy Dan auf die Straße, winkte hin und wieder einem vorbeifahrenden Auto zu und plauderte mit den Journalisten.

Ziemlich bald liefen Live-Sendungen auf allen Fernsehsendern, und Nachrichtenkorrespondenten erzählten den Massen mit ernster Miene, dass man Jack Shaws Brieftasche in einem Fluss nicht weit von diesem Haus gefunden hatte, in dem sich vier seiner Freunde unter undurchsichtigen Umständen aufhielten. Das war so ziemlich alles, was sie wussten, aber sie wussten, wie sie es immer und immer wieder erzählen konnten, indem sie unbedeutende Details und vorsichtige Mutmaßungen einfließen ließen, von Zeit zu Zeit sogar ein Interview mit einem übereifrigen Deputy Dan.

»Vermutet die Polizei, dass Jack Shaw entführt wurde?«, fragte Sally Hughes von Fox News.

»Dazu kann ich im Augenblick keine Stellungnahme abgeben«, antwortete Deputy Dan enthusiastisch, während er genau in die Kamera starrte, als suchte er dort nach den Millionen von Zuschauern, zu denen er sprach.

»Stimmt es denn nicht, dass Sheriff Sullivan einen Durchsuchungsbefehl für dieses Haus erhalten hat?«

»Dazu kann ich leider ebenfalls keine Stellungnahme abgeben«, antwortete er, obwohl offensichtlich war, dass er nichts lieber wollte als das. Sullivan hatte ihn allem Anschein nach ins Gebet genommen und ihm eingebläut, auf jeden Fall den Mund zu halten.

»Wir besitzen Informationen, denen zufolge Sheriff Sullivan, nachdem Jack Shaws Brieftasche in einem Fluss in der Nähe gefunden wurde, dieses Haus durchsucht und anschließend die vier Personen vernommen hat, die hier wohnen, Personen, die als Freunde von Jack Shaw bekannt sind.«

Deputy Dan starrte sie unsicher an. »Äh, war das eine Frage?«

Sallys Blick verriet deutlich, wie entnervt sie war. »Können Sie irgendwelche dieser Fakten bestätigen?«

»Oh«, sagte Deputy Dan, erleichtert, das Fragezeichen entdeckt zu haben. »Kein Kommentar.«

»Wird das FBI die Bewohner dieses Hauses vernehmen?«

»Ich nehme es an«, sagte Deputy Dan.

»Die hiesige Polizei hat also das FBI verständigt?«

Deputy blickte eindeutig betreten drein, nachdem er diesen Punkt vermasselt hatte. »Jetzt warten Sie mal einen Augenblick …«

»Sie haben doch eben gesagt, das FBI würde die Bewohner dieses Hauses vernehmen, was bedeutet, dass es zumindest den Verdacht einer Straftat auf Bundesebene geben muss, oder nicht?«

»Das haben Sie gesagt«, antwortete Dan abwehrend. Die

Angst war in seinen Augen deutlich zu erkennen. »Ich habe nie gesagt, dass …«

»Sie ist gut«, meinte Chuck anerkennend von der Couch, wo wir uns alle ausgebreitet hatten, um die Nachrichten zu sehen.

»Und eine schlechte Nachrichtenkorrespondentin ist sie auch nicht«, neckte ihn Lindsey.

»Ich würde ihr ein Exklusivinterview geben«, bemerkte Chuck lüstern.

»Es ist nur dann ein Exklusivinterview, wenn du etwas zu bieten hast, was noch niemand sonst bekommen hat«, sagte ich.

»Stimmt«, räumte Chuck ein.

»Ich würde mir fast schon wünschen, wir hätten das FBI hier«, sagte Alison. »Dann würden wir zumindest jemanden kennen, der nach Jack sucht und der ein bisschen kompetenter ist als dieser Loser.«

Das Fernsehen zeigte nun Archivaufnahmen von Jack aus *Blue Angel,* wie er in einem Restaurant mit arroganter Miene einen Gangsterboss anredete, der dort aß. Der Gangsterboss wurde von einem Charakterdarsteller gespielt, dessen Namen ich mir nicht merken konnte, aber ich wusste, dass ich ihn schon einmal am Broadway in irgendwas Wichtigem gesehen hatte. Im Fernsehen wirkte Jack unecht, ein Hollywoodprodukt, wie diese computeranimierten Dinosaurier, die sie für *Jurassic Park* verwendet haben. Die Unwirklichkeit der ganzen Situation traf mich auf einmal mit voller Wucht. Wer war eigentlich Jack Shaw? War es dieser Mann auf dem Bildschirm, der eben einem Angreifer, der sich auf ihn stürzen wollte, geschickt auswich und ihn mit einem Tritt in die Salatbar beförderte? Denn dieser Mensch war ein Fremder für mich. Und doch erkannte ich ihn als meinen Freund Jack wieder. Wir hatten geglaubt, den echten Jack zu kennen, hatten geglaubt, ihm helfen zu können, weil er unser Freund war, aber als ich ihn jetzt im Fernsehen sah, ging mir zum ersten Mal unwillkürlich der Gedanke durch den Kopf, dass das vielleicht der echte Jack Shaw war und unser Freund lediglich ein Stück seiner Vergangenheit, das er zurückgelassen hatte wie uns alle.

»Wir haben einen Fehler gemacht«, setzte ich meinen Gedanken laut fort.

»Welchen denn?«, fragte Alison und wandte sich zu mir um.

»Wir waren uns so sicher, dass wir uns im Recht befinden«, sagte ich. »Wir waren uns sicher, dass wir den echten Jack kennen und dass der berühmte Jack Shaw lediglich ein Job war, oder eine Persönlichkeit, aber so ist es nicht.« Ich deutete auf den Bildschirm, wo Jack jetzt auf einem Motorrad in die Wüste fuhr. »Das ist der echte Jack Shaw«, sagte ich. »Der Mensch, den wir kannten, ist nicht der echte Jack, es ist der alte Jack, und den gibt es nicht mehr.«

»Was willst du damit sagen?«, fragte Alison, während sie sich von der Couch erhob.

»Wir haben's gut gemeint«, erklärte ich. »Wir wollten ihm helfen. Aber wir konnten ihm nicht helfen. Nicht mehr.«

Alison nahm die Fernbedienung vom Couchtisch und schaltete den Fernseher aus. Einen Augenblick lang stand sie da und starrte auf den blanken Bildschirm, bevor sie mit einer raschen Handbewegung die Fernbedienung quer durchs Zimmer schleuderte, bis sie mit einem dumpfen Knall knapp unter einem gerahmten Monet-Druck gegen die Wand schlug und in Stücke brach. Im Augenblick des Aufpralls ging der Fernseher wieder an; die Fernbedienung schaffte es, ein letztes elektronisches Signal zu senden, bevor sie endgültig den Geist aufgab.

»Hey!«, brüllte Chuck und sprang von der Couch hoch. Wir beobachteten sie ängstlich, aber durch das Schleudern der Fernbedienung quer durchs Zimmer hatte sich die Spannung, die sich in ihr aufgebaut hatte, offenbar etwas gelegt. Mit einem erschöpften Gesichtsausdruck sah sie mich an, und unwillkürlich fragte ich mich erneut, wie viel diese ganze Geschichte ihr eigentlich abverlangte. »Du hast nur zur Hälfte Recht«, sagte sie. »Die Frage ist nicht, welcher Jack der Echte ist. Sie sind beide echt, und genau das ist das Problem. Es gibt zwei Jacks, und wenn euch das verwirrt, dann stellt euch einmal vor, wie er selbst sich dabei fühlen muss. Er weiß überhaupt nicht mehr, wer er eigentlich sein soll.«

Wir dachten einen Augenblick lang darüber nach. »Welcher von beiden nimmt denn die Drogen?«, fragte Chuck dümmlich.

»Halt den Mund, Chuck«, sagte Lindsey. »Alison, hast du mit Jack über diese Sache gesprochen?«

»Früher haben wir öfter darüber gesprochen, bevor …«

Auf dem Bildschirm war erneut die Vorderfront des Hauses der Schollings zu erkennen, während Sally Hughes mit ernster Miene ihren Bericht zusammenfasste. »*Wir sind wieder live in Carmelina, New York, vor dem Haus, in das, wie man inzwischen annimmt, Jack Shaw gebracht wurde. Ob er aus freien Stücken hierher gebracht wurde oder nicht, und ob er vielleicht sogar noch dort ist oder nicht, das sind Fragen, auf die wir noch immer keine Antwort haben. Aus Unterlagen der Stadt geht hervor, dass das Haus einer Leslie Scholling gehört, auch wenn wir nicht wissen, in welchem Zusammenhang sie, falls überhaupt, mit Jack Shaw steht …*«

Die Vorstellung, dass sich das alles genau vor unserer Nase abspielte, kam mir vollkommen unwirklich vor. Ich starrte auf den Fernseher und fragte mich, ob es irgendwo in dem körnigen Bild des Hauses ein paar Elektronen gab, die mich darstellten. Ich winkte mit einem Arm, aber es hatte keine ersichtliche Wirkung auf dem Bildschirm. Alison durchquerte das Wohnzimmer und zog die Vorhänge zu, und auf dem Bildschirm sah ich, wie sie sich über dem Fenster bewegten. »Cool«, sagte Chuck, doch dann hielt er plötzlich die Luft an, als der Bildschirm ihn zeigte, wie er in der Tür stand und Sally Hughes anlächelte. »Scheiße!«, brüllte er, sprang hoch und deutete auf den Bildschirm, als könnten wir es nicht selbst erkennen. Sie zeigten das Filmmaterial des Interviews, das Chuck kurz zuvor gegeben hatte, aber sie hatten den Ton ausgeblendet, sodass Sally darübersprechen konnte. *»Dieser Mann, der sich geweigert hat, seinen Namen zu nennen, ist eine der Personen, die sich im Haus aufhalten und von der Polizei verdächtigt werden, etwas mit Jack Shaws Verschwinden zu tun zu haben.«*

»Das kann sie nicht machen!« Chuck war außer sich. »Ich werd meinen Job verlieren!«

»Oh, entspann dich«, sagte Lindsey. »Wenn du nicht ins Fernsehen wolltest, hättest du eben vorhin nicht losgehen sollen, um die Tür aufzumachen.«

»Er ist auf die Reporterin losgegangen«, sagte ich. »Nicht auf die Kamera.«

»Allerdings«, sagte Chuck, während er fassungslos auf sein Gesicht auf dem Bildschirm starrte. Dann beruhigte er sich etwas, fuhr sich mit den Fingern über die Kopfhaut und sagte: »Mann, sehe ich wirklich so aus? Ich bekomme ja allmählich wirklich eine Glatze.« Auf einmal war Sally Hughes wieder auf dem Bildschirm und sah genau auf uns. »Wir werden hier bleiben und abwarten, wie sich die Dinge entwickeln. Für Fox News, in Carmelina, New York, Sally Hughes.« Mir fiel auf, dass sie es wieder vermieden hatte, Hughes und News wie einen Reim klingen zu lassen.

Chuck starrte gebannt auf den Bildschirm, bis wieder in das Studio in Manhattan zurückgeschaltet wurde, und lehnte sich dann nachdenklich auf der Couch zurück. »Damit wird sie nicht ungeschoren davonkommen.«

»Hm, sie ist es eben«, sagte Alison. Chucks Pager ging an. Er schnappte ihn sich von seinem Gürtel, während er stirnrunzelnd auf die Anzeige blickte. »Scheiße«, sagte er und drückte auf den Knopf. »Meine Mutter.« Der Pager piepste erneut, und er schleuderte ihn über den Boden, wo er in die Überreste der Fernbedienung schlitterte und dabei schwarze Plastikteile auf dem Teppich verstreute. Kein guter Tag für elektronische Geräte im Haus der Schollings.

»Ich habe Hunger«, sagte Lindsey plötzlich und ohne jeden Zusammenhang. »Sonst noch jemand?«

»Ich könnte was zu essen vertragen«, sagte ich.

»Ich auch.« Alison nickte.

»Gehen wir aus«, sagte Lindsey.

»Aus?«, wiederholte Chuck, während er skeptisch durch die Jalousie blinzelte. »Was werden die denn unternehmen, wenn wir ausgehen?«

»Vermutlich werden sie uns folgen«, sagte ich.

»Na und?«, sagte Lindsey. »Wir sind schließlich keine Gefangenen.«

»Und was ist mit den Cops?«, fragte Chuck. »Wir sollen doch nirgends hinfahren.«

»Wir fahren in die Stadtmitte«, sagte ich. »Umgeben von der Medienbande. Was können sie denn sonst noch verlangen?«

»Einen weißen Bronco und einen Abschiedsbrief?«, schlug Lindsey vor.

Alison verschwand für einen Augenblick, und als sie wiederkam, hatte sie eine Bomberjacke über ihr Sweatshirt geworfen. Wir sahen sie alle an, während sie lächelnd im Türrahmen stand. »Gehen wir«, sagte sie.

Jack hat mir einmal erzählt, der Trick, die Journalisten in Schach zu halten, wenn sie einen umschwärmten, sei ganz einfach. »Weiche nie vor ihnen zurück.« Auf die Weise, hatte er mir erklärt, können sie dich nicht festnageln. »Wenn du gehst, gehst du einfach weiter. Wenn du stehst, bleibst du, wo du bist. Damit behältst du nicht nur die Kontrolle über die Situation, sondern du siehst auch in den Zeitschriften und im Fernsehen besser aus.«

In dem Augenblick, in dem wir ins Freie traten, stürzten sämtliche Reporter und Kameraleute wie auf ein unmerkliches Zeichen hin los, und alle Disziplin und Ordnung durch die Polizeibarrikaden war dahin. Wir bewegten uns mit raschen Schritten auf Chucks Mietwagen zu, aber der Mob war uns dicht auf den Fersen. Ich verharrte, gemäß Jacks Philosophie, reglos an Ort und Stelle, mit dem Erfolg, dass man mir auf die Zehen trat und das Gesicht um ein Haar mit einer Fernsehkamera zerquetschte. Lindsey schob mich in aller Eile mit ihr auf die Rückbank und knallte die Tür zu, wobei sie gegen einen Mikrofongalgen stieß, der mit einem erfreulichen Knacken entzweibrach. Chuck und Alison schafften es auf die Vordersitze, während die Fragen kein Ende nahmen und die Blitzlichter und Kameras uns wie Mücken umkreisten. »Hat man Sie offiziell beschuldigt?« »Wo ist Jack Shaw?« »Wer von Ihnen ist Alison Scholling?«

Die Kameras umkreisten uns und knallten gegen die Fensterscheiben, während die Reporter rings um den Wagen lautstark schrien. Ich entdeckte Sally Hughes unmittelbar links von einem dicken Kameramann neben meinem Fenster. »O mein Gott«, murmelte Lindsey.

»Hey«, brüllte Chuck. »Geben Sie auf den Wagen Acht!«

Er drehte den Schlüssel in der Zündung und legte den Gang ein. Den Reportern fiel es gar nicht ein, erschrocken zurückzuweichen. Chuck kurbelte sein Fenster halb herunter. »Würden Sie bitte den Weg frei machen?«, fragte er.

Seine Aufforderung wurde von einem Ansturm von Fragen erwidert. »Fahren Sie endgültig fort?« »Wo ist Jack Shaw?« »Werden Sie ihn treffen?« »Wie heißen Sie alle?«

Chuck streckte den Arm aus dem Fenster und bewegte die Hand sanft auf und ab, wie jemand, der ein Publikum zum Schweigen bringen will, bevor er eine Rede hält. Die Reporter, die spürten, dass für sie die Nachricht des Abends in der Luft lag, scharten sich grob um Chucks Fenster, wobei sie schubsend und drängelnd um die besten Plätze rangelten. »Was machst du da, Chuck?«, fragte Alison durch ein falsches Lächeln hindurch.

»Keine Sorge«, sagte Chuck. »Ich weiß, was ich tue.«

»Das muss noch lange nicht heißen, dass es gut ist.«

Chuck warf ihr ein teuflisches Grinsen zu und sah dann zu den Reportern hinaus. »Ich weiß, dass Sie viele Fragen haben, und wir wollen sie alle beantworten«, sagte Chuck. »Sie wollen wissen, wo Jack Shaw ist. Und wir auch. Uns wurde nichts zur Last gelegt, da wir nichts getan haben. Wir sind hier, weil wir uns Sorgen um unseren Freund machen.« Es folgte eine erneute wilde Flut von Fragen, aber Chuck tat sie mit einer Handbewegung ab. »Von jetzt an«, erklärte er, »werde ich nur noch mit Sally Hughes sprechen.«

Aus der Menge wurde ein zorniges, irritiertes Murmeln laut. »Warum sie?«, fragte irgendjemand.

»Aufgrund ihrer persönlichen Beziehung zu Jack Shaw«, erklärte Chuck in einem nüchternen Tonfall. »Die beiden hatten doch was miteinander. Ich dachte, das sei allgemein bekannt.«

Alle schnappten gleichzeitig nach Luft, und auf einmal

wandte sich die Menge zu Sally Hughes um. »Oh, verdammt noch mal«, sagte sie. In der plötzlich eingetretenen Stille fand Chuck in der Menge die Lücke, die er gesucht hatte, und mit quietschenden Reifen jagte er aus der Auffahrt und ließ die Reporter in einer Staubwolke zurück.

»Was zum Teufel war das denn?«, fragte ich.

»Hat doch geklappt, oder?«, sagte Chuck stolz, während er auf die Route 57 einbog. Links von uns sah ich Deputy Dan, der in vollem Tempo auf seinen Wagen zurannte, während er gleichzeitig versuchte, sein Funkgerät aus der Gürteltasche zu ziehen. Auf einmal fiel ihm das Funkgerät aus der Hand und schlitterte über den Seitenstreifen der Route 57. Noch ein elektronisches Gerät, das den Geist aufgab. Einen Augenblick lang suchte ich nach der Bedeutung dieser Beobachtung, und dann, als ich keine fand, wandte ich mich wieder der vorliegenden Angelegenheit zu. »In dieser speziellen Technik bin ich nicht bewandert, Chuck«, sagte ich von der Rückbank. »Was genau haben wir eben erreicht?«

»*Wir* haben nichts erreicht«, bemerkte Chuck, während er mich im Rückspiegel ansah. »*Ich* hingegen habe eine ganze Menge erreicht.«

»Und das wäre?«

»Vorspiel«, sagte Chuck.

»Sally Hughes auf die Palme zu bringen war das Vorspiel?«, fragte Alison.

»Allerdings.«

»Wie denn das?«

»Wut und Lust liegen sehr nah beieinander«, sagte Chuck.

»O mein Gott!« Alison raufte sich die Haare. »Und du glaubst auch noch, was du da sagst, oder?«

»Absolut. Du musst doch zugeben, sie denkt jetzt über mich nach.«

»Sie denkt darüber nach, dass sie dich am liebsten erwürgen würde.«

»Mich erwürgen, mich besteigen. Das ist alles nur eine Frage der Sublimierung.«

»Und ich dachte immer, Männer würden sich nichts aus dem Vorspiel machen«, bemerkte Lindsey trocken.

»Hey!«, protestierte ich.

»Anwesende Personen natürlich ausgenommen.«

»Hört zu«, sagte Chuck, während er das Tempo etwas verlangsamte, um eine Kurve zu nehmen. »Im Augenblick denkt sie über mich nach, und sie empfindet etwas, stimmt's? Vielleicht ist es negativ, aber es ist trotzdem etwas. Ich bin ihr nicht mehr gleichgültig. Jetzt habe ich etwas, womit ich arbeiten kann. Zwischen Wut und Gleichgültigkeit entscheide ich mich jederzeit für die Wut.«

»Das Traurigste an dieser ganzen Theorie«, sagte ich, »ist die Tatsache, dass ich ihr in gewisser Hinsicht sogar zustimme.«

»Das klingt ja wie eine *Seinfeld*-Folge«, bemerkte Alison.

»Eine schlechte«, ergänzte Lindsey.

»Hey, brems ab«, sagte ich. Wir kamen an die Kurve, an der mir das Reh vors Auto gelaufen war. Schwarze Streifen zeigten die Richtung an, in die der Beamer von der Straße geschlittert war, und Reifenspuren bohrten sich im Zickzackkurs tief ins Gras bis hin zu dem seichten Straßengraben, in dem ich schließlich zum Stehen gekommen war. Hier und da lag ein zerborstenes Stück Plastik, orange oder durchsichtig, das von den Vorderlichtern des Wagens stammte. Ich bin mir nicht sicher, ob ich mich auf einen kinematischen Flashback gefasst machte oder auf einen hoffte, aber es kam keiner, und wir bogen um die Kurve und ließen den Schauplatz meines Unfalls hinter uns zurück.

35

Ein Geleeglas … ein Gartenschlauch«, murmelte Chuck nachdenklich. »Ein Cheerleader-Stab.«

»Ausgeschlossen«, sagte das Mädchen über den Brüsten, an die Chuck seine Worte gerichtet hatte. Sie trug eine enge schwarze Hose und ein noch engeres Polyestershirt, bei dem sie die drei untersten Knöpfe offen gelassen hatte, um ihren flachen, braun gebrannten Bauch zur Schau zu stellen. Für die Brüste, die sie trug, wirkte sie ziemlich mager.

»Wenn ich's dir doch sage«, erwiderte Chuck. »Es kommt häufiger vor, als man glaubt.«

»Was sonst noch?«

»Gurken, eine elektrische Zahnbürste.«

»*Hör auf!*«, kreischte das Mädchen entzückt.

Das Thema war *Dinge, die ich in der Notaufnahme Leuten aus dem Arsch gezogen habe*, eine der beliebtesten Einleitungen, mit denen Chuck, wenn er in Bars flirtete, ein Gespräch anknüpfte. Ich hatte oft meine Zweifel, ob skatologische Themen als Aphrodisiakum wirken würden, aber Chuck hatte den Erfolg dieser Methode bei mehr als einer Gelegenheit unter Beweis gestellt.

»Im Ernst«, versicherte er, während er den Blick des Barmanns auffing und auf die zwei Whiskeygläser deutete, die vor ihm standen. Während der Barmann sie mit Glenfiddich füllte, drückte Chuck den Rücken durch und wippte auf seinem Hocker hin und her, eine Bewegung, mit der er sich gekonnt ein paar Zentimeter näher an das Mädchen heranschob, mit dem er redete.

»Er ist gut«, sagte Lindsey anerkennend. Wir sahen von unserem Beobachtungsposten ein paar Hocker weiter zu, während wir gegrillte Steaksandwiches mit Stampfkartoffeln aßen.

»Sie kann nicht älter als achtzehn sein!«, meinte Alison.

»Sie ist reingekommen«, sagte ich und wies auf den Türsteher, der neben dem Eingang auf einem Barhocker saß und die Ausweise kontrollierte. »Sie ist mindestens einundzwanzig.«

»Eine Krümelmonster-Handpuppe«, sagte Chuck und kippte seinen Whiskey hinunter.

»Nein!«

»O mein Gott!«, stöhnte Alison.

Wir saßen in einem Pub mit dem Namen McAvoy's und aßen die Spezialitäten des Hauses, während wir beobachteten, wie Chuck das Mädchen bearbeitete. Es war ein spärlich beleuchteter, mit Holz verkleideter Raum mit Tischen auf einer Seite und einer zurückgesetzten Ebene, auf der sich die Bar, eine kleine Tanzfläche und ein Billardtisch befanden. Die Wände waren mit gerahmten, signierten Fotos alternder Prominenter und Politiker verziert, die nichts gemeinsam hatten, außer dass sie alle unter die Kategorie *Leute, die man niemals tot in Carmelina finden würde* fielen. Frank Sinatra, Ed Koch, Marlon Brando, George Bush, Muhammad Ali, Buddy Hackett und etliche andere. Zwei träge Deckenventilatoren, die man demonstrativ installiert hatte, um den dichten Rauch zu vertreiben, der von den Grills in der Küche herrührte, schienen ihn stattdessen lediglich in irgendetwas Dickeres zu verwandeln, das über uns in der Schwebe hing und eine düstere Atmosphäre von Intimität schuf. Einen Augenblick lang hatten wir uns Sorgen gemacht, dass unser Bekanntheitsgrad uns ein paar Probleme bereiten könnte, aber falls überhaupt, schienen sich die Gäste lediglich zu freuen, dass sie ein paar Quasiprominente begaffen konnten. Chuck zumindest tat es mit Sicherheit nicht weh. Als wir eintraten, hatte er dem Burschen an der Tür einen Fünfziger zugesteckt und gesagt: »Bitte sorg dafür, dass die Kameras draußen bleiben, okay?« Ein kurzes Nicken, das Geld verschwand, und wir gingen hinein, um etwas zu essen. Die Dinnergäste wurden allmählich etwas weniger, aber das Lokal war immer noch voll, und wir hatten lediglich an der Bar Plätze bekommen.

Ein paar Minuten nach unserem Eintreffen platzte Deputy Dan durch die Tür und blieb wie angewurzelt stehen, als er uns an der Bar sitzen sah. Er schien völlig durcheinander, und unsicher, was er als Nächstes unternehmen sollte. Lindsey lächelte und winkte ihm zu, und er winkte reflexartig zurück, was seine Verwirrung nur noch zu vergrößern schien. Schließlich machte er eine Kehrtwende und verließ den Pub. Ich trat ans Fenster und sah, wie er auf der anderen Straßenseite in zweiter Reihe parkte, eine Zigarette rauchte und die Reporter finster ansah, die sich lautstark um das Fenster des Pubs scharten und versuchten, einen Blick auf uns zu erhaschen.

Chuck und seine neue Freundin sprangen von den Hockern und gingen hinüber an die Jukebox. Ein hagerer Bursche mit pockennarbiger Haut und einem Schnauzbart trat von hinten zu uns an die Bar und klopfte mir auf die Schulter. »Ihr seid die aus dem Fernsehen, stimmt's?«

»Das sind wir«, sagte ich.

»Also, wo ist er?«

»Wo ist wer?«

Das schien ihn zu verwirren. »Du weißt, wer«, sagte er. »Jack Shaw, der.«

»Du hast's erraten«, sagte ich.

Er legte die Stirn in Falten, offensichtlich enttäuscht von der Art, wie sich das Gespräch entwickelte. »Ich habe mal

Alec Baldwin gesehen«, erzählte er. »Der Typ war ganz schön unzugänglich, weißt du?«

»Ich weiß, was du meinst«, sagte ich mitfühlend.

»Bist du wirklich sein Freund?«, fragte er.

»Ich bin Alec Baldwin noch nie begegnet.«

»Nein. Ich meine Jack Shaw. Ist er dein Kumpel?«

»Aber ja.«

»Na so was.« Er dachte einen Augenblick lang über diese Einsicht nach, bevor er höflich nickte und weiterzog.

»Himmel«, sagte Lindsey, als ich mich wieder zur Bar umwandte. »Wenn Berühmtsein heißt, dass man jedes Mal, wenn man ausgeht, geistreiche Gespräche wie diese führt, ich glaube, dann würde ich auch zu Koks greifen.«

»Come On Eileen« ertönte aus der Jukebox. Ich blickte auf, um festzustellen, ob es Chucks Wahl gewesen war, und sah, wie er uns zulächelte, während er das Mädchen mit zurück an die Bar nahm.

»Dieses Lied erinnert mich immer an die Highschool«, sagte Lindsey und summte leise die Melodie mit.

»Was sonst noch?«, fragte ich.

»Ich weiß nicht. Men at Work, Pat Benatar, Simple Minds, du weißt schon, die Titelmusik aus *Der Frühstücksclub.*« »Human League«, sagte ich. »Du weißt schon, ›Don't You Want Me‹. Und alles von Duran Duran.«

»›Tainted Love‹«, schlug Chuck vor, der sich in diesem Augenblick zwischen uns vorbeugte, um sich ein paar gesalzene Nüsse von der Bar zu stibitzen. »›Hurts So Good‹, ›Safety Dance‹.«

»Wer hat das nochmal gesungen?«, fragte Lindsey.

»Men Without Hats. Aber soweit ich weiß, haben sie es nur ein einziges Mal gesungen.«

»Nie von ihnen gehört«, sagte das Mädchen neben

Chuck, und ich fragte mich, wie alt sie wohl gewesen war, als diese Wunderbands in den Achtzigern, die nur einen einzigen Hit landeten, gespielt hatten. »Magst du irgendwelche alten Bands?«, fragte ich sie.

Sie dachte eine Minute darüber nach, während sie sich die Lippen leckte. Mir fiel auf, dass sie ein Piercing in der Zunge hatte. »Pearl Jam«, antwortete sie schließlich.

Ich warf Chuck einen Blick zu. »Was?«, fragte er grinsend und führte sie fort von der Bar. »Die sind wirklich ziemlich alt.«

»Du bist älter«, sagte ich zu seinem Hinterkopf und sah dann hinüber zu Alison, die nachdenklich an ihrem Bier nippte. »Was geht dir durch den Kopf?«

»Dreimal darfst du raten.«

»Was glaubst du, wo er steckt?«, fragte ich.

»Ich habe keine Ahnung. Das ergibt doch alles keinen Sinn.«

»Wir werden ihn schon finden.«

»Wir suchen ihn doch nicht einmal.«

»Ich meine, er wird schon wieder auftauchen.«

»Ich hoffe es«, sagte sie seufzend. »Ich muss ständig denken, dass er, wenn wir diese Sache nicht versucht hätten, jetzt wieder in Kalifornien wäre, und ich könnte mit ihm sprechen, so wie immer. Ganz abgesehen von all den Sorgen, was ihm wohl zugestoßen sein könnte, vermisse ich ihn ganz einfach, verstehst du?«

Ich sah, wie Lindsey über meine Schulter hinwegblickte, mit leicht besorgter Miene, und als ich auf meinem Hocker herumschnellte, saß ich mit dem Gesicht auf Höhe seiner Brust Paul Bunyon aus dem Bistro gegenüber. Mein Herz setzte für eine Sekunde aus, aber ich unterdrückte den Reflex, von meinem Hocker aufzuspringen. Schließlich konnte ich keine Spur der Winchester entdecken, und der Bursche hatte uns eine gute Suppe serviert. »Wie geht's?«, fragte er.

»Gut«, sagte ich zögernd.

»Habt ihr beide, du und dein Freund, alles geklärt?«, fragte er.

»Was? O ja, klar. Danke.«

»Ich wollte mich nur kurz bei euch bedanken«, sagte er und rieb an dem Halstuch, das er um den Kopf trug.

»Wofür?«

»Dafür«, antwortete er und deutete durchs Fenster auf die Reporter. »Heute habe ich mehr Umsatz gemacht als in den letzten beiden Wochen zusammen.«

»Tatsächlich?«

»Und ob. Ich hab jetzt sogar ein Jack-Shaw-Sonderangebot. Jedes Sandwich mit einem Getränk für drei Dollar.«

»Gute Idee.«

»Sie essen alles auf.« Er legte mir eine gewaltige Klaue auf die Schulter. »Nicht mehr sauer wegen neulich?«

»Natürlich nicht.«

»Ich hoffe, euer Freund taucht wohlbehalten wieder auf. Ich mag seine Filme.«

»Danke.«

»Na dann«, sagte er mit einem Lächeln, das seine Zahnlücken bloßlegte, und schlenderte aus der Bar.

»Was zum Teufel war das denn?«, fragte Lindsey.

Bevor ich etwas erwidern konnte, näherte sich uns ein Mann in einem marineblauen Anzug und mit Bürstenschnitt, der sich einen Barhocker heranzog und grinsend sagte: »Hi. Haben Sie was dagegen, wenn wir uns einen Augenblick unterhalten?«

»So viel also zu dem Versuch, uns die Reporter vom Leib zu halten«, sagte Lindsey. »Wir haben keinen Kommentar abzugeben.«

»Ich bin Agent Don Allender vom FBI«, stellte er sich vor, ohne dass sich sein Grinsen abschwächte. Es war mit Sicherheit eine wirksame Methode, um jedes Gespräch zum Erliegen zu bringen.

»Dieser Tag wird immer besser«, murmelte ich, aber leise, da ich doch ein bisschen Angst vor ihm hatte.

Er beäugte mich einen Augenblick lang. »Wie sah der andere Bursche denn aus?«, fragte er.

»Hm?«

»Ihr Gesicht«, erklärte er und zeigte auf meine Augen. Einen Augenblick lang hatte ich vergessen, dass sie noch immer ziemlich blaue Flecken hatten. Ich erzählte ihm von dem Reh, und er nickte mitfühlend.

»Sind Sie hier, um Jack zu finden?«, fragte Alison, während sie sich ganz zu Allender umdrehte.

»Nicht direkt«, antwortete er, während er sich das Jackett aufknöpfte, um etwas bequemer zu sitzen. Er sah aus, als würde er sich in Positur setzen, und ich fragte mich, ob es beim FBI allen Ernstes Kurse gab, in denen man lernte, wie man sich im Dienst hinzusetzen hatte.

»Wozu denn dann?«

»Nun ja, ich bin hier, um festzustellen, ob es für uns einen Grund gibt, sich in die Sache einzuschalten oder nicht.«

»Und was würde einen solchen Grund darstellen?«, fragte ich.

»Wenn Sie ihn entführt haben, dann würde mir das in etwa ausreichen«, sagte er freundlich.

»Na ja, tut mir Leid, dass wir Sie enttäuschen müssen«, sagte Lindsey.

»Einen Augenblick, bitte«, schaltete sich Alison ein. »Wenn er nicht entführt worden ist, dann werden Sie sich auch nicht die Mühe machen, nach ihm zu suchen? So oder so, er wird doch schließlich vermisst, oder nicht?«

»Oh, wir suchen bereits nach ihm«, sagte Allender.

»Tatsächlich?« Alison klang skeptisch.

»Und ob«, bestätigte er mit einem näselnden Tonfall aus dem Mittleren Western, gerade stark genug, dass er zu seiner geröteten Gesichtsfarbe passte.

Chuck gesellte sich zu uns und gab seiner neuen Bekanntschaft Gelegenheit, sich aufgeregt mit zwei anderen Mädchen zu besprechen, die in der Nähe des Billardtischs standen. »Wer ist denn das?«, fragte er.

»Don Allender«, sagte Don Allender.

»FBI«, sagte ich.

»New Yorker Dienststelle«, fügte Don entgegenkommend hinzu.

»Ausgeschlossen«, sagte Chuck.

»Eingeschlossen«, sagte Don lächelnd.

»Ich bin noch nie einem FBI-Agenten begegnet«, sagte Chuck. »Wie ist das denn so?«

»Ist nicht schlecht.« Don lächelte. »Immer noch besser als arbeiten, um leben zu können.«

»Das möchte ich wetten.«

»Wie alt sind Sie?«, fragte ich Allender.

»Was hat das denn mit der Sache zu tun?«, fragte er leicht verblüfft.

»Reine Neugier.«

»Dreißig.«

»Wir auch.« Ich deutete auf unser Grüppchen. Das FBI wirkte irgendwie weniger einschüchternd, wenn man sich vor Augen hielt, dass die Agenten genauso alt waren wie man selbst.

»Es ist ein komisches Alter, stimmt's?«, sagte Don, der uns alle mit seinem Plauderton überraschte. »Führt zu allen möglichen unerfreulichen Selbstbetrachtungen.«

»Wem sagen Sie das.«

»Also«, Don klang fast schon entschuldigend. »Haben Sie ihn entführt?«

»Werden wir zu Protokoll genommen?«, fragte Alison ihn.

»Möchten Sie zuerst ohne Protokoll aussagen?«

Wir sahen uns gegenseitig an. »Könnten wir uns einen Augenblick besprechen?«, fragte Alison.

»Na klar«, sagte Don, stand auf und nahm sich einen Hocker am anderen Ende der Bar. Er bestellte sich bei dem Barkeeper einen Molson, setzte sich dann mit dem Rücken an die Bar und ließ mit versonnener Miene die Blicke durch die Bar schweifen.

»Ich glaube, ich will ehrlich zu ihm sein«, sagte Alison.

»Wir werden uns nur selbst belasten«, hielt Chuck dagegen.

»Wir haben im Grunde doch nichts verbrochen«, sagte Alison. »Er sieht freundlich aus, wie jemand, der es begreifen würde.«

»So sehen sie alle aus!«, gab Chuck zurück. »Das machen sie, damit sie dich überrumpeln können.«

»Und mit wie vielen FBI-Agenten hast du schon gesprochen?«, fragte ich. Ich teilte Alisons Ansicht. Don schien in Ordnung zu sein.

»Ich stimme Alison zu«, sagte Lindsey. »Er ist nicht wie Sullivan oder Deputy Dan, die den Helden spielen wollen. Er scheint anständig zu sein, einer, der keine bestimmte Taktik verfolgt. Ich denke, wir können ihm trauen.«

»Ich traue grundsätzlich keinem über dreißig«, brummelte Chuck.

»Das erklärt deinen Geschmack bei Frauen«, sagte Alison.

»Ach, leck mich.«

»Ich bin zu alt für dich, Chuck«, sagte sie kichernd und

warf ihm dann aus unerklärlichen Gründen die Arme um den Hals. Er blickte immer noch etwas säuerlich drein, aber er erwiderte die Umarmung. »Na schön. Aber wenn wir deswegen im Gefängnis landen, dann werde ich dich persönlich dafür verantwortlich machen.«

»Ben?«, wandte sich Alison an mich. »Sind wir einer Meinung?«

Ich sah zu Don Allender hinüber, der nachdenklich an seinem Bier nippte. Für einen Agenten einer Bundesbehörde erschien mir dieses Verhalten nicht ganz angemessen. Ich rief mir in Erinnerung, dass er zur selben Zeit wie ich in die Highschool gekommen war, dieselben Bands gehört und dieselben Fernsehserien gesehen hatte. Vermutlich war es ein einsamer Job, kreuz und quer durch die Gegend zu fahren, wohin einen das FBI eben schickte. Gesprächsfreudig schien er auf jeden Fall zu sein. Die Tatsache, dass er im Dienst ein Bier trank, ließ ihn noch weniger bedrohlich erscheinen. »Na schön«, sagte ich. »Falls wir einen neuen Freund finden sollten, kann er schließlich auch fürs FBI arbeiten.«

Die restliche Nacht verlief in einem immer exzessiveren Rauschzustand. Wir erzählten Don alles, und es stellte sich heraus, dass er sich das meiste davon bereits zusammengereimt hatte. Als wir ihn fragten, wie, sagte er lediglich: »Hey, habe ich nicht erwähnt, dass ich fürs FBI arbeite?« Nachdem er Alison zugestimmt hatte, dass es nicht sehr wahrscheinlich sei, dass man uns strafrechtlich verfolgen würde, fühlten wir uns so erleichtert, dass wir begannen, mit Tequilas zu feiern. Don zog sich sein Jackett aus und stimmte in die Feier mit ein. »Ich arbeite seit über drei Jahren für die Regierung auf der Straße«, klagte er, während er sich das Salz von der Hand leckte. »Ich wurde dreißig, und auf einmal war ich völlig allein auf der Welt. Ohne Familie, ohne Freunde. Ohne echte Beziehung – welcher Form auch immer.« Er kippte den Tequila hinunter und drückte sich ein Stück Zitronenschale in den Mund. »Ich meine, wo ist da der Sinn des Lebens?«

Später fragte er Chuck: »Siehst du dir eigentlich *Emergency Room* an?«

»Manchmal.«

»Und sitzt du dann da und deutest auf alles, was irgendwie nicht realistisch ist?«

»Aber nein. Die recherchieren ziemlich gut, die haben Ärzte im Team. Das Einzige, was nicht echt ist, ist die Art, wie sie sich ständig in diesem Fachjargon unterhalten, während sie durch die Gegend laufen. Wenn wir alle diese Anweisungen wirklich in dem Tempo rausbrüllen würden, dann gäbe es verdammt viele Fehler.«

»Wirklich?«

»Und dann dieser Typ namens Carter. Er ist Assistenzarzt, aber steht immer auf dem Dienstplan für die Notaufnahme. So läuft das auch nicht. Hey«, sagte Chuck. »Siehst du dir denn die *Akte X* an?«

»Na klar.«

»Und sitzt du dann da und lachst über all den FBI-Quatsch, den sie dort bringen?«

Don sah von seinem Bierglas auf, wischte sich den Mund mit dem Hemdsärmel ab und fragte: »Mit wem denn?«

Später:

Leicht torkelnd bahnte ich mir meinen Weg in Richtung Jukebox, eine Hand voll Vierteldollarmünzen, ein Sam Adams in der anderen, mit dem Ziel, jedes Lied aus der Highschool zu spielen, das ich finden konnte. »Centerfold« von der J. Giles Band, »Ninety-nine Red Balloons« von

Nena, Billy Idols »Dancing with Myself«, Howard Jones' »No One Is to Blame« und »Space Oddity«, aber nicht David Bowies, sondern dieses andere, das mit dem wilden Synthesizer, von Peter irgendwas. Die Jukebox war wie eine Zeitkapsel der achtziger Jahre. Ich entdeckte die »Titelmusik aus *St. Elmo's Fire*«, doch zu dem Zeitpunkt hatte ich schon kein Kleingeld mehr. Ich hatte mein persönliches Tequila-Limit überstiegen, aber anstatt dass mir schlecht wurde, erfüllte mich ein warmes, sich ausbreitendes Gefühl von Trägheit. Das Salz und die Zitrone hinterließen immer noch einen säuerlichen Geschmack in meinem Mund. Lindsey bewegte sich mit einer geschmeidigen Anmut auf mich zu, wie in Zeitlupe, und forderte mich zum Tanzen auf. »Ich schmecke nach Zitronen«, sagte ich, während ich an den Innenflächen meiner Wangen leckte. »Hm«, murmelte sie, »lass mich kosten«, drückte sich hart gegen mich und glitt mit der Zunge zwischen meine Lippen, noch bevor ihr Kuss dort ankam.

Später:

Die Mädchen verschwanden auf die Toilette. Auf dem Fernseher über der Bar erschien ein Werbespot mit Michael Jordan und Bugs Bunny, was Don, Chuck und mich veranlasste, auf das unvermeidliche Thema Sport zu kommen. War Jordan wirklich der Beste aller Zeiten? Sieh dir nicht seine Punkte an, sieh dir nur seine Trefferquoten bei den Würfen an. Und was war mit unseren eigenen erbärmlichen Knicks? Zu schade, dass das Ego des bösen Ewing nicht an seiner Stelle im Mittelfeld spielen kann. Wenigstens sehen die Yankees fürs nächste Jahr wieder ganz gut aus. Don erzählte uns, wie er auf dem College Football gespielt hatte. »Ich meine, ich will nicht behaupten, dass ich der Größte war, aber auf der Highschool war ich gut genug, um ein Teilstipendium für Indiana zu bekommen. Also spiele ich dort in meinem ersten Studienjahr, mache meine Sache ganz gut, wisst ihr? Nichts, was man an die große Glocke hängen würde, aber ich fange an, mein Können richtig zu entwickeln. Jedenfalls, eines Nachmittags haben wir Training, ein Scrimmage, ihr wisst schon, weiße Shirts und Farben, und ich renne los für einen langen Pass, und ich trete auf irgendwas Komisches, verdreh mir völlig den Knöchel, und ein paar Bänder reißen.« Er machte mit einer Hand eine kreisförmige Bewegung, eine Art Et-cetera-Symbol im Kursivdruck, während er mit der anderen sein Bier festhielt. »Und dann stellt sich raus, dass am Abend zuvor 'n paar Typen auf dem Spielfeld was getrunken hatten, und einer hatte eine Bierdose liegen lassen. Und auf die bin ich getreten.« Er legte die Stirn in Falten und schüttelte traurig den Kopf, als würde er die Verletzung noch einmal durchleben. »Damit rechnet man einfach nicht, nicht an der Universität von Indiana, dass beim Training irgendwelche gottverdammten Bierdosen auf dem Spielfeld herumliegen. Das ist einfach nicht professionell.« Chuck und ich pflichteten ihm mit einem trunkenen Kopfnicken bei. »Ausgerechnet eine Bierdose ...«

Später:

Das McAvoy's war gesteckt voll. Das Lied, das aus der Jukebox dröhnte, war Madonnas »Crazy for You«, und jeder war für einen Slowdance auf der Tanzfläche. Ich wickelte mich um Lindsey, und ihr rechtes Bein drückte sich fest gegen die Innenseite meines Oberschenkels, und ihr Kopf stieß leicht gegen mein Kinn, während wir tanzten, wie ein Boot, das am Dock festgemacht ist. Einige Pärchen weiter tanzte Chuck mit dem Mädchen, das die Ansicht vertreten hatte, Pearl Jam sei eine alte Band. Sie rieb die Nase in seinen Nacken, während er ihr ins Ohr flüsterte und mit den Händen provozierend seitlich an ihr auf und ab glitt. Am anderen Ende der kleinen Tanzfläche tanzte Alison freundschaftlich mit Don, wobei sie uns den Rücken zugewandt hatte und den Kopf in stiller Meditation an seiner Schulter ruhen ließ. Ihr Haar fiel ihr locker über die Schultern und bedeckte Dons Hand, die auf ihrem Rücken lag. Ich sah, wie er die Hand nach hinten ausstreckte, das Haar betrachtete, das sich über seine Finger ergoss, als könnte er gar nicht glauben, dass es wirklich dort war. Er ließ es auf ihren Rücken fallen und kämmte unbewusst die losen wirren Strähnen mit seinen Fingern, eine sanfte Geste, die ohne ersichtlichen Grund eine tiefe Traurigkeit in ihm auszudrücken schien. Für einen Augenblick kam ich mir fast wieder vor wie auf dem College, und ich schloss die Augen und versuchte, mich ins Déjà-vu zu versenken. Ich atmete sanft ein, roch die einzigartig vertraute Mischung aus Bier, Rauch, Sägemehl und Shampoo, und für einen kurzen Augenblick war die Illusion vollkommen. Doch dann war das Lied zu Ende, und Third Eye Blind kam mit »Semi-Charmed Life«, ein Neunziger-Jahre-Lied in Reinkultur, und Chucks Ausgewählte begann, vor Entzücken hin und her zu wirbeln und zu flattern, während sie mit den Händen durch die Luft fuchtelte und einen Freudenschrei ausstieß, als ihr Jahrzehnt sich wieder behauptete, und der Augenblick war vorbei.

Später:

McAvoy's machte dicht, und wir waren alle zu erledigt, um uns noch ans Steuer zu setzen. Ich schlug vor, die Reporter zu bitten, uns mit nach Hause zu nehmen, da sie uns doch zweifellos sowieso folgen würden, aber als wir die Bar verließen, stellten wir fest, dass sie für den Abend bereits Schluss gemacht hatten. Deputy Dan schlief auf der anderen Straßenseite in seinem Wagen, und wir beschlossen, ihn sich selbst zu überlassen. Schließlich bot

Paul, der Türsteher, an, uns nach Hause zu fahren. Wir kletterten alle in seinen alten blauen Kleinlaster, in dem es nach Hefe und Kaffee roch. Don lehnte die Mitfahrgelegenheit ab und erklärte, dass er in einer Pension am Ende des Blocks abgestiegen sei. Wir beobachteten ihn vom Rückfenster des Kleinlasters aus, wie er uns wehmütig nachwinkte, bis wir um die Ecke bogen. Die Sitzbänke in dem Kleinlaster waren nicht allzu fest verschraubt und wackelten jedes Mal, wenn Paul Gas gab. Erst nachdem er uns abgesetzt hatte, dämmerte es mir, dass wir nur zu dritt waren. Chuck und seine neue Freundin waren verschwunden.

36

Als ich am nächsten Morgen in die Küche torkelte, mit flauem Magen und dehydriert, traf ich auf das Mädchen, das Chuck am Abend zuvor aufgegabelt hatte. Sie saß auf einem Küchenstuhl, aß ein hart gekochtes Ei und blätterte in einem Sharper-Image-Katalog. »Hi«, sagte sie, und ihre Stimme hallte von meinem Trommelfell wider, als sei es aus Gummi. Ich murmelte ein Hallo und schenkte mir einen Becher Kaffee ein. Bart Simpson starrte von dem Becher zu mir hoch und empfahl mir, jetzt bloß nicht durchzudrehen. Mein Gehirn schien gegen den Drang anzukämpfen, aus meinem Kopf hervorzuplatzen und sich eine dunkle, stille Höhle zu suchen, in der es sich verkriechen konnte.

»Kater?«, fragte sie fröhlich. Ich wusste nicht, ob es ihr Mund oder mein Kopf war, bei dem die Lautstärke leiser gestellt werden musste. Vermutlich beides.

»Danke, ich hab schon einen«, antwortete ich und setzte mich auf den Stuhl ihr gegenüber, während ich den Becher in beiden Händen hielt, als könnte ich den Kaffee auf diese Weise schneller in mich aufnehmen.

Sie lachte hell und biss ein winzig kleines Stück von ihrem Ei ab.

»Wo ist Chuck?«, fragte ich nach einem langen Schluck.

»Wer? Ach, der schläft wie ein Toter.«

Ich zog eine Augenbraue hoch. »Du hast ihn doch nicht etwa umgebracht, oder?«

»Nicht ganz«, sagte sie mit einem lasziven Grinsen.

»Ich glaube, deinen Namen habe ich nicht ganz mitbekommen.«

»Jenna.«

»Ich bin Ben.«

»Hi«, wiederholte sie überflüssigerweise. »Was ist denn mit deinem Gesicht passiert?«

»Ich wurde so geboren.«

»O Scheiße, tut mir Leid«, rief sie aus, bevor sie es kapierte und zu kichern begann. »Oh. Sehr komisch.«

Einen Augenblick lang saßen wir schweigend da. Ich nippte in raschen Zügen an meinem Kaffee, und sie biss lächerlich kleine Happen von ihrem Ei ab, das sie zwischen Daumen und Zeigefinger hielt, als hätte sie Angst, sie könnte es zerquetschen. »Wer zum Teufel kauft eigentlich diese Dinger?«, fragte sie, und einen Augenblick lang überlegte ich, ob sie das Ei meinte, doch dann sah ich, dass sie auf einen der Gegenstände in dem Katalog deutete, eine Art Kombination aus Schlüsselkette, Reizspray und Laserpointer, und ich entschied, dass die Frage lediglich rhetorisch gemeint war. Im Gegensatz zu der nächsten. »Sag mal, Ben, meinst du, du könntest mich im Auto mitnehmen?« Ich sah, dass sich etwas Eigelb unter der metallenen Kugelstange in ihrer Zunge verfangen hatte, und erkannte auf einmal den Grund für ihre ungewöhnlich kleinen Bissen.

Es war noch immer recht früh, und die Medienleute, die gegenüber der Straße ihr Lager aufgeschlagen hatten, saßen noch zitternd bei ihrem ersten Kaffee, sodass es uns gelang, in Chucks Wagen zu steigen, den er gestern Nacht irgendwie doch noch nach Hause gefahren hatte, und aus der Auffahrt zu fahren, bevor sie sich zu ihren Kameras aufrappeln konnten. Das Lenkrad fühlte sich in meinen Händen wie ein Eiszapfen an, und meine Brustmuskeln zogen sich in der kalten Luft zusammen. »O mein Gott, ist das kalt«, zischte ich und drehte die Heizung voll auf, was nur dazu führte, dass mir ein eisiger Luftstrahl ins Gesicht blies. Jenna kicherte und winkte den Reportern zu und drehte sich auf ihrem Sitz nach hinten, bis sie außer Sichtweite waren. »Cool«, meinte sie und ließ sich auf dem Beifahrersitz nach hinten zurückfallen.

»Ich kann gar nicht glauben, dass Chuck selbst nach Hause gefahren ist«, sagte ich. »Er war doch ziemlich abgefüllt.«

»Ich bin gefahren«, erklärte sie stolz. Ich verkniff mir die Bemerkung, dass sie ebenfalls getrunken hatte. Jenna zog etwas Make-up aus einem Lederrucksack und begann, es aufzutragen, nachdem sie die Sonnenblende nach unten geklappt hatte, um den Spiegel darin zu benutzen. Als sie fertig war, kurbelte sie das Fenster herunter und zündete sich eine Zigarette an. Sie beugte sich vor und bot mir das Päckchen an, zuckte die Schultern, als ich ablehnte, und warf es zurück in den Rucksack. »Hier ist es, auf der rechten Seite«, sagte sie plötzlich.

»Was, die Highschool?«, Entsetzt starrte ich sie an.

»Ja.«

»Du machst wohl Witze.«

»Jeder findet, dass ich älter aussehe«, prahlte sie.

»Älter als was?«

»Was?«

»Bitte sag mir, dass du achtzehn bist.«

»Okay. Ich bin achtzehn«, sagte sie grinsend.

»Wirklich?«

»Vielleicht.«

»Meinst du nicht, dass deine Eltern dich letzte Nacht vermisst haben?«

Sie tat meine Besorgnis mit einer unbekümmerten Handbewegung ab. »Ich hab bei Freunden geschlafen.«

»Na ja. Ich denke, so könnte man sagen.«

»Du sagst ihnen nichts, und ich auch nicht.«

Ich fuhr an den Straßenrand, wobei ich ein gutes Stück hinter den Bussen blieb, die vor der Schule parkten und einen schier endlosen Strom von Schülern entließen, die aus Reih und Glied fielen, sobald sie aus den Bussen sprangen, und sich mit Leichtigkeit unter das jugendliche Chaos auf dem Vorhof der Schule mischten. Trotz der Kälte schien es niemand eilig zu haben, das Gebäude zu betreten. Warum sollte man versuchen, älter zu sein, dachte ich mir im Stillen, wenn man immer noch hier sein konnte.

»Danke fürs Mitnehmen, Ben«, sagte Jenna, beugte sich vor und drückte mir einen warmen Kuss auf die Wange. »Du bist der Beste.« Mit einer geschmeidigen Bewegung war sie aus dem Wagen und schlenderte auf die Schulpforte zu. Mit einem seltsam väterlichen Gefühl beobachtete ich, wie sie anmutig die drei Stufen hoch und in den Vorhof sprang, wo sie sich umwandte, um mir ein letztes Mal zuzuwinken, bevor die Menge sie verschlang.

Als ich in die Auffahrt einbog, hatten die Reporter über der Straße wieder ihre Posten bezogen, Kameras und Mikrofone in Händen. Es schienen mehr zu sein als gestern, alle zusammengepfercht in dem abgeriegelten Bereich. Ich bemerkte etliche Männer, die Standkameras mit großen Teleobjektiven hielten und nahm an, dass es sich bei ihnen um freiberufliche Fotografen handelte. Die Paparazzi waren eingetroffen. Ich fuhr mit geschlossenem Fenster an ihnen vorbei und bog in die Auffahrt ein. Ich hoffte für Chuck, dass keiner von ihnen eine gute Sicht auf Jenna bekommen hatte. Dann hörte ich einen Ball aufprallen, und als ich aufblickte, sah ich Jeremy in der Auffahrt stehen. Taz hockte hinter dem Basketballkorb auf seinem Gesäß im Gras und widmete seine Aufmerksamkeit abwechselnd seinen Vorderpfoten, die er eifrig putzte, und den Reportern unten an der Straße, die er wachsam beobachtete. Jeremy trug ein Kapuzensweatshirt unter seiner Windjacke, was das Werfen vermutlich nicht unbedingt erleichterte. Als ich aus dem Wagen stieg und in den Hof trat, hörte ich das leise Klicken von Kameras unten an der Straße, und ich fragte mich, was sie mit Fotos von mir wohl anstellen würden.

»Hi«, sagte Jeremy.

»Hi.« Er warf mir den Ball zu, und ich warf ihn für einen Korbleger hoch. Ich spürte, wie meine geprellten Muskeln wie zum Protest aufstöhnten, aber es tat gut, sich zu bewegen. »Schwänzt du immer noch die Schule?«

»Scheint so.« Er fing meinen Pass auf und warf selbst einen Korbleger, der gemächlich um den Rand rollte, bevor er schließlich durchs Netz fiel. »Habt ihr es wirklich getan?«, fragte er mich.

»Was getan?«

»Jack Shaw entführt. Im Fernsehen sagen sie, ihr alle hättet Jack Shaw entführt.«

»Sehe ich aus wie ein Entführer?«, fragte ich ihn und unterbrach mein Dribbeln.

»Nein.«

»Jack ist mein Freund.«

»Warum sind die alle dann hier?«, fragte er und deutete auf die Presseleute unten an der Straße, die, da sie nichts Besseres zu tun hatten, lustlos ein paar Schnappschüsse von uns machten.

»Hör zu«, sagte ich, während ich ihn von den Teleobjektiven wegdrehte. »Wenn du einen Freund hättest, der Probleme hat, würdest du dann nicht alles tun, was du kannst, um ihm zu helfen?«

»Du meinst, wenn er Drogen nimmt?«

»Okay, ja. Wenn er Drogen nimmt.«

Jeremy dachte einen Augenblick lang darüber nach. »Ja, ich denke schon. Aber ich würde ihn nicht entführen.«

»Na ja«, sagte ich und setzte mich aufs Gras. »Und was, wenn du wüsstest, dass du ihm helfen könntest, er aber so völlig neben der Spur ist, dass er sich von niemandem helfen lassen will? So völlig neben der Spur, dass du dir Sorgen machst, er könnte sterben, bevor ihm irgendjemand hilft?«

»War er wirklich so neben der Spur?«

»Das war er. Und wir waren verzweifelt, weil wir dachten, unser Freund könnte womöglich sterben.« Mir fiel ein, dass Jack Jeremys Idol war, und ich hoffte, dass ich ihm das nicht kaputtmachte. Der Junge hatte bereits genug Enttäuschungen durchlebt.

»Ihr habt ihn also hierher gebracht, um ihm zu helfen?«, fragte Jeremy. »Um ihn von den Drogen wegzubringen?«

»So ist es«, sagte ich. »Aber sag das denen nicht.« Ich deutete auf die Reporter.

»Und wo steckt er jetzt?«

»Das«, sagte ich, während ich wieder aufstand, »ist die große Frage.«

»Ihr wisst es nicht?«, fragte er schockiert.

»Er ist geflohen«, gestand ich.

»Und dann haben sie seine Brieftasche gefunden?«

»Ja.«

Jeremy nahm den Ball und warf ihn nachdenklich in die Luft. »Meinst du, er ist tot?«

»Ich hoffe nicht, aber wir machen uns wirklich große Sorgen um ihn.«

Es entstand eine Pause. »Heute Abend ist Halloween«, sagte er schließlich.

»Wirklich?« Überrascht stellte ich fest, dass ich das völlig vergessen hatte.

»Ich glaube nicht, dass ich bei dem *Trick-or-Treat*-Streich mitmachen kann«, sagte er.

»Die Maske.« Jetzt fiel es mir wieder ein. »Hast du sie nicht mehr gefunden?«

»Nein. Außerdem, meine Mom würde mich nicht allein losziehen lassen, und meine Schwester hat keine Lust.«

»Du kannst rüberkommen und bei uns mitfeiern, wenn du willst.«

Er sah zu mir hoch. »Werdet ihr euch denn verkleiden?«

»Ich weiß nicht. Ich habe eigentlich noch gar nicht darüber nachgedacht.«

»Aber es ist doch Halloween«, ermahnte mich Jeremy. »Da muss man sich verkleiden.«

»Ist das ein Gesetz, oder wie?«

»Ja.«

»Na ja, warum kommst du dann nicht zum Essen zu uns, und ich überlege inzwischen, was ich tun kann?«

»Ich muss erst meine Mom fragen.«

»Okay.«

Wir hörten ein Rumpeln und sahen hinunter zur Straße, wo in diesem Augenblick ein weißer Schulbus vor dem Haus anhielt. Die Türen gingen auf, und ein Haufen Jugendlicher strömte ins Freie und auf die Straßenseite, auf der die Presse ihr Lager aufgeschlagen hatte. Die meisten von ihnen waren Mädchen, in Jeanshosen und -jacken, aber hier und da sah ich in der Gruppe auch ein paar Jungen. Deputy Dan kam angerannt und winkte entnervt mit beiden Händen, aber die Jugendlichen schienen ihn mehr oder weniger zu ignorieren. Die Letzten, die aus dem Bus kletterten, trugen hölzerne Tafeln aus Weißeiche, die sie an einige ihrer Altersgenossen verteilten. Die Medienleute machten sich an ihren Kameras zu schaffen und begannen, einige der Jugendlichen zu filmen und zu interviewen, die sie dabei nur zu gern unterstützten. Von dort, wo wir standen, konnten Jeremy und ich die Schriftzüge auf den Holztafeln lesen. *Bringt Jack zurück, Wir beten für dich, Jack* oder einfach nur *Wo ist Jack?* Alles in allem zählte ich an die dreißig Jugendliche.

»Was machen die denn da?«, fragte Jeremy.

»Sieht aus, als wollten sie eine Mahnwache halten«, sagte ich. Deputy Dan war inzwischen zurück zu seinem Wagen gerannt und quasselte aufgeregt in sein Funkgerät. Die Medienleute, dankbar, dass sie endlich etwas zu tun hatten, schwärmten jetzt um die Jugendlichen und suchten nach Gesichtern und Gesprächsfetzen, die sie in ihrem nächsten Sendebeitrag bringen konnten.

»Was heißt das?«

»Das heißt, sie werden hier bleiben, bis Jack wieder auftaucht.«

»Warum?«

»Ich weiß nicht«, sagte ich. »Vermutlich finden Sie es immer noch aufregender als Schule.«

»Sie werden ganz schön frieren.«

Wir standen noch eine Zeit lang da und beobachteten das Schauspiel auf der Straße, als würde jeden Augenblick etwas passieren, aber zum Großteil schienen die Jugendlichen einfach nur herumzulungern. Das Problem bei Mahnwachen ist, dass man bis auf die Tatsache, dass man da ist, eigentlich nicht viel tun kann. Ein paar standen, andere saßen auf dem Boden, wieder andere rauchten, ein paar kauerten sich zusammen, um sich zu wärmen. Nach ein paar Minuten verloren die Reporter das Interesse und kehrten zurück in die Wärme ihrer Kleintransporter, um die weitere Entwicklung abzuwarten. Und noch eine Minute später gingen Jeremy und ich jeder zu sich nach Hause, um genau dasselbe zu tun.

37

Es gibt zweifellos viele Möglichkeiten des Reagierens, wenn man erfährt, dass man vielleicht unabsichtlich dem Gesetz nach eine Vergewaltigung begangen hat. Ich war mir nicht sicher, für welche dieser Möglichkeiten Chuck sich entscheiden würde, aber ich hatte das Gefühl, es würde irgendetwas Extremes sein. Entweder wutentbranntes Leugnen oder völlige Gleichgültigkeit. Und dann war da noch die nicht ganz von der Hand zu weisende Möglichkeit, dass die Tatsache nichts Neues für ihn sein würde, dass er die ganze Zeit über gewusst hatte, dass sie noch auf die Highschool ging. Ich war mir nicht ganz sicher, wie ich zu dieser Sache stand, aber ich wusste, dass ich nicht in der Stimmung war, mir die Rechtfertigungen anzuhören, die kommen würden, so oder so, daher entschied ich, die Highschool ihm gegenüber nicht zu erwähnen. Außerdem hatte ich bei Jenna den Eindruck, dass sie dergleichen schon öfter getan hatte und rundum glücklich damit war, also nahm ich nicht an, dass sie Chuck irgendwelchen Ärger machen würde.

Ich traf ihn am Küchentisch an, wo er einen Bagel aß und Kaffee trank, während er das Lokalblatt von Carmelina durchblätterte. Er wirkte nicht ansatzweise verkatert oder besorgt darüber, dass Jenna nirgends zu finden war. Sein lässiger Umgang mit diesem One-Night-Stand zeugte von einer altvertrauten Lässigkeit, die in mir auf einmal Mitleid erweckte. Ich fragte mich, ob er sich je einsam fühlte.

»Sind wir drin?«, fragte ich.

»Titelseite.« Er hatte den Mund voll, als er mir antwortete, sodass es wie »Mimmelmeite« klang. Er kaute zu Ende und sagte: »Aber es ist ziemlich unparteiisch. Sie machen um Jacks Brieftasche viel mehr Wirbel als um uns. Über uns sagen sie lediglich, dass der Sheriff ein paar Freunde von Jack vernommen hat, die in der Gegend Urlaub machen. Sie ziehen keine Schlussfolgerungen. Vielleicht legt sich die Sache allmählich ein bisschen.«

»Sieh mal aus dem Fenster.«

»Was?«

»Sieh doch.«

Er stand auf und trat ans Wohnzimmerfenster. Er stand etwa dreißig Sekunden lang da und starrte hinaus. »Verdammt«, sagte er schließlich.

»Allerdings.«

»Wo kommen die denn her?«, fragte er, als ich zu ihm ans Fenster trat.

»Ich weiß nicht, vielleicht von der Highschool hier am Ort.«

Wir beobachteten, wie einer der Jungen einen Radiorekorder einschaltete und begann, auf seinem Platz von einem Fuß auf den anderen zu treten. Zwei Mädchen in hautengen Hosen und Sweatshirts sprangen auf und begannen, mit wilder Hingabe zu tanzen, als sei es die natürlichste Sache der Welt, mitten am Tag auf dem Seitenstreifen einer Straße zu tanzen. Vermutlich tanzten sie, um sich warm zu halten, und es musste geklappt haben, denn eines der Mädchen zog sein Sweatshirt aus und wickelte es sich um die Taille, ohne auch nur für einen Augenblick die hüftschwenkende Bewegung zu unterbrechen. Chuck pfiff anerkennend durch die Zähne und sagte: »O Mann, diese Highschool-Mädels muss man einfach lieben.«

Don Allender ließ sich gegen Mittag blicken. Zu dem Zeitpunkt war die Menge bereits auf über fünfzig Jugendliche angewachsen, die nichts zu tun hatten, und Deputy Dan war gezwungen gewesen, am unteren Ende des Rasens der Schollings zusätzliche Barrikaden zu errichten, damit sie nicht über die Straße und zum Haus hochliefen. Alison und Lindsey, die mit einem noch übleren Kater aufgewacht waren als ich, saßen ohne Licht in der Küche und schlürften abwechselnd Kaffee und kaltes Wasser. Chuck und ich beobachteten vom Wohnzimmer aus die Menge, als Don eintraf, der Dans aufgeregte Protestbekundungen ignorierte und seinen Mietwagen hinter Chucks in der Auffahrt abstellte. Dort draußen sah es allmählich wie bei einem Ford-Händler aus. Wir beobachteten, wie er in seinem frisch gebügelten marineblauen Anzug aus dem Wagen stieg und Deputy Dan seine Dienstmarke entgegenstreckte. Ein kurzes Gespräch zwischen den beiden Männern folgte, in dessen Verlauf Deputy Dan reichlich oft die Stirn in Falten legte.

»Dieser Typ«, sagte Don zu uns, als wir ihn auf der Veranda begrüßten, »ist in den Genpool gelangt, als die Rettungsschwimmer einmal nicht aufgepasst haben.«

»Er hat mit Sicherheit schwere Störungen, was seine Realitätswahrnehmung anbelangt«, pflichtete ich bei, als wir ins Haus traten.

»Es ist das personifizierte Klischee«, sagte Chuck. »Der Kleinstadt-Deputy mit einem IQ in Höhe der Zimmertemperatur. Wie dieser Deputy in *BJ und der Bär*.«

»Perkins«, sagte Don, womit er mich beeindruckte. »Er hat für Sheriff Lobo gearbeitet.«

»Hast du den Sheriff kennen gelernt?«, fragte ich.

»Er ist eine fiktive Figur.«

Ich grinste. »Ich meine Sullivan.«

»Na klar. Wir haben den Vormittag zusammen verbracht, haben alle Motels und Pensionen in der Umgebung durchkämmt.«

»Und kein Glück gehabt, nehme ich an.«

»Nein. Die Wahrheit ist, er könnte einfach überall sein.«

»Meinst du, er ist tot?«, fragte Chuck.

Don holte einmal tief Luft. »Woher soll ich das wissen? Aber wenn ein Filmstar, der so berühmt ist wie Jack Shaw, drei Tage lang nirgends gesichtet wird … Es sieht nicht gut aus.«

Chuck gab Don mit einer Handbewegung zu verstehen, still zu sein, als Alison und Lindsey sich zu uns ins Wohnzimmer gesellten, aber Alison sagte: »Schon gut. Er sagt schließlich nichts, was wir nicht alle denken.«

»Es tut mir Leid«, sagte Don. »Ich wünschte, ich könnte mehr tun.«

»Genauso ist uns allen zumute.«

»Na ja, falls es euch tröstet, wenn er mein Freund wäre, hätte ich dasselbe getan, was ihr getan habt.«

»Was wir angeblich getan haben«, erinnerte ihn Chuck.

»Richtig.« Don lächelte. Irgendwann im Verlauf des gestrigen Abends war er unser Verbündeter geworden, und auch wenn ich nicht genau erkennen konnte, wie oder wieso es dazu gekommen war, war ich auf einmal doch dankbar für seine tröstliche Anwesenheit.

»Also«, sagte Lindsey. »Was wollen wir jetzt machen?«

»Abwarten«, sagte Chuck.

»Bleibst du noch länger hier in der Gegend?«, fragte Alison Don.

»Ich weiß nicht«, sagte Don zu ihr, und es kam mir vor, als sei er vielleicht ein klein wenig errötet. »Ich würde gern noch ein bisschen bleiben, abwarten, ob irgendwas passiert.« Mir schoss der Gedanke durch den Kopf, dass Don vielleicht ein Auge auf Alison geworfen hatte.

»Heute Abend ist Halloween, und da müssen wir wohl 'ne kleine Party schmeißen.« Alle sahen mich mit verwirrter Miene an. »Ich hab Jeremy mehr oder weniger eingeladen, er könnte heute Abend bei uns mitfeiern, versteht ihr? Seine Mom lässt ihn nicht an dem *Trick-or-Treat*-Streich teilnehmen.«

»Ich finde auch, eigentlich könnten wir schon irgendwas machen«, sagte Alison.

»Es muss ja nichts Großes sein«, sagte ich. »Wir essen einfach zusammen und sehen uns dann irgendwelche Halloween-Filme im Fernsehen an.«

Ein Klopfen an der Tür unterbrach uns. Als ich aufmachte, stand Deputy Dan vor mir. Ich dachte an Chucks Anspielung auf *BJ und der Bär* und lächelte. »Ja?«

»Da unten ist ein Mann, der behauptet hat, Sie wollten ihn sprechen. Will, dass ich ihn hier zum Haus hochkommen lasse.«

Ich blickte über seine Schulter und sah Paul Seward neben den Polizeibarrikaden, die das Grundstück der Schollings schützten, auf und ab laufen. Die Menge hinter ihm war weiter angewachsen, und alle Kameras waren auf Seward gerichtet, während die Reporter ihn umzingelten und mit Fragen bombardierten. »Äh, kommt ihr mal«, sagte ich zu den anderen.

Sie kamen alle herüber, um sich die Sache anzusehen. »Ich hab mich schon lange gefragt, wann der wohl aufkreuzt«, sagte Chuck bitter.

»Wollen wir mit ihm sprechen?«, fragte ich. Ich konnte Deputy Dan an der Miene ablesen, dass ihm die Vorstellung nicht gefiel, mit einer abschlägigen Antwort zu Seward zurückzukehren. »Er will Sie wirklich dringend sprechen«, ermunterte uns der Deputy. »Hat gesagt, er geht erst, wenn er es getan hat.«

»Wir werden's uns überlegen.« Alison schlug dem glücklosen Deputy abrupt die Tür vor der Nase zu. »Dieser Blödmann hat mich über eine Stunde in der Lobby warten lassen, als er Jack in New York herausgeschmuggelt hat. Lassen wir ihn dort draußen ruhig noch ein bisschen zappeln.«

»Warum müssen wir denn überhaupt mit ihm sprechen?«, fragte Lindsey.

»Vielleicht hat er von Jack gehört«, mutmaßte Chuck.

»Wenn er irgendetwas wüsste, wieso sollte er damit zu euch kommen?«, sagte Don. »Er weiß doch noch weniger als ihr.«

»Und wie beängstigend ist das?«, fragte Alison.

»Was?«

»Dass irgendjemand noch weniger weiß als wir.«

38

Eine der frühesten Erinnerungen, die ich an meinen Vater habe, ist, wie er uriniert. Nicht so sehr der Anblick, denn er hatte mir dabei den Rücken zugewandt, sondern vielmehr die überraschende Kraft des Geräuschs, mit dem sein Urin auf das Wasser in der Toilette traf, ein gewaltiger Bass, der so viel stärker und tiefer war als das Geräusch meines eigenen Urinierens, das eher wie ein feines Klirren klang. Ich muss etwa vier Jahre alt gewesen sein, und ich kann mich nicht mehr erinnern, welche Umstände dazu geführt hatten, dass ich anwesend war, während mein Vater seine Blase entleerte. Vielleicht hatte er mich gebadet und wollte mich nicht allein in der Wanne sitzen lassen und eine andere Toilette aufsuchen. Vielleicht waren wir zusammen irgendwo auf einer öffentlichen Toilette, ich weiß es nicht. All diese Details, bis auf das Geräusch des Strahls und den Anblick seiner Körperhaltung, leicht gebeugt, während ein Arm um die Hüften in der Leistengegend verschwand und der andere das lose Ende des Gürtels hielt, wurden aus meinem Gedächtnis gelöscht. Aber es war allein das Geräusch, das mich völlig verblüffte. Wie muss es wohl sein, fragte ich mich, so viel Energie durch ein solch schlaffes Anhängsel zu entfesseln? Als ich älter wurde, brachte ich das Geräusch eines kräftigen Urinstrahls immer mit Männlichkeit in Verbindung, war stolz auf meinen, wenn er tief widerhallte, und litt unter einer plötzlichen Unsicherheit, wenn er mir schwächlich oder unstabil vorkam.

Ich wusste nicht, wieso ich an diese Sache denken musste, während ich ein Skelett aus Pappe, das im Dunkeln glühte, außen an der Haustür der Schollings befestigte. Ich entschied, dass es vermutlich daran lag, dass ich an Jeremy dachte und an den Verlust, den er eben erst erlitten hatte. Deinen Vater in diesem Alter zu verlieren, wenn er noch eine solch starke Persönlichkeit in deinem Leben ist, wenn er deine Wahrnehmungen mit scheinbar unbedeutenden Worten oder Gesten sowohl absichtlich als auch zufällig kontinuierlich prägt, das war ein Verlust, den ich niemals begreifen würde. Wenn mein Vater morgen sterben würde, dann würde ich den Mann verlieren, der in vielerlei Hinsicht dafür verantwortlich war, was für ein Mann ich selbst geworden war, aber Jeremy hatte seinen Vater verloren, als er selbst noch im Werden war. Wer wusste schon, welche Eindrücke sich bereits geformt hatten und wie viele neue aus einer Vielzahl anderer Quellen nun noch kommen mussten? Wenn ich in diesen Begriffen dachte, konnte ich mir die Verwirrung und Unsicherheit, die Jeremy in den nächsten Jahren begleiten würden, nur vorstellen.

In gewisser Weise, dachte ich, während ich das linke Bein des Skeletts befestigte und das rechte in Angriff nahm, war das eine Erklärung dafür, weshalb er so rasch Zutrauen zu mir gefasst hatte, dem ersten männlichen Erwachsenen, dem er nach dem Tod seines Vaters begegnet war. Und mein starkes, fast schon väterliches Zugehen auf ihn beruhte vielleicht auf dem unbewussten Glauben, der in seiner Zuneigung zu mir lag, dem Glauben, dass ich ein ausgereifter Erwachsener war, zu dem man aufblicken konnte, um ein Leitbild zu haben, um die Leere zu füllen. Und vielleicht konnte ich durch seine Augen schließlich mich selbst als Erwachsenen sehen, als jemanden, der nicht mehr durch einen anderen geprägt war, sondern der nun selbst ein abgerundeter Mensch war, der die Wahrnehmungen eines anderen prägen konnte.

Dieser Gedanke hatte etwas Tröstliches und gleichzeitig

Beängstigendes. Als Kind hörte ich meinen Vater urinieren, und der Junge, der ich damals war, entwickelte seine erste vage Vorstellung von Männlichkeit, schnell vergessen, aber sicher gespeichert in meiner Psyche. Ich wollte Jeremy sagen, dass er in ähnlicher Form vergessene Erinnerungen an seinen Vater in sich trug, Erinnerungen, die kontinuierlich aufsteigen würden, während er erwachsen wurde, und die das lebendige Band zwischen ihm und seinem Vater bekräftigen würden. Wenn ich ihm das klarmachen konnte, dachte ich, dann würde ihm das etwas Trost spenden und dann hätte er auch richtig gehandelt, als er sich an mich wandte, um ein Leitbild zu haben.

Ich trat einen Schritt zurück, um mein Werk zu betrachten, und beugte mich dann vor, um die beweglichen Knie des grinsenden Skeletts an der Tür in eine realistischere Haltung zu bringen. Ich warf einen Blick auf die Menge, suchte nach Seward, aber er hatte offensichtlich die Lust verloren, noch länger zu warten und sich dabei, wie ich hoffte, die Eier abzufrieren. Zufrieden mit meinem Werk, hob ich mein Klebeband auf und ging ins Haus, um festzustellen, ob Lindsey mit mir losziehen wollte, um einen Kürbis zu besorgen. Ich verspürte ein Gefühl von Wohlbefinden und Zufriedenheit, das ich so lange vermisst hatte, dass es mir fast schon fremd vorkam. Mein neuer junger Freund und meine wieder entfachte Beziehung zu Lindsey erschienen mir jetzt als Teile eines größeren Ganzen. Nachdem ich dreißig geworden war, hatte ich ständig über all die Dinge nachgegrübelt, die ich für mich selbst nicht mehr sein konnte, aber nun hatte ich festgestellt, dass es neue Dinge gab, die ich für andere Leute sein konnte, und das fühlte sich gut an. Zum ersten Mal in meinem Leben fühlte ich mich nicht als Hochstapler, sondern als vollwertiger Mensch, als wirklich Erwachsener, und zu meiner großen

Überraschung machte es mir überhaupt nichts aus. Genau genommen gefiel es mir sogar, irgendwie.

»Wow«, sagte Lindsey, als ich diese Gedanken mit ihr teilte. Wir fuhren im Taurus die 57 hinunter, wo ich meiner Erinnerung nach den Kürbisstand gesehen hatte. »Klingt, als hättest du eine echte Erscheinung gehabt.«

»Vielleicht«, sagte ich und warf einen Blick in den Rückspiegel. Soweit ich erkennen konnte, hatte die Presse sich diesmal nicht entschieden, uns zu folgen. »Es ist irgendwie komisch. So gut wie jetzt habe ich mich schon seit Gott weiß wann nicht mehr gefühlt. Ich hab fast schon ein bisschen Schuldgefühle deswegen. Jack wird vermisst, und hier bin ich und bin … glücklich.«

»Hier sind *wir*«, sagte Lindsey. »Vergiss mich dabei nicht. Es ist, als hätten wir Jack verloren, aber uns selbst und einander dabei gefunden.«

»Kann ich dich etwas fragen?« Ich sah sie an.

»Du hast es eben getan.«

»Warum hast du dieser Intervention zugestimmt?«

»Wie bitte?«

»Neben dem Offensichtlichen. Alle haben noch irgendein tiefer liegendes Motiv genannt, nur du nicht«, erklärte ich.

Sie kaute einen Augenblick lang nachdenklich auf der Lippe. »Ich weiß nicht«, sagte sie. »Ich weiß, dass ihr – du, Chuck und Alison – Jack wirklich helfen wolltet. Ich wusste nicht, ob es etwas nützen würde oder nicht, ich war schließlich nie so eng mit ihm befreundet wie du. Wie ich schon sagte, ich wollte Alison sogar noch mehr helfen als Jack, sie war so aufgerieben von dieser ganzen Geschichte. Aber noch mehr als das, und das klingt vielleicht etwas egoistisch, wollte ich vermutlich mir selbst helfen. Bei mir passierte einfach gar nichts, es war, als würde ich es einfach nicht schaffen, mein Leben aus dem Leerlauf zu kriegen. Mit euch zusammen zu sein … ich dachte, das würde mir vielleicht in Erinnerung rufen, wer ich eigentlich bin, verstehst du? Weil ich immer so genau wusste, wer ich war, wenn wir alle zusammen ausgegangen sind. Und ich nehme an, da klar war, dass du auch dabei sein würdest …« Ihre Stimme verlor sich nachdenklich, und sie sah mich an und zuckte angesichts ihrer Ehrlichkeit ein wenig zusammen.

»Bei mir war es genau dasselbe«, sagte ich, während ich mich schuldig und gleichzeitig erleichtert fühlte. »Vielleicht mussten wir alle die Dinge ein bisschen aufschütteln. Jack hatte zwar die größten Probleme, neben denen wir uns alle toll vorkommen konnten, aber jeder von uns hatte selbst mit seiner eigenen kleinen Abhängigkeit zu kämpfen.«

»Wie zum Beispiel …?«

»Wo soll ich anfangen? Alison hat ihre Jack-Abhängigkeit, ich klebe noch immer an der Vergangenheit fest, und du hast es nicht geschafft, sesshaft zu werden …«

»Richtig. Und was ist mit Chuck?«

»Ich weiß nicht«, sagte ich. »Ich kann es nicht genau benennen, aber er hat auch seine Probleme.«

»Er ist abhängig von Minderjährigen«, schlug Lindsey vor und stöhnte über ihren eigenen Witz.

»Was auch immer. Die Sache ist die, ich glaube, wir alle sind hierher gekommen, um irgendwelche Gewohnheiten abzulegen.«

»Sind wir deswegen denn egoistisch?«, fragte Lindsey.

»Ein bisschen vielleicht. Aber ich glaube nicht, dass Egoismus grundsätzlich ungesund ist. Es kann nur sein, dass …«

»Stopp!«

»Was? Ich sage doch nur …«

»Nein, wirklich. Stopp.« Sie zeigte aus dem Fenster, und ich sah, dass wir eben an dem Kürbisstand vorbeifuhren. Ich bremste und bog auf den Parkplatz ein, und der Kies knirschte und platzte wie Geschützfeuer unter den Reifen des Taurus hervor. »Also«, sagte sie, nachdem ich den Motor abgestellt hatte. »Dann war es eine Intervention für uns alle.«

»Was soll's«, sagte ich. »Die Vogelscheuche, der Löwe und der Zimmermann haben Dorothy auch nicht einfach zum Spaß geholfen. Sie hatten alle ihre Gründe, weshalb sie den Zauberer von OZ aufsuchen wollten.«

»Ich hab trotzdem ein paar Schuldgefühle«, sagte Lindsey und blies sich das Haar aus dem Gesicht, während wir aus dem Wagen stiegen.

»Ich auch«, gab ich zu.

»Aber ich fühle mich auch gut mit uns und mit mir selbst.«

»Ich mich auch.«

»Endlich fühlen wir uns gut, und dann sollen wir deswegen Schuldgefühle haben?«

»So ist das Leben«, sagte ich. »Wenn du Sinn für die ironischen Momente hast, wird es jedenfalls nie langweilig.«

Sie lächelte, nahm meine Hand und wir gingen hinüber, um uns die Kürbisse anzusehen.

Die Dämmerung senkte sich herab, als wir zum Haus der Schollings zurückkehrten. Noch bevor wir um die letzte Kurve bogen, sahen wir schon hier und da verstreut ein paar Wagen, die kreuz und quer auf dem Seitenstreifen parkten. »O je«, murmelte Lindsey. Die Menge vor dem Haus war noch einmal erheblich angewachsen, vermutlich da die Schule für den Rest des Tages aus war. Auf der kleinen Grasfläche auf dem Seitenstreifen mussten sich inzwischen über einhundert Schüler drängen, jetzt viele von ihnen in Halloween-Kostümen. Das Thema, fiel mir auf, war *Blue Angel*, wobei die Jungen Lederjacken und ringsum geschlossene Sonnenbrillen trugen, genau wie Jack in dem Film, und die Mädchen traurige Clownsmasken aufgesetzt hatten, als Huldigung gegenüber dem Bösewicht des Films. Irgendwo dröhnten die Stone Temple Pilots aus einem Radiorekorder. Ein paar Jugendliche mit Horrormasken aus Gummi lehnten sich gegen die Polizeibarrikaden und posierten mit einem langen Schild für die Kameras, auf dem stand: »Komm mit uns feiern, Jack.«

»Sieht aus, als ob unser geheimes Versteck Carmelinas neuester Szene-Treffpunkt geworden ist«, sagte ich.

»Meinst du?«

Als wir an der Menge vorbeifuhren, krochen ein paar der Jugendlichen unter den Barrikaden hindurch und rannten genau vor uns auf die Straße, sodass mir keine andere Wahl blieb, als auf die Bremse zu treten. »O mein Gott!«, rief Lindsey.

»Wo ist Jack?«, kreischte eines der Mädchen, das eine traurige Clownsmaske trug. »Was habt ihr mit ihm gemacht?« Ihre Freundin, noch ein Mädchen, das genauso angezogen war, aber eine fröhliche Clownsmaske trug, stellte sich genau vor den Wagen und hielt ein Foto von Jack hoch. Bevor ich reagieren konnte, ertönte ein noch lauteres Kreischen, und Sheriff Sullivan fuhr, aus der entgegengesetzten Richtung kommend, vor. Die Mädchen schrien übermütig auf und flüchteten unter den Barrikaden hindurch wieder zurück. Sullivan fuhr so heran, dass sein geöffnetes Fenster genau gegenüber meinem geschlossenen war. Während er darauf wartete, dass ich meines herunterkurbelte, bemerkte ich, dass unsere kleine Begegnung die Aufmerksamkeit der Menge auf sich gezogen hatte. »Guten Abend«, grüßte Sullivan lächelnd.

»Hallo«, entgegnete ich. Irgendjemand aus der Menge warf mit einem rohen Ei, das mit einem leisen Platschen ein Stück vor unserem Wagen landete.

»Was von Ihrem Freund gehört?«

»Nein.«

Eine Art Sprechgesang wurde in der Menge laut, etwa so, wie man es bei Hockeyspielen hört, und es klang nach etwas wie »*Hau ihn in die Pfanne, Sheriff, hau ihn in die Pfanne*«. Sullivan lächelte. »Ihr Fanclub«, sagte er und deutete auf die Menge.

»Ich nehme an, Sie werden die Menge nicht auflösen«, erwiderte ich.

»Aber nein. Denen wird das in ein paar Stunden langweilig werden. Außerdem haben diese Kinder am Halloween-Abend im Allgemeinen immer irgendwelchen Unfug im Kopf. Es erleichtert mir die Arbeit, wenn ich sie alle hier habe, wo ich sie im Auge behalten kann.« In diesem Augenblick ertönte erneut ein nasses, knirschendes Geräusch, und wir beide, Lindsey und ich, duckten uns instinktiv, als noch ein Ei unsere Windschutzscheibe traf.

»Also«, sagte ich und schob mich wieder einen Zentimeter vor. »Dann lasse ich Sie jetzt gehen, damit Sie sich wieder Ihrer Verbrechensbekämpfung widmen können.« Ohne eine Reaktion abzuwarten, bog ich scharf nach rechts ab und fuhr die Auffahrt der Schollings hoch. Im Rückspiegel konnte ich erkennen, dass der Wagen des Sheriffs hinten ebenfalls ein paar Eier abbekommen hatte.

Alison und Don saßen auf der Veranda und tranken Coca-Cola light, müßige Betrachter der frenetischen Festlichkeiten auf der anderen Straßenseite. »Dort drüben wird's langsam ganz schön verrückt«, bemerkte Don, während ich den Kürbis aus dem Wagen ins Haus trug.

»Das ist vielleicht ein hässlicher Kürbis«, meckerte Alison. Unser Kauf in letzter Minute hatte uns keine große Wahl mehr gelassen, aber was dem Kürbis an Symmetrie fehlte, das machte er durch schiere Dreistigkeit wett, mit unförmigen Klumpen und Furchen, die seine raue, orangefarbene Oberfläche verunstalteten.

»So soll er sein«, sagte ich. »Du weißt doch, Halloween und das alles.«

»Ach ja.«

Drinnen stieß ich auf Chuck und Jeremy, die sich eine Halloween-Wiederholung der *Akte X* ansahen. Mulder und Scully hatten eine ihrer üblichen Auseinandersetzungen, während sie im Auto durch ein Maisfeld fuhren. »Die beiden sollten sich einfach schon einmal ein Zimmer nehmen«, sagte Chuck.

»Ignorier ihn einfach«, riet ich Jeremy und ließ mich zwischen die beiden plumpsen, nachdem ich den Kürbis vorsichtig auf dem Couchtisch abgestellt hatte. »Er ist ein hochgradig verwirrtes Individuum.«

»Wo hast du denn diesen Kürbis her, aus Tschernobyl?«, fragte Chuck.

»Wenn er dir jetzt schon Angst macht, dann warte, bis wir ihn ausgehöhlt haben.«

»Was ist Tschernobyl?«, fragte Jeremy.

Während wir die *Akte X* zu Ende sahen, machten Alison und Lindsey Kartoffelsalat, Maismuffins und Preiselbeersauce,wobei sie ab und zu nach dem Truthahn sahen, den sie gefüllt und in den Ofen geschoben hatten. Dann stand Chuck auf, um einen Salat zu machen, was grundsätzlich sein Job war, da er schneiden konnte wie ein japanischer Küchenchef, ein zusätzlicher Vorteil seiner chirurgischen

Erfahrung. Ich warf ihm ein Gemüse zu und nannte eine Zahl zwischen zehn und dreißig. Chuck wiederholte die Zahl, während er das Gemüse einen Augenblick lang betrachtete, und begann dann mit einer Reihe rasanter Schnitte, bei denen das Messer in einem schnellen, gleichmäßigen Rhythmus auf das Schneidebrett einhackte und ich laut mitzählte. Er legte immer genau die Zahl von Schnitten hin, die ich genannt hatte, und das Gemüse war immer perfekt symmetrisch geschnitten. »Sieben Jahre Medizinstudium«, bemerkte Alison trocken. »Das ist vielleicht ein teurer Salat.«

»Das ist alles Talent«, sagte Chuck.

Ich hielt eine Tomate hoch und warf einen Blick zu Jeremy hinüber, der uns ehrfürchtig zusah. »Zwanzig?«, fragte ich.

»Fünfundzwanzig«, sagte er grinsend.

»Amateure«, brummelte Chuck. Er betrachtete großtuerisch die Tomate und fiel dann wieder über das Hackbrett her.

»Cool«, sagte Jeremy.

»Du solltest mich mal operieren sehen«, sagte Chuck zwischen zusammengebissenen Zähnen, während er die Tomate in Stücke würfelte. »Das Nächste.«

Später, während Chuck und Don *Cops* ansahen, nahmen Jeremy und ich uns ein paar Skalpelle aus Chucks Arzttasche, um ein Gesicht in den Kürbis zu schneiden. Als Erstes schnitten wir den Deckel ab und schabten das »Gehirn« aus, dann begannen wir damit, ein verzerrtes Grinsen hineinzuschnitzen. Wir hatten eben ein Auge fertig, als Alison den Truthahn aus dem Ofen holte, daher entschieden wir, dass ein Zyklopen-Kürbis eigentlich gar nicht schlecht aussah. Ich klemmte eine Kerze in die weiche Stelle auf dem Boden des Kürbis, und wir trugen ihn auf die Veranda, wo Jeremy ihn anzündete. Die Wirkung war zufriedenstellend, und wir standen beide einen Augenblick lang da und bewunderten ihn. »Nicht schlecht, was?«, sagte ich.

»Ja«, sagte Jeremy und lächelte mich an. Ich lächelte zurück, und es war ein schöner Augenblick. Man kann Erwachsene nicht so anlächeln, wie man ein Kind anlächeln kann, ohne sarkastische Bemerkung oder schiefen Blick, damit es nicht allzu persönlich wird. Draußen auf der Veranda waren wir lediglich zwei Menschen, die der Zufall zusammengebracht hatte, die sich ein Lächeln teilten, während sich die Abenddämmerung herabsenkte. Drei, wenn man den einäugigen Kürbis mitzählte.

39

Die erste Explosion ließ uns alle auf unseren Plätzen zusammenzucken, und Lindsey, die eben eine Schüssel mit Kartoffelsalat an Don weiterreichte, ließ sie mit einem durchdringenden Knall auf den Tisch fallen. »Was zum Teufel war das denn?«, fragte Chuck. Don, der aufgesprungen war, noch bevor die Schüssel mit dem Kartoffelsalat den Tisch erreicht hatte, rannte durchs Zimmer und bezog neben dem Wohnzimmerfenster Stellung, mit dem Rücken gegen die Wand und der rechten Hand auf dem Schulterhalfter. Seine Haltung sah äußerst professionell aus. »Jeder bleibt, wo er ist«, befahl er. Keiner widersprach. Eine zweite Druckwelle rüttelte am Fenster, und Don spähte rasch um die Ecke. Ich sah, wie sich seine rechte Hand entspannte und dann das Schulterhalfter insgesamt losließ, was ich als gutes Zeichen deutete.

»Was ist los?«, fragte ich.

»Sie schießen ein Feuerwerk ab«, sagte er verwirrt.

»Wer?«

»Gute Frage. Irgendjemand in der Menge.«

Wir erhoben uns alle vom Tisch und stellten uns zu ihm ans Fenster, gerade noch rechtzeitig, um zu sehen, wie eine Flaschenrakete hochging und in grünen und roten Funken zerbarst. »Wow«, rief Jeremy beeindruckt. Dann folgte eine Serie schneller Explosionen, die an ein Maschinengewehr erinnerten, als irgendjemand eine Hand voll Knallkörper warf, und dann eine kleine Explosion aus roten und gelben Funken, die über den Boden wirbelte wie ein Twisttänzer. Die Menge hatte sich auf eine Seite der freien Fläche verlagert, um das Feuerwerk aus einigem Abstand beobachten zu können. Sullivan stieg aus seinem Wagen, das Megafon in der Hand, und rief den Jugendlichen in der Menge eine Warnung zu, aber seine Stimme wurde von weiteren Explosionen erstickt, als noch zwei Flaschenraketen abgeschossen wurden. Die Menge applaudierte anerkennend, während Sullivan sein Megafon beiseite legte und entschlossen von seinem Wagen hinüber zu der Menge schritt. Wir konnten nicht erkennen, wer die Pyrotechnik in Gang setzte, da die Leute von der Menge umzingelt wurden, aber das hieß auch, dass sie nicht sehen konnten, wie der Sheriff auf sie zukam. Auf einmal ertönte ein lautes, zischendes Geräusch, gefolgt von einer kurzen, gedämpften Explosion und einem aufblitzenden grünen Licht, und dann der dumpfe Stoß eines unsichtbaren Aufpralls. »Das war zu tief«, sagte Don besorgt.

»Was?«, fragte ich.

»Die Explosion. Das war in der Menge.« Noch bevor er zu Ende gesprochen hatte, hörten wir ängstliche Schreie. »Oh, Scheiße«, sagte Chuck, während er zur Tür hechtete. »Ruft die 911 an.«

Sie hatten drei Bleirohre verwendet, keines länger als einen halben Meter, die sie in unterschiedlichen Winkeln in den Boden gerammt hatten, um die Feuerwerkskörper abzuschießen. In jedes Rohr war genau an der Stelle, an der der Stiel in der Erde verschwand, eine Öffnung geschnitten, sodass sie die Feuerwerkskörper in das Rohr stecken konnten und trotzdem noch Zugang zur Zündschnur hatten. Es war eine etwas unbeholfene Abschussrampe, aber sie erfüllte den Zweck. Die Jugendlichen, die die Zündschnüre entfachten, waren zu sehr mit ihrer Arbeit beschäftigt, um zu merken, dass jede Sprengladung die Rohre im Boden hin und her wippen ließ und sie lockerte, bis schließlich eines der Rohre mitsamt der Rakete, die in ihm steckte, in die Luft flog. Die Ladung war allem Anschein nach noch in dem rostigen Rohr explodiert und hatte Bleiteile wie Schrapnellstücke in den Haufen Journalisten regnen lassen, die über die Mahnwache berichteten. Der größte Brocken war dabei von einem der Übertragungswagen abgeprallt und in die Schulter des Fox-News-Kameramanns geflogen, wo er schmerzhaft stecken blieb. Die Flaschenrakete selbst, befreit aus dem Rohr, hatte den Hals eines jungen Mädchens durchbohrt, das Chuck verzweifelt wiederzubeleben versuchte.

Die Menge verharrte in totaler Stille, während Chuck das Mädchen bearbeitete, während er pumpte und mitzählte und versuchte, ihr wieder Leben einzuhauchen. Während der Mund-zu- Mund-Beatmung, bewegte er behutsam den Stiel der Rakete, der noch immer in ihrer Kehle steckte, sodass er ihm nicht mehr im Weg war, ohne ihn jedoch zu entfernen. Er arbeitete rhythmisch und entschlossen, ungeachtet der Menge rings um ihn herum. Sheriff Sullivan beugte sich über den verletzten Kameramann, redete ihm beschwichtigend zu und wickelte ihn in eine Decke, während

Sally Hughes auf den Knien hockte, eine Hand auf seiner Brust. Sie blutete aus einer hässlichen Schnittwunde an der linken Schläfe, was sie bis jetzt offenbar noch gar nicht bemerkt hatte.

Etliche andere Jugendliche waren von brennenden Teilen der fehlgeleiteten Rakete getroffen worden, und Don, Alison, Lindsey und ich gingen durch die Reihen und versuchten, die Verletzungen zu beurteilen, so gut wir es konnten. Sie hatten alle leichte Verbrennungen erlitten, aber nichts, was sehr Besorgnis erregend aussah, also redeten wir allen nur beschwichtigend zu, und Don besorgte etwas Eis aus einem der Übertragungswagen, um es auf die Brandwunden zu legen, bis sie behandelt werden konnten.

In Carmelina gab es lediglich einen einzigen Krankenwagen, und als er eintraf, sahen die beiden Rettungssanitäter entsetzt in die Menge. »Hier drüben«, rief Chuck ihnen zu. »Ich bekomm keine Atmung.« Die Sanitäter rissen dem Mädchen die Bluse auf und begannen, ihr Elektroden auf die Brust zu setzen. »Sie hat eine Punktion und eine Brandwunde unten am Hals«, sagte Chuck zwischen Grunzlauten, während er weiterhin auf den Brustkorb des Mädchens drückte. »Genau über der Brustbeinkerbe.« Der Monitor, den die Rettungssanitäter aufstellten, meldete sich mit zwei lauten Piepstönen, und Chuck wandte sich automatisch um, um einen Blick auf ihn zu werfen. »Herzkammerflimmern, Defibrillation mit drei sechzig.«

Ich wandte mich ab, als die Sanitäter ihr die Paddel anlegten und »Los!« riefen. Es gab ein leises, platzendes Geräusch und dann einen schwachen Geruch von Rauch, und dann sagte Chuck: »Wir haben einen Impuls!« In der umstehenden Menge wurden hier und da ein paar Beifallsrufe laut, während Chuck und die Sanitäter sich weiter bemühten, das Mädchen zu stabilisieren und auf die Bahre zu legen. Ich merkte, wie ich im Stillen Bewunderung für Chuck empfand, für sein Können und sein Selbstvertrauen. Ich fragte mich, wie man sich wohl fühlte, wenn man etwas wirklich beherrschte, wenn man imstande war, sich einer solch Grauen erregenden Situation furchtlos zu stellen und zu wissen, wie man helfen konnte.

Ein paar Minuten später verfrachteten sie das Mädchen in den Krankenwagen, gefolgt von dem verletzten Kameramann, und brausten davon. Chuck warf einen prüfenden Blick auf die drei Jugendlichen, die Brandverletzungen erlitten hatten, entschied, dass sie nicht in akuter Gefahr schwebten, und schickte sie mit Deputy Dan ins Krankenhaus. Sullivan klopfte Chuck auf den Rücken und nickte ihm anerkennend zu, bevor er sich in die Menge stürzte, um festzustellen, wer für das Feuerwerk verantwortlich war. Erst in diesem Augenblick sah Chuck Sally Hughes, die sich gegen ihren Übertragungswagen lehnte und sich blutdurchtränkte Papierhandtücher an die verletzte Schläfe presste. »Wer sagt, dass es keinen Gott gibt?«, flüsterte er mir lächelnd zu, bevor er zu ihr hinüberging, um sie zu untersuchen. »Sie werden ein bisschen genäht werden müssen«, sagte er stirnrunzelnd zu ihr. »Warum kommen Sie nicht mit ins Haus, und ich werde mich um Sie kümmern.«

»Werden Sie mir von Jack Shaw erzählen?«, fragte sie matt.

Er lächelte ungläubig. »Sie verlieren Blut, und das Einzige, woran Sie denken können, ist, wie Sie das benutzen können, um eine Story zu bekommen?«

»Und Sie werden es benutzen, um ein Date zu bekommen, stimmt's?«

»Touché«, sagte Chuck, bot ihr seinen Arm an und führte sie über die Straße.

»Das darf ja wohl nicht wahr sein«, sagte Alison.

»Komm schon, jetzt lass ihn doch wenigstens einmal in Frieden«, sagte Lindsey. »Er hat wirklich tolle Arbeit geleistet.«

»Das stimmt«, pflichtete Don bei.

»Und sie ist volljährig«, bemerkte ich.

»Schon gut, schon gut.« Alison gab sich geschlagen. »Gehen wir ins Haus. Hier draußen ist es eiskalt.«

Chuck bearbeitete Sally Hughes von Fox News in der Küche, während wir anderen im Wohnzimmer heißen Cidre schlürften. Don entfachte im Kamin ein Feuer, und wir alle machten es uns bequem, um uns etwas aufzuwärmen. In all dem Trubel der letzten halben Stunde hatte keiner von uns bemerkt, wie kalt es draußen war, und erst als wir in das vergleichsweise warme Haus zurückkehrten, spürten wir, dass wir alle froren. Jeremy, der die Anweisung erhalten hatte, im Haus zu bleiben, als wir alle losrannten, hatte uns ängstlich vom Fenster aus beobachtet, und er wollte beharrlich alle Einzelheiten erfahren, die wir ihm nach und nach erzählten, während wir das Geschehen noch einmal durchlebten. Kurze Zeit später gesellte sich Chuck mit Sally zu uns, die nun einen Mullverband um die Schläfe hatte, und alle, die sich noch nicht kannten, wurden einander vorgestellt.

Alison fiel ein, dass wir noch gar keinen Nachtisch gegessen hatten, und brachte Marshmallows und Brownies sowie ein paar lange Hot-Dog-Zangen, die wir als Spieße benutzen konnten, um die Marshmallows zu rösten. Bei all dem Treiben hörte niemand außer mir das dreimalige kurze Klopfen an der Hintertür. Angesichts des wahnwitzigen Verlaufs des Abends bis zum jetzigen Zeitpunkt war ich nur leicht überrascht, als ich die Tür aufmachte und Darth

Vader auf der Terrasse der Schollings stehen sah. »Kann ich Ihnen helfen?«, fragte ich den Dunklen Lord der Sith.

»Lass mich rein, Ben«, sagte Jack. Seine Stimme klang gedämpft durch die Maske. »Ich frier mir hier draußen den Arsch ab.«

Ich trat fassungslos zur Seite, während er ins Haus trat, und folgte ihm ins Wohnzimmer, wo er das Gespräch wirkungsvoll verstummen ließ und jeder ihn mit einem unterschiedlichen Grad an Besorgnis anstarrte. Alison erhob sich langsam, während sie Jack mit offenem Mund angaffte, der nun endlich eine Hand hob und den Darth-Vader-Helm abnahm. Durch die elektrische Aufladung entstand ein Knistern, als die Maske sich löste, und Jacks Haar schwebte komisch um seinen Kopf. Er strich sich mit den Fingern ein paar fettige Strähnen aus dem Gesicht, lächelte unsicher und sagte: »Habt ihr mich vermisst?« Alison ging langsam durchs Zimmer, mit zuckender Miene, aufgeladen vor Emotion, und Jack fiel ihr in die Arme.

»Das«, verkündete Jeremy, »ist meine Maske.« Wir alle lachten, und das Gelächter schien den Bann auf Chuck, Lindsey und mir zu brechen. Wir drei sprangen hoch und rannten zu Jack und Alison hinüber, um die beiden und uns gegenseitig zu umarmen, und wir tätschelten uns und hielten uns fest, mit Tränen in den Augen, und ließen dem enormen Stress der letzten paar Tage freien Lauf, froh, dass wir uns nun endlich davon befreien konnten.

»Wo hast du denn gesteckt, Mann?«, fragte Chuck ihn immer wieder. »Wo zum Teufel hast du gesteckt?« Aber Jack hielt sich lediglich an Alison fest, die Augen geschlossen, ohne auf irgendeine unserer Aufforderungen zu reagieren, bis er ihr irgendwann entglitt und nach unten wegrutschte, und ich begriff, dass er das Bewusstsein verloren hatte.

Don und ich trugen Jack zur Couch hinüber und legten

ihn hin, während Chuck in die Küche rannte, um seine Arzttasche zu holen. Wir sahen alle zu, wie Chuck Jack untersuchte, der inzwischen das Bewusstsein wiedererlangt hatte und vor sich hin murmelte. »Er ist dehydriert, und er hat hohes Fieber«, sagte Chuck stirnrunzelnd, während er ein Stethoskop hervorholte und es unter Jacks schwarzes T-Shirt schob. Ich fragte mich, woher er das T-Shirt hatte. »Vielleicht hat er auch noch eine leichte Unterkühlung. Ich brauche ein paar Decken.«

Während Chuck ihn weiter untersuchte, fiel mir auf, dass Jack am Hals und an den Armen etliche Schnitt- und Kratzwunden hatte, ebenso wie auf der Brust. »O mein Gott, wo in aller Welt war er denn bloß?«

»Ich weiß es nicht«, sagte Chuck. »Er leidet an Unterkühlung. Sieht aus, als ob er eine ganze Weile draußen war.«

»Schwebt er denn in Gefahr?«, fragte Alison, als Lindsey mit einem Stapel Decken die Treppe herunterkam.

»Aber nein«, sagte Chuck. »Das glaube ich nicht. Er ist nur ein bisschen krank.«

»High?«, fragte ich leise.

»Kann ich nicht sagen«, sagte Chuck. »Aber das Fieber könnte auch eine Begleiterscheinung des Entzugs sein, was ein gutes Zeichen wäre.«

»Nicht high«, murmelte Jack und schlug die Augen auf. »Nur verdammt kalt.«

»Bist du sicher?«, fragte Chuck.

Jack packte Chuck am Handgelenk. »Keine Drogen!«, flüsterte er mit kratziger, heiserer Stimme. »Ich bin clean, Mann. Krank und nüchtern.«

»Na schön«, sagte Chuck. »Ich glaub's dir.«

»Das will ich dir auch raten, Mann«, erwiderte Jack und schloss die Augen. »O verdammt, das will ich dir auch raten.«

Chuck stellte ein paar Rezepte aus, und Don fuhr in die Stadt, um die Medikamente zu besorgen. Lindsey kochte eine Gemüsesuppe, über die Jack herfiel, als hätte er seit Tagen nichts mehr gegessen. »Immer schön langsam«, sagte Chuck und schob das Schälchen beiseite. »Wenn du's behalten willst, musst du dich bremsen.« Jack nickte zum Zeichen, dass er verstanden hatte, aber sobald Chuck das Schälchen wieder zu ihm hinschob, schlang Jack die Suppe erneut hinunter. Er konnte einfach nicht anders. Binnen einer Minute begann er zu würgen, und Chuck nahm ihm das Schälchen weg. »Vergiss es«, sagte Chuck. »Fürs Erste wirst du durch den Arm essen.« Er holte einen Infusionsschlauch hervor und drückte die Nadel in Jacks Arm. Er hatte allerdings keinen Ständer für den Beutel, sodass er einen erstaunt dreinblickenden Jeremy zu sich herüberwinkte und ihn anwies, sich auf die Sofalehne zu kauern und den Beutel zu halten. »Halt das einfach, bis es leer ist«, sagte Chuck zu ihm. »Es müsste etwa eine Dreiviertelstunde dauern.«

»Okay«, sagte Jeremy mit ernster Miene.

Chuck verließ das Zimmer, um seine Arzttasche wegzustellen und sich etwas zu trinken zu holen. Jack schlug matt die Augen auf und sah Jeremy, der mit weit aufgerissenen Augen fasziniert auf ihn hinabstarrte. »Wer bist du denn?«, fragte Jack.

»Jeremy Miller.«

»Oh«, sagte Jack und schloss die Augen wieder.

»Er ist noch immer ziemlich neben der Spur«, sagte ich zu Jeremy.

»Ich kann gar nicht glauben, dass er es wirklich ist, weißt du?«, sagte Jeremy. »Blue Angel. Genau hier auf der Couch.«

»Wenn ich ihn im Kino sehe, denke ich genau das Gegenteil«, sagte ich. »Dann denke ich, ich kann gar nicht glauben, dass der Typ dort oben auf der Leinwand mein Freund Jack ist.«

»Meinst du, er wird diese Sache gut überstehen?«

»Ja«, sagte ich, auch wenn ich mir langfristig nicht ganz sicher war.

40

Ich war im Wald«, erzählte uns Jack am nächsten Morgen, als sei damit alles geklärt. Wir saßen alle im Wohnzimmer beim Frühstück. Sein Fieber war zurückgegangen, und seine Gesichtsfarbe war wieder halbwegs normal, auch wenn sein Gesicht noch immer ausgezehrt aussah. Unter den Augen hatte er dunkle Ringe, aber er schien aufgeweckt und konzentriert und insgesamt in einem weitaus besseren Zustand zu sein als noch am Abend zuvor. »Ich hatte diese verrückte Vorstellung, ich müsste einfach zurück zur Natur, wisst ihr? Als würde ich wiedergeboren werden oder so was in der Art, also bin ich einfach in die Wälder abgehauen.«

»Warum denn in die Wälder?«, fragte Alison. Sie saß zu seinen Füßen am Rand der Couch, wo sie zweifellos die ganze Nacht verbracht hatte. Lindsey und ich saßen auf dem Zweisitzer, und Chuck auf der Armlehne des Sessels uns gegenüber. Ich hatte am Abend zuvor einen widerstrebenden Jeremy nach Hause gebracht, nachdem der Infusionsbeutel geleert war. Er war jetzt in der Schule, und vermutlich war es ihm fast unmöglich, zu tun, worum ich ihn gebeten hatte – das Geheimnis noch mindestens einen Tag lang für sich zu behalten. Als Don gestern Abend gegangen war, hatte er versprochen, auf dem Weg aus der Stadt noch einmal bei uns vorbeizuschauen, aber bis jetzt hatten wir noch nicht wieder von ihm gehört, sodass im Augenblick lediglich wir fünf anwesend waren, und das war im Moment genau das Richtige.

»Ich weiß nicht«, beantwortete Jack Alisons Frage. »Ich habe nicht rational gedacht. Als ich aus dem Haus ging, hatte ich vor, mich in die Stadt durchzuschlagen, Paul anzurufen und schleunigst aus dieser Dodge City zu verschwinden. Ich wollte ihn dazu bringen, dass er am Flughafen ein Ticket für mich bereitstellen lässt und meinen Arsch zurück nach L. A. befördert. Ich glaube, da fühlte ich mich bereits ein bisschen fiebrig.« Er hielt einen Augenblick inne, und ein perplexer Blick huschte über sein Gesicht. »Ich hab nicht einmal daran gedacht, mir ein Hemd anzuziehen«, sagte er ungläubig. »Mein Gott, könnt ihr euch das vorstellen?«

»Komm jetzt zu dem Punkt, an dem du Tarzan wurdest«, riet Chuck ihm.

»Kann ich eine Zigarette haben?«, fragte Jack.

»Nein, aber du kannst etwas Haferbrei haben«, sagte Chuck.

»O mein Gott«, beklagte sich Jack, aber er schlug den Haferbrei nicht aus, den Chuck ihm vorsetzte.

»Langsam«, warnte ihn Chuck.

Wir alle beobachteten, wie Jack drei oder vier Löffel voll aß, als sei es das faszinierendste Schauspiel, das wir je gesehen hatten. Mir ging durch den Kopf, dass es vermutlich genau das bedeutete, Jack der Filmstar zu sein. Wohin er auch ging, überall wurde er von Leuten umringt, die versuchten, selbst von den gewöhnlichsten Dingen in seinem Leben einen Blick zu erhaschen.

»Jedenfalls«, fuhr Jack fort, nachdem er sich mit dem Unterarm das Kinn abgewischt hatte. »Ich laufe die Straße hinunter, versuche zu trampen, aber dort draußen ist einfach niemand unterwegs, und die wenigen Autos, die vorbeifahren, halten nicht an. Ich dachte gar nicht daran, wie ich ausgesehen haben muss. Ich dachte, irgendjemand würde mich doch mit Sicherheit erkennen und anhalten. Jedes Mal, wenn ich ausgehe, hoffe ich, dass mich niemand erkennt, und das einzige Mal, wo ich erkannt werden will, tut es niemand. Da soll man draus schlau werden. Jedenfalls dachte ich, keine Panik, lauf einfach weiter. Also laufe ich weiter die Straße hinunter und sehe mir die Berge links und rechts der Straße an, mit all diesen Bäumen, überhaupt diese Natur, und sie sahen einfach so friedlich aus, versteht ihr? Und ich dachte, was alles passieren würde, wenn ich es wirklich bis in die Stadt schaffen würde, bis zurück nach L.A., ich dachte an die Arbeit und die Medien und das alles, und mir war klar, dass ich über kurz oder lang wieder high sein würde. Ich würde mir entweder hier irgendwas beschaffen, oder Paul würde etwas für mich haben, wenn ich zurück war ...«

»Paul gibt dir Drogen?«, fragte ich ungläubig.

»Ja«, sagte Jack schlicht.

»Dieser Dreckskerl«, rief Lindsey.

»Er schiebt sie mir nicht in die Nase«, erwiderte Jack spitz. »Ich nehme sie schon selbst.«

»Das spielt keine Rolle«, sagte Chuck. »Dein Agent ist ein gottverdammter Drogendealer. Du musst ihn loswerden.«

»So einfach ist das nicht«, sagte Jack.

»Das sollte es aber sein«, hielt Chuck zornig dagegen.

»Lass gut sein«, sagte Alison beschwichtigend. »Damit befassen wir uns später.«

Jack sah sie dankbar an. »Hör zu«, wandte er sich an

Chuck. »Ich will nicht bestreiten, dass er ein Teil des Problems ist, okay. Aber ich will einfach nicht in diese Falle tappen, dass ich irgendjemand anders die Schuld zuschiebe. Das Problem bin ich, und ich allein, okay?«

»Okay«, sagte Chuck, obwohl er ganz offensichtlich noch immer nicht überzeugt war.

»Jedenfalls«, fuhr Jack fort, nachdem er noch ein paar Löffel Haferbrei gegessen hatte. »Ich laufe die Straße hinunter, sehe all diese Berge, und es fängt an zu regnen, nur dieser leichte Nieselregen, wisst ihr? Und ich spüre den Regen auf meiner Haut, und er fühlt sich gut und sauber an, wie das erste saubere Etwas, das ich seit Monaten empfunden habe. Und ich weiß nicht, was dann geschah. Ich stand einfach irgendwo am Ende der Welt, und es war stockdunkel, und überall um mich herum standen diese friedlichen Berge, und ich fühlte mich allein, aber dabei nicht schlecht. Ich fühlte mich einfach, als würde ich zum ersten Mal seit unendlich langer Zeit allein mit mir selbst sein, versteht ihr?«

Irgendwann hatte ich aufgehört, mitzuzählen, aber es musste etwa die fünfte oder sechste Nachfrage in Jacks Erzählung sein. Er kämpfte verzweifelt darum, dass wir ihn verstanden, dass wir seine Erfahrung nachvollzogen. Alison nickte, und ich sah, dass ihre Augen feucht waren. »Und ich dachte einfach«, fuhr Jack fort, »wenn ich doch bloß eine Weile so allein bleiben könnte, dann könnte ich mich irgendwie wieder in den Griff bekommen, die Kontrolle über mich wiedergewinnen. Und die Berge und der Wald, das sah einfach so friedlich aus, und in einem war ich mir sicher – ich würde mich verdammt schwer tun, dort oben Kokain aufzutreiben.«

»Du bist also einfach in den Wald gegangen und hast dich dort häuslich niedergelassen, wie Thoreau?«, fragte ich.

»Ja, ich nehm's an«, sagte Jack. »Ich wollte mich sozusagen selbst unterwerfen. Kein Essen, keine Ablenkungen, so ähnlich wie die Indianer es früher gemacht haben, wisst ihr, um ein Mann zu werden.«

»Du hattest eine indianische Bar Mizwah«, bemerkte Chuck mit hoch gezogenen Augenbrauen.

Jack lächelte. »Etwas in der Richtung.«

»Und wir haben uns Sorgen gemacht, eine Intervention könnte zu dramatisch sein«, bemerkte ich trocken.

Lindsey lachte. »Wir hätten wissen müssen, dass uns ein echter Profi noch übertrumpfen würde.«

»Was zum Teufel hast du denn drei Tage lang im Wald gemacht?«, fragte Chuck.

»Die meiste Zeit habe ich meditiert«, erzählte Jack. »Ich habe über euch alle nachgedacht und über mein Leben und die Drogen und meine Karriere und alles. Ich habe diese Spiele durchgespielt, bei denen ich meine Prioritäten immer wieder neu gesetzt habe. Und ich bin viel gelaufen, quer durch die Wälder, einen Berg hoch und einen anderen wieder hinunter. Es ist wirklich erstaunlich. Dein natürlicher Instinkt, wenn du nachts im Wald bist, sollte dir doch sagen, dass du Angst haben und schleunigst das Weite suchen sollst, oder? Und dein natürlicher Instinkt, wenn es regnet, sagt dir, dass du dir einen Unterschlupf suchen sollst. Und als ich mich zwang, diese Instinkte zu ignorieren und mich einfach zu entspannen und mich auf den Regen, die Kälte und meine Ängste einzulassen, da war das ein sehr befreiendes Gefühl. Und sobald ich merkte, dass ich von diesen Bedürfnissen befreit war, da gehörte auf einmal gar nicht mehr so viel dazu, künftig die Finger vom Koks zu lassen.«

»Warum bist du denn dann jetzt zurückgekommen?«, fragte ich. »Abgesehen von der Tatsache, dass deine Freunde hier saßen, ihr Leben angehalten und sich zu Tode um dich geängstigt haben.«

Jack lächelte verlegen. »Es war einfach so verdammt kalt.« Alle lachten. »Nächstes Mal, wenn ich losziehe, um eins mit der Natur zu werden, zieh ich mich ordentlicher dafür an.«

»Woher hast du denn das Hemd bekommen?«, fragte Lindsey ihn.

»Ich weiß es nicht mehr«, sagte Jack stirnrunzelnd. »Wo ist es?«

»Ich hab's rausgeworfen«, sagte Alison. »Es hat gestunken.«

»Ich weiß nicht. Ich muss es im Wald gefunden haben.«

»Weißt du, dass du deine Brieftasche verloren hast?«, fragte ich ihn.

»Ich habe sie nicht verloren«, sagte er. »Ich habe sie in einen Fluss geworfen. Ich wollte nicht in Versuchung geraten, in die Stadt zu gehen und mir Drogen zu kaufen. Augenblick mal, woher wisst ihr das denn überhaupt?«

Ich erzählte ihm, wie man seine Brieftasche gefunden und uns alle verdächtigt hatte, ihn entführt und womöglich ermordet zu haben. »O mein Gott!«, rief er und atmete langsam aus. »Ich weiß nicht, was ich sagen soll. Es ist mir nie in den Sinn gekommen, dass man sie vielleicht finden könnte.«

»Ich bin nur neugierig«, sagte ich. Ich ärgerte mich, ohne dass ich es wollte. »Was dachtest du eigentlich, was wir hier tun würden, als du verschwunden warst?«

»Was meinst du damit?«, fragte er.

»Ich meine, hast du gedacht, wir alle würden einfach nach Hause fahren und dich aufgeben? Hast du gedacht, wir alle würden unsere Jobs sausen lassen und hier bleiben, bis du wieder auftauchst?«

»Ben«, versuchte Alison mich zu bremsen.

»Nein«, beharrte ich, selbst überrascht von der Stärke meines Zorns. »Ich will es wissen. Ist es dir je in den Sinn gekommen, dass wir uns vielleicht sorgen könnten? Hast du je an uns gedacht?«

Jack sah zu mir hoch, mit unverwandtem Blick. »Nein, ich denke, das habe ich nicht getan, Ben, und es tut mir aufrichtig Leid, da ihr alle so ziemlich meine einzigen echten Freunde seid. Ich war einfach völlig neben der Spur, wisst ihr? Ich war in einer anderen Welt, und ich nehme an, ich dachte einfach, ihr würdet schon hier sein, wenn ich wiederkomme.«

»Und hier sind wir ja nun auch«, brummelte ich, während mein Zorn angesichts seiner Ehrlichkeit allmählich verrauchte.

»Ich wusste, dass ich auf euch zählen kann«, sagte er grinsend.

»Leck mich.«

»Ich liebe dich, Mann.« Er stand auf und kam zu mir herüber, um mich zu umarmen.

»Nein, leck mich«, sagte ich und hob die Hände.

»Ich liebe dich, Ben.«

»Leck mich«, sagte ich noch einmal, aber diesmal musste ich bereits lachen, und er umarmte mich, und ich merkte, dass ich wirklich und aufrichtig froh war, dass er wieder da und mit ihm alles in Ordnung war.

»Also«, unterbrach Alison unser Geplänkel. »Meinst du, es war ein Erfolg?«

»Was?«

»Dein Trip. Deine Zeit hier oben. Meinst du, du bist die Sucht losgeworden?«

»Ich weiß nicht«, sagte Jack. »Auf jeden Fall lechze ich nicht mehr nach Koks, nicht so wie früher.«

»Na ja«, erklärte Chuck. »Aus medizinischer Sicht hat es deinen Blutkreislauf jetzt verlassen.«

»Ich weiß«, sagte Jack. »Ich fühle mich, als hätte ich mich grundlegend gereinigt. Als ob es nicht mehr zu meinem Leben gehört.«

»Kann es wirklich so einfach sein?«, fragte Lindsey.

»Einfach war nichts an alledem«, sagte Jack gutmütig. »Versuch doch selbst einmal, drei Tage im Wald zu leben.«

»Also«, sagte Alison und streckte die Arme über die Schultern aus. »Was passiert jetzt?«

»Jetzt«, sagte Jack, »sollte ich mich darum kümmern, dass ich meinen Job zurückbekomme.«

Ich musste daran denken, wie ich Jack einmal nach seiner Zukunft gefragt und er gesagt hatte: »Das hier ist die Zukunft.« Es war schon seltsam, dass seine Philosophie, für den Augenblick zu leben und sich nicht von Zukunftssorgen erdrücken zu lassen, genau die Eckpfeiler der meisten Rehaprogramme für Süchtige waren. Einen Tag auf einmal, hieß es nicht so? Ich verspürte eine Welle von Optimismus angesichts der Vorstellung, dass Jacks eigene Natur ihm bei seinem Kampf, nüchtern zu bleiben, vielleicht sogar zugute kommen würde. Aber andererseits konnte das alles auch ein Riesenscheiß und Jack in einer Woche wieder high sein.

41

Den restlichen Vormittag verbrachten wir damit, fasziniert zu beobachten, wie Jack die losen Stränge seiner Karriere wieder zusammenknüpfte. Sein erster Anruf galt Luther Cain, den er zu Hause weckte. Obwohl wir uns an Jacks Berühmtheit inzwischen gewöhnt hatten, war es trotzdem noch beeindruckend, zu beobachten, wie er die private Telefonnummer eines Regisseurs und Oscarpreisträgers aus dem Gedächtnis wählte. Ihr Gespräch war überraschend kurz, aber Jack erklärte uns, dass Cain kein »Telefontyp« sei und sofort mit einem Privatjet nach Monticello fliegen würde, zusammen mit Craig Schiller, einem der Produzenten von *Blue Angel II*, und mit einem Wagen vorbeikommen würde, um ihn persönlich zu treffen. »Er muss sich selbst überzeugen, was das hier für eine Geschichte ist«, erklärte Jack trocken, als sei es keine große Affäre, dass eine der größten Nummern in Hollywood beim Haus der Schollings vorbeikommen würde. Und ich denke, so weltbewegend war es nun auch wieder nicht, wenn man sich überlegte, dass eine andere der größten Nummern in Hollywood in Shorts und einem Tommy-Hilfiger-T-Shirt von der Wohnzimmercouch aus Telefonate tätigte. Aber trotzdem, es war schon ziemlich cool.

Der Plan, mit Alisons Hilfe entworfen, sah vor, dass Jack auf sein Zwölf-Millionen-Dollar-Honorar verzichten und nach Tarif arbeiten würde, sodass Cain der Versicherung die verloren gegangenen Tage erstatten konnte und letztendlich niemand außer Jack irgendwelches Geld verlor. Alison hoffte, dass sich die Versicherung aufgrund dieser Goodwill-Vereinbarung nicht weigern würde, ihn auch bei künftigen Projekten noch zu versichern. Jack war zuversichtlich, dass er, wenn er Cain auf seine Seite ziehen konnte, die Glaubwürdigkeit und den Einfluss besitzen würde, um seine Karriere zu retten.

»Du weißt, dass Cain bereits eine Klage gegen dich eingereicht hat«, erinnerte ich ihn.

»Das ist einfach das Übliche in der Branche«, sagte er. »Keine große Affäre.«

Ich musste zugeben, dass es faszinierend schien, in einer

Welt zu leben, in der Millionen-Dollar-Klagen mit einer lässigen Geste fallen gelassen und ernst zu nehmende Konflikte mit einem kurzen Telefonanruf beigelegt wurden. Ich konnte daran erkennen, wie man, wenn man eine Zeit lang in dieser Welt gelebt hatte, dazu neigen musste, die Konsequenzen auf die leichte Schulter zu nehmen. Kein Schaden war so groß, dass er im Big Business der Unterhaltungsindustrie nicht wieder gutgemacht werden konnte. Ich wusste, dass das eine vereinfachte Darstellung war, aber nicht so weit entfernt von der Realität.

Jack war nach *Blue Angel II* bereits für zwei weitere Projekte verpflichtet, und auch wenn es ihn juckte, mit den Produzenten dieser Filme zu sprechen, entschied er, dass es klüger war, zunächst einmal ein Agreement mit Luther Cain auszuhandeln. »Dann werde ich mit den anderen aus einer stärkeren Position verhandeln können«, sagte er.

»Siehst du«, sagte Chuck zu ihm. »Du kannst dich selbst um deine Karriere kümmern. Du brauchst diesen verdammten Typen gar nicht.«

»Ganz so einfach ist es nicht.« Jack runzelte die Stirn. »Es gibt Verträge. Übereinkünfte. Es gibt da eine Geschichte.«

»Eine Geschichte von Drogenmissbrauch und Ausbeutung«, sagte Alison scharf.

»Diesem Typen gehört für die nächsten paar Jahre ein Stück von mir«, sagte Jack schulterzuckend.

Der nächste geschäftliche Tagungsordnungspunkt war ein Exklusivinterview mit Sally Hughes. Chuck hatte ihr am Abend zuvor das Versprechen zur Geheimhaltung abgeknöpft, nach ausgiebigem Flirten und Verhandeln, indem er ihr garantierte, sie würde diejenige sein, die die Story in einem Interview unter vier Augen an die Öffentlichkeit bringen dürfte. Ursprünglich wollte Sally das Interview live per Satellitenübertragung senden, aber nachdem sie sich mit ihren Bossen beraten hatte, entschied sie, es auf Video aufzeichnen zu lassen, sodass es zu einem ordentlicheren Sendebeitrag zusammengeschnitten werden konnte. Chuck ging nach draußen und winkte Sally und ihre Crew durch das Gedränge der Medienleute zu sich, vorbei an Deputy Dan und den Polizeibarrikaden und ins Haus. Die mit ihr konkurrierenden Journalisten reagierten panisch, brüllten Fragen und Forderungen, empört darüber, wie man sie ausgetrickst hatte. Sally hatte inzwischen zwei Ersatz-Kameraleute, die die ganze Nacht durchgefahren waren, um hier bei etwas dabei zu sein, was sie als Exklusivinterview mit den angeblichen Entführern von Jack Shaw bezeichnete. Falls sie sich wunderten, dass Jack Shaw selbst hier saß und auf sie wartete, dann waren sie auf jeden Fall professionell genug, es sich nicht anmerken zu lassen. Einen Tontechniker und einen Visagisten hatten sie auch mit dabei, und die ganze Crew machte sich sogleich an die Arbeit, Jupiterlampen aufzustellen, dazu Schirme, um das Licht zu dämpfen, die Möbel umzustellen und das Wohnzimmer im Grunde in ein Mini-Studio zu verwandeln. Chuck stellte Sally Jack vor, und Sally gab sich alle Mühe, nicht allzu beeindruckt oder aufgeregt zu wirken, was ihr gründlich misslang. Es war ganz offensichtlich das größte Interview ihrer Karriere. Jack ging nach oben, um kurz zu duschen, und die Kameraleute setzten Chuck auf den Platz neben Sally, um die Beleuchtung zu testen. Chuck flirtete die ganze Zeit über mit Sally, posierte und beugte sich vor, um ihr etwas zuzuflüstern, während sie aus unterschiedlichen Winkeln aufgenommen wurde. Sie schnitt uns ein paar Grimassen, aber offenbar machte es ihr nicht wirklich etwas aus. Wenn überhaupt, dann schienen seine Faxen sie eher noch zu beruhigen.

Jack kam etwa zwanzig Minuten später zurück. Er wirkte sauber und gefasst in schwarzen Jeans und einem Baumwollhemd, das er sich aus meinem Koffer genommen hatte. Während der Visagist ihn bearbeitete, plauderte Jack freundlich mit Sally, hörte aufmerksam zu, während sie ihm ihre Pläne für das Interview skizzierte, und machte selbst ein paar Vorschläge, die sie sich hastig notierte.

Wir anderen zogen uns in den hinteren Bereich des Wohnzimmers zurück, weit hinter die Kameras, und das Interview begann. »Sie wurden seit fast sieben Tagen vermisst«, sagte Sally nach ein paar einleitenden Worten. »Wo sind Sie gewesen?«

Jack lächelte und sagte: »Zunächst einmal wurde ich nur drei Tage vermisst. Bis vor drei Tagen war ich bei meinen Freunden.«

»Hier in diesem Haus?«

»So ist es.«

»Aber Sie haben niemandem etwas davon gesagt.«

»Ich hatte mich entschieden, die Medien nicht zu verständigen, wenn Sie das meinen.«

Jack unter den Scheinwerfern und vor der Kamera zu beobachten, das war schon etwas. Man konnte nicht behaupten, dass irgendetwas an ihm wirklich anders war als sonst, aber sein Lächeln wirkte einfach so viel strahlender, seine Haltung so viel selbstbewusster. Es war nicht so, dass sich irgendetwas in ihm veränderte, wenn er vor den Kameras saß, sondern eher so, dass er irgendetwas wurde, was schon immer in ihm gewesen war, dicht unter der Oberfläche. Es war diese unberührbare, unbeschreibliche Qualität, die Jack auf die Leinwand brachte, aber sie auf drei Meter Entfernung hinter der Kamera persönlich wahrzunehmen, das war schon eine bemerkenswerte Erfahrung.

Wir hatten überlegt, ob Jack öffentlich zugeben sollte, dass er Kokain genommen hatte, oder einfach die allseits beliebte Abhängigkeit von Schmerzmitteln vortäuschen sollte, wie es so viele andere Prominente taten. Wir waren zu dem Schluss gekommen, dass er seine Kokainsucht in der Öffentlichkeit zu oft demonstriert hatte, um sie jetzt noch glaubhaft leugnen zu können. »Am besten ist es, man macht einfach reinen Tisch und lässt es dann hinter sich«, sagte Jack. »Die Branche ist dafür bekannt, dass sie kein allzu langes Gedächtnis hat, wisst ihr? Außerdem gibt es inzwischen schon ein festes Protokoll für diese ganze Reha-Geschichte, das die Studios und die Presse im Allgemeinen von einem erwarten. Schlechtes Benehmen, Geständnis und dann, vor allem, Reue. Solange du dich an diese Rolle hältst, geben sie dir die Chance, die Sache wieder ins Lot zu bringen. Aber wenn du dabei improvisierst, dann kannst du dir einen Mordsärger einhandeln.«

Ich weiß nicht, wie sehr Jacks Vorstellung vorausgeplant war, aber er brachte sie glänzend über die Bühne. Er strahlte stilles Selbstvertrauen aus, ohne überheblich zu wirken, und er schien sich entschuldigen zu wollen, ohne um Mitleid zu heischen. Er war ein leicht gedämpfter, klügerer Jack Shaw, der nun bereit war, sich zu bessern und seine Karriere dort fortzusetzen, wo er sie abgebrochen hatte, mit neuem Engagement und einer klaren Perspektive. Ich hoffte, dass das nun wirklich die Wahrheit war und nicht nur Jack, der eine neue Rolle spielte, und ich fragte mich, ob es für jemanden wie Jack zwischen diesen beiden Dingen überhaupt einen Unterschied gab.

»Es wurden vielfach Vermutungen angestellt, dass Ihr Verschwinden auf Drogen zurückzuführen sei. Können Sie das bestätigen?«

»Drogen spielten eine Rolle dabei. Aber es war mehr als das. Ich hatte ein paar Probleme, die geklärt werden mussten. Leider ließ mir mein Terminplan nicht die Zeit, die ich dafür benötigte, sodass ich gezwungen war, mir ohne Termin etwas Zeit freizunehmen.«

»Waren Sie drogenabhängig?«, hakte Sally nach.

»Ich habe früher einmal Kokain genommen«, sagte Jack schlicht.

»Und jetzt nehmen Sie keines mehr?«

»Ich werde nie wieder Kokain nehmen.«

»Können Sie uns sagen, mit welchen Mitteln Sie eine starke Abhängigkeit in nur wenigen Tagen besiegt haben?«, fragte Sally.

»Ich würde nicht sagen, dass ich sie besiegt habe«, erwiderte Jack, während er nachdenklich auf seine Hände sah. »Ich würde sagen, ich habe die Droge aus meinem Körper entfernt, bin die unmittelbare Gier danach losgeworden und habe, mithilfe meiner Freunde, eine solide Grundlage dafür geschaffen, dass ich künftig drogenfrei bleiben werde.«

»Sie erwähnen Ihre Freunde«, sagte Sally und beugte sich vor wie Barbara Walters. »Können Sie Gerüchte bestätigen, denen zufolge Ihre Freunde Sie allen Ernstes entführen mussten?«

Jack lachte. »Den Witz kannte ich noch gar nicht«, sagte er. »Erzählt man sich das wirklich?« Er sprach diese Zeile in demselben unbekümmerten Tonfall, mit dem er erklärt hatte, dass er nie mehr Koks nehmen würde. Er log so mühelos, dass selbst ich ihm für einen kurzen Augenblick glaubte. Mit einem plötzlichen Anflug von Entsetzen stellte ich fest, dass ich nicht mehr in der Lage war, Wahrheit und Lüge voneinander zu unterscheiden, wenn Jack sprach.

Sie machten noch etwa zehn Minuten weiter. Jack führte seinen Schwachsinn aus, und Sally schluckte ihn, bis Jack allmählich erschöpft und abgelenkt aussah. Sally spürte, dass sie seine Aufmerksamkeit verlor und kam zum Ende des Interviews. Die Kameraleute gingen nach draußen, um als Lückenfüller die Berge und das Haus zu filmen, und Jack lehnte sich mit einem matten Lächeln auf der Couch zurück. »Wann wird es gesendet werden?«, fragte er Sally.

»Wir werden es im Übertragungswagen schneiden«, sagte Sally, der vor Aufregung die Röte ins Gesicht gestiegen war. »Das wird etwa eine halbe Stunde dauern, und dann werde ich live rasch über den letzten Stand der Dinge berichten und ein paar einleitende Worte zu dem Sendebeitrag sprechen.«

»Die anderen Typen dort draußen werden völlig durchdrehen«, sagte Lindsey vom Fenster.

»Ich weiß.« Sally war außerstande, ihr Vergnügen zu verhehlen. »Sie werden das Haus stürmen.« Sie wandte sich an Jack. »Und denken Sie dran, Sie haben sich einverstanden erklärt, bis nach den Spätnachrichten heute Abend mit keinem anderen Sender zu sprechen.«

Jack hob den Kopf und sah sie an. »Einmal war genug«, sagte er. »Nehmen Sie's mir nicht übel.«

»Tu ich nicht.«

Sally erhob sich, gab Jack die Hand und ging mitsamt ihrem Lächeln, das sie inzwischen nicht mehr unterdrücken konnte, zurück zu ihrem Übertragungswagen, um ihre Story zu bearbeiten. Ich setzte mich neben Jack, der nachdenklich an einer Cola nippte. Er sah erschöpft aus. »Also«, sagte ich. »War das jetzt geschauspielert, oder warst das wirklich du?«

»Das war wirklich ich beim Schauspielern«, sagte Jack.

»Was meinst du damit?«

»Die wirklich großen Schauspieler überzeugen nicht nur das Publikum«, zitierte Jack, während er aufstand und sich streckte. »Sie müssen auch sich selbst überzeugen.« Er lächelte mich an.

»Sehr tiefgründig.«

»Und vielleicht ein klein wenig pathetisch«, sagte er, stellte die Coladose ab und ging auf die Treppe zu. »Aber ob du's glaubst oder nicht, es funktioniert tatsächlich.«

»Das muss ganz schön hart sein«, sagte ich ernst. »Wenn du keine klare Linie zwischen der Wirklichkeit und deinen Rollen ziehen kannst.«

»Es gibt schon eine Linie«, sagte Jack. »Sie bewegt sich nur ziemlich viel.«

»Wie kommst du damit klar?«

»Drogen«, sagte Jack. Wir mussten beide lachen.

»Mein Gott, bin ich geschafft«, sagte Jack und drehte sich am Treppengeländer um. »Ich werd jetzt erst mal ein paar Runden Schlaf nachholen.«

»Willst du dich denn nicht im Fernsehen sehen?«

»Nein.« Jack gähnte, während er die ersten Stufen hochstieg. »Ich hasse diesen Typen.«

Don erklärte, er könnte nicht noch länger hier herumhängen, um Jack kennen zu lernen, der noch immer schlief, als Don kam, um sich zu verabschieden. Er zog gar nicht erst sein Jackett aus. »Ich fahre zurück nach Manhattan«, sagte er und reichte Chuck und mir jeweils eine seiner Visitenkarten. »Ruft mich an, wenn ihr zurück seid, dann gehen wir irgendwo was trinken, ein bisschen Ball spielen, was auch immer.« Mir kam der Gedanke, dass er uns offenbar wirklich mochte und dass er in seinem beruflichen Umfeld vielleicht nicht allzu viele Freunde hatte. Ich versuchte mich zu erinnern, wann ich als Erwachsener das letzte Mal einen neuen Freund gewonnen hatte, ein paar der Leute bei

Esquire nicht mitgerechnet, und ich konnte es nicht. Mit dreißig sind Freunde im Grunde wie Knochenmasse. Was immer man bis jetzt aufbauen konnte, fängt nun an, allmählich weniger zu werden, und wird selten wieder ersetzt. Ich sagte Don, wir würden in Verbindung bleiben, und ich meinte es ernst. Er gab Chuck und mir die Hand und umarmte Lindsey und Alison flüchtig und sagte, wie sehr er sich freute, dass alles glatt gegangen sei. Ich dachte, dass diese Einschätzung vielleicht ein bisschen vorschnell war, aber es war trotzdem nett von ihm, es zu sagen. Alison brachte ihn zur Tür, und er hielt einen Augenblick inne und sah sie an. Es war offensichtlich, dass er noch irgendetwas zu ihr sagen wollte, irgendetwas Bestimmtes. Sein Verhalten bestätigte meine frühere Vermutung, dass er ein mehr als nur flüchtiges Interesse an ihr hatte. Er zögerte, öffnete den Mund, machte ihn wieder zu. »Wir sehen uns«, sagte er.

»Danke für alles«, sagte Alison.

Er winkte ab. »Ich ruf dich bald mal an, okay?«, fragte er, ohne Blickkontakt herzustellen. »Muss doch sehen, was aus allem geworden ist.«

»Okay.«

»Also dann«, sagte er und trat aus dem Haus.

»Ich glaube, er mag dich.« Lindsey lächelte Alison an.

»Er ist einfach ein netter Typ, das ist alles«, entgegnete Alison und schloss die Haustür.

»Wie, und ein netter Typ kann dich nicht mögen?«, hakte Lindsey nach.

»Lass mich in Frieden.«

»Er ist wirklich ein netter Typ«, sagte ich, nicht um Alison zu ärgern, sondern weil ich es wirklich dachte.

Chuck sagte: »Ich frage mich, ob er je, ihr wisst schon, jemanden umgebracht hat.«

42

Sally Hughes' Interview mit Jack ging gegen dreizehn Uhr über den Äther, und wir amüsierten uns, indem wir die verschiedenen Sender durchgingen, während sich die Nachricht allmählich verbreitete. Innerhalb von zehn Minuten, nachdem die Story eingeschlagen hatte, unterbrachen alle anderen Sender ihr Programm mit Liveberichten von Reportern, die vor dem Haus standen, als hätten sie selbst die Neuigkeit durch ihr bloßes Dabeisein enthüllt und sie nicht wie alle anderen aus dem Fernsehen erfahren. Nachdem sämtliche Liveberichte vorbei waren, bemerkten wir eine Veränderung im Verhalten der Reporter vor dem Haus. Sie begannen, mit ihren Kameras hin und her zu laufen, kletterten auf ihre Übertragungswagen, um einen Beobachtungsposten zu finden, von dem aus sie die Kameras aufs Haus richten konnten, alle in der Hoffnung, eine kurze Aufnahme von Jack bekommen zu können. Zweifellos hatten sie sich von ihren Bossen ordentlich zusammenstauchen lassen müssen, nachdem sie nicht verhindert hatten, dass Jack sich ungestört an ihnen vorbei ins Haus schleichen konnte, und jetzt standen sie unter Druck, irgendetwas zu liefern. Einige der Fotografen kletterten sogar auf die Bäume.

Als Jack zwei Stunden später aufwachte, hatte Fox bereits zweimal Ausschnitte aus dem Interview in einer Wiederholung gesendet, und eine Schar von Fans, leicht doppelt so zahlreich wie die von der Mahnwache am Abend zuvor, traf nach und nach am Schauplatz ein. Sullivan war nicht entsprechend ausgerüstet, um die Menge in Schach zu halten, und verständigte die bundesstaatliche Polizei, die mit Blaulicht und Sirenen angedonnert kam und damit begann, weitere hohe Barrikaden zu errichten. Als die Menge immer stärker anwuchs, sahen sie sich gezwungen, die Straße zu sperren, und binnen weniger Minuten hatte sich die Straße in eine breite Fußgängerzone verwandelt. Jack spähte für einen kurzen Augenblick unter der Jalousie hindurch, wobei er Acht gab, dass sein Gesicht nicht zu erkennen war, und stieß einen leisen Pfiff aus. »In diesen Kleinstädten sprechen sich Neuigkeiten auf jeden Fall schnell herum.«

»Erst recht, wenn die Fernsehsender genau vor deiner Haustür ihr Lager aufschlagen«, sagte ich.

»O Mann«, sagte Chuck, der eine Gruppe junger Mädchen beobachtete, die Poster von Jack hochhielten. »Du wirst bestimmt überall flachgelegt, wohin du auch gehst.«

»Ja, na ja, wie du meinst«, sagte Jack geistesabwesend.

»Hey«, rief Lindsey. Sie und Alison saßen immer noch vor dem Fernseher. »Seward ist im Fernsehen.«

Wir alle wandten uns um und sahen Seward, der draußen in einem schwarzen Anzug und mit einer blauroten Krawatte an ein paar Reportern vorbeiging, während er sich einen Weg durch die Menge bahnte. Schweißtropfen standen unter seinem perfekt mit Gel zurückgestrichenen Haar, vermutlich aufgrund der Tatsache, dass er seinen Wagen stehen lassen und die letzte Meile zu Fuß gehen musste, und die Augenbrauen hatte er zornig zusammengezogen, was vermutlich angeboren war. Er strahlte eine nervöse Arroganz aus, und er hatte das wettergegerbte gute Aussehen eines Ex-Athleten, bis auf die Augen, die für sein Gesicht allzu klein und dunkel zu sein schienen. »Wir sind alle erleichtert, dass mit Jack alles in Ordnung ist«, beantwortete er eine Frage, die man nicht gehört hatte. »Darüber hinaus habe ich keinen Kommentar abzugeben.«

»Haben Sie Jack Shaw schon gesehen, seit er zurückgekehrt ist?«, rief irgendjemand. »Haben Sie mit ihm gesprochen?«

»Ja«, log Seward. »Ich habe gestern kurz mit ihm gesprochen.« Er blieb abrupt stehen. »Leute«, wandte er sich herablassend an die Medien, »ich werde jetzt dort reingehen, um mit Jack zu sprechen. Ich hoffe, dass ich Ihnen danach mehr sagen kann. Im Augenblick möchte ich Sie jedoch bitten, mir den Weg frei zu machen.« Mit diesen Worten schritt er auf die Barrikade zu, wo ein Polizist der bundestaatlichen Polizei ihn anhielt. Der Polizist sprach mit Seward, der zornig dreinblickte und begann, wild mit den Händen zu gestikulieren, bis sich ein zweiter Polizist in das Gespräch einschaltete, gefolgt von Sheriff Sullivan. Seward drückte einen zornigen Finger auf Sullivans Brust, aber Sullivan schien unbeeindruckt.

»Wir können ihn eigentlich auch ins Haus lassen«, sagte Jack unsicher. »Ich meine, früher oder später werde ich mich sowieso mit ihm befassen müssen.«

»Nein, das wirst du nicht«, erwiderte Alison. »Du musst ihn niemals wieder sehen. Er braucht dich, du brauchst ihn nicht.«

»Ganz so läuft das nicht«, widersprach Jack. »Wir haben Verträge. Er ist ein Spieler. Ich kann ihn nicht einfach auflaufen lassen.«

»Lassen wir ihn rein«, entschied ich. »Was kann er denn schon Schlimmes anrichten?« Ich stand auf und machte die Haustür auf, und ein deutliches »Ooooh« war zu vernehmen, bevor die Menge ehrfürchtig verstummte. Auf einmal war mir überdeutlich bewusst, dass ich live im Fernsehen war. Die Reporter begannen, mir Fragen zuzubrüllen, aber sie standen zu weit entfernt, als dass ich sie hätte verstehen können. Trotzdem, ich wusste, dass sämtliche Kameras auf mich zoomten, und viele von ihnen befanden sich inmitten einer Liveübertragung, daher lächelte ich nur und machte ein paar Friedenszeichen, wobei ich mir wie ein Idiot vorkam. Wenn man nicht jeden Tag vor der Kamera steht, dann hat man keinen blassen Schimmer, wie man sich verhalten soll, und dann sieht man einfach aus wie ein Holzkopf. Ich rief Sheriff Sullivan, der sich zu mir umwandte, und deutete auf Seward.

»Ist er okay?«, fragte Sullivan.

»Nein, er ist ein Idiot, aber er kann raufkommen«, rief ich zurück, in der Hoffnung, dass die Kameras das mitbekommen hatten.

Seward stürmte mit entschlossenen Schritten an den Polizisten vorbei und den Rasen hoch. Irgendjemand in der Menge begann, »Wir wollen Jack« zu skandieren, und binnen Sekunden schrie und pfiff die ganze Menge, leicht einige Hundert Leute, nach Jack. Ich nickte Sullivan zu, der mir ein sarkastisches halbes Grinsen schenkte, als wollte er sagen, seine schlimmsten Befürchtungen hätten sich bewahrheitet. Ich denke, damit hatte er nicht ganz Unrecht, wenn man sich überlegte, wie wir seine Stadt in einen Zirkus verwandelt hatten. Er gab uns die Schuld an den Menschenmassen, an der gesperrten Straße, an der Demütigung, die es für ihn bedeutete, die bundesstaatliche Polizei rufen zu müssen, und vermutlich auch an den Verletzten, die es letzte Nacht gegeben hatte, aber an alledem konnte er verdammt wenig ändern. Und jetzt, nachdem Jack wohlbehalten zurück war, konnte er nicht einmal sein Gesicht retten, indem er uns verhaftete. Ich wusste nicht, wie die Hierarchie hier draußen aussah, aber irgendjemand würde wegen alledem mit Sullivan noch hart ins Gericht gehen. Kurz, es musste echt übel sein, heute in seiner Haut zu stecken.

Seward rauschte an mir vorbei, wobei er aus einem Mundwinkel »verfluchtes Leichtgewicht«, zischte, was eine Art nebulöse Fehlbezeichnung war, und ich reagierte mit einem »Schwachkopf«, was, wie ich fand, den Sachverhalt weitaus besser traf, und folgte ihm ins Haus. Seward stürmte quer durchs Zimmer, ignorierte alle Anwesenden und beugte sich vor, um Jack auf der Couch zu umarmen. »Gott sei Dank, dass mit dir alles okay ist, Jack«, sagte er. »Gott sei Dank. Ich hab mich zu Tode geängstigt. Wo zum Teufel hast du denn gesteckt?« Jack zuckte einfach nur die Schultern und lehnte sich auf der Couch zurück. Seward fuhr fort, beeilte sich, die Stille auszufüllen. »Wir werden alles klären. Ich werde mit Luther und den Studios telefonieren, und wir werden alles ausbügeln. Wir werden vielleicht ein paar kleinere Zugeständnisse machen müssen, aber die werden sich alle so freuen, dass du wieder da bist, dass sie uns den Arsch küssen werden, damit alles klappt. Mach dir keine Sorgen, ich hab mir schon ein paar Szenarien durch den Kopf gehen lassen. Die können wir im Flugzeug alle durchsprechen.«

Jack, der während des gesamten Redeschwalls seines Agenten mit steinerner Miene zugehört hatte, richtete sich auf der Couch auf und fragte: »Was für ein Flugzeug?«

»Zurück nach L.A., Jack«, erwiderte Seward in einem Tonfall, als würde er mit einem geistig leicht zurückgebliebenen Jungen sprechen. »Wir müssen so schnell wie möglich dorthin zurück. Wir müssen uns mit Cain und Schiller zusammensetzen und einen neuen Deal ausarbeiten. Wir müssen dieses Problem mit dem Vertragsbruch irgendwie regeln – nicht dass es da ein Problem geben wird, ich hab alles bereits mehr oder weniger ausgearbeitet, und dann haben wir da noch die Fragen mit der Versicherung zu klären. Und wir werden den Dingen eine leicht neue Wendung geben müssen, ich meine, dein kleines Interview war schon okay, aber wir müssen es noch ein bisschen straffen, um es zu vermarkten ...«

Während ich beobachtete, wie er auf Jack einredete, begriff ich allmählich Paul Sewards operativen Stil. Seine Technik bestand darin, alles hoch kompliziert und verworren erscheinen zu lassen, damit sich seine Kunden, Schauspieler wie Jack, einfach nur zurücklehnen und ihn über die Details nachdenken lassen wollten, sodass Seward auf dem Fahrersitz Platz nehmen konnte. Ich wäre selbst darauf reingefallen, hätte ich nicht an diesem Morgen beobachtet, wie Jack das meiste davon mit einem einzigen Telefonanruf erledigte. Seward war vielleicht ein guter Agent, aber er war auch ein Verstellungskünstler, was, denke ich, von Anfang an seine eigentliche Qualifikation für diesen Job war. Was ich weitaus weniger leicht begreifen konnte, das war Jacks offensichtliche Unfähigkeit, Seward die Stirn zu bieten. Jack mangelte es nie an Selbstvertrauen, doch sobald Seward den Raum betrat, wurde Jack still, fast schon duckmäuserisch, als würde Seward sofort allen Widerstand aus ihm saugen.

Jack lehnte sich auf der Couch zurück und starrte an die Decke, und je länger er still verharrte, desto mehr bombardierte Seward ihn mit Plänen und Strategien. Als Seward einen Augenblick lang innehielt, um nach Luft zu schnappen, warf Jack mir einen raschen, vielsagenden Blick zu, den ich so verstand, dass er im Hinblick auf Seward um ein bisschen Hilfe bat.

»Sprechen Sie von Luther Cain, dem Regisseur?«, fragte ich Seward, der eben wieder das Wort ergreifen wollte. Er warf mir einen verärgerten Blick zu und sagte in einem herablassenden Tonfall: »Ja, natürlich spreche ich von dem«, bevor er sich wieder Jack zuwandte. »Ich würde jetzt gern einen Wagen bestellen, der uns abholt und zum Flughafen bringt …«

»Der Grund, weshalb ich frage«, unterbrach ich ihn, »ist der, dass ich heute Morgen mit Luther Cain gesprochen habe, und er hat nichts davon gesagt, dass Sie bei dieser Besprechung anwesend sein werden.«

Damit war seine Aufmerksamkeit geweckt. »Sie haben mit Luther Cain gesprochen?«, fragte er skeptisch.

»Dem Regisseur«, kam ich ihm zu Hilfe. Er sah zu Jack hinüber und zog ungläubig die Augenbrauen hoch, als würden wir uns vielleicht einen Spaß mit ihm erlauben, aber Jack nickte leise.

Seward wandte sich nun mit voller Aufmerksamkeit mir zu. »Sie haben mit Luther Cain gesprochen«, wiederholte er zwischen zusammengebissenen Zähnen. »Ist Ihnen eigentlich klar, wie viel Schaden Sie damit angerichtet haben? Was zum Teufel glauben Sie eigentlich, wer Sie sind? Jack«, wandte er sich wieder an Jack. »Hast du davon gewusst?«

»Ja«, sagte Jack.

»Natürlich hat er davon gewusst«, sagte ich. »Hören Sie, es mussten Absprachen getroffen werden.«

»Absprachen?«, brüllte Seward ungläubig. »Absprachen! Wer zum Teufel sind Sie eigentlich? Ich bin Jacks Agent, und ich treffe die verdammten Absprachen.«

»Sie waren nicht hier«, bemerkte ich.

Seward machte den Mund auf, um etwas zu sagen, aber das Einzige, was er hervorbrachte, war ein ungläubiges Keuchen, und er ballte sogar frustriert die Hände zusammen. Mir fiel auf, dass eine Vene an seiner Schläfe beängstigend stark pochte, und ich fragte mich einen Augenblick lang, ob er wohl viel rotes Fleisch zu sich nahm. »Wenn Sie Luther Cain angerufen und ihm Scherereien gemacht haben, dann haben Sie Jack vielleicht in eine sehr üble Lage gebracht.«

»Ich fand, ich war ganz gut«, sagte ich.

Seward holte einmal tief Luft und atmete in seine Hände aus. Als er aufsah, hatte er ein neues, gekünsteltes Lächeln im Gesicht kleben, das in Anbetracht seines Wutanfalls von eben doppelt lächerlich wirkte, die Art Lächeln, die oft Anfällen psychotischer Gewalt vorausgeht. »Hören Sie«, sagte er, wobei er sich mit zitternden Fingern durch sein klebriges Haar fuhr und sie sich dann an der Hose abwischte. »Ich bin sicher, Sie dachten, Sie würden Jack einfach nur aus der Patsche helfen, aber Sie müssen begreifen, es gibt da komplizierte Verträge, die jetzt durchgearbeitet werden müssen, Verpflichtungen, die auf die eine oder andere Weise erfüllt werden müssen, und Sie können unmöglich jetzt anfangen, sich da hindurchzukämpfen. Aber trotzdem«, wandte er sich nun wieder an Jack, »ich bin sicher, wenn wir uns mit Cain zusammensetzen, werden wir das alles klären können. Er ist ein aufrechter Typ, und er und ich, wir kennen uns schon lange. Wir werden uns heute Nachmittag in ein Flugzeug setzen, und bis morgen werde ich eine Besprechung anberaumt haben …«

»Jack, du kannst heute nicht zurück nach L. A. fliegen«, sagte ich. »Du hast heute Abend um sieben eine Besprechung.«

»O verdammt noch mal, würden Sie mir jetzt bitte nicht mit diesem Scheiß kommen!«, schrie Seward mich an. Hysterie schwang jetzt in seiner Stimme mit. »Sie sind uns hier keine Hilfe. Haben Sie das begriffen?«

»Nein«, sagte Jack. »Ich habe heute Abend wirklich eine Besprechung.«

»Jack, mit wem solltest du denn heute Abend hier eine Besprechung haben? Ich weiß ja nicht, was dir diese Leute erzählt haben, aber …«

»Wir haben eine Besprechung mit Cain und Schiller«, sagte ich. Inzwischen amüsierte ich mich köstlich.

Seward sah mich an, als hätte er eben einen Schlag in die Magengrube bekommen. »Luther Cain kommt hierher?«, fragte er leise. Ich nickte, aber er hatte sich bereits von mir abgewandt und ließ sich neben Jack aufs Sofa plumpsen, wo er stur vor sich hin starrte, ins Leere. »Jack?«, sagte er leise, ohne ihn anzusehen.

»Ja?«, erwiderte Jack, der ebenfalls vor sich hin starrte.

»Luther Cain und Craig Schiller kommen hierher?«

»Ja.«

Seward nickte, als hätte er Jack eben nur nach der Uhrzeit gefragt. »Was ist los, Jack?«

Jack wandte sich zu Seward um, der immer noch vor sich hin starrte. »Ich glaube nicht, dass wir unsere Geschäftsbeziehung einfach so fortsetzen können, Paul.« Die Tatsache, dass Jack seinen Agenten mit dem Vornamen anredete, aber auch der sanfte Tonfall in seiner Stimme führten mir deutlich vor Augen, wie schwer dieser Moment für Jack tatsächlich war. Er hatte fast zehn Jahre mit Seward zusammengearbeitet, und sie hatten gemeinsam stratosphärische Erfolge gefeiert. Dann war Jack irgendwann abhängig geworden, und wenn er seine Drogen wollte, hatte Seward sie ihm beschafft, genau, wie er ihm alles andere beschaffte, worum Jack bat. Es war Sewards Job, dafür zu sorgen, dass Jack immer glücklich war, und diesen Job hatte er gut gemacht, aber letztendlich zu gut, und dafür wurde er nun gefeuert. Jack musste sich wie ein schamloser Scheinheiliger fühlen, ein typischer böser Bube aus Hollywood, der allen anderen die Schuld an seinen Problemen gab, der aus seinem Agenten den öffentlichen Sündenbock machte. Aus dieser Perspektive betrachtet, empfand ich auf einmal Mitleid mit Seward.

»Willst du mich etwa feuern, Jack?«, fragte Seward ohne jede Spur von Emotion in seiner Stimmme.

»Ja«, sagte Jack. »Ich glaube, ich brauche einfach einen Neuanfang, verstehst du?«

Seward nickte. »Neuanfang«, nickte er. »Na klar. Was auch immer. Wenn du glaubst, du kannst es besser, na dann …«

»Es geht nicht darum, ob ich es besser kann, Paul«, beeilte sich Jack zu sagen.

»Es ist reine Neugier, Jack«, sagte Seward, und in diesem Augenblick begriff ich, dass sein sorgfältig modulierter Tonfall nicht emotionslos war, sondern kochend vor Wut. »Glaubst du, es ist meine Schuld, dass du ein gottverdammter Kokser bist?«

Alison schnappte nach Luft, und ich wollte schon einschreiten, aber Jack winkte mit einer Handbewegung ab. »Schon gut«, sagte er rasch. »Nein, Paul, ich glaube nicht, dass es deine Schuld ist. Du hast dich dafür eingesetzt, dass ich ganz nach oben komme, und ich habe die Sache nicht in den Griff bekommen. Aber jetzt muss ich versuchen, wieder nach vorn zu blicken, und ich muss clean bleiben.«

»Was bin ich denn, ein gottverdammter Verkaufsautomat? Wenn du nichts mit Drogen machen willst, dann machst du eben nichts mit Drogen. Du bist eine echte Nervensäge, wenn du unter Drogen stehst. Du kotzt und heulst und richtest überall,wohin du gehst, eine Mordssauerei an. Wenn du von der Sucht loskommst, freut sich niemand mehr als ich.«

»Ich brauchte Hilfe, Paul«, sagte Jack. »Ich brauchte jemanden, der mir sagt, dass ich außer Kontrolle geraten war. Ich brauchte jemanden, der mich stoppt. Aber du hast mir nur immer mehr beschafft.«

»Ich habe dafür gesorgt, dass du jeden Tag gearbeitet

hast«, erwiderte Paul, der sich schließlich doch zu Jack umwandte. »Wenn es mich nicht gegeben hätte, dann hättest du tagelang geschlafen, Besprechungen verpasst, Drehtermine verpasst. Die hätten dich abgeschossen!«

»Ich brauchte keine Arbeit. Ich brauchte eine Pause von der Arbeit, um mit dieser Sache fertig zu werden.«

»Wir hatten Verpflichtungen! Du hast Verträge unterzeichnet! Das hier ist kein verdammtes Spiel! Du kannst nicht einfach Time-out rufen und die Leute in den Studios sitzen lassen, die durchdrehen, während du in irgendeinen Kurort fliegst, um dich wieder in Form zu bringen.«

»Ich hatte Probleme«, wiederholte Jack.

»Du hast Millionen von Dollar gemacht, Jack!«, brüllte Seward.

»Du auch, Paul«, sagte Jack. »Und du wolltest nicht riskieren, dass damit Schluss ist, selbst wenn das hieß, dass du zusehen musstest, wie ich mich langsam selbst umgebracht habe.«

»Ich glaub's einfach nicht«, sagte Paul, der sich nun erhob und vor Jack hinstellte. »Das hier ist ein Geschäft, Jack. Man erwartet von dir, dass du dich entsprechend anziehst und dich blicken lässt, wie jeder Profi. Du kümmerst dich um deine Probleme, wenn du Zeit dafür hast. Ich werde mich nicht dafür entschuldigen, dass ich ein Profi bin, dass ich das, was ich mache, gut mache!«

»Ich bitte dich nicht um eine Entschuldigung«, sagte Jack. »Ich bitte dich, dass du aus dem Vertrag aussteigst.«

»Du undankbares Schwein!«, schrie Seward. »Ich hab dich ganz nach oben gebracht! Jeden gottverdammten Film, den du gedreht hast, jeden Dollar, den du gemacht hast, habe ich für dich ausgehandelt. Ich habe alles getan, und ...«

»Deshalb gebe ich dir ja nun auch die Chance, der Sache

nach außen hin die Wendung zu geben, die du haben willst«, sagte Jack. »Nach dieser ganzen Geschichte mit meinem Verschwinden würde dir niemand Vorwürfe machen, wenn du mich nicht mehr vertreten willst. Du musst schließlich an deinen Ruf denken. Du bist deinen Verpflichtungen nachgekommen, und ich habe Mist gebaut.«

»Du bist mir noch was schuldig, Jack«, sagte Seward, aber seine Energie ließ nun allmählich nach.

»Ich weiß«, sagte Jack. »Du bekommst deine Prozente an *Blue Angel II* und *Im Fadenkreuz*. Diese beiden Deals hast du ausgehandelt.« Ich hielt es nicht für klug, in diesem Augenblick darauf hinzuweisen, dass Jack sein Honorar für *Blue Angel II* vor kurzem in einer Verhandlung hergegeben hatte und dass Sewards Prozente lediglich Kleingeld sein würden.

»Ganz so einfach ist die Sache nicht, Jack. Unser Vertrag läuft über die nächsten fünf Jahre. Ich weiß, dass du nicht viel von Verträgen hältst, aber bei dem hier werde ich dich festnageln.«

»Nein, das wirst du nicht«, widersprach Jack. »Du weißt, dass du einen Vergleich annehmen wirst. Wenn du mich da festnageln willst, kannst du dir gleich einen Job in einer anderen Branche suchen, denn kein ernst zu nehmender Schauspieler wird dich danach auch nur mit der Kneifzange anfassen wollen.«

»Das ist Blödsinn, und das weißt du auch.«

»Wir werden sehen.«

»Dann versuch doch, ohne mich mit Cain und Schiller zu verhandeln«, sagte Seward, während er im Wohnzimmer auf und ab ging. »Das wird ein verdammt schlechter Witz sein. Du wirst eine Witzfigur abgeben. Du bist schwer beschädigt, Jack. Jeder weiß, dass deine Leitungen verrostet sind.«

Jack lehnte sich auf der Couch zurück und schloss die Augen. »Ich denke, du solltest jetzt besser gehen.«

Seward sah zu uns in die Runde. »Ich hoffe, Sie sind jetzt alle zufrieden«, sagte er mit einem manischen Grinsen. »Sie sind eben Zeugen geworden, wie Ihr Freund sich seine Karriere vermasselt hat.«

»Ich fühle mich gut«, sagte ich.

»Ich bin begeistert«, stimmte Alison ein.

»Glücklich wie ein Schwein im Schlamm«, sagte Chuck. »War nicht persönlich gemeint.«

»Sie sind alle gottverdammte Idioten«, sagte Seward. »Sie haben ja keine Ahnung, womit Sie es zu tun haben.«

»In *Jerry McGuire* haben sie euch Agenten so viel sympathischer aussehen lassen«, warf Lindsey ein.

»Jack«, unternahm Seward einen letzten, verzweifelten Versuch, während Alison die Haustür aufmachte. »Es muss nicht so kommen.«

»Es muss«, sagte Jack, ohne die Augen aufzuschlagen.

Seward starrte ihn noch ein paar Augenblicke lang an, dann knöpfte er sich sein Jackett zu. »Na schön«, sagte er und nahm wieder Haltung an. »Es ist deine Beerdigung.« Als er durch die Tür an Alison vorbeiging, reichte sie ihm eine Karte. »Was zum Teufel ist das?«, fragte er.

»Das ist mein Freund Don, der fürs FBI arbeitet«, sagte Alison. »Sie haben ihn um etwa zwei Stunden verpasst. Vielleicht sollten Sie ihn anrufen. Er wird mehr als glücklich sein, eine umfassende Ermittlung gegen den Mann einzuleiten, der Jack all diese Drogen möglicherweise zur Verfügung gestellt hat, wissen Sie, was ich meine? Aber andererseits könnte es auch sein, dass er zu beschäftigt ist.«

»Was wollen Sie, mir drohen?«, fragte Seward ungläubig.

»Jack gestattet es Ihnen, dieser Geschiche nach außen hin

die Wendung zu geben, die Sie möchten«, sagte Alison, ohne auf seine Frage einzugehen. »Sie haben gekündigt, Sie wurden gefeuert, was immer Sie sagen wollen. Und er wird Ihnen einen fairen Deal für die Beendigung Ihres Vertrags anbieten, was hier in jedermanns Interesse ist, Ihr eigenes eingeschlossen.« Sie hielt einen Augenblick inne, um Seward mit einem hasserfüllten Blick anzustarren. »Wollen Sie meinen Rat? Halten Sie den Mund, und nehmen Sie den Deal an. Es ist mehr, als Sie je wert sein werden.«

Seward ließ die Karte fallen, wo er stand, und wollte schon zu einer Gegenrede ansetzen, aber Alison schloss leise die Tür vor seiner Nase. »Gut gemacht, Alison!«, sagte Lindsey anerkennend.

»Puh«, seufzte Chuck und setzte sich zu Jack auf die Couch. »Wir sollten ihn wirklich öfter zu uns einladen.«

43

Und wie geht's jetzt weiter?« *Plopp. Plopp.*

»Ich weiß nicht.« *Plopp.*

»Fährst du zurück in die Stadt?« *Plopp.*

»Ich nehm's an.« Ich saß mit Jeremy auf dem Felsen am See, und wir ließen Steine ins Wasser schlittern. Er war nach dem Abendessen atemlos zu uns herübergerannt, um Jack zu sehen, aber Jack war in seiner Besprechung mit Cain und Schiller, sodass Jeremy zu mir nach draußen kam, wo ich schon eine ganze Weile allein gesessen und über genau die Frage nachgegrübelt hatte, die Jeremy mir eben gestellt hatte. Wie geht's jetzt weiter?

Nachdem Seward gegangen war, hatten wir alle etwas verspätet zu Mittag gegessen, aber über der Unterhaltung hatte ein seltsames Gefühl von Verlorenheit gelegen. Es war, als sei jetzt, nachdem Jack wohlbehalten zurück und allem Anschein nach auf dem Wege der Besserung war, genau der Grund, der uns hierher gebracht hatte, nicht mehr vorhanden. Unsere private Welt löste sich auf, wie im Kino, wenn nach dem Film das Licht angeht und das wirkliche Leben wieder beginnt. Ich verspürte ein plötzliches Gefühl von Traurigkeit angesichts der Vorstellung, dass nun jeder von uns wieder zu seinem eigenen Leben zurückkehren würde. Ich wusste, wir würden alle in Verbindung bleiben, zumindest flüchtig, genau wie vorher, aber es war eben doch irgendetwas Besonderes an unserer Gruppe, etwas, was wir in der vergangenen Woche wiederentdeckt hatten und was sich nicht aufrechterhalten lassen würde, sobald wir uns wieder trennten. Die Nähe, die wir aus unseren Collegetagen hatten, war immer noch da, aber die Zeit würde weiterhin an uns arbeiten, uns verändern oder uns allmählich zu dem machen, was in uns schlummerte und darauf wartete, ans Licht zu kommen.

Aber da war noch mehr. Wir hatten unser Leben für eine Weile angehalten, um Jack zu helfen, und jetzt, als es für mich an der Zeit war, mein Leben wiederaufzunehmen, konnte ich offenbar nicht einmal das kleinste bisschen Begeisterung dafür aufbringen. Und während ich mit Jeremy unten am See saß, begriff ich auf einmal, dass ich nicht in das Leben zurückkehren wollte, das ich lebte. Es war leer, und es war nicht fair, von Lindsey allein zu erwarten, dass sie es ausfüllte. Lindsey war ein toller Anfang, ein Wunder sogar, aber genau wie Jack musste auch ich einige Veränderungen vornehmen. Das Problem war, ich wusste nicht, wo ich anfangen sollte. Ich wollte ein echter Schriftsteller sein, kein gepriesener Listenverfasser, aber man konnte eben nicht einfach aufwachen und sich sagen, heute werde ich ein erfolgreicher Romanschriftsteller sein. Jack hatte sich vorgenommen, eine Therapie zu machen, wenn er zurück nach L. A. kam, um seinen Entschluss in die Tat umzusetzen. Die Frage war, was würde ich in die Tat umsetzen? Ich sah auf den stillen, leeren See hinaus und dachte an die Gänse. Ich fragte mich, ob sie ihr Ziel bereits wohlbehalten erreicht hatten und wann sie zurückkommen würden.

»Lebst du gern in Manhattan?«, fragte mich Jeremy.

»Manchmal«, sagte ich.

»Nicht immer?«

»Nein. Nicht immer.«

Plopp.

Luther Cain und Craig Schiller tauchten zusammen mit Jack aus dem Wohnzimmer auf, und alle lächelten und gaben sich die Hand. Wir anderen, Jeremy eingeschlossen, saßen im Wohnzimmer herum und warteten ab, was nun aus allem geworden war. Ich musste zugeben, es war schon ziemlich cool, Luther Cain persönlich kennen zu lernen. Er erzählte uns, dass er selbst Drogenprobleme hatte, als er am Anfang seiner Karriere stand, und dass er eng mit Jack zusammenarbeiten würde, um ihn wieder auf die richtigen Gleise zu bringen. Er war fest überzeugt von Jacks Entschlusskraft und verkündete, er würde im Rahmen eines Zwölf-Punkte-Entzugsprogramms sein persönlicher Betreuer sein. Schiller, ein schwergewichtiger Bursche mit Bart und Pferdeschwanz, nickte nur lächelnd und fügte sich ansonsten Cain. Was auch immer sie in ihrer Besprechung ausgearbeitet hatten, sie schienen alle zufrieden damit zu sein. Jack brachte die beiden zur Tür, wobei er Acht gab, außer Reichweite der Kameras zu bleiben, und versprach ihnen, sie am nächsten Morgen in ihrem Hotel zu treffen, von wo aus sie alle gemeinsam zurück nach L. A. fliegen würden. Bevor er ging, wandte sich Cain zu uns um und sagte: »Jack kann sich glücklich schätzen, Freunde wie euch zu haben.« Es klang abgedroschen, aber wir lächelten alle wie kleine Kinder, denn, mein Gott, es war schließlich Luther Cain!

Jeremy war nicht beeindruckt von Cain, aber kaum hatte der Regisseur das Haus verlassen, begann er, Jack mit Fragen über seine Filme zu bombardieren. Jack hatte zu dem Zeitpunkt bereits das Wichtigste über den Jungen erfahren und verbrachte eine gute Stunde damit, sich mit ihm zu unterhalten. Auf meine Bitte hin holte Alison eine Kamera, und ich machte ein paar Fotos von Jeremy mit Jack, die er sich an seine Wand neben die *Blue-Angel*-Poster hängen konnte. Ich wusste, dass er die Fotos wie einen Schatz hüten würde, und außerdem wollte ich, dass er einen Beweis hatte, für den Fall, dass einer seiner Freunde seine Story je anzweifeln sollte.

Unser letztes gemeinsames Abendessen am Crescent Lake war eine lange, fast schon festliche Angelegenheit. Chuck machte seinen üblichen bunten Salat, während ich eine riesige Schüssel Spaghetti in Marinarasauce kochte. Alison und Lindsey kümmerten sich um den gebackenen Lachs mit Knoblauchbrot, während Jeremy und Jack den Tisch deckten. Wir saßen ein paar Stunden beisammen, sprachen über Jacks bevorstehende Filme, schwelgten in Erinnerungen ans College, zogen uns auf und hatten alles in allem jede Menge Spaß. Und doch spürte ich, wie sich allmählich Melancholie einschlich. Jack war in Gedanken bereits wieder in L.A., Chuck konnte es kaum noch erwarten, ins Mt. Sinai zurückzukehren, und ich hatte keine Ahnung, was Alison dachte, aber ich spürte, wie sie sich im Verlauf des Essens allmählich zurückzog. Als wir schließlich fertig waren, begann Alison, das Geschirr abzuwaschen, und Jack trocknete ab. Lindsey gab uns zu verstehen, dass dieser Augenblick vielleicht günstig sei, um die beiden allein zu lassen, und so brachten wir anderen Jeremy nach Hause. »Wann fährst du denn ab?«, fragte er mich am Fuß der Treppe, die zur Hintertür seines Hauses hinaufführte.

»Ich weiß nicht«, sagte ich. »Irgendwann morgen, denke ich.«

»Bevor ich aus der Schule nach Hause komme?«

»Nein. Ich werde auf jeden Fall noch hier sein, um mich zu verabschieden.«

»Okay«, sagte er. »Meinst du, ich sollte in der Großstadt leben?«

Ich lächelte ihn an und klopfte ihm auf die Schulter, eine Geste, mit der ich mich seltsam erwachsen fühlte. »Nein«, sagte ich. »Du gehörst genau hierher. Hier ist es viel besser als in der Großstadt, ehrlich.«

»Warum ziehst du dann nicht hierher?«, fragte er.

»Das ist nicht ganz so einfach.«

Er zuckte die Schultern. »Das sagst du immer.«

Als wir zurück ins Haus kamen, waren Jack und Alison verschwunden, wobei sie eine Unmenge ungespültes Geschirr rings um die Küchenspüle zurückgelassen hatten. »Ich fasse es nicht«, sagte Chuck. Ich lächelte. »Habt ihr eigentlich irgendeine Ahnung, ob die beiden je oder noch nie, na, ihr wisst schon?« Er machte eine stoßende Bewegung mit der geballten Faust und zog anzüglich die Augenbrauen hoch.

»Nein«, sagte ich.

»Keine Ahnung«, sagte Lindsey. »Aber ich glaube es nicht.«

»O Mann«, sagte Chuck. »Jetzt kennen sie sich seit zehn

Jahren, und du meinst, er hat sie nicht ein einziges Mal gebumst? Kann das überhaupt sein?«

»Du kennst sie auch schon seit zehn Jahren«, erwiderte ich. »Wie oft hast du sie denn – na, du weißt schon?«

»Das ist nicht dasselbe«, sagte Chuck. »Er hätte sie jederzeit haben können, wenn er es gewollt hätte. Ich meine, Alison ist klasse. Ich hätte zugegriffen, wenn ich gekonnt hätte. Wenn du wüsstest, du könntest ein solches Mädchen jederzeit haben, wenn du es willst, würdest du dann zehn Jahre warten?«

»Ich denke, dass du die Situation vielleicht ein bisschen zu vereinfacht darstellst«, sagte Lindsey.

»Ich dachte nur, das kann doch einfach nicht sein«, sagte Chuck kopfschüttelnd.

»Kann ich dir eine Frage stellen?«

»Na klar.«

»Warum flüstern wir eigentlich?«

Wir sahen uns an und dann zur Decke hoch und lächelten. »Zehn Jahre«, sagte Chuck, während er den Kühlschrank aufmachte und ein paar Dosen Bier hervorholte. »Sie haben sich ein bisschen Ruhe verdient.«

»Vielleicht unterhalten sie sich ja bloß«, sagte ich grinsend.

»Dann würden sie doch immer noch Geschirr spülen«, widersprach Chuck. »Mein Gott, dann werde ich heute Abend der Einzige in diesem Haus sein, der nichts abbekommt.«

»Warum gehst du nicht los und suchst nach deiner Reporterin?«, schlug ich auf dem Weg zur Treppe vor.

»Wohin zum Teufel geht ihr beide?«, fragte Chuck.

Lindsey gab ihm einen Kuss auf die Wange. »Was abbekommen«, sagte sie.

»Ich frage mich nur eins«, sagte ich etwas später zu Lindsey, während wir beisammen lagen und unsere Hüften sich sanft berührten. »Du willst Lehrerin sein und ich Schriftsteller. Warum müssen wir dafür eigentlich in der Großstadt leben?«

»Müssen wir nicht«, sagte sie und glitt mit einem Fingernagel seitlich an mir nach unten. »Wieso? Was denkst du?«

»Ich weiß nicht. Ich will einfach aufhören, mich im Kreis zu drehen. Wir sind dreißig Jahre alt, wir sollten uns jetzt endlich ein Leben aufbauen, weißt du?«

»Ich weiß«, sagte sie. Wir sahen uns eine lange Minute an, und dann gab sie mir einen sanften Kuss auf die Stirn. Ich konnte ihr Lächeln spüren. »Weißt du, was ich denke?«, fragte sie.

»Was?«

»Ich denke, ich wäre gern hier, wenn diese Gänse wiederkommen.«

44

Als Lindsey schlief, ging ich in die Küche hinunter, um mir etwas zu trinken zu holen. Ich war wie immer ein bisschen aufgedreht nach meinem Höhepunkt im Bett, und ich fühlte mich ein wenig schwindlig angesichts der umfassenden Veränderung, über die wir gesprochen hatten. Ich summte sogar eine fröhliche kleine Melodie vor mich hin, als ich im Dunkeln auf Alison stieß, die am Küchenbüfett auf einem Hocker saß und nachdenklich heißen Tee schlürfte. Sie trug ein Sweatshirt und Shorts, und ihr glattes Haar war untypischerweise verworren.

»Hey«, sagte ich und musste an Chucks Bemerkung mit den zehn Jahren denken.

»Hey«, sagte sie.

Ich schenkte mir ein Glas Orangensaft ein und zog mir einen Hocker heran. »Wo ist Jack?«

»Er schläft«, sagte sie und lächelte mich schüchtern an, womit sie meine Vermutung von eben bestätigte.

»War das das erste Mal?«, fragte ich. »Für euch beide, meine ich.«

Sie nahm noch einen Schluck. »Das war das erste und das zweite Mal«, antwortete sie mit einem verschmitzten Grinsen, aber dahinter verbarg sich eine gewisse Traurigkeit.

»Was stimmt denn nicht?«, fragte ich. »Ist zehn Jahre Vorspiel zu viel, als dass man jetzt danach leben könnte?«

Wieder lächelte sie. »Nein, das ist es nicht.«

»Was denn dann?«

»Er hat mich gefragt, ob ich mitkommen und mit ihm zusammenleben will.«

»Wie, nach Hollywood?«

»Ja.«

»Das ist ja großartig«, fand ich, aber Alison schlürfte nur an ihrem Tee. »Ist das denn nicht großartig?«

»Ich habe Nein gesagt«, erzählte sie.

»Oh.«

Sie seufzte tief auf. »Ich denke, nachdem ich mich all die Jahre danach gesehnt habe, dass er sich für mich entscheidet, bin ich jetzt endlich bereit für etwas Neues. Wir sind hierher gekommen, um ihn von seinen Drogen zu befreien, aber ich glaube, ich bin auch hierher gekommen, um mich von ihm zu befreien.«

»Du weißt, dass er dich liebt«, sagte ich.

»Ja, ich weiß. Und ich liebe ihn auch. Aber er wird nie das sein, als was ich ihn haben wollte, nämlich der Jack, den ich kannte, bevor er ›Jack Shaw‹ wurde.« Sie machte mit den Fingern eine Geste, um die Anführungszeichen anzudeuten. »Und er wird mich niemals so lieben, wie ich geliebt werden will. Er hat jetzt einen Schock erlitten, nachdem er gemerkt hat, dass er irgendwie verändert ist, und das macht ihm Angst, daher will er, dass ich bei ihm bin, dass ich ihm irgendwie beweise, dass er immer noch derselbe ist, der er immer war. Aber das ist er nicht, und so sehr ich ihn auch liebe, ich kann nicht einfach mit ihm mitkommen, nur weil er Angst hat. Ich habe etwas Besseres verdient als das.« Sie sah mich an.

»Du hast darüber nachgedacht«, sagte ich.

»Ja«, sagte sie. »Und ich werde meine Entscheidung vermutlich infrage stellen, sobald er fort ist, werde mich verwünschen, dass ich nicht mit ihm mitgegangen bin, aber im Augenblick bin ich mir sicher, dass ich das Richtige tue. Er und ich sind jetzt im Grunde genommen in derselben Lage. Wir werden beide nach anderen Möglichkeiten suchen, uns in der Welt zurechtzufinden. Er ohne seinen Koks, und ich ohne ihn.«

»O Mann«, sagte ich, während ich mich langsam von dem erholte, was sie eben zu mir gesagt hatte. »Das muss so hart für dich sein.«

»Ja«, sagte sie. »All die Jahre, in denen ich mir nichts sehnlicher wünschte, als dass er mir sagt, dass er mich will. Und jetzt will er mich, und ich will nicht mit ihm mit. Ich muss verrückt sein.«

»Du klingst ziemlich rational. Wie hat er es aufgenommen?«

»Ganz gut. Wir hatten Sex.«

»Nachdem du Nein gesagt hattest?«

Sie lachte. »Du hast doch nicht etwa geglaubt, nach zehn Jahren würde ich nicht wenigstens einmal kosten wollen.«

»Schlampe«, sagte ich grinsend. »Weißt du was, du würdest dich wundern, wie ähnlich ihr beide, du und Chuck, euch manchmal seid.«

»Bitte«, sagte sie. »Ich bin schon deprimiert genug.«

Ich trank aus und stand auf. »Ich leg mich schlafen«, sagte ich und gab ihr einen flüchtigen Kuss.

»Ben?«

»Ja?«

»Wir haben das Richtige getan. Für Jack, meine ich.«

»Sieht so aus«, sagte ich.

»Meinst du, er wird irgendwann wieder was mit Drogen anfangen?«

»Ich weiß nicht«, sagte ich. »Ich glaube nicht, aber andererseits hätte ich früher auch nicht geglaubt, dass er überhaupt je welche nehmen würde.«

»Ja«, sagte sie. »Na ja, wenn er es tut, dann ist er damit allein. Ich habe eine strikte Einmal-im-Leben-Interventionspolitik.«

»Da stimme ich dir zu«, sagte ich und stellte mein Glas in den Küchenausguss.

»Gute Nacht«, sagte Alison.

»Alles okay mit dir?«

»Na klar.«

»Na ja«, sagte ich und hielt im Türrahmen noch einmal inne. »Es klingt, als wüsstest du, was du tust.«

»Ja«, antwortete sie sarkastisch. »Ich rede viel, wenn der Tag lang ist. Pass auf. Vermutlich werde ich nächste Woche in ein Flugzeug springen, um ihn zu besuchen.«

»Das glaube ich nicht«, widersprach ich. »Ich glaube, diese Woche haben wir alle irgendeine neue Richtung gefunden, die wir einschlagen wollen.«

»Oh, gibt es da vielleicht irgendetwas, was ihr beide uns noch nicht erzählt habt?«

»Morgen«, vertröstete ich sie. Alison lächelte mich an, und ich wandte mich um und stieg wieder die Treppe hoch.

Die Reporter drehten völlig durch, als Jack am nächsten Morgen aus dem Haus trat. Sie kletterten im wahrsten Sinne des Wortes übereinander, um die besten Plätze zu ergattern, während die Polizisten der bundesstaatlichen Polizei sie nur mit Mühe hinter den Barrikaden in Schach halten konnten. Jack ging in aller Ruhe den Rasen hinunter und stand ein paar Minuten lang da, lächelte und ließ sich auf ein gutmütiges Geplänkel mit den Journalisten ein. Die meisten nichtprofessionellen Leute aus der Menge hatten sich über Nacht verzogen, aber es war immer noch ein ziemlich eindrucksvolles Gedränge an Medienleuten da, die alle ein bisschen Aufmerksamkeit von Jack erheischen wollten. *NBC, CBS, ABC, CNN, Hard Copy, Access Hollywood, Entertainment Tonight, Extra, The National Enquirer, The Globe* und eine ganze Reihe angeschlossener Lokalsender, die ich nicht kannte. Nachdem er ihnen etwa eine Viertelstunde eingeräumt hatte, kam er zurück ins Haus, und wir verabschiedeten uns alle voneinander.

»Was meinst du, Ben?«, sagte er zu mir, nachdem er mich umarmt hatte. »Diese ganze Geschichte würde doch einen ziemlich guten Roman abgeben, oder nicht?«

»Könnte sein«, sagte ich.

»Na ja, wenn du's machst, habe ich bei der Verfilmung als Erster das Zugriffsrecht.«

»Abgemacht.«

Er sah mich an. »Nochmals vielen Dank, für alles.«

»Bleib einfach clean, damit wir das Gefühl haben, wir haben wirklich etwas erreicht.«

»Oh, ich glaube, ihr habt auf jeden Fall etwas erreicht.« Grinsend deutete er auf Lindsey. »Ihr müsst euch nicht bedanken, ich bin einfach froh, dass ich euch beide wieder zusammenbringen konnte.«

»Ja, genau.«

»Hey, das war alles Teil des Plans.«

Er umarmte erst Lindsey und dann Chuck, der ihm ein paarmal hart auf den Rücken klopfte, nur damit alles hetero blieb. »Pass auf dich auf, Hollywood«, sagte Chuck. »Und melde dich gelegentlich.«

»Werde ich machen«, versprach Jack. »Ich will, dass ihr alle zur Premiere kommt, wenn wir diesen Film fertig haben. Sie haben den Labor Day ins Auge gefasst.«

Wir sagten alle okay, aber ich fragte mich, ob wir wohl wirklich hinfliegen würden. Dann verließen er und Alison das Haus und stiegen in Chucks Mietwagen. Sie würde ihn zu Cains Hotel fahren, und Jack würde zusammen mit Cain in seinem Studio-Jet zurückfliegen. Wir sahen ihnen nach, wie sie aus der Einfahrt zurückstießen. Sheriff Sullivan fuhr in seinem Streifenwagen hinter ihnen her, um sicherzustellen, dass keiner der Reporter eine Verfolgung à la Prinzessin Diana inszenierte. Ich glaube, er wollte aber auch sicherstellen, dass Jack verdammt noch mal endlich aus dieser Stadt verschwand.

»So«, sagte Chuck. »Ich denke, das war dann wohl alles.«

»Fährst du jetzt nach Hause?«, fragte ich ihn.

»Sobald Alison zurück ist«, sagte Chuck. »Vermutlich werde ich für das gesamte nächste Jahr Bereitschaftsdienst haben, nach dem Scheiß, den ich mir hier geleistet habe.«

»Das machst du doch gern«, sagte Lindsey.

»Von irgendwas muss man ja leben. Habt ihr schon gepackt?«

Wir sahen uns an. »Wozu?«, fragte Lindsey.

45

Das war vor vier Monaten, und Lindsey und ich sind immer noch in Carmelina, das uns allmählich schon fast wie ein Zuhause vorkommt. Der See ist jetzt zugefroren, ein Phänomen, das mich immer wieder fasziniert. Die meisten Abende gehen wir nach dem Essen auf die eisige Oberfläche hinaus und halten uns bei den Händen, während wir über den See schlittern. Manchmal nehmen wir eine Decke mit und setzen uns mitten auf den See, lauschen einfach auf die Stille und blicken zu den Sternen hoch.

Wir blieben noch etwa zwei Monate im Haus der Schollings, bis wir uns Mitte Dezember für ein kleines Häuschen auf der anderen Seite des Sees entschieden. Es war ein saftiger Verkaufspreis, aber Jack hat uns ausgeholfen, indem er ihn voll bezahlt hat. Jetzt leisten wir zinsfreie Ratenzahlungen an Jack, der beharrlich erklärt, wir sollten die ganze Sache einfach vergessen. »Betrachtet es als Weihnachtsgeschenk«, sagte er. Vielleicht werden wir uns in ein paar Monaten damit einverstanden erklären, aber im Augenblick sorgt unser Stolz noch dafür, dass wir die Schecks ausstellen, auch wenn er bislang noch keinen einzigen eingereicht hat. Das Haus hat drei Schlafzimmer, ein gemütliches Wohnzimmer mit Kamin, ein Arbeitszimmer, ein Esszimmer und jede Menge Fenster. Das große Schlafzimmer hat eine kleine Terrasse mit einem fantastischen Blick über den See, und wenn man auf ihr steht, kann man die Häuser der Schollings und Millers über dem Wasser erkennen. Alle paar Tage treffen Jeremy und ich uns draußen auf dem See und laufen Schlittschuh, während Taz unbeholfen neben uns her rutscht und schlittert.

Lindsey hat an der Grundschule von Carmelina einen Job als Lehrerin bekommen. Genau genommen hat sie die Lücke gefüllt, die Peter Miller hinterlassen hatte, aber wir machen uns deswegen keine morbiden Gedanken, und Jeremy scheint es nichts auszumachen. Ein paar Wochen nachdem Jack unter großem Medienspektakel zurück nach Los Angeles gekehrt war, rief mich Dave Boim an, mein Boss bei *Esquire*, und erklärte, er hielte es für eine gute Idee, wenn ich versuchen würde, die Story von unserem Plan B für eine der nächsten Ausgaben niederzuschreiben. Ich rief Jack an, um ihn zu fragen, was er davon hielt, und er sagte: »Kein Problem, das ist eine gute Idee. Es wird für dich eine Aufwärmübung für den Roman und das Drehbuch sein.« Ich lachte, aber nicht so sehr, wie ich es noch vor ein paar Monaten getan hätte. Der Artikel erschien im Januar, und Jack erklärte sich bereit, sich fürs Titelbild ablichten zu lassen, um die Auflage zu erhöhen, was *Esquire* einen hübschen Batzen Geld eingebracht hat. Ich mache mir sogar schon ein paar Notizen für meinen Roman. Ich habe verschiedene Anrufe von anderen Zeitschriften bekommen, und auch wenn ich kein Überraschungserfolg bin, so bin ich inzwischen doch ein echter Freiberufler und kein Listenverfasser mehr. Es gibt ein paar Schreibaufträge, die ich vielleicht annehmen werde, aber im Augenblick arbeite ich hauptsächlich an Prosa. Dave hat mir gesagt, dass er jetzt, nachdem ich ein freier Mitarbeiter und Schriftsteller bin, dafür sorgen wird, dass Bob Stanwyck alle Kurzgeschichten, die ich einreiche, ernsthaft prüfen wird. Außerdem unterrichte ich Englisch und Kreatives Schreiben an der Thomas Jefferson Highschool in Carmelina. Ursprünglich hatte ich den Job lediglich angenommen, um die Rechnungen zu bezahlen, aber es macht mir weitaus mehr Spaß, als ich erwartet hatte, auch wenn ich mir, wenn ich durch die Gänge laufe, manchmal ziemlich alt vorkomme.

Am Abend bevor wir in unser neues Haus zogen, trat ich gerade aus der Dusche, als ich hörte, wie unten irgendjemand auf dem Klavier der Schollings spielte. Es war ein kraftvolles Stück, mit starken Mollakkorden und einer sanften, schwermütigen Melodie. Als ich nach unten rannte, sah ich Lindsey am Klavier sitzen und spielen, während ihr Körper sich zur Musik wiegte. Völlig verblüfft wartete ich, bis sie fertig war, und sagte dann, als sie den Deckel leise schloss: »Das war unglaublich!«

»Danke«, sagte sie bloß.

»Wann zum Teufel hast du denn Klavierspielen gelernt?«

»Ich habe es schon immer gekonnt«, sagte sie. »Ich hab nur noch nie vor anderen Leuten gespielt.«

Ich war geplättet. »Ich kann gar nicht glauben, dass du Klavier spielen kannst und ich nie etwas davon wusste.«

»Es gibt vieles, was du nicht über mich weißt«, sagte sie mit einem neckenden Lächeln.

»Wie zum Beispiel?«

»Wie zum Beispiel, dass ich schwanger bin.«

»Ausgeschlossen.«

»Eingeschlossen.«

Alison und Don sind jetzt etwa seit sechs Wochen zusammen, und die Sache macht einen ziemlich guten Eindruck. Sie hat ihn zweimal abgewiesen, aber er hat einfach nicht lockergelassen. Ich weiß, dass sie immer noch jede Woche mit Jack spricht, aber ich denke, das ist schon weitaus gesünder als jeden Tag. Trotz dem, was sie mir in jener Nacht in der Küche erzählt hatte, ist sie nicht zusammengebrochen und nach L. A. geflogen. Ich beneide Don nicht um das Gepäck, das Alison aus ihren Jack-Jahren vermutlich mit sich schleppt. Trotzdem, sie wirken glücklich, und ich hoffe, dass es mit den beiden klappt, denn ich mag Don, und wir haben immer jede Menge Spaß, wenn wir uns zu viert treffen.

Chuck hat sich hin und wieder mit Sally Hughes getroffen, seit er wieder zu Hause ist, und von Zeit zu Zeit redet er sogar davon, etwas Ernstes mit ihr anzufangen, aber bis jetzt ist die Sache noch ziemlich unverbindlich. Keiner von beiden scheint ein allzu großes Interesse an einem sesshaften Leben zu haben. Als ich das letzte Mal mit ihm sprach, erwähnte er, er würde sich mit dem Gedanken einer Haartransplantation tragen, was ich für kein gutes Zeichen hielt.

Jack hat die Dreharbeiten zu *Blue Angel II* abgeschlossen, das am Labor Day in die Kinos kommen wird, und gleich danach mit der Arbeit an *Im Fadenkreuz* mit Julia Roberts begonnen. Es ist seine erste romantische Komödie, und er ist völlig aus dem Häuschen deswegen. Außerdem hat er sich verpflichtet, im Sommer zwei Independent-Filme zu drehen, um einen Ruf als ernst zu nehmender Schauspieler aufzubauen. »Wenn man mit Actionfilmen anfängt«, erklärte er mir, »ist es ein total harter Kampf, überhaupt noch andere Rollen zu bekommen. Je früher man den Absprung schafft, desto besser. Wenn nicht, spielt man für den Rest des Lebens immer dieselbe Rolle.«

Nachdem er zurück nach L. A. geflogen war, machte er diese ganze Talkshow-Geschichte, entschuldigte sich bei Oprah und allen anderen und redete über seine Reha-Arbeit. Er hat ein neues Team von Agenten bei CAA, und er schwört auf seinen Drogenberater, mit dem er sich einmal die Woche trifft. Außerdem hat er mit Yoga angefangen und liebäugelt mit seltsamen religiösen Gruppen. Trotz alledem, oder vielleicht gerade deswegen, mache ich mir immer noch Sorgen um ihn. Es liegt eine gewisse Verzweiflung darin, wie er jede Stunde mit irgendetwas ausfüllen muss. Es ist, als würde er noch immer die Disziplin suchen, die sein Anker werden wird, die seine Abhängigkeit in Schach halten wird.

Wir versuchen, in Verbindung zu bleiben, aber wir haben beide ziemlich viel um die Ohren. Zu meinem Entsetzen habe ich festgestellt, dass ich ihn immer mehr als Jack Shaw den Filmstar betrachte und immer weniger als den Jack, den ich früher einmal kannte. Es war vermutlich unvermeidlich, aber es bedrückt mich noch immer. Die Oberfläche der Zeit ist einfach aalglatt, und man kann sich unmöglich an ihr festklammern. Was immer es war, das uns fünf einmal zusammenhielt, es ist jetzt ausgewachsen und weitergezogen. Letzte Woche hatten sie in *Entertainment Weekly* eine Aufnahme von Jack, wie er mit einer bemerkenswerten Brünetten ein Restaurant verließ. Ich fragte ihn, wer das war, aber er tat sie nur als eine Freundin ab. Vielleicht stimmte es, aber ich weiß, dass es immer einen Bereich seines Lebens geben wird, den er nicht mit uns teilen wird. Wenn irgendetwas Wichtiges passiert, denke ich, dann werde ich mich wohl doch auf *Entertainment Tonight* oder *Access Hollywood* verlassen müssen, wie alle anderen auch.

Ich habe meinen Eltern noch nicht erzählt, dass sie bald noch ein Enkelkind bekommen werden. Ich weiß nicht, worauf ich eigentlich noch warte. Meine Mutter wird entsetzt sein, dass wir nicht verheiratet sind, und ich glaube nicht, dass ich in der Lage sein werde, ihr begreiflich zu machen, dass es mir einfach ein bisschen geschmacklos vorkommt, in demselben Jahr zu heiraten, in dem ich geschieden wurde. Mein Dad wird, wie immer, nicht viel sagen, aber ich denke, er wird sich freuen. Ich muss zugeben, dass es mir durchaus einen gewissen Kick gibt, ein unverheirateter werdender Vater zu sein. Es hat dieselbe Wirkung wie ein aufgemaltes Tattoo, das heißt, dass ich das Gefühl habe, in einer Art Zwischenphase zu sein, aber nur für kurze Zeit. Ich bin sicher, irgendwann in absehbarer Zeit werden wir heiraten.

Das Leben ist nicht perfekt. Manchmal streiten wir uns wegen Geldangelegenheiten, und ich rege mich von Zeit zu Zeit über die vorsintflutlichen sanitären Anlagen in unserem neuen Zuhause auf. Aber wir sind beide glücklich. Unser gemeinsames Leben ist erfüllt, und manchmal überkommt mich dieses überwältigende Gefühl süßer Vorfreude, bei dem ich einen Kloß in der Kehle verspüre. Ich freue mich darauf, Vater zu sein, und ich wundere mich, wie bereit ich mich dafür fühle. Dreißig ist ein gutes Alter, um Vater zu werden. Jeremy Miller ist ein fester Bestandteil in unserem Haushalt, und wir freuen uns schon darauf, zusammen die nächsten *Star-Wars*-Filme anzusehen. Und in diesem Frühling werde ich mit Lindsey und unserem ungeborenen Kind am See sitzen und auf die Rückkehr unserer kanadischen Gänse warten. Aber mehr als alles andere freue ich mich darauf, den Rest meines Lebens mit ihr zu verbringen.

Alles in allem freue ich mich einfach.

Die tote Joggerin war nackt und ihre Haut war bleich und schwammig. Jemand hatte ihr das rechte Ohr abgeschnitten und ihre Kleidung sorgfältig zusammengefaltet auf einen Stapel gelegt. Rebecca, die junge Kriminalkommissarin, stand fassungslos vor der Leiche und fragte sich, ob tatsächlich ein Mensch zu dieser grauenhaften Tat fähig gewesen war.

Während die Ermittlungen noch auf Hochtouren laufen, geschieht ein zweiter Mord an einer Prostituierten. Wieder fehlt dem Opfer das rechte Ohr, und auch die Kleidung wurde wieder zusammengefaltet auf einem Stapel gefunden. Es besteht kein Zweifel mehr: Es handelt sich um einen Serienmörder. Die Kriminalkommissarin und ihr Team gehen jeder Spur nach. Eine Zeugenaussage weist schließlich auf einen Mann hin, den Rebecca persönlich kennt, den sie sogar sehr gut kennt...

Ein psychologisch raffiniert komponierter Krimi – ein Fall für die sympathischen Kommissarin Rebecca Huthmacher

ISBN 3-404-14606-9

BASTEI LÜBBE

Der Mega-Erfolg von der englischen Bestsellerliste! Ein Feuerwerk an Witz und Originalität – und ein Muss für alle, die schon immer wissen wollten, wie das männliche Gehirn wirklich funktioniert.

Seit dem zehnten Lebensjahr hat Harry nur einen Wunsch: seine Traumfrau zu finden. 20 Jahre und 43 Frauen später ist er seinem Ziel noch immer nicht näher gekommen. Und das, obwohl er eigentlich keine besonderen Ansprüche stellt: Bloß wunderschön und klug soll sie sein und seine gelegentliche Neigung zur Untreue akzeptieren.
Dann lernt Harry auf einer Beerdigung Alice kennen, und sofort ist ihm klar: Die oder keine! Dummerweise hat es auch Harrys Freund Gerrard auf Alice abgesehen. Doch Harry liegt vorn – bis er eine Nacht im falschen Bett verbringt ...

›Einer der besten Romane seit Jahren.‹ BOOKSELLER

ISBN 3-404-14607-7

BASTEI
LÜBBE